Un si troublant mensonge

Les amants de Magnolia Falls

VICTORIA PADE

Un si troublant mensonge

*éditions*Harlequin

Titre original : CELEBRITY BACHELOR

Traduction française de CLARISSE ARBEZ

HARLEQUIN®
est une marque déposée par le Groupe Harlequin

PASSIONS®
est une marque déposée par Harlequin S.A.

Photos de couverture
Magnolias : © IMAGE SOURCE PINK / ROYALTY FREE / GETTY IMAGES
Couple : © MALEK CHAMOUN / GETTY IMAGES

© 2006, Victoria Pade. © 2007, Harlequin S.A.
83/85 boulevard Vincent-Auriol 75646 PARIS CEDEX 13.
Service Lectrices — Tél. : 01 45 82 47 47
ISBN 978-2-2808-3315-8 — ISSN 1950-2761

- 1 -

— Cassie, j'ai besoin de vous pour une mission de confiance.

En ce dimanche soir de septembre, Cassie Walker avait été étonnée de recevoir à plus de 20 heures un coup de fil du doyen de la faculté de Northbridge qui la convoquait séance tenante. Sa perplexité ne fit que s'accroître quand, face à son supérieur, elle perçut à quel point ce dernier était nerveux.

D'instinct, elle se raidit sur le siège qu'elle occupait en face du bureau du doyen.

— Permettez-moi d'abord de préciser que je vous parle également au nom de M. le maire. La mission que je veux vous confier est en effet une affaire de la plus haute importance pour la ville comme pour l'université de Northbridge.

— De quoi s'agit-il ? demanda Cassie, dont la curiosité était piquée par ces préliminaires solennels.

— Vous voyez qui est Alyssa Johansen ?

Quatre ans plus tôt, tout juste diplômée, Cassie avait été embauchée comme coordinatrice des études et tutrice des élèves de première année à Northbridge College. Tous les étudiants n'avaient pas forcément affaire à elle, mais Cassie pouvait dire le nom et le prénom de chacun des deux cent trente-sept jeunes gens qui fréquentaient l'université car il en va des petites facultés comme des petites villes : tout le monde s'y connaît.

— Alyssa Johansen ? répéta-t-elle. Oui, je vois de qui il s'agit… C'est une étudiante de première année. Elle n'est pas originaire de Northbridge.

Ce fait était suffisamment rare pour que Cassie se souvienne clairement de la jeune fille. Les étudiants en provenance d'un autre Etat que le Montana se comptaient en effet sur les doigts d'une main.

— J'ai eu l'occasion de la rencontrer à deux ou trois reprises depuis la rentrée, poursuivit Cassie, mais je n'irais pas jusqu'à dire que je la connais bien. Cela ne fait que trois semaines que les cours ont repris. D'après ce que j'ai pu voir, Alyssa s'adapte bien.

Perplexe, Cassie dévisagea son interlocuteur. Pourquoi le doyen et le maire s'intéressaient-ils soudainement à cette jolie brunette, un dimanche soir de surcroît ? Quelle était cette mission de confiance pour laquelle ils l'avaient fait venir de toute urgence ?

— Johansen est un pseudonyme, chuchota le doyen qui n'aurait guère pris plus de précautions s'il avait divulgué un secret d'Etat.

— Un pseudonyme ?

— Oui. Alyssa est la jeune sœur de Joshua Cantrell…

A moins de vivre sur une île déserte, personne ne pouvait ignorer qui était Joshua Cantrell. Son nom était partout. Les journaux les plus sérieux évoquaient régulièrement l'ascension fulgurante de cet énergique capitaine d'industrie tandis que les magazines spécialisés vantaient sans réserve les mérites des chaussures de sport qu'il commercialisait. Quant à la presse people, elle faisait ses choux gras de ce beau et riche célibataire. En un mot, Joshua Cantrell était à la fois le nouveau magnat des chaussures de sport et la coqueluche des médias.

— Alyssa a été inscrite sous un nom d'emprunt pour échapper à la curiosité de la presse, expliqua le doyen. Son frère souhaite qu'elle puisse étudier tranquillement et nous ne sommes qu'une poignée à savoir qui elle est réellement.

Le doyen s'interrompit quelques instants, comme pour ménager son effet, puis continua.

— Joshua Cantrell a pris des dispositions pour empêcher les paparazzis de localiser Alyssa. Il est essentiel que l'identité de notre élève et sa présence sur notre campus restent secrètes. Or, vous n'êtes pas sans savoir que les journées portes ouvertes de l'université commencent demain et que les familles de nos étudiants de première année arrivent pour la plupart dès ce soir…

— Oui, acquiesça Cassie, parfaitement au courant.

— Au départ, nous avions prévu de confier la mission dont je vais vous parler à Kirk Samson, le responsable du mécénat au sein de notre université. Malheureusement, cet après-midi même, Kirk est tombé d'une échelle en élaguant un arbre dans son jardin. Il ne lui est rien arrivé de grave, par chance, ajouta le doyen en voyant l'expression inquiète qui s'était peinte sur les traits de Cassie. Les radios n'ont révélé aucune fracture mais Kirk doit impérativement observer un repos strict toute la semaine.

Le doyen Reynolds s'interrompit un instant avant d'annoncer de but en blanc :

— Nous avons pensé à vous pour le remplacer.

— Mais je ne connais rien au mécénat ! s'exclama la jeune femme.

— Comme je vous l'ai déjà dit, Joshua Cantrell tient à ce qu'Alyssa ait la scolarité la plus normale possible, reprit le doyen sans prendre la peine de repousser l'objection soulevée par Cassie. Il est très impliqué dans l'éducation d'Alyssa dont il est le tuteur depuis la mort de leurs parents. C'est pour cette raison qu'il tient à assister à la semaine portes ouvertes. Bien qu'il ait pris des mesures pour tenir la presse à l'écart, j'ai besoin d'une personne pour l'escorter au cours de son séjour et écarter les éventuels importuns.

Comme Cassie ne disait mot, le doyen poursuivit.

— Nous tenons aussi à ce que M. Cantrell se sente bien accueilli et qu'il ait la meilleure opinion possible du campus et de la ville. Vous comprenez fort bien qu'il n'est pas possible de confier cette tâche à quelqu'un de trop en vue, comme le président de l'université ou celui du conseil d'administration. Cela risquerait d'attirer l'attention sur notre visiteur et de ruiner tous ses efforts pour passer inaperçu.

— Mais je suis en plein déménagement ! s'écria Cassie. Toutes mes affaires sont encore dans des cartons. Il faut que je les déballe, que je m'installe…

— Je comprends, admit le doyen. Mais si tout cela attend une semaine, ce ne sera pas la fin du monde. En revanche, si M. Cantrell se sent accueilli personnellement, il aura davantage à cœur d'aider notre université et notre petite ville. L'enjeu n'est pas mince…

— Bien sûr, mais je ne suis sûrement pas la mieux placée pour…, plaida Cassie, pas du tout enthousiasmée par la proposition du doyen.

Et le fait d'avoir des cartons à défaire n'était pas la seule raison à cette réserve.

— Nous avons besoin de vous, l'interrompit le doyen. Vous

êtes une fille du pays. Simple et posée. Une fille bien de chez nous, qui nous représentera à merveille.

« Simple et posée… » Cassie avait bien du mal à prendre cela comme un compliment. Posée, passe encore. Mais « simple » ! Elle était bien placée pour savoir que c'était plutôt un défaut qu'une qualité…

Surtout lorsqu'il s'agissait de s'occuper de quelqu'un comme Joshua Cantrell, voire d'attirer ses bonnes grâces, puisque c'était visiblement cela que le doyen souhaitait. Franchement, elle doutait que son côté « fille du pays » impressionne beaucoup une personnalité aussi glamour !

— Il vaudrait mieux confier cette mission à quelqu'un d'autre, répondit Cassie. Je crains de vous décevoir…

Et Cassie n'y tenait pas, elle qui en avait fait l'amère expérience dans sa vie personnelle.

— A mon avis, il vous faut quelqu'un de beaucoup moins « nature » que moi, conclut-elle.

Le doyen ne paraissait cependant pas disposé à céder.

— Allons, allons, vous ferez parfaitement l'affaire. Il nous faut juste une personne agréable et cultivée, qui saura faire bon accueil à un hôte de marque.

Certes, mais il s'agissait aussi de tenir compagnie à une personnalité en vue, songea Cassie. Un homme séduisant, riche et célèbre. Auprès de qui, fatalement, Cassie se sentirait mal à l'aise et se montrerait très empruntée. Ce qui ne ferait que lui rappeler à quel point elle était effectivement simple. Pour ne pas dire terne au possible…

Le doyen devait avoir perçu ses réticences car il s'empressa de remarquer, sans lui laisser le temps d'ajouter un mot :

— Ecoutez, Cassie, nous n'avons pas d'autre solution. Je suis convaincu que vous êtes la personne idéale pour une telle mission. Vous êtes la tutrice de la sœur de Joshua Cantrell et il semblera parfaitement normal que vous vous occupiez de lui. Par ailleurs, vous savez être discrète…

La liste de ses qualités ne cessait d'augmenter : simple, posée, bien de chez nous. Et maintenant discrète… Que d'attraits !

— … Aussi, je vous en prie, acceptez. Je vous le demande comme un service personnel, finit le doyen.

Ce dernier avait remué ciel et terre pour lui obtenir une bourse lorsqu'il avait su que la famille de Cassie ne pouvait pas lui payer des études supérieures. Comment, dans ces conditions, refuser de lui rendre un service ? Il le savait pertinemment…

— S'il ne s'agit que d'accompagner M. Cantrell et de lui faciliter la vie pendant son séjour à Northbridge, j'imagine que je suis aussi capable qu'une autre, concéda Cassie du bout des lèvres.

— Parfait ! déclara le doyen, triomphant. Puis-je utiliser vos services sur-le-champ ? Joshua Cantrell m'attend avec sa sœur dans les salons de réception et je souhaiterais vous présenter à lui dès que possible. Il faudrait ensuite que vous l'accompagniez au petit cottage qui a été rénové pour accueillir nos visiteurs de marque.

— Vous voulez que je le rencontre *maintenant* ? s'écria Cassie d'une voix qui ne dissimulait guère son inquiétude.

D'habitude, elle s'arrangeait un peu avant de sortir. Lorsque le doyen l'avait appelée à son domicile et lui avait demandé de passer le voir dans son bureau toutes affaires cessantes, elle avait d'ailleurs objecté qu'elle n'était pas du tout présentable après deux jours passés à déménager. Mais il lui avait répondu que sa tenue n'avait aucune espèce d'importance.

Cassie l'avait donc pris au mot et était venue sans même se donner un coup de peigne.

Un rapide coup d'œil suffit à la jeune femme pour mesurer l'ampleur des dégâts. Son jean était troué au genou, elle portait un T-shirt jaune informe et des tennis qui, évidemment, n'étaient pas de la marque de Joshua Cantrell. Quant à ses épais cheveux mi-longs, ils étaient relevés en une banale queue-de-cheval. Pour couronner le tout, bien sûr, elle ne portait pas une once de maquillage…

Elle avait l'air de tout, sauf de quelqu'un sur le point d'être présenté à un homme aussi en vogue que Joshua Cantrell.

Mais, visiblement, cela n'arrêtait pas le doyen.

— Non seulement je veux que vous le rencontriez immédiatement, mais, à vrai dire, il le faut ! insista ce dernier. J'ai déjà laissé M. Cantrell et sa sœur bien assez longtemps seuls dans les salons de la faculté et comme je dois assister ce soir à un dîner donné par M. le maire en l'honneur d'un de nos mécènes de Billings, vous allez devoir vous occuper tout de suite de notre hôte.

Puis, sans laisser à Cassie le temps d'émettre la moindre objection, le doyen fit le tour de son bureau, intima à la jeune femme l'ordre de le suivre et l'entraîna dans les escaliers qui menaient au deuxième étage où se trouvaient les salons de réception.

— Tout ce que nous voulons, c'est que M. Cantrell se sente bien ici, ajoutait le doyen en gravissant les marches. Qu'il ait une bonne impression de l'université et de la ville. Bref, qu'il tombe sous le charme de Northbridge.

Ils étaient arrivés en vue de la porte majestueuse qui donnait sur les salons de réception de l'université.

Cassie aperçut son reflet dans la porte vitrée et elle tressaillit.

Jusque-là, elle avait espéré que Joshua Cantrell verrait en elle une fille « nature » mais maintenant, elle était convaincue qu'il ne pouvait que la juger bien « paysanne »... Voilà qui ne l'aidait guère à avoir confiance en elle.

Le doyen perçut cette hésitation car, la main sur la poignée de la porte, il murmura :

— Ne vous faites pas de souci, vous êtes parfaite !

Cassie ne put réprimer un sourire ironique. Elle savait d'expérience qu'il n'en était rien.

Mais cela n'avait plus aucune importance car le doyen avait déjà frappé quelques coups à la porte.

Il l'ouvrit.

Plus moyen de reculer...

- 2 -

Lorsque Cassie pénétra dans la pièce, Joshua Cantrell et Alyssa avaient le dos tourné. Accoudés à une des fenêtres, à l'autre extrémité du salon, le frère et la sœur contemplaient le campus. L'index tendu en direction de la ville, la jeune fille que Cassie connaissait sous le nom d'Alyssa Johansen semblait indiquer quelque chose à son frère. Visiblement, ni l'un ni l'autre n'avaient entendu la porte s'ouvrir.

Cassie savait que, depuis ces salons, la vue sur Northbridge était splendide. Mais ce n'était rien comparé à la vision à proprement parler époustouflante de Joshua Cantrell de dos, vêtu d'un blouson de cuir qui mettait en valeur ses épaules larges et d'un jean qui soulignait une taille mince et des jambes musclées.

— Excusez-moi de vous déranger, commença le doyen après s'être éclairci la gorge pour manifester sa présence.

A ces mots, Alyssa et son frère se retournèrent.

Cassie ne put s'empêcher de dévisager Joshua Cantrell dont les traits lui parurent bien différents de ceux que la jeune femme avait tant de fois aperçus, au cours des mois précédents, sur les couvertures des magazines. Dans son souvenir, avec ses cheveux longs décoiffés et sa barbe de plusieurs jours, Joshua

15

Cantrell avait plus l'air d'un homme des bois que d'un membre de la jet-set ! En grimpant les marches à la suite du doyen, elle s'était d'ailleurs préparée avec un certain amusement à rencontrer une sorte de hippy chevelu entouré de sa cour de jeunes ambitieux…

Or, non seulement Joshua Cantrell était seul en compagnie de sa sœur, mais il avait coupé sa barbe et ses cheveux. Rasé de près, avec juste quelques mèches un peu plus longues qui donnaient à sa coupe un air naturel, il était sexy en diable.

— Monsieur Cantrell, je souhaiterais vous présenter Mlle Walker, poursuivit le doyen.

— Veuillez excuser ma tenue, déclara aussitôt Cassie. Je suis en plein déménagement et j'étais en train de défaire des cartons lorsque M. le doyen m'a appelée. Comme je ne m'attendais pas du tout à rencontrer quiconque…

Mais qu'est-ce qui me prend de raconter des trucs pareils ? Tu parles d'un discours de bienvenue ! se réprimanda-t-elle intérieurement. Résolue à ne pas s'embourber davantage, Cassie laissa sa phrase en suspens.

Ce qui ne fit qu'accroître son embarras car elle put alors tout à loisir mesurer à quel point elle était mal habillée…

Adonis, je vous présente Mlle Souillon.

Joshua Cantrell était en effet beau comme un dieu grec.

Impossible de déceler dans son visage la moindre imperfection. Il avait une mâchoire bien dessinée et un menton volontaire, des pommettes hautes qui donnaient le sentiment d'avoir été sculptées dans le marbre, de belles lèvres pleines, un nez droit et de magnifiques yeux gris-bleu, pareils à un ciel d'hiver.

Lesquels se tournèrent vers le doyen après les quelques mots maladroits de Cassie.

— Ne me dites pas que vous avez dérangé cette jeune femme un dimanche soir pour qu'elle vienne me saluer !

— Oh, mais ça ne m'a pas du tout dérangée, s'empressa d'ajouter Cassie. Simplement, je ne savais pas que j'allais devoir rencontrer quelqu'un comme vous…

De pire en pire… Jusqu'où allait-elle s'enfoncer ?

— … Je veux dire que je devais accueillir quelqu'un au nom de l'université de Northbridge. Si j'avais su qu'un membre de la famille d'une de nos élèves m'attendait, je me serais changée.

— Ne vous inquiétez pas ! l'interrompit Alyssa. Mon frère et moi ne sommes pas du genre à nous formaliser pour si peu. Et puis, après tout, vous n'êtes pas habillée différemment de nous !

Ce qui était la stricte vérité. Alyssa portait comme son frère un jean et un T-shirt.

— Quoi qu'il en soit, je suis ravie de faire votre connaissance, monsieur Cantrell, déclara Cassie qui voulait passer le plus vite possible à autre chose et faire oublier ce début maladroit.

— Enchanté de vous rencontrer. Mais je vous en prie, appelez-moi Joshua, répondit-il avec un sourire capable de pulvériser les défenses les plus inébranlables.

— Et moi Cassie, lança-t-elle, réalisant trop tard — une fois de plus — que cette proposition pouvait la faire apparaître comme naïve ou présomptueuse.

— Cassie est la responsable des étudiants de première année, précisa Alyssa à ce moment-là. C'est elle qui a réussi à annuler mon inscription en chimie et m'a permis de suivre ce cours de biologie absolument génial dont je t'ai parlé.

— Cassie a accepté de vous guider au cours de la semaine

portes ouvertes, enchaîna le doyen. Elle ne fait pas parler d'elle et saura se montrer discrète.

Cassie eut une petite moue de déplaisir en entendant le doyen la présenter en ces termes. Une moue qui n'échappa pas à Joshua Cantrell, lequel adressa alors à la jeune femme un regard qui valait tous les démentis et lui permit de surmonter cette petite blessure d'amour-propre.

— Le but du jeu, cette semaine, c'est de passer inaperçu, expliqua Joshua. Si vous pouvez nous y aider, nous vous en serons extrêmement reconnaissants, Alyssa et moi.

— Je vous promets de faire tout ce qui est en mon pouvoir mais je ne vous garantis rien, répondit Cassie. Votre image et votre nom font tellement souvent la une des journaux qu'il n'est pas impossible qu'on vous reconnaisse…

— Vous devez être fatigué après un si long voyage, intervint alors le doyen en ouvrant la porte des salons. Cassie va vous montrer la maison que nous mettons à votre disposition, cette semaine.

— Merci beaucoup. Je serais ravi de me reposer un peu.

Sur ce, le doyen se dirigea vers l'escalier et, quelques minutes plus tard, arrivé au pied de l'immeuble, il prit congé de Joshua Cantrell.

— Je crois qu'il vaudrait mieux que je rentre, moi aussi, déclara Alyssa après le départ du doyen. J'ai un exposé à présenter demain matin dans mon cours de littérature et je n'ai pas terminé de le préparer. Ça ne te dérange pas trop si je te laisse, Joshua ?

— Non, pas du tout ! répliqua son frère. J'ai passé ma journée sur la route et pour tout te dire, je ne rêve que d'une chose : prendre une douche et me mettre au lit.

Alyssa déposa un rapide baiser sur la joue de son frère et murmura :

— Merci d'être venu, Joshua. Merci pour tout ce que tu as fait pour rendre ce séjour possible.

— Ce n'est rien, répondit sobrement Cantrell, comme s'il n'avait rien fait de spécial, alors que, visiblement, Alyssa ne partageait pas cette vision des choses.

A l'évidence, pourtant, il n'était pas insensible à la reconnaissance que lui manifestait sa sœur.

C'est rassurant, se dit Cassie, de voir que même les demi-dieux — en apparence si détachés de tout — peuvent être attendris par de simples mortelles !

Puis Alyssa salua Cassie et partit en direction de la résidence universitaire.

Et c'est ainsi que Cassie se retrouva seule en compagnie de Joshua Cantrell sous les chênes centenaires qui surplombaient les pelouses du campus, un beau soir de début d'automne.

— Quelles jolies fossettes !

— Pardon ? demanda Cassie à qui il fallut un moment pour comprendre que Joshua Cantrell parlait non pas de sa sœur mais d'elle-même.

— Vous venez de sourire et comme j'adore les fossettes, je n'ai pas pu m'empêcher de faire cette réflexion tout haut.

Cassie ne s'était pas rendu compte que l'échange affectueux entre le frère et la sœur avait amené un sourire sur ses lèvres.

Un peu décontenancée par ce compliment, mais résolue à ne pas le laisser paraître, elle feignit l'étonnement.

— Des fossettes, moi ?

— Si, si, je vous assure, enchaîna Cantrell, prompt à rentrer dans le petit jeu instauré par Cassie. Une sur chaque joue, précisa-t-il après s'être penché vers elle pour l'examiner. Dire que le doyen m'a assuré qu'avec vous, je ne risquais pas d'être remarqué. Avec des fossettes pareilles, c'est raté !

Cassie rit et essaya de ne pas se laisser troubler par le charme magnétique que dégageait cet homme. Il ne s'était rapproché d'elle que quelques secondes mais cela avait suffi pour qu'elle perçoive à quel point elle y était sensible. Mieux valait donc éviter — à l'avenir, mais aussi dès à présent — le sujet « fossettes »...

— Nous tenons à votre disposition un petit cottage. C'est par là ! déclara Cassie en désignant d'un mouvement de tête la direction opposée à celle prise par le doyen et Alyssa.

Mais Cassie n'était pas au bout de ses surprises car Cantrell se tourna alors vers le parking de l'université et demanda en tendant le bras vers une superbe Harley Davidson noire :

— Est-ce que vous croyez que je peux laisser ma moto là-bas ou c'est trop risqué ? demanda-t-il.

Joshua Cantrell avait beau porter un jean et un blouson de cuir, Cassie pensait qu'il était venu en voiture.

— Mais vous êtes venu en moto ! Tout seul !

— Au départ j'avais pensé arriver dans une grosse berline escortée par des motards et des voitures de police, toutes sirènes hurlantes, mais je me suis dit que ça ne m'aiderait pas à passer inaperçu ! plaisanta-t-il.

— C'est un sacré long trajet de Billings à Northbridge... Surtout en moto !

— Exact. Je n'aurai pas volé ma douche !

Mais qu'est-ce qu'elle avait donc ce soir ? Elle n'arrêtait pas de dire des sottises. Il fallait qu'elle se reprenne. Immédiatement.

— Le cottage où vous allez séjourner se trouve de l'autre

côté du campus. Vous n'aurez qu'à garer votre bolide dans la rue adjacente mais, de toute façon, vous pouvez dormir sur vos deux oreilles. Il n'y a pas eu de vol de voiture à Northbridge depuis plus de dix ans ! D'ailleurs les gens ont l'habitude de laisser leurs clés sur le tableau de bord. C'est dire !

Cantrell écarquilla les yeux, visiblement éberlué.

— Dans ces conditions, inutile de déplacer la Harley. Allons directement à ce cottage.

Sitôt dit, sitôt fait. Joshua Cantrell à ses côtés, Cassie emprunta un sentier pavé qui serpentait au milieu des pelouses du campus. A court de sujets de conversation, la jeune femme se lança dans une présentation des différents bâtiments qu'ils longeaient.

— A l'origine, le cottage dans lequel nous vous avons installé était la maison des domestiques d'une très riche famille, expliqua Cassie tandis qu'ils arrivaient en vue du petit pavillon. Les Nicholas étaient les propriétaires de l'ensemble de ces magnifiques bâtiments et ils les ont légués à la ville à la fin du XIXe siècle afin de doter Northbridge de centres d'éducation. Lorsque la faculté a été créée, le cottage devait être le logement de fonction des présidents de l'université mais un seul y a finalement habité. L'appartement est trop petit pour accueillir une famille. Depuis, il a été rénové pour recevoir nos hôtes de marque.

— Je vois que vous connaissez l'histoire de l'université sur le bout des ongles.

— Pardonnez-moi, j'ai dû vous assommer ! s'excusa-t-elle sans réfléchir, tant elle était persuadée d'être ennuyeuse.

N'était-ce pas ce que Brandon n'avait cessé de lui répéter ?

— Pas du tout ! C'est passionnant au contraire, protesta Cantrell.

Cassie se mordit la lèvre, convaincue que son interlocuteur n'avait répondu de la sorte que par pure politesse. Elle avait dû le raser, c'était certain.

Le cottage, entouré d'arbres et d'une petite haie taillée pour ne pas dépasser le rebord des fenêtres à croisillons ne se trouvait plus qu'à quelques mètres.

— Oh, mais c'est un vrai cottage ! s'exclama Cantrell, visiblement surpris. On dirait qu'il sort tout droit d'un conte de Grimm… Est-ce que des petits lutins chargés de gâteaux vont s'échapper lorsque nous ouvrirons la porte ?

Bien sûr, songea Cassie en cherchant la clé du cottage dans son sac, avec son toit pointu et sa porte voûtée si large que le reste de la maison paraissait minuscule, la petite maison de style Tudor pouvait sembler ridiculement kitch pour quelqu'un comme Joshua Cantrell. Après tout, il ressemblait plus à James Dean qu'aux sept nains de Blanche Neige !

— Désolée, les lutins n'ont pas été prévus au programme ! rétorqua-t-elle simplement.

Elle s'écarta pour laisser passer son hôte mais ce dernier insista pour qu'elle entre d'abord, ce qui fit remonter Cantrell dans l'estime de la jeune femme après ses critiques sur le cottage. Car c'est ainsi qu'elle avait interprété ses plaisanteries.

Elle pénétra à l'intérieur de la maison, décidée à en finir le plus vite possible.

— Le tour du propriétaire ne sera pas long à faire, déclara-t-elle en désignant l'unique pièce du cottage. Ici, vous avez le coin cuisine, là le salon et, dans cette alcôve, la chambre. La salle de bains se trouve derrière cette porte, indiqua Cassie en désignant un renfoncement dans l'alcôve.

Avec ses planchers cirés luisants, ses lambris, ses jolis meubles de bois peint et les petites lampes disposées un peu partout qui diffusaient une agréable lumière, le logement avait beaucoup de charme. C'était simple, mais on s'y sentait bien.

Elle allait demander à son hôte où se trouvaient ses bagages lorsqu'elle aperçut deux sacs de voyage en cuir sur le banc au pied du lit.

— Vos bagages sont arrivés, l'informa-t-elle.

— C'est une bonne nouvelle ! Je les avais confiés à un transporteur mais je craignais un peu qu'ils ne s'égarent.

La jeune femme se dirigea vers le coin cuisine.

— Vous trouverez des provisions dans le réfrigérateur, indiqua-t-elle après l'avoir ouvert. Et vous avez des paquets de café ainsi que des filtres et des céréales pour le petit déjeuner dans le placard au-dessus de l'évier. Mais je ne vois pas l'ombre d'un paquet de biscuits. Ni de lutins, conclut-elle, un rien sarcastique.

Joshua Cantrell rit.

— Dommage ! J'adore les biscuits.

Cassie lui jeta un regard de côté mais constata que Joshua lui souriait avec bienveillance. Apparemment, il n'avait pas senti la pique qu'elle venait de lui lancer. Une conclusion s'imposait : elle réagissait beaucoup trop vivement lorsqu'il était question de Northbridge. Encore une séquelle des blessures qu'un autre homme lui avait infligées, autrefois… Elle décida donc de chasser sa mauvaise humeur et changea de ton.

— Est-ce que vous avez tout ce qu'il vous faut ?

— Absolument, répondit Cantrell. Comme j'ai mon portable, l'absence de téléphone ne va pas me manquer. Et je vais bien finir par trouver un endroit où acheter des biscuits…

Il n'avait probablement qu'à claquer des doigts et le doyen

remuerait ciel et terre pour lui en fournir, tout juste sortis du four, songea Cassie. Mais elle garda cette remarque pour elle-même et esquissa un petit sourire.

— Décidément, vous avez des fossettes magnifiques !

— Ah… Si vous le dites ! déclara Cassie qui commençait à trouver Joshua Cantrell un peu trop entreprenant.

Peut-être était-ce un de ces hommes incapables de rencontrer une femme sans essayer de la séduire pour se prouver qu'il était irrésistible ? C'était la seule explication que Cassie voyait à ce qui ressemblait à s'y méprendre à une entreprise de séduction.

— Pour ce qui est de demain…, commença-t-elle.

Joshua Cantrell l'interrompit à cet instant.

— Alyssa n'a que deux heures de cours le lundi. Nous avions pensé passer la journée ensemble. Vous n'aurez donc pas à chouchouter le potentiel mécène que je suis. Car c'est le rôle qu'on vous a assigné n'est-ce pas, à la place du distingué personnage qui m'avait déjà glissé qu'il était responsable du développement pour l'université. Comment s'appelait ce bonhomme, déjà ? Vous savez, celui que je devais rencontrer ce soir… Curt, Kirby… Non, Kirk ! C'est ça, Kirk Samson.

Cassie avala sa salive. Ainsi Cantrell avait tout deviné…

— Kirk Samson, c'est exact. Hélas, il est tombé d'un arbre en fin d'après-midi et il ne doit pas bouger de la semaine, précisa Cassie qui ne savait qu'ajouter.

— Et c'est la raison pour laquelle on vous a appelée à l'improviste ce soir, en plein milieu de votre déménagement, sans même vous dire de quoi il retournait : se concilier les faveurs d'un type richissime.

Cassie rougit et baissa les yeux.

— Ne vous inquiétez pas, reprit Joshua. J'ai l'habitude.

Mais si vous n'y voyez pas d'inconvénients, voici ce que je vous propose. Comme je sais pertinemment ce que le maire et le doyen attendent de moi, pas la peine de me vanter les mérites de tel projet ou de tel équipement que je pourrais opportunément contribuer à financer. Evitons ces conversations, ennuyeuses pour moi et délicates pour vous...

— Vous pouvez compter sur moi !

— Ce qui m'intéresse en revanche c'est de découvrir l'université et la ville qui vont accueillir ma sœur pendant les quatre prochaines années et surtout de rencontrer les gens qui vont l'entourer. Pour vous dire la vérité, je n'arrête pas de me dire que l'accident de Kirk Samson est une sacrée aubaine...

— Je ne le lui répéterai pas, plaisanta Cassie.

— Merci ! Quoi qu'il en soit, je suis sûr qu'en votre compagnie, tout sera beaucoup plus facile. Il y aura moins de risque qu'on ne me reconnaisse et qu'on ne rameute la presse. Au final, cela ne peut qu'aider Alyssa à rester à Northbridge *incognito*. Et puis, même si un jour quelqu'un finit par savoir qui elle est, ce sera moins gênant dans la mesure où les gens auront déjà eu le temps de s'attacher à elle. Peut-être seront-ils alors plus disposés à faire bloc pour la protéger. En tout cas, je l'espère ! Et je suis persuadé que cela peut se mettre en place dès à présent, grâce à vous.

Cassie hocha la tête, perplexe.

En conclusion, le doyen et le maire voulaient qu'elle récolte pour eux les bonnes grâces de Joshua Cantrell, tandis que ce dernier souhaitait que tout Northbridge les prenne, lui et sa sœur, sous son aile !

Rien que ça.

Et pour couronner le tout, ses affaires étaient actuellement dans des cartons qu'elle aurait dû être en train de défaire...

— Je ne peux évidemment pas vous promettre, répondit Cassie, que les gens vont vous aimer et vous défendre bec et ongles contre les paparazzis ! Mais vous pouvez compter sur moi pour vous présenter à tout le monde.

— Super ! s'exclama Cantrell visiblement satisfait par la réponse de Cassie. Tout ce que je souhaite, cette semaine, c'est me fondre dans le décor.

— Je ferai tout mon possible pour vous y aider.

— Au fait, dites-moi, qu'est-ce qui est prévu demain soir ? Un apéritif de bienvenue, c'est cela ?

— Tout à fait. C'est l'occasion pour les familles de rencontrer les responsables de l'université. Pour ce qui est des enseignants, vous les verrez au cours de la réception organisée mercredi soir et dont le doyen vous reparlera demain à l'occasion de cette soirée. Il exposera toutes les activités et les rencontres prévues pendant la semaine portes ouvertes.

— Eh bien, que diriez-vous si nous nous retrouvions à cette fameuse soirée ? proposa Joshua.

— Bien volontiers !

— Je me réjouis à l'avance de vous revoir.

Cassie ne savait trop comment interpréter cette dernière remarque. N'était-ce qu'une formule courtoise pour clore la conversation ? Ou bien était-il réellement impatient de la retrouver ?

Difficile de trancher...

Elle rejeta toutefois rapidement la deuxième solution. Pourquoi un homme tel que Cantrell aurait-il envie de la revoir, elle, la fille du pays, simple, posée et discrète...

— Si vous n'avez besoin de rien, je vous laisse à votre douche, déclara alors Cassie pour mettre un terme à leur discussion.

Joshua Cantrell sourit de nouveau. Avec un air malicieux que Cassie ne comprit pas tout d'abord. Après tout, elle n'avait rien dit de grivois, lui semblait-il.

Quoique. Après avoir quitté le petit cottage, une succession d'images traversèrent son esprit. Des images qui étaient loin d'être innocentes…

Cassie les chassa bien vite. Quelle idée de penser ainsi à Joshua Cantrell ? Si Brandon Adams n'appartenait pas au même monde qu'elle, Joshua Cantrell appartenait carrément à une autre galaxie ! Bref, c'était encore moins que Brandon un homme pour elle.

Joshua Cantrell était riche, célèbre, auréolé de succès et les magazines le montraient chaque semaine au bras d'une femme différente.

De femmes toutes plus splendides les unes que les autres.

Et elle, qu'est-ce qu'elle était ? Une fille discrète, posée et simple. Voilà tout.

Ils étaient comme l'huile et l'eau, qui, comme chacun sait, ne se mélangent pas.

Et ça, elle ne risquait pas de l'oublier !

On ne l'y reprendrait plus…

- 3 -

— Je crois que nous allons avoir de la visite, Joshua ! Des cow-boys se dirigent droit sur nous.

C'était la fin de l'après-midi et Joshua somnolait à l'ombre d'un arbre sous lequel sa sœur et lui avaient étendu un plaid afin de pique-niquer à l'abri du soleil. Les yeux clos, les mains sous la tête, il s'était assoupi tandis qu'Alyssa potassait un manuel de biologie. La voix de sa sœur venait de le tirer de son sommeil.

Il ouvrit les yeux et découvrit deux cavaliers qui galopaient vers eux, arborant les bottes et les chapeaux caractéristiques des cow-boys. Sa sœur n'exagérait pas !

Joshua s'assit, passa la main sur son front puis se leva.

Pendant ce temps, les deux hommes à cheval étaient arrivés à quelques mètres d'eux et immobilisaient leurs montures.

— Bonjour ! lança Joshua.

— Vous savez que vous êtes sur une propriété privée ? demanda l'un des hommes sans répondre au salut de Joshua.

— Ah bon ? Excusez-moi, mais non, je ne le savais pas. Comme nous n'avons franchi ni haie ni muret et que je n'ai vu aucune pancarte, je pensais que nous nous étions installés sur un terrain communal. Nous allons partir tout de suite !

— Prenez votre temps… Si vous ne vous installez pas, vous pouvez rester un moment. A condition de laisser les lieux propres, bien sûr. Nous ne voulons pas gâcher votre fin d'après-midi.

— Merci infiniment ! Vous pouvez compter sur nous pour ne rien oublier.

Les deux cavaliers n'étaient guère plus vieux qu'Alyssa et sans doute n'auraient-ils pas été aussi obligeants si cette dernière ne s'était pas trouvée là. Aux œillades que les deux cavaliers jetaient dans la direction de sa sœur, Joshua avait vite compris qu'ils n'étaient pas insensibles à ses charmes.

Visiblement, Alyssa aussi s'était rendu compte de l'intérêt qu'elle suscitait. Et sans doute n'était-elle pas indifférente à leur charme puisqu'elle posa son livre, se leva et s'approcha des chevaux.

— Est-ce que je peux caresser leur museau ? demanda-t-elle d'une voix suave.

Joshua faillit éclater de rire. Ce n'était pas du tout le ton qu'elle utilisait avec lui ! Sauf qu'on ne s'adresse pas à son frère comme à un homme qu'on cherche à séduire, nota-t-il intérieurement. Ce qui était apparemment le cas. Il fallait se rendre à l'évidence : sa sœur n'était plus une petite fille.

Les preuves ne manquaient pas, d'ailleurs. Alyssa était certes toujours aussi mince et élancée mais sous son petit haut ajusté se devinait désormais un joli décolleté. Quant à sa belle chevelure d'un noir de jais, elle l'avait fait couper très court, dans un style garçonne qui lui donnait un petit air piquant. C'était très réussi. Et très éloigné de sa sage apparence d'autrefois.

Concernant le maquillage, ça aussi, c'était nouveau. Le soupçon de fard qu'Alyssa avait appliqué sur ses paupières et le mascara qui ourlait ses cils révélaient des yeux bleus qui semblaient encore plus clairs et lumineux qu'auparavant. A cela s'ajoutait une touche de rouge à lèvres nacré que la jeune étudiante ne portait pas la dernière fois que son frère l'avait vue, un mois plus tôt.

La directrice très collet monté du pensionnat pour jeunes filles où Alyssa avait suivi ses études jusqu'au baccalauréat n'aurait certainement pas apprécié ces différents changements. Joshua avait beau ne rien avoir de commun avec cette vieille dame guindée, il n'était pas loin de partager ses réactions…

Arrête immédiatement, mon vieux ! se dit-il. Que tu le veuilles ou non, Alyssa devient une femme… C'est parfaitement normal.

En conséquence, au lieu de se mêler de ce qui ne le regardait pas, il se rassit sur le plaid tandis qu'Alyssa continuait sa discussion avec les deux cow-boys.

Pour autant, bien évidemment, il n'était pas question de fermer les yeux et de laisser tout faire. Plutôt que de s'assoupir de nouveau, il s'adossa donc au tronc de l'arbre, et, les bras croisés sur la poitrine, il se mit à surveiller de loin le tour que prenaient les choses. Difficile de devenir subitement laxiste, quand on a toujours été protecteur et responsable !

Comme Alyssa lui tournait le dos, seules quelques bribes de conversation lui parvenaient. Les cavaliers, pour leur part, souriaient à la jeune fille et répondaient à ses questions sur le mode taquin que sa sœur avait adopté depuis le début. Mais l'ambiance était à l'évidence bon enfant et Joshua relâcha un peu sa surveillance. Aussitôt ses pensées se mirent à vagabonder.

Enfin, pour être honnête, la couleur brun roux de la robe d'un des chevaux y était pour quelque chose.

Une couleur en tout point similaire à celle de la chevelure auburn de Cassie Walker, la tutrice des étudiants de première année.

Une couleur fauve, absolument splendide.

En outre, les cheveux de la jeune universitaire semblaient si doux qu'il n'avait cessé la veille d'espérer que l'élastique qui les retenait se romprait pour les voir retomber librement et encadrer le beau visage de cette jeune femme...

Un vrai souhait de petit garçon émerveillé. Ebloui.

Aujourd'hui encore, il était sous le choc. D'ailleurs il n'avait pas été capable de penser à grand-chose d'autre depuis qu'il l'avait rencontrée. C'était la première fois qu'une femme lui faisait un tel effet. Jamais il n'avait connu ça auparavant. Pas même avec Jennie.

Mais, à quoi bon penser à cela ?

Pas moyen pourtant de chasser ces pensées, ces images de Cassie Walker. Obsédantes. Enivrantes.

Des images de ses cheveux, de son visage, de son corps...

Non que son corps soit particulièrement remarquable, son visage exceptionnellement beau ou ses cheveux prodigieusement fins. En fait, elle n'était pas du tout comme les beautés qu'il rencontrait à longueur de journée dans le milieu de la mode et qu'il aurait pu tout à loisir courtiser s'il l'avait souhaité mais dont il s'efforçait surtout de repousser les assiduités.

Elle n'avait d'ailleurs rien d'une gravure de mode. Petite, menue, mais ronde là où il le fallait, elle n'avait rien de commun avec les femmes qu'il côtoyait si souvent.

Non, elle n'avait pas les pommettes saillantes et les joues creuses, indispensables de toute évidence pour devenir top model. Mais elle avait bien des pommettes hautes qui lui donnaient un air plein de vie et de santé.

Pas de nez impeccablement droit — résultat probable de quelque opération esthétique — non plus. Ni une carnation particulièrement photogénique. Mais son nez retroussé lui donnait un air effronté absolument irrésistible.

Et elle avait un air tellement joyeux. Une présence solaire aussi. Elle irradiait littéralement et sa bonne humeur était communicative. Au seul souvenir de son visage si doux, si enjoué, Joshua était pris d'une irrépressible envie de rire.

Comme il aimait son sourire, ses lèvres pleines, ourlées, appétissantes ! Quant à ses fossettes qui apparaissaient chaque fois qu'elle souriait, elles le faisaient fondre complètement et tiraient définitivement Cassie hors du lot.

Ses fossettes, mais aussi ses yeux.

Car elle avait des yeux extraordinaires, d'un turquoise tirant plus sur le vert que sur le bleu et d'un éclat éblouissant.

Cassie Walker avait vraiment quelque chose d'unique.

Elle était pareille à une bouffée d'air pur : fraîche, douce et grisante à la fois.

Et la vérité, c'est qu'elle l'attirait. Terriblement.

Car elle n'avait pas seulement un physique intéressant et de l'allure. Il y avait en elle un aplomb, une capacité à ne pas se laisser décontenancer qui l'avait impressionné. Même si elle avait quelque peu perdu contenance au départ et avait ainsi indirectement révélé que le doyen l'avait forcée à accepter une mission qu'elle aurait préféré refuser.

De l'aplomb et du cran. Le tout, sous des traits qui, sans être ceux de la dernière star à la mode, étaient pour lui en tout point adorables…

— Tu as entendu, Joshua ?

Les divagations de Joshua s'arrêtèrent net.

— Non, excuse-moi, Alyssa. Que disais-tu ? demanda-t-il à sa sœur.

— Il faudra que nous fassions très attention, en partant, à ce que ta moto ne fasse pas de dégâts dans les champs, répéta Alyssa.

— Pas de problème, vous pouvez compter sur moi, approuva Joshua.

Leur mission accomplie, les deux cavaliers saluèrent et repartirent sur le chemin par lequel ils étaient venus.

Joshua n'était pas mécontent de les voir s'éloigner. Sa sœur allait revenir vers lui et, sans le savoir, cette dernière allait l'aider à chasser ses pensées obsédantes qui tournaient toutes autour de Cassie Walker.

— Je me trompe ou tu vas prendre des cours d'équitation dans les semaines à venir ? plaisanta Joshua tandis que sa sœur reprenait place sur le plaid.

Le visage radieux d'Alyssa afficha un immense sourire.

— Des leçons d'équitation…, murmura-t-elle d'un ton rêveur. Quelle bonne idée ! Je vis dans le Montana après tout. C'est presque le Far West !

— Ne t'emballe pas, Alyssa. N'oublie pas que tu n'es encore qu'une femme fatale en herbe !

Pour toute réponse, Alyssa lui décocha un sourire énigmatique.

— Ne me dis pas que tu es déjà une séductrice confirmée ? s'inquiéta Joshua.

— Je n'ai rien dit…, répondit finalement Alyssa comme pour le ménager. J'espère juste que tu ne t'imagines pas que j'ai été enfermée dans un couvent ces dernières années, et ce malgré les apparences. J'étais sur la Côte d'Azur, tu sais, pas dans un trou paumé… Comme en plus tu ne venais me chaperonner que de temps à autre, il fallait bien que je m'occupe…

Joshua passa la main sur le visage. Il n'avait pas vraiment envie d'en savoir plus…

— Laisse-moi quelques illusions, Alyssa ! l'interrompit-il, suppliant.

— Très bien. Alors nous ferions mieux de rentrer pour avoir le temps de nous changer avant l'apéritif de bienvenue.

— Dommage… C'est si beau et tranquille ici.

— Oui, le décor est splendide, observa malicieusement Alyssa qui s'était tournée dans la direction prise par les cavaliers qu'on discernait encore au loin.

— Mes illusions, tu as promis de les préserver ! lui rappela Joshua.

Visiblement ravie de mettre son frère mal à l'aise, Alyssa éclata de rire. Bien vite, toutefois, elle revint à un sujet de conversation plus anodin.

— Tu es vraiment sûr de vouloir aller seul au pot de bienvenue ce soir ?

— Tout à fait, confirma Joshua. C'est un test décisif : jusqu'à présent tu as réussi à passer inaperçue mais pour moi ça risque d'être plus difficile étant donné que je fais souvent la une de la presse people. Mieux vaut s'assurer que personne ne me reconnaît avant de m'exposer à tes côtés. Si, malgré mon changement d'apparence et mon identité d'emprunt, j'étais démasqué dès le premier soir, autant qu'on ne fasse pas le lien entre nous.

— A mon avis, tu t'inquiètes beaucoup trop. Et puis, ça m'embête vraiment que tu ailles à cette soirée tout seul.

— Oh, ne te fais pas de souci, je ne serai pas seul. Ta tutrice, j'en suis sûr, a pour ordre de ne pas me lâcher d'une semelle. Tu sais ce que c'est… Les autorités de Northbridge aimeraient tellement que je crée une fondation, subventionne un institut, que sais-je…

Joshua passa la main dans ses cheveux.

A la vérité, l'idée que Cassie Walker lui tienne compagnie durant la soirée n'était pas pour lui déplaire. Loin de là ! Sauf que Cassie, elle, était contrainte et forcée. Ce qui, évidemment, n'était pas idéal… Malgré tout, il n'était pas mécontent d'aller à cette réunion d'accueil où il savait qu'il la reverrait.

Joshua ajouta alors, sans doute parce qu'il ne pouvait pas s'empêcher de penser à elle et parce que c'était, pensait-il, une manière discrète d'obtenir des informations :

— Au fait, qu'est-ce que tu sais à son sujet ?

— De qui parles-tu ? De Cassie ?

— Oui.

Alyssa fronça les sourcils.

— Je ne peux rien te dire, je ne la connais quasiment pas. Elle a juste été adorable avec moi en début d'année. Je détestais cet horrible cours de chimie où je m'étais fourvoyée mais le professeur ne voulait pas entendre parler de modification d'inscription et elle a réussi à le persuader de me laisser changer de spécialisation. Mais à part ça…

— Est-ce que tu sais si elle est mariée ? Ou si elle a un petit ami ?

Alyssa se retourna et regarda son frère intensément.

Joshua savait que sa sœur était fine et ne s'en laissait d'ordinaire pas conter.

Pourvu qu'elle ne se rende compte de rien ! pria-t-il intérieurement.

— Tu ne t'intéresserais pas à elle, par hasard ? asséna plutôt que ne demanda Alyssa avec un sourire en coin.

Pas de chance !

— Non, non, mentit Joshua. Je voudrais seulement savoir si je ne me fais pas des ennemis personnels en la retenant ce soir et sans doute pas mal d'autres soirs de la semaine. Tu sais, les maris, petits amis et autres fiancés n'aiment pas particulièrement que leur chère et tendre passe le plus clair de son temps en compagnie d'un autre homme. Du coup ils s'intéressent à celui avec qui leur compagne est en service commandé. Bref, je crains que si ta tutrice a un copain, celui-ci réalise qui je suis, donc qui tu es… et, de fil en aiguille, que notre beau plan s'écroule.

Mais Alyssa n'était pas dupe.

— A d'autres, Joshua… Je ne suis pas idiote ! Elle te plaît, voilà tout.

— Mais je ne la connais même pas.

— Ça n'a jamais empêché personne d'être attiré par une jolie fille, répliqua Alyssa. Ce qu'elle est.

— Elle est pas mal, c'est vrai, minimisa Joshua qui essayait de prendre un air dégagé alors que la simple évocation de Cassie faisait resurgir en lui une kyrielle d'images toutes plus grisantes les unes que les autres.

Des images qui soulevaient une vague de sensations indéfinissables. Délicieuses.

— En plus, elle est sympa, nota Alyssa.

— Si tu le dis.

Tout à coup, les traits d'Alyssa se figèrent.

— Le seul problème, c'est que Cassie ressemble beaucoup à Jennie. En pire même. Au moins Jennie était… comment dire ? Jennie ne venait pas d'une ville comme Northbridge. Or Northbridge est vraiment à des millions d'années lumière du monde dans lequel tu vis.

— C'est précisément pour ça que nous avons choisi cette université, je te le rappelle.

— Les gens ici sont tellement... normaux. C'est incroyable.

— Oui, je vois ce que tu veux dire, répondit Joshua, envahi soudain par un sentiment amer.

Dire que sa sœur et lui étaient maintenant amenés à trouver la normalité remarquable !

— Ne me dis pas que tu voudrais revivre ce que tu as traversé avec Jennie ! interrogea Alyssa, apparemment préoccupée.

Joshua baissa les yeux.

Non, ce n'était pas le cas. Pas du tout. Et c'est la raison pour laquelle il lui fallait absolument résister au charme de Cassie Walker, à cette attirance qu'il éprouvait déjà pour elle...

— Non, bien sûr que non ! Il est hors de question de revivre un tel désastre. Ce genre d'histoires, j'ai déjà donné. Et je te l'ai déjà dit : plus jamais je n'exposerai quelqu'un à vivre ce que Jennie a traversé.

Franchement, il ne risquait pas de l'oublier : le seul fait de prononcer le nom de Jennie le remplissait d'un mélange de culpabilité, de colère et de chagrin inexprimable.

— Oui, tu me l'as même promis, ajouta Alyssa qui lui faisait ainsi savoir qu'elle ne le déliait pas de sa promesse.

Ce qui était parfaitement compréhensible car Alyssa avait été complètement traumatisée par toute cette histoire.

— Tu sais, j'adorais Jennie, poursuivit la jeune fille. Et j'apprécie Cassie même si je ne la connais pratiquement pas. Je n'aimerais pas que...

— Du calme ! On n'en est pas là. Je te demandais juste ce que tu savais sur elle pour éviter les impairs. Et puis, si jamais elle a quelqu'un dans sa vie, je pourrais lui proposer de venir avec…

Quel comédien il faisait tout de même ! Car bien sûr, le prétexte qu'il utilisait pour savoir si Cassie avait un homme dans sa vie était un beau mensonge. En revanche, il était sincère lorsqu'il disait ne pas vouloir laisser les choses prendre de l'importance avec quelqu'un comme Cassie Walker…

— Ne te fais pas de souci ! conclut-il à l'attention de sa sœur.

Mais Alyssa ne paraissait guère persuadée.

— Crois-moi, j'ai tiré les leçons du fiasco avec Jennie, ajouta-t-il avec conviction. Et je n'ai aucune envie de revivre ça. Pas plus que de te faire subir de nouveau une telle épreuve.

Alyssa approuva d'un mouvement de tête mais elle n'avait plus rien de la jeune fille insouciante et sûre d'elle-même qui parlait de manière si décontractée avec les cow-boys quelques minutes plus tôt. Elle lui paraissait tellement jeune et vulnérable maintenant…

— Ecoute, est-ce que je t'ai déjà laissée tomber ?

Alyssa lui décocha un sourire. Rapide, certes, mais un sourire quand même.

— Non, quelle question ! répondit Alyssa.

— Eh bien, ce n'est pas aujourd'hui que ça va commencer. Alors, maintenant, détends-toi !

Ce qu'elle commença à faire, quoique la rigidité de sa nuque trahisse un reste de tension.

— J'aimerais tellement que tu sois heureux, tu sais…, ajouta-t-elle alors. Que tu vives avec quelqu'un de bien — une femme qui t'aimerait pour toi-même et qui ne souhaiterait que ton bonheur. C'est juste que…

— Je sais, la coupa de nouveau Joshua. Ne te mets pas

martel en tête. Je vais bien finir par la rencontrer, cette perle rare. Mais ce n'est pas du tout l'objectif de cette semaine ni de ce séjour à Northbridge.

Menteur ! enchaîna Joshua intérieurement. Tu n'arrêtes pas de penser à Cassie Walker et la preuve, c'est cette image d'elle qui vient de te passer par la tête...

Pourtant, il était sincère. Ce voyage à Northbridge avait pour unique objet de s'assurer que sa sœur pourrait faire ses études comme toutes les autres jeunes filles de son âge. Il n'était pas venu ici pour rencontrer l'âme sœur ! Encore moins pour se lier avec quelqu'un de si semblable à Jennie. Jennie qui avait ébranlé son existence et celle d'Alyssa comme jamais depuis le décès de leurs parents.

Alors mignonne ou pas, assurée ou pas, avec ou sans fossettes, Cassie Walker était et resterait la jeune femme que l'université de Northbridge avait désignée pour l'escorter au cours de cette semaine portes ouvertes. Un point, c'est tout.

Bien sûr, se prit-il à songer tandis que sa sœur et lui revenaient en ville, si les choses changeaient, si la situation évoluait, alors...

- 4 -

— En tant que président de l'université et au nom de tout le personnel, je vous souhaite à tous, étudiants, parents et amis, la bienvenue à Northbridge.

Assise sur l'estrade de l'amphithéâtre à côté de ses collègues, Cassie écoutait d'une oreille distraite le discours du président de l'université qui donnait le coup d'envoi de la semaine portes ouvertes à Northbridge. Elle l'avait déjà entendu plusieurs fois accueillir de la sorte les familles et, surtout, elle avait bien d'autres choses en tête. Comme, par exemple, se préparer à rencontrer Joshua Cantrell pour éviter de dire, comme la veille, n'importe quoi.

Aujourd'hui, au moins, dans ce tailleur-pantalon bleu marine à la coupe impeccable, elle était à son avantage. Ne lui avait-on pas fait remarquer à plusieurs reprises qu'ainsi vêtue, elle était à la fois chic et sexy ? Surtout, elle se sentait parfaitement à l'aise dans cet ensemble et c'était cela l'essentiel.

Entre midi et 14 heures, elle était allée chez le coiffeur pour un rapide brushing. Elle avait demandé quelque chose de naturel, juste pour donner du volume et de la tenue à ses cheveux mi-longs qu'elle avait laissés libres aujourd'hui. C'était très réussi, à la fois net, professionnel et plein de peps.

41

Pour ce qui est du maquillage, elle s'était contentée d'appliquer un soupçon de fard sur ses paupières, deux couches de mascara pour allonger ses cils et un peu de blush sur ses pommettes. Résultat : elle avait l'air radieux de quelqu'un qui vient de passer la journée au grand air. Et pour finir, une touche de rouge à lèvres. En moins de dix minutes le tour avait été joué ! Elle n'avait eu qu'à faire un crochet chez elle avant de venir assister à la soirée de bienvenue.

Bien sûr, ça ne faisait pas d'elle un top model, mais elle avait bien meilleure allure que la veille, ce qui l'aidait à se sentir à l'aise. Or, c'était bien le but.

Même si, dans le fond, il fallait bien reconnaître qu'elle voulait impressionner Joshua Cantrell.

Pas le séduire, évidemment, mais simplement se présenter sous son meilleur jour, pour donner de l'université et de la ville une bonne impression. Après tout, puisqu'elle était forcée de représenter ces deux institutions auprès d'un richissime entrepreneur, autant sortir le grand jeu… Mais, vraiment, c'était purement professionnel, essayait-elle de se convaincre.

Sauf que, la veille, de retour chez elle, Cassie n'avait eu de cesse de retrouver, dans ses innombrables cartons, un magazine qu'elle se souvenait y avoir glissé et qui comportait un article sur Joshua Cantrell. Lorsque, enfin, elle l'avait retrouvé, elle avait longuement contemplé la photographie qui le représentait au bras d'une beauté à couper le souffle. Et, après avoir déchiré la page du journal, elle s'était mise au lit, sidérée que cet homme tout droit sorti des magazines soit là, à Northbridge, installé dans le petit cottage à quelques minutes de marche de chez elle… C'est à ce moment-là seulement qu'elle avait commencé à réaliser qu'elle allait l'accompagner au cours de ses déplacements pendant toute la semaine. Et

— qui sait ? — sympathiser avec lui… Voir en tout cas s'il était bien cet homme charismatique, intelligent et sexy qu'on disait. Bref, qu'elle allait passer la semaine au côté du beau Joshua Cantrell, presque comme la fille sur la photo…

Allons, tout cela n'avait rien, strictement rien à voir avec l'attention qu'elle avait apportée à sa coiffure, son maquillage et sa tenue aujourd'hui… Elle voulait juste être à l'aise, se sentir bien, voilà tout.

Bon, mais où était-il ?

Le regard de Cassie balaya l'amphithéâtre. Bien vite, la jeune femme repéra Alyssa Cantrell, assise au sixième rang. Seule. Ou plutôt sans son frère, car la sœur de Joshua Cantrell était en réalité en grande discussion avec une de ses amies et la famille de cette dernière.

Joshua Cantrell avait-il quitté Northbridge avant même que ne commence la semaine portes ouvertes ?

Rien d'impossible à cela, bien sûr. Des affaires à régler d'urgence, peut-être. Ou bien un événement imprévu, un décès, un accident… A moins que quelqu'un ne l'ait déjà reconnu et qu'il ait décidé de partir avant que la presse n'en ait vent…

Sinon, c'est qu'il avait détesté Cassie au premier regard et avait pris la poudre d'escampette pour éviter de passer une minute de plus en sa compagnie.

Cassie écarta vite cette hypothèse démoralisante. Après tout, ils n'avaient guère échangé que quelques propos anodins la veille au soir et, finalement, les choses ne s'étaient pas si mal passées que cela.

Cassie se sentit malgré tout submergée par un sentiment de rejet, d'abandon à l'idée que Joshua Cantrell ait pu quitter Northbridge aussi vite…

Mais était-il vraiment parti ? se demanda-t-elle en scrutant la salle tandis que le président poursuivait son discours. N'avait-il pu supporter la perspective de passer la semaine avec elle ?

Après tout, cette personnalité en vue avait très bien pu la trouver terne, fade, en un mot atrocement provinciale... Il ne serait pas le premier homme à avoir une telle réaction...

Au moment précis où Cassie se laissait aller à ces idées noires, elle aperçut Joshua Cantrell.

Il était assis au dernier rang, sur le siège qui jouxtait la travée gauche menant à l'estrade. Seul.

Cassie laissa échapper un soupir de soulagement. Le découragement qui l'avait envahie quelques secondes plus tôt disparut en un clin d'œil, remplacé par ce qui ressemblait étrangement à de l'excitation.

Comme Joshua était assis à l'écart, bien en vue, Cassie put le contempler tout à loisir. Un pied nonchalamment posé sur le strapontin, il suivait la réunion le bras en appui sur son genou gainé de denim. A l'évidence, il n'avait pas, comme elle, fait un luxe de toilette et portait le même jean que la veille.

Il avait en revanche troqué sa veste en cuir contre un pardessus en toile havane et revêtu une chemise blanche négligemment déboutonnée.

Bref, il était superbe. Détendu. Sûr de lui. Le charme et la décontraction incarnés.

Toutes choses qui semblaient d'un seul coup faire cruellement défaut à Cassie.

Pas question de se laisser décontenancer comme ça ! Elle n'allait tout de même pas se mettre à raser les murs simplement parce qu'il était beau et célèbre ! N'était-elle pas cultivée et impressionnante aussi, à sa manière ? Après tout, il n'était qu'un marchand de chaussures de tennis… Auréolé de succès certes, mais un marchand de chaussures quand même !

Elle eut beau essayer de s'aguerrir, son cœur n'en battit pas moins à tout rompre lorsque les yeux de Joshua parurent se river aux siens.

Cassie détourna son regard.

Pas moyen de se le cacher : la semaine à venir allait sans doute être plus difficile encore qu'elle ne se l'était imaginée…

A ce moment là, son discours fini, le président de l'université regagna son siège et le doyen prit le micro pour commenter les activités de la semaine dont la liste avait été remise aux auditeurs à leur entrée dans l'amphithéâtre. Puis il invita tout le monde à le rejoindre dans le hall pour prendre un rafraîchissement.

— Vous l'avez vu ? Allez vite le rejoindre ! intima le doyen à Cassie qui venait de se lever.

— J'y vais ! répondit Cassie en emboîtant le pas à ses collègues qui descendaient les uns après les autres de l'estrade.

La plupart des membres de l'assistance se dirigeaient déjà vers l'entrée. Joshua Cantrell, en revanche, s'était levé et, posté derrière son siège, il attendait, apparemment peu pressé de suivre le flot des autres parents ni même de retrouver sa sœur. Ses yeux étaient fixés sur Cassie qui venait à sa rencontre.

Lorsqu'elle arriva à sa hauteur, la jeune femme le salua sur un ton quelque peu dénué de chaleur, ce qu'elle regretta immédiatement.

Heureusement, Joshua Cantrell ne lui en tint pas rigueur et lui répondit par un sourire. Radieux et railleur tout à la fois.

— Vous n'avez pas défait de cartons aujourd'hui, on dirait ! s'exclama-t-il en jetant un regard appréciateur sur la tenue de la jeune femme.

45

— Je travaille le lundi, rétorqua-t-elle.

Pas question de lui laisser penser qu'elle s'était préparée aussi minutieusement pour autre chose que la soirée inaugurale de la semaine portes ouvertes ! En même temps, songea-t-elle, il lui avait fait un compliment plutôt gentil et sa réponse pouvait laisser penser qu'elle n'était là que pour des raisons professionnelles. Cassie regretta sa repartie. Elle ne cherchait nullement à lui dire qu'elle se serait bien passée d'être là. Pas plus qu'elle n'avait envie de le blesser...

— Et puis, vous savez, s'empressa-t-elle donc d'ajouter, aujourd'hui c'est le début de la semaine portes ouvertes et il s'agit de faire bonne impression.

— Eh bien, vous avez mis dans le mille, décréta-t-il.

Cassie ne savait trop que répondre et décida donc de faire mine d'aller vers le hall.

— Alyssa était assise aux premiers rangs, poursuivit-elle. Je me trompe ou vous êtes arrivés en retard ?

Cantrell secoua la tête et Cassie se força à détacher ses yeux du visage de son interlocuteur. Pas question de succomber à son charme...

— Non, ce n'est pas du tout ça. Avant qu'on ne nous voie ensemble, déclara-t-il à mi-voix afin que Cassie seule puisse l'entendre, je veux prendre un peu la température, m'assurer que personne ne me reconnaît. C'est plus sûr...

— Que ferez-vous si c'est le cas ? chuchota Cassie.

— Je quitte Northbridge sur-le-champ en priant le ciel qu'on n'ait pas remarqué ma présence auprès d'Alyssa.

— Ça me paraît effectivement la meilleure chose à faire, déclara Cassie.

Puis, comme il ne semblait guère pressé de se rendre dans le hall pour se mêler à la foule des autres parents, elle s'enhardit et hasarda une question qu'elle brûlait de lui poser depuis la réflexion sibylline du doyen sur les dispositions prises par Joshua pour éviter que les reporters et les photographes ne localisent Alyssa.

— Est-ce que vous vous êtes coupé les cheveux et rasé la barbe pour qu'on ne vous reconnaisse pas ? demanda-t-elle à voix basse.

Joshua jeta un coup d'œil alentour pour s'assurer que personne ne pouvait écouter leur conversation. Ce qui était le cas car ils se trouvaient en effet dans l'angle de l'amphithéâtre le plus éloigné de la sortie, pratiquement désert depuis que le doyen avait invité tout le monde à prendre un rafraîchissement dans le hall.

— Oui. C'est un bon moyen pour passer inaperçu. En janvier dernier, lorsque Northbridge nous est apparu comme l'endroit le mieux à même d'offrir à Alyssa une scolarité normale, j'ai laissé pousser mes cheveux et ma barbe.

— Vous aviez l'air d'un parfait homme des bois ! plaisanta Cassie.

Un sourire amusé passa sur les lèvres de Joshua Cantrell.

— Quant à Alyssa, poursuivit-il, elle a également évité de se couper les cheveux et nous l'avons inscrite dans une école privée en Suisse réputée pour être aussi inaccessible qu'un coffre-fort. J'ai soudoyé les dirigeants de l'école pour qu'ils confirment que ma sœur y vit actuellement en recluse et pour livrer de temps à autre des informations à la presse, histoire de rendre notre petit montage plus crédible. Enfin, de temps à autre, comme cette semaine par exemple, je paie quelqu'un de très sûr, qui me ressemble et qui a laissé pousser sa barbe et ses cheveux, pour se rendre dans le petit village à côté de l'école. Evidemment, tout est fait pour accréditer l'idée que c'est moi qui suis là-bas, *incognito*. On met en scène une arrivée qui se voudrait discrète, mon sosie reste cloîtré dans la maison que je loue à proximité de l'école, il ne sort que pour s'y rendre et, bien sûr, il fait tout pour paraître éviter la presse et les photographes…

— Et pendant ce temps-là, vous vous transformez. Une coupe de cheveux, un nom d'emprunt et le tour est joué : vous êtes méconnaissable, finit Cassie.

A ces mots, il lui décocha un sourire radieux et la jeune femme ne put s'empêcher de lui sourire également.

— Tout cela doit bien vous amuser !

Joshua eut un haussement d'épaules.

— Bien sûr, nous prenons une belle revanche sur la presse, mais franchement, j'aimerais pouvoir me passer de toutes ces manigances. Hélas, elles sont indispensables. Si nous n'arrivons pas à nous préserver, Alyssa et moi, notre existence et celle des gens qui nous sont chers peuvent être saccagées…

La dernière phrase avait été prononcée sur un ton voilé qui surprit Cassie. Impossible toutefois de l'interroger davantage, c'est pourquoi elle jeta un coup d'œil à l'amphithéâtre qui s'était vidé et déclara :

— Si nous sortions pour voir si l'on vous reconnaît sans barbe ni cheveux longs ?

— Volontiers, mais je voudrais juste évoquer une dernière chose avec vous. J'ai eu une idée hier soir. Il s'agirait de faire croire à une histoire entre nous.

— Entre vous et moi ?

— Oui. C'est comme un tour de passe-passe. Si les gens s'intéressent à nous, ils vont moins remarquer mon lien avec Alyssa. C'est toujours le même vieux truc des prestidigitateurs : si j'attire votre attention sur ma main droite, déclara Joshua en alliant le geste à la parole, vous ne regardez plus ce que je fais avec ma main gauche…, finit-il en repoussant doucement une mèche de cheveux qui retombait sur le visage de Cassie.

L'argumentation était imparable. Mais s'il pensait une seule seconde qu'elle ne se rendrait pas compte de ce qu'il faisait avec sa main gauche, il se trompait ! D'autant qu'au simple contact des doigts de Joshua, elle s'était sentie tressaillir intérieurement.

Bien sûr, elle n'en laissa rien paraître et poursuivit :

— Quel est ce scénario que vous avez imaginé pour détourner l'attention sur nous deux ?

— J'avais pensé qu'on pourrait faire croire que nous nous sommes déjà rencontrés. Pendant nos études par exemple…

— J'ai fait toutes mes études ici, à Northbridge.

— Bon, raté ! Alors si nous prétendions que nous avons fait connaissance lors de vos dernières vacances ?

— L'année dernière, à Disneyland ? s'exclama Cassie sur un ton qui indiquait à quel point une telle histoire lui semblait invraisemblable.

— Une grande fille comme vous, aller à Disneyland ?

— Eh bien, oui… Je n'y étais jamais allée et j'avais envie de découvrir cet univers. Histoire de ne pas mourir idiote ! déclara-t-elle avec une petite pointe de défi.

— Alors, va pour Disneyland. J'ai aussi gardé mon âme d'enfant, déclara-t-il en riant. Il suffira de raconter que nous étions dans la même file d'attente, que nous nous sommes mis à discuter et que, de fil en aiguille, nous avons passé la journée ensemble. Comme j'avais envie de vous revoir et que vous m'aviez parlé en bien de votre université, j'ai persuadé ma sœur de venir faire ses études à Northbridge. Que pensez-vous de ce scénario ?

— Est-ce que vous avez la moindre idée de ce que les gens ici vont penser de cette histoire ?

— J'espère bien qu'ils vont y croire dur comme fer ! Et surtout qu'ils vont passer tout leur temps à surveiller le moindre de nos faits et gestes, discuter à la veillée de mes qualités, supputer la date de notre futur mariage et, surtout, se préoccuper comme d'une guigne d'Alyssa… Si c'est le cas, nous aurons réalisé notre petit tour de passe-passe de main de maître !

— Oui, mais c'est un tour de passe-passe à mes dépens… Or moi, je vais continuer à vivre à Northbridge. Il me faudra répondre aux questions qu'on me posera sur vous, expliquer pourquoi vous n'êtes pas resté, quand vous reviendrez, dire si vous me semblez sérieux et ainsi de suite…

— C'est ennuyeux, évidemment… Mais je vous en supplie, ne me refusez pas ce service ! J'ai tellement envie que tout se passe bien pour Alyssa. Elle a vécu des choses très difficiles qui l'ont beaucoup affectée. J'aimerais vraiment qu'elle puisse avoir une vie normale…

Difficile de rejeter une demande ainsi formulée… Surtout pour quelqu'un comme Cassie dont la fonction était de tout faire pour faciliter la bonne intégration des étudiants.

Pourtant, elle n'était pas bête au point d'accepter aveuglément une telle proposition.

— Et comment amènerait-on cette histoire ?

Joshua lui adressa un sourire reconnaissant.

— Ce qu'il faut, c'est que cela paraisse naturel. Par exemple, lorsque vous me présenterez à une de vos connaissances, si cela s'y prête, vous ou moi pouvons glisser quelques mots sur notre rencontre supposée à Disneyland. Et puis, cela ne peut qu'expliquer pourquoi nous passons tant de temps ensemble cette semaine. En plus, cela me donnera un bon prétexte pour me pencher de temps à autre vers vous et murmurer quelques mots à votre oreille…, ajouta-t-il en joignant le geste à la parole.

Ces mots chuchotés à l'oreille de Cassie causèrent plus qu'un tressaillement cette fois-ci. Un embrasement.

— … Ou poser ma main sur votre épaule. Comme cela… Ou la poser là, poursuivit-il en déplaçant sa main sur le bras de Cassie. Ou encore là…

Il venait de placer sa main au bas de son dos.

Plus les secondes passaient, plus le contact se prolongeait et plus Cassie se sentait défaillir, incapable qu'elle était de respirer normalement.

— Bref, rien que de très innocent, conclut-il. Mais il faut tout de même donner le sentiment d'une certaine complicité, histoire de justifier pourquoi nous passons le plus clair de notre temps ensemble.

Inspire… Expire…, s'ordonnait Cassie tandis qu'il prononçait ces derniers mots.

Pourvu qu'il n'ait rien vu du trouble qui l'avait saisie lors de ces répétitions inattendues.

Ce qui n'était pas sûr puisqu'il ajouta, mettant les mains dans ses poches de jean :

— Bien sûr, je comprendrai très bien que vous puissiez ne pas vous sentir à l'aise avec tout cela. Dans ce cas-là, ne vous forcez pas !

Pas question qu'il pense que la moindre broutille la faisait reculer — d'autant que, d'ordinaire, elle n'avait pas froid aux yeux. D'ailleurs, elle avait du mal à comprendre pourquoi il l'avait ainsi prise de court.

Elle cessa donc de tergiverser.

— Non, il n'y a pas de problème. J'accepte de jouer le jeu… De plus, votre idée m'arrange aussi. J'aurai moins de mal à expliquer à ma mère et à mes frères pourquoi je passe tant de temps avec vous alors que je n'ai pas arrêté de répéter la semaine dernière que j'allais sécher le plus possible les réunions de la semaine portes ouvertes pour défaire mes cartons et m'installer dans mon nouvel appartement.

— Bref, mon histoire tombe à point ! s'exclama Joshua sans témoigner à Cassie plus de reconnaissance.

Visiblement, songea cette dernière, Joshua Cantrell était habitué à ce que le moindre de ses désirs soit exaucé…

— Prêt pour le test de vérité ? demanda Cassie en désignant le hall.

— Oui, allons nous jeter dans la fosse aux lions !

Joshua fit toutefois un pas en arrière pour laisser Cassie passer la première. Apparemment, il préférait rester le plus possible en arrière, sans doute pour filer à l'anglaise si besoin était… Sans se laisser décontenancer, Cassie se dirigea vers la porte de sortie de l'amphithéâtre, suivie par Joshua Cantrell.

Le hall exigu était bondé lorsqu'ils y pénétrèrent. Alyssa devait guetter l'arrivée de son frère car, une minute plus tard, elle les rejoignait pour les supplier de venir saluer la famille de sa nouvelle amie.

Sous les yeux attentifs de Cassie, Joshua fut présenté sous le nom de Johansen à la dite famille qui ne tiqua nullement à sa vue.

Le reste de la soirée se déroula sous les mêmes auspices. A

52

l'évidence, personne ne se doutait que sous le nom de Johansen se cachait le très médiatique Joshua Cantrell.

Si seulement cette soirée pouvait présager de la semaine, songea Cassie, et que l'incognito du frère et de la sœur soit préservé le reste de leur séjour !

Une heure et demie plus tard, tandis que la foule commençait à se disperser, Alyssa annonça son intention de rentrer pour étudier. Encouragée par son frère, elle partit bien vite en direction du bâtiment où se trouvait sa chambre.

Voilà qui laissait Cassie une nouvelle fois seule avec Joshua Cantrell…

Il n'était pas 21 heures — c'est-à-dire tôt pour un habitant des grandes villes, mais tard pour Northbridge où tous les restaurants risquaient d'être fermés — ce qui plongea Cassie dans des abîmes de perplexité. Devait-elle reconduire Joshua Cantrell au cottage ou lui proposer de poursuivre la soirée en sa compagnie ?

Finalement, elle résolut de le laisser trancher.

— Est-ce que vous voulez rentrer vous reposer ?

— Qu'est-ce que vous me proposez d'autre ? s'empressa-t-il de demander.

— Northbridge n'a pas une vie nocturne particulièrement palpitante, mais que diriez-vous de faire un tour en ville ?

C'était la seule chose qui lui était venue à l'esprit. Cassie n'était toutefois pas mécontente de sa proposition qui ne manquerait pas de plaire au maire. Pas moyen, ensuite, qu'il lui reproche de ne pas avoir assez fait la promotion de Northbridge auprès de leur hôte…

— Avec plaisir, répondit Joshua Cantrell, mais vous avez peut-être quelque chose de prévu ce soir ? Ou bien quelqu'un qui vous attend… J'ai essayé de savoir par le biais d'Alyssa si je vous tenais éloignée d'un mari, fiancé ou petit ami, mais elle a été incapable de me dire si c'était le cas.

Quoi ? Il avait posé une telle question à sa sœur ! Mais le lui avait-il demandé simplement pour s'assurer qu'il ne la dérangeait pas ou pour savoir s'il y avait un homme dans sa vie ? se demanda Cassie, interloquée.

Allons, tout ça n'a aucune espèce d'importance ! se rabroua-t-elle intérieurement.

Sauf que ce n'était pas vrai ! La réponse ne lui était pas égale. Pas moyen de le nier.

Etait-il possible que son interlocuteur ait essayé de savoir si elle était célibataire ? Que le riche et célèbre Joshua Cantrell, cet homme si recherché des femmes les plus belles, les plus en vue, ait souhaité savoir si quelqu'un d'aussi insignifiant qu'elle était libre...

Voilà qui donnait un sacré coup de fouet à sa confiance en elle !

Malgré tout, elle essaya de n'en rien montrer et déclara d'un ton détaché :

— Non, je vous rassure, personne ne m'attend.

— Tant mieux ! Je me sens déjà assez coupable à l'idée que je vous empêche de défaire vos cartons de déménagement... Si en plus je vous éloignais d'un amoureux, celui-ci aurait bien pu, de rage, venir me faire passer un sale quart d'heure...

— Pas d'inquiétude. Personne ne vous passera à tabac...

A ces mots, le visage de Joshua Cantrell afficha un immense sourire qui agit sur Cassie et son estime de soi comme un deuxième stimulant car elle n'y lut aucun triomphalisme. Juste le plaisir d'entendre ce qui visiblement pour lui était une bonne nouvelle.

— Alors, en avant pour la visite de Northbridge à la nuit tombée !

— Vous risquez d'être déçu ! observa Cassie qui tentait de refréner le sentiment d'exaltation qui l'avait envahie à l'idée que cet homme avait cherché à savoir si elle était libre…

Et qui avait même semblé heureux d'apprendre qu'elle l'était…

- 5 -

La nuit tombait sur Northbridge lorsque Cassie et Joshua quittèrent le campus. Cassie avait choisi de prendre la sortie qui donnait sur la place principale de la ville.

— Des lampadaires en fer forgé et un kiosque à musique… On se croirait en pleine Angleterre victorienne ! murmura Joshua sur un ton rêveur tout en contemplant la place et son mobilier urbain d'un autre âge. Je parie que l'été vous avez des concerts avec fanfares et harmonie municipale !

Est-ce qu'il trouvait tout cela démodé, kitsch ? se demanda Cassie qui ne savait trop comment prendre la remarque de Joshua.

— Mais parfaitement ! répliqua-t-elle presque agressivement tant elle était sur la défensive. Moi, j'adore cette place avec ses arbres centenaires, poursuivit-elle. Et surtout ce kiosque avec ses colonnes, ses balustrades peintes en blanc et sa coupole en tuiles rouges. Pour moi, c'est tout Northbridge.

— Ce que j'ai dit n'est pas une critique ! répliqua Joshua qui, visiblement, avait senti avec quelle susceptibilité Cassie défendait sa ville. Cette place est magnifique et j'aime l'atmosphère un peu surannée qui s'en dégage.

Cassie n'était pas sûre que ce genre d'atmosphère soit

exactement le genre de choses dont raffole quelqu'un comme Joshua Cantrell mais c'était un autre débat dans lequel elle n'avait pas du tout envie d'entrer.

— Eh bien, si vous aimez le suranné, vous allez être servi ! Le terme convient bien à tout ce que je vais vous montrer…, déclara-t-elle tandis qu'ils traversaient South Street et se dirigeaient vers le centre-ville.

Pas tout, bien sûr. Une bonne partie du quartier qui jouxtait la place principale comptait ainsi un grand nombre de bâtiments modernes et de magasins aux lignes sobres, comme le très en vogue restaurant japonais ou la nouvelle librairie. Sans compter le commissariat de police et la maison des associations construits dans un style pur et clairement contemporain.

Mais une fois cette enclave dépassée, le reste de la ville baignait effectivement dans une ambiance qu'on aurait pu qualifier de classique. Dans le bon sens du terme, bien sûr, songeait Cassie tandis qu'elle racontait à Joshua l'histoire des différents bâtiments en briques qu'ils longeaient et qui donnaient à Northbridge cet aspect hors du temps, si caractéristique des petites villes de province. Mais, évidemment, les stores en toile, les marquises et les colonnades qui ombrageaient la majorité des édifices et qui avaient un charme fou à ses yeux, devaient paraître bien démodés à ceux d'un membre de la jet-set…

Cassie et Joshua n'étaient visiblement pas les seuls à avoir eu l'idée de faire un tour dans Northbridge à l'issue de la réunion d'informations. D'autres parents et amis d'étudiants de première année arpentaient la rue principale pour découvrir la ville.

Quelques saluts et sourires rapides échangés au cours de leur pérégrination prouvèrent à Cassie et Joshua que personne ne semblait se douter de l'identité de l'homme qui répondait au nom de Johansen, ce qui permit aux deux marcheurs de poursuivre leur promenade le cœur léger.

En chemin, ils rencontrèrent Roy Webber, bricoleur de génie et grand colporteur de ragots. Cassie sauta sur l'occasion et, en lui présentant Joshua, raconta innocemment comment tous deux s'étaient rencontrés lors de leurs dernières vacances. Pour le plus grand plaisir de Joshua qui lui serra le poignet une fois que Roy Webber les eut quittés.

— Merci d'avoir distillé notre petite histoire !

— D'ici demain midi, vous pouvez être sûr qu'elle aura fait le tour de la ville ! l'informa-t-elle. Roy Webber est une véritable commère !

— Parfait ! s'exclama Joshua, visiblement satisfait. Je vous en suis très reconnaissant.

— Vous pouvez ! répondit Cassie tandis qu'ils se retournaient.

Arrivés en haut de la rue principale, ils gravirent quelques marches à la base d'un arc de triomphe qui marquait l'entrée de Northbridge et Joshua s'arrêta un instant pour regarder la ville qu'ils surplombaient.

— C'est une jolie ville, remarqua-t-il.

— Oui, mais plutôt surannée ! ajouta Cassie sur le ton de la plaisanterie.

— Cet endroit me plaît vraiment, vous savez. Je ne sais pas ce qui vous a fait penser que c'était une critique.

Cassie savait pertinemment qu'elle pouvait être très susceptible lorsqu'on parlait de Northbridge. Sans doute Joshua ne méritait pas de tels procès d'intention car, au fond, c'était elle qui avait un problème…

— Excusez-moi d'avoir pris la mouche !

— Ce n'est pas grave, concéda-t-il avec un petit sourire comme si quelque chose en elle l'amusait.

Prête à repartir en sens inverse, Cassie attendait que Joshua sorte de sa contemplation. Ce dernier avait les yeux fixés sur le café d'Ad qui se trouvait sur la place donnant sur l'arc de triomphe.

— Ce café appartient à votre frère, c'est bien ce que vous m'avez dit ?

— Tout à fait, confirma Cassie tandis qu'ils reprenaient leur promenade.

Une fraction de seconde, Cassie envisagea de proposer à Joshua d'aller y prendre un verre mais l'idée de devoir le présenter à Ad et de débiter leur petite histoire montée de toutes pièces l'arrêta net. Quant à Joshua, si l'idée lui avait traversé l'esprit, il n'en montra rien. En revanche, il se mit à la questionner sans répit sur sa famille.

— Vous avez un seul frère ? lui demanda-t-il.

— Non, j'en ai quatre ! Dont un qui est mon frère jumeau, répliqua Cassie en riant.

— *Quatre* frères ! Vous êtes donc la seule fille.

— Vous me plaignez, n'est-ce pas ? demanda Cassie, amusée. Rassurez-vous, les choses s'arrangent pour moi. Maintenant qu'Ad est marié et Ben, fiancé, l'atmosphère des réunions de famille se féminise un peu…

— Où vous situez-vous, vous et votre frère, dans la fratrie ?

— Ben et moi sommes les petits derniers.

— Et qu'en est-il de… Quel est son nom déjà ? Ad, c'est cela ?

— Oui. Ad est le troisième garçon. Mon frère Reid, qui est médecin, est l'aîné.

— Il vit ici, à Northbridge ?

— Oui, comme nous tous. Après Reid, il y a Luke, qui est policier, puis Ad et enfin Ben et moi.

— Une belle famille, très liée, j'imagine, puisque vous vivez tous à Northbridge.

Apparemment, il avait retenu ce qu'elle avait dit un peu plus tôt. Un point pour lui !

— Vous n'avez rien dit de vos parents pourtant.

— Ma mère est veuve. Mon père est mort lorsque Ben et moi avions huit ans, déclara Cassie le plus calmement possible.

Comme ils arrivaient à un carrefour où patientaient d'autres personnes — et notamment un groupe d'étudiants que Cassie connaissait —, leur conversation s'interrompit quelques instants.

Lorsque le feu pour les piétons passa au vert et qu'ils eurent distancé le groupe d'étudiants, Joshua reprit.

— Je suis vraiment désolé. Je sais ce que c'est de vivre un tel drame, de voir son monde s'écrouler et son enfance se briser… Mais dites-moi, vous avez aimé grandir ici, à Northbridge ?

Trop heureuse d'éviter un sujet aussi douloureux, Cassie s'empressa de répondre à la question que venait de lui poser Joshua.

— C'est difficile à dire. J'ai toujours vécu ici, je n'ai pas de point de comparaison ! Mais oui, j'ai eu une enfance très heureuse. Vous savez, les gosses ici ont plus de liberté que ceux qui vivent en ville. A Northbridge tout le monde se connaît et les gens font attention aux enfants des autres. Alors, le bon côté des choses c'est que si je tombais de mon vélo à l'autre bout de la ville, je savais qu'on allait s'occuper de moi, me mettre un pansement et me raccompagner à la maison.

Cassie passa la main dans ses cheveux avant de poursuivre.

— Le mauvais côté de tout cela — il y en a toujours, n'est-ce pas ? — c'est que si je faisais une bêtise, il n'y avait pas moyen de m'en tirer à bon compte. Immanquablement, que je sois à un bout de la ville ou à l'autre, je me faisais coincer, copieusement gronder et évidemment, tout était rapporté à ma mère.

Cassie — qui avait senti le regard de Joshua posé sur elle — tourna la tête dans sa direction et rencontra son regard amusé.

— Alors comme ça vous étiez une petite chipie ?

— Pas plus qu'une autre !

— Vous n'étiez pas une petite fille modèle qui joue sagement avec sa dînette et ses poupées ?

— Pas tout à fait ! répliqua-t-elle en riant. Vous semblez oublier que j'avais quatre frères. La plupart du temps, mes poupées finissaient sur des civières de fortune, victimes de conflits armés ou d'attaques d'extraterrestres. Quand elles n'étaient pas scalpées, voire transformées en soldats avec barbes et moustaches dessinées au stylo indélébile ! Et pour ce qui est de jouer à la dînette, je n'y ai jamais songé. Vous n'imaginez pas ce que j'aurais dû endurer par la suite. Toute mon enfance, j'ai entendu mes frères me répéter « Hé, Cassie, arrête avec tes trucs de fille ! », déclara-t-elle en imitant une voix traînante de garçon moqueur qui fit rire Joshua.

— Etre une « fille », c'était l'insulte suprême ?

— Jusqu'à ce que mes frères grandissent et commencent à trouver qu'après tout, les êtres du sexe opposé avaient quelques attraits, oui ! Là, par contre, ce fut mon heure de gloire. D'un seul coup, j'ai été la star. Ils sont venus me demander conseil pour savoir quel T-shirt porter, ce qu'il convenait de dire pour approcher la belle du moment, etc. Le problème c'est que si leur affaire ne marchait pas, ils m'accusaient d'avoir tout fait rater, ou carrément d'avoir détruit leurs vies...

— Bref, vous étiez leur boussole pour s'orienter dans la carte du tendre...

— Si ça n'avait été que cela ! Mais j'étais parfois une vraie Madame Bons Offices. Contrainte et forcée, bien sûr. Chaque fois qu'une fille était indifférente à leurs avances, ils voulaient que je me transforme en émissaire tant ils étaient persuadés que j'arriverais à la faire changer d'avis. Ils me harcelaient pour que je me lie avec elle, que je l'invite à la maison où ils avaient prévu d'envoûter la jeune rétive grâce à une exhibition de leur savoir-faire de basketteur ou de footballeur.

Joshua éclata de rire.

— Quelle vie ! Cela dit, j'aurais pensé que c'était plus difficile encore d'être la seule fille dans une famille de garçons. Qu'ils auraient fait capoter vos histoires d'amour ou empêché les autres garçons de vous approcher...

Cassie prit prétexte de cette remarque pour couler un regard en direction de Joshua. En priant très fort pour que la vue de ce dernier ne lui chavire pas le cœur une fois de plus.

— C'est le traitement que vous avez réservé aux amoureux de votre pauvre sœur ?

Joshua sourit d'un air penaud.

— Une fois ou deux, je l'avoue ! Mais seulement lorsque le garçon qui l'intéressait me paraissait être un crétin fini.

— Même lorsqu'elle était vraiment amoureuse du crétin en question ?

— Dites donc, on parlait de vous et de vos frères, si je ne m'abuse ! répliqua-t-il sur un ton taquin.

Comme ils se rapprochaient du campus, Cassie n'entra pas plus avant dans le sujet des relations entre Alyssa et Joshua et répondit simplement :

— Bien sûr, mes frères m'ont mis des bâtons dans les roues à quelques reprises mais je ne me suis pas privée de leur rendre la monnaie de la pièce à la première occasion. Ç'a a été radical, je vous assure.

— En tant que tutrice de ma sœur, si vous pouviez éviter de lui donner ce genre de conseils, je vous en serais vraiment reconnaissant…, glissa Joshua à l'oreille de Cassie.

Puis, aussi vite qu'il s'était penché vers elle, il se redressa, privant la jeune femme de cette chaleur qui l'avait envahie dès qu'il s'était rapproché d'elle. Une vague de chaleur qui lui avait immédiatement fait perdre tous ses moyens.

Il lui fallut un moment avant de reprendre ses esprits.

— Voilà pour ce qui est du tour de Northbridge ! ajouta-t-elle pour meubler la conversation. Le campus est juste devant nous…

— Et vous mourez sans doute d'envie de rentrer chez vous, poursuivit-il alors qu'ils s'arrêtaient sous les imposants chênes qui marquaient l'entrée du campus.

Il faisait erreur. Cassie n'était pas du tout impatiente de le quitter.

Impossible toutefois de le lui avouer ! Le mieux était encore de répondre à cette question sur un registre professionnel. Au moins, elle ne paraîtrait pas impolie…

— Je reste à votre disposition si vous souhaitez plus d'informations ou si vous avez encore besoin de mon aide…

Joshua ne saisit pas la perche qu'elle lui tendait.

Au grand désespoir de Cassie.

— Merci, mais je crois que j'ai déjà bien assez abusé de

votre gentillesse ! Comme par ailleurs j'ai des dossiers à étudier ce soir, je vous libère dès que je vous aurai raccompagnée jusqu'à votre voiture.

Pour Cassie, le quitter n'avait rien d'une libération mais ça non plus, elle ne pouvait l'avouer.

— Je ne viens pas au travail en voiture, j'habite juste à côté ! déclara-t-elle en désignant d'un mouvement de tête un lotissement tout près.

— Où précisément ? demanda Joshua, soudain très attentif.

— C'est la deuxième maison à gauche, celle surplombée par un grand pin.

— Dans ce cas je vous raccompagne jusqu'à votre porte.

Il ne fallut pas plus d'une seconde à Cassie pour comprendre tout ce que cela impliquait. Se dire au revoir au seuil de chez elle. S'embrasser sur la joue très certainement… Et s'il cherchait à l'embrasser vraiment ?

A cette idée, la panique l'envahit.

— Non, non, ça n'est pas la peine, s'empressa-t-elle de répondre. Je vous assure. Si jamais le doyen apprend que, par ma faute, vous avez perdu quelques précieuses secondes de votre temps libre, il me fera une scène !

— Ce n'est pas moi qui vais le lui dire…, promit Joshua d'une voix douce.

— Oui, mais vous n'êtes pas seul au monde, vous savez. Northbridge est une petite ville, ne l'oubliez pas !

Joshua approuva d'un mouvement de tête. Difficile pourtant de savoir ce qu'il pensait de cet argument un peu douteux…

— Eh bien, il ne me reste plus qu'à vous souhaiter une bonne fin de soirée, conclut-il.

Maintenant par contre, Cassie aurait bien fait traîner les choses en longueur.

— Demain soir, il y a un match de foot entre l'équipe de l'université et le club de la ville. Suivi par une soirée autour de feux de camp. Ça vous dirait de venir avec Alyssa ?

Voilà qu'elle lui lançait encore une perche… Et pour être honnête, elle y plaçait plus d'espoir qu'elle ne voulait bien l'admettre.

— D'accord, répondit Joshua du tac au tac. Mais peut-être avez-vous autre chose de prévu pour la soirée ? Voire pas du tout envie d'assister à ce match…

Ces hésitations allèrent droit au cœur de Cassie. Elle était heureuse de constater qu'il prenait en compte ses désirs quand bien même, il le savait, sa principale mission pendant la semaine consistait à le divertir.

— Ça ne me pose aucun problème, se dépêcha-t-elle de répondre.

— Génial ! Alyssa et les autres jeunes filles de son cours de danse vont donner un petit spectacle pendant la mi-temps. Je ne sais pas combien de temps elle pourra regarder le match avec nous. Mais ça peut être l'occasion de distiller notre petite histoire à ses copines…

— Impeccable. Le match est prévu pour 19 h 30. Je vous retrouve directement au stade, vers 19 heures ?

— Super, ça marche !

Il n'y avait plus rien à ajouter et l'heure de se séparer était venue…

Pourquoi dans ce cas n'arrivait-elle pas à partir ?

Pourquoi restait-elle figée telle une statue de sel en face de lui, les yeux fixés sur son visage, toujours aussi séduisant, même dans la pénombre.

Et pourquoi ne bougeait-il pas plus qu'elle ? La contemplant comme s'il voulait graver dans sa mémoire le moindre de ses traits…

Voilà qu'était en train de se produire ce qu'elle avait redouté… A l'issue d'une très agréable soirée tant pour elle que, visiblement, pour lui, ils se retrouvaient l'un en face de l'autre, à deux doigts de s'embrasser…

Non ! Impossible ! se dit-elle. Cassie, n'oublie pas que tu es en service commandé. Tu sais bien qu'il ne faut jamais mêler le travail et les sentiments ! En plus, tu n'es rien d'autre pour lui qu'une gentille fille chargée de l'aider à passer inaperçu…

Pour autant, ils étaient bien là, l'un en face de l'autre, les yeux dans les yeux, et s'il se penchait légèrement en avant, alors…

Non, non, non, pas question ! C'est du boulot, ma vieille ! Un point c'est tout. Et puis, qu'est-ce qui te prend ? Prétendre à une idylle avec Joshua Cantrell, toi, Cassie Walker, la petite tutrice, la fille du coin… Tu plaisantes !

Elle rejeta les épaules en arrière pour se tenir bien droite. Peut-être semblerait-elle ainsi moins réceptive qu'elle n'avait dû le paraître jusqu'à présent.

— Si jamais vous aviez besoin d'aide d'ici à demain matin, n'hésitez pas…

— Nous allons sûrement faire un tour en moto entre midi et deux, Alyssa et moi. Comme j'ai aussi pas mal de coups de fil professionnels à passer, je ne pense pas avoir à vous déranger.

— Très bien. Dans ce cas, à demain, 19 heures, au stade !

Joshua acquiesça d'un hochement de tête sans toutefois

la quitter des yeux un instant. Son regard était toujours aussi intense…

Partir. Tout de suite. Voilà ce qu'il fallait faire !

— Bonne nuit ! s'exclama-t-elle en reculant.

— Bonne nuit !

Cassie aurait aimé que lui aussi s'en aille de son côté, mais il ne semblait pas du tout pressé de la quitter. Elle le salua d'un petit signe de la main qui, à peine esquissé, lui sembla à la fois timide et aguicheur. En tout cas, pas du tout le salut assuré et professionnel qu'elle aurait dû lui adresser.

Trop tard, c'était fait !

Il ne lui restait plus qu'à s'en aller dignement pour faire oublier ce geste maladroit.

Ce n'est qu'une fois arrivée au seuil de son nouveau domicile que, persuadée que Joshua Cantrell avait disparu, Cassie osa se retourner et jeter un regard en arrière.

Mais non, il était toujours là !

Planté à l'endroit exact où elle l'avait quitté quelques minutes auparavant.

Les yeux rivés sur elle.

Pas moyen de se méprendre là-dessus puisque, dès qu'elle tourna la tête, il lui adressa un grand salut de la main, comme pour répondre à son petit coucou timide…

Qu'est-ce que tout cela pouvait bien signifier ?

Cherchait-il simplement à s'assurer qu'elle était rentrée chez elle sans encombre ?

Ou y avait-il quelque chose d'autre ?

Non, il était juste un parfait gentleman qui veillait à ce qu'elle rentre à bon port malgré l'heure tardive. Après tout, songea-t-elle, il n'avait pas l'habitude de vivre dans une petite ville aussi paisible que Northbridge.

Pourtant, lorsque Cassie referma la porte derrière elle, un frisson de plaisir la parcourut.

Et si Joshua Cantrell l'avait contemplée aussi longtemps simplement parce qu'il ne pouvait s'en empêcher ? Parce qu'il ne voulait pas détacher ses yeux d'elle…

- 6 -

— Peut-être que cette petite histoire de votre invention n'était pas une bonne idée, après tout…, déclara Cassie à mi-voix après le départ de la huitième personne venue les saluer, elle et son « nouvel ami », en haut des gradins d'où ils regardaient le match de foot.

— Non, rassurez-vous, chuchota Joshua en retour. Les gens sont juste un peu curieux. Ils ont envie de voir de plus près le type que fréquente la petite dernière de la famille Walker. Pour l'instant je n'ai pas vu le moindre signe qui laisserait penser qu'on m'a reconnu.

Le match auquel ils assistaient opposait une équipe de jeunes gens tout juste arrivés à l'université et le club local de Northbridge, composé pour l'essentiel d'hommes mûrs qui gardaient la forme en pratiquant régulièrement des sports d'équipe — football, basket-ball et base-ball, selon les saisons. Bien que de niveau amateur, les matchs amicaux qu'ils disputaient attiraient toujours pas mal de monde.

Mais ce soir le spectacle semblait davantage se dérouler dans les tribunes que sur le terrain. Tous les regards — certains furtifs, d'autres plus directs — étaient tournés vers Joshua Cantrell. Et tout le monde se débrouillait, sous des prétextes divers et variés, pour venir voir Cassie et être présenté à son cavalier.

Cette dernière était préoccupée. Certes, la curiosité de ses concitoyens pour Joshua avait été piquée par cette histoire qui devait avoir fait le tour de la ville comme une traînée de poudre. Mais plus leur prétendue relation suscitait d'intérêt, plus les risques que Joshua soit reconnu augmentaient. Voilà ce qu'elle redoutait.

Bien sûr, il avait raison : elle se faisait trop de souci. Pour l'instant les gens cherchaient juste à assouvir leur curiosité.

Curiosité d'autant plus vive que l'homme qui se trouvait à ses côtés avait tout pour plaire...

Même habillé très simplement d'un jean et d'un T-shirt blanc qui apparaissait sous le col en V de son pull bleu marine, il était splendide. Et sexy en diable avec ses traits fins, ses cheveux noirs et son corps de rêve.

Surtout, plus Cassie passait du temps en sa compagnie, plus elle le voyait discuter avec les gens qui venaient à leur rencontre, plus elle se rendait compte que Joshua Cantrell était tout sauf imbu de lui-même, snob ou méprisant. Bien au contraire, il était bienveillant, drôle, à l'écoute des autres. Ce qui ne pouvait qu'aider à préserver son *incognito*. Comment pourrait-on imaginer qu'un homme aussi sympathique, aussi peu prétentieux était en fait un magnat dont chaque apparition faisait les gros titres de la presse nationale ? Cassie était stupéfiée par la capacité de Joshua à se comporter comme tout un chacun.

Dans ces conditions, il était extrêmement tentant d'oublier qui il était vraiment. Il fallait que Cassie fasse un effort pour se rappeler qu'en dépit des apparences, Joshua n'était absolument pas Monsieur Tout le Monde. Que c'était certainement la dernière personne au monde qu'elle devait avoir envie d'embrasser…

Bon sang, reviens sur terre, se dit-elle, Joshua Cantrell est un multimillionnaire célébrissime !

Sûrement pas un homme simple et sans prétentions, seul genre de partenaire avec lequel elle pouvait espérer nouer une relation profonde et durable… Il fallait être folle pour penser l'embrasser ! C'était immanquablement se jeter la tête la première dans les soucis. Des soucis qu'elle connaissait bien et qu'elle n'avait nullement envie de revivre.

Regarde plutôt cette équipe de football, se disait-elle, se concentrant sur le match. Ses membres — dont ses quatre frères — ne cherchaient qu'à disputer quelques matchs amicaux contre d'autres clubs amateurs ou des équipes étudiantes comme aujourd'hui. Les Northbridge Bruisers connaissaient leurs limites, faisaient du mieux qu'ils pouvaient et en retiraient un grand plaisir. Plaisir d'autant plus grand d'ailleurs qu'ils ne se prenaient pas pour ce qu'ils n'étaient pas.

Prends-en de la graine ! s'admonesta Cassie. Il fallait vraiment qu'elle voie les choses en face, reconnaisse, elle aussi, ses limites si elle voulait un jour réussir à être heureuse. Pourquoi s'imaginait-elle qu'elle pouvait attirer quelqu'un comme Joshua Cantrell ?

Ce n'était pas un magnifique cardigan gris perle et un pantalon assorti en lieu et place de son habituel vieux jean élimé qui allait tout changer !

Et puis, que se passerait-il si, en amour, Joshua Cantrell s'avérait aussi doux, habile, expert que dans tout ce qu'il faisait d'autre ? Elle risquait de perdre la tête au premier baiser. De ne plus être capable de réfléchir. D'oublier qui elle était par rapport à lui… Or s'il y avait bien quelque chose qui était

hors de question, c'était de se laisser chavirer corps et âme !
Elle savait fort bien que sinon elle allait droit à la catastrophe.
Comme la fois précédente.

Pas question de l'embrasser, donc. Ou d'oublier qui elle
était.

Dommage… Il devait embrasser merveilleusement
bien…

— Regardez ! Voilà Alyssa…, s'exclama alors Joshua,
interrompant le cours des pensées de Cassie.

La mi-temps avait commencé et la sœur de Joshua venait de
faire irruption sur la pelouse, entourée par les autres membres
de sa classe de danse. Au rythme d'une musique entraînante,
le groupe exécuta une chorégraphie simple mais enlevée et le
public, conquis, les applaudit à tout rompre à l'issue de leur
performance. Joshua ne fut pas en reste, sifflant même avec
ardeur pour ovationner la petite troupe.

Un vrai grand frère protecteur et fier de sa sœur ! songea
Cassie, désireuse tout à coup d'en savoir plus sur les relations
de Joshua et Alyssa.

Comme elle achetait rarement des magazines people,
l'essentiel de ce qu'elle savait se résumait aux gros titres qui
s'étalaient sur leurs couvertures et sur les affiches placardées
devant les kiosques ou à la caisse du supermarché. Elle avait
bien parcouru quelques articles sur lui dans des magazines
sérieux mais jamais la famille de Joshua n'avait été évoquée.
Elle se souvenait avoir entendu parler de sa sœur, mais c'était
tout.

Tout à coup, une information donnée par le doyen lui revint
à la mémoire. Ne lui avait-il pas dit que Joshua était le tuteur
d'Alyssa ? Cette indication, qui n'avait pas arrêté Cassie sur

le moment, éveillait maintenant sa curiosité. Qu'était-il arrivé pour que Joshua devienne ainsi le tuteur de sa sœur ?

Cassie en était là de ses réflexions lorsque l'arbitre siffla la fin du match, lequel se soldait par une victoire écrasante de l'équipe universitaire sur les Northbridge Bruisers.

Comme Alyssa venait de les rejoindre, Cassie ne put guère poser les questions qui lui brûlaient les lèvres. Mais ce n'était que partie remise car une fois le petit trio arrivé près du grand feu de camp allumé à bonne distance des pelouses du stade, Alyssa demanda à aller retrouver ses amis pour savourer quelques grillades. Une fois qu'ils furent confortablement installés face au feu sur le plaid qu'elle avait apporté pour la circonstance, Cassie put tout à loisir interroger Joshua.

— Apparemment, je ne suis pas la seule à être proche de ma famille ! observa-t-elle après qu'Alyssa, venue leur apporter quelques merguez, s'en fut retournée près du feu.

— Vous voulez parler de moi et Alyssa ?

— Oui. Sauf si vous avez, vous aussi, trois autres sœurs qui vous ont traumatisé, un peu à la manière de mes quatre frères…

— Non, je n'ai personne d'autre qu'Alyssa. Nous avons perdu nos parents il y a onze ans, lorsque j'avais dix-neuf ans et Alyssa sept ans.

— Je suis désolée… C'est un moment difficile à traverser, et vous comme moi savons de quoi nous parlons, ajouta-t-elle en repensant aux paroles sensibles que Joshua avait eues la veille lorsqu'elle avait évoqué la mort de son propre père.

Joshua hocha la tête.

— Excusez-moi, je n'étais pas au courant, renchérit Cassie qui ne voulait pas paraître indélicate.

— Pourtant, ce n'est pas un secret d'Etat.

— Vous devez tout de même essayer de vous protéger, j'imagine.

— Pour l'instant je n'ai eu à employer les grands moyens pour éviter que ma vie et celle de mes proches soient livrées en pâture à la presse qu'à une ou deux reprises…, répondit-il avec une certaine brusquerie.

Soudain, les yeux de Joshua Cantrell parurent à Cassie empreints d'une très profonde lassitude. Une expression fugace qui disparut aussi vite qu'elle était apparue…

Cassie se retint de poser plus de questions. S'il avait souhaité que certaines choses ne s'étalent pas dans la presse, ce n'était certainement pas pour en parler à quelqu'un qu'il ne connaissait que depuis deux jours !

Elle revint donc au sujet premier de leur conversation.

— Vos parents sont morts en même temps ? Dans un accident ?

— Oui, confirma-t-il sans cesser de fixer le feu qui brûlait devant eux. Dans un accident d'avion. Mon père était représentant de commerce pour le compte d'une entreprise de chaussures. Nous ne le voyions guère, ma mère, Alyssa et moi car il était tout le temps en voyage d'affaires. Un jour son entreprise lui a offert un voyage pour deux, tous frais payés, à Las Vegas pour le récompenser de ses bonnes performances de vente. A l'époque, je commençais ma deuxième année de fac à UCLA. Comme j'avais prévu de revenir passer quelques jours à la maison pour les fêtes de fin d'année, mes parents ont décidé de partir entre Noël et le Jour de l'an, histoire qu'Alyssa ne reste pas seule… Le problème, c'est que si je suis arrivé à bon port à Cleveland, dans l'Ohio, où nous habitions, mes parents, quant à eux, ne sont jamais parvenus à Las Vegas. Ils voyageaient dans un avion privé et non à bord d'un avion de ligne.

Le temps était vraiment mauvais au-dessus des montagnes du Colorado. Il a fallu plus de trois jours avant que les secours n'arrivent sur le site de la catastrophe…

— Ces trois journées d'attente ont dû être atroces pour vous… Est-ce qu'on vous a fait croire que vos parents pouvaient avoir survécu ?

— Non, on nous avait bien dit que c'était peu probable… Mais tant qu'il n'y a pas de certitudes, on ne peut s'empêcher d'espérer.

Cassie percevait dans les traits contractés de Joshua avec quel fanatique espoir il avait attendu des nouvelles de ses parents. Cette disparition avait dû être terrible pour lui ! Lorsque Cassie avait perdu son père, à peu près au même âge qu'Alyssa, son univers avait certes vacillé mais il ne s'était pas écroulé comme cela avait très certainement été le cas pour Joshua. Certes, elle avait énormément souffert à la mort de son père mais globalement son petit cocon — sa mère et ses quatre frères — était resté intact.

— Vous étiez seuls, Alyssa et vous, pendant ces trois jours d'incertitude ?

— Non, des amis de mes parents étaient avec nous ainsi que quelques responsables de la société de mon père. Mais après les obsèques, nous nous sommes vraiment retrouvés tout seuls. Sans aucune famille pour nous accueillir. Nos grands-parents étaient décédés depuis longtemps, le seul frère de mon père avait été tué pendant la guerre du Viêt-nam et ma mère était fille unique…

— Du jour au lendemain, vous avez dû prendre en charge une petite fille de sept ans alors que vous étiez tout juste adulte…, synthétisa Cassie, prise tout à coup d'un accès de compassion.

La jeune femme le vit chercher des yeux Alyssa dans la foule.

— Détrompez-vous ! Je n'avais absolument rien d'un adulte quand il m'a fallu prendre en main l'éducation d'Alyssa, corrigea-t-il avec un sourire forcé.

— J'avais lu que vous aviez une sœur mais je ne savais pas que vous l'aviez élevée.

Le beau visage de Joshua se tourna vers Cassie.

— On peut dire ça comme ça. Dans la réalité, nous nous sommes surtout mutuellement aidés à grandir. La vérité, c'est que je n'étais pas le garçon de dix-neuf ans le plus mûr du monde !

— Vous avez tout de même été capable de faire face.

Joshua laissa échapper un petit rire sec et secoua la tête.

— J'aimerais pouvoir mériter cet éloge. Mais pour être tout à fait franc avec vous, je n'en menais vraiment pas large à l'époque. J'étais un vrai gamin, complètement paniqué. Un gosse qui aurait tout donné pour pouvoir prendre ses jambes à son cou. Et pour tout vous dire, j'ai bien failli le faire…

Quelques secondes, Joshua resta figé, le regard au loin, comme s'il lui était impossible de regarder Cassie dans les yeux.

— J'avais même préparé mes bagages et échafaudé un plan pour quitter la maison à l'insu de tous juste après les funérailles, poursuivit-il enfin. Une voisine — la meilleure amie de ma mère — devait passer la nuit avec nous et j'avais décidé de lui laisser la garde d'Alyssa. Je voulais retourner en Californie, reprendre ma vie comme si de rien n'était et ne plus jamais donner signe de vie…

— Vous et votre sœur n'étiez pas très liés à l'époque ?

— Vous savez, douze ans d'écart, surtout entre un frère et

une sœur, ça ne favorise pas la complicité. Et puis, jusqu'à sa naissance, j'étais le seul enfant à la maison. La venue au monde de ma sœur m'a surtout fait l'effet d'une mauvaise blague. A l'époque, je ne pensais qu'à faire du sport et sortir avec mes copains. Je me souviens m'être dit que si cette naissance faisait plaisir à mes parents, tant mieux pour eux, du moment que ça ne m'empêchait pas de vivre ma vie…

La franchise du propos fit naître un sourire sur les lèvres de Cassie.

— Finalement, pourquoi ne l'avez-vous pas laissée à cette voisine ?

Visiblement, Joshua avait aperçu le sourire de Cassie. Il se retourna donc complètement vers elle et lui sourit également.

— Ce qui m'a arrêté, c'est que cette amie de ma mère avait déjà cinq enfants et que son mari était au chômage depuis plusieurs années. Je me suis dit : et si Sheila ne pouvait pas la garder auprès d'elle ? Aurais-tu le courage de te regarder encore dans une glace si Alyssa était envoyée dans un orphelinat ?

— Bref, vous n'étiez pas exactement enthousiaste à l'idée de devoir prendre en charge une petite fille de sept ans mais vous n'aviez tout de même pas envie de l'abandonner à son sort…

— Exactement. D'autant que j'avais eu un copain au collège qui avait été placé dans différentes familles d'accueil. Ce qu'il m'en avait dit n'était pas reluisant. Evidemment, il y a des gens très bien qui s'occupent avec beaucoup de tendresse des enfants qui leur sont confiés, mais ce n'est pas toujours le cas. Et puis je ne pouvais pas m'empêcher d'imaginer la colère de mes parents s'ils avaient su le sort que je réservais à Alyssa.

— Donc vous avez décidé de rester auprès d'elle.

— Non, je suis reparti en Californie, mais avec Alyssa.

— Mais comment avez-vous fait ? Vous l'avez cachée dans votre chambre de la cité universitaire ? plaisanta Cassie.

— Elle était parfaitement heureuse sous mon lit. De temps à autre, je lui faisais passer en douce un peu d'eau et quelques biscuits puis, après l'extinction des feux, je la faisais sortir furtivement pour qu'elle prenne l'air.

Cassie rit à l'évocation de ce scénario cocasse.

— Trêve de plaisanterie ! enchaîna-t-elle. Qu'avez-vous vraiment fait ?

— Les études, pour moi, c'était fini, reprit-il sérieusement. J'avais bien vendu la maison de mes parents à Cleveland mais une fois l'emprunt remboursé, il ne restait plus grand-chose. Mon père avait une assurance vie mais la somme n'était pas assez importante pour à la fois acheter une maison pour Alyssa et moi, payer mes droits d'inscription à l'université et nous permettre de vivre jusqu'à la fin de mes études. Il fallait que je gagne de l'argent. Comme les dirigeants de la firme qui employait mon père me proposaient une place, j'ai commencé à travailler pour eux.

— Vous êtes devenu représentant en chaussures comme votre père ?

— Non. Avec Alyssa, je ne pouvais pas voyager comme lui. Du coup, ils m'ont envoyé dans une usine de fabrication de chaussures installée à San Diego. A toute chose malheur est bon, dit-on. Dans mon cas, ç'a été ce poste.

Mais Cassie aurait aimé que Joshua lui en dise plus sur sa relation avec Alyssa. Elle restait un peu sur sa faim.

— Vous avez donc commencé à apprendre comment

on fabrique les chaussures et comment on élève les petites filles.

— Oui. Petit à petit, je me suis fait à l'idée d'être en quelque sorte le chef de famille. Ce serait mentir que de dire que ç'a été facile ou de prétendre que nous ne nous sommes plus jamais disputés, Alyssa et moi, comme seuls des enfants peuvent le faire, mais, avec le temps, nous nous sommes habitués à cette nouvelle situation. Et nous nous sommes énormément rapprochés. A tel point que, quelques années plus tard, nous étions un vrai bloc prêt à affronter le monde.

— Je parie qu'il est en train de vous raconter comment il est devenu un père et une mère pour moi !

Cassie n'avait pas vu arriver Alyssa.

— J'espère qu'il n'enjolive pas trop la réalité. Parce que je vous promets qu'au départ, ça n'était pas brillant ! déclara Alyssa, taquine, tandis qu'elle s'installait sur le plaid à leurs côtés.

— Dis donc, toi, n'exagère pas ! protesta Joshua faussement outré. Jusqu'à preuve du contraire tu es toujours en vie et en bonne santé, non ? Ce n'est pas par l'opération du Saint-Esprit, je te rappelle.

Cassie les écoutait tous deux échanger quelques petites piques dans ce qui était plus un jeu qu'un règlement de comptes. La jeune femme ne pouvait s'empêcher d'être impressionnée par Joshua qui, à dix-neuf ans, à peine sorti de l'adolescence, avait su prendre en charge complètement sa jeune sœur et l'élever. Et qui continuait à s'en occuper avec beaucoup de prévenance. Il n'était pas obligé, par exemple, de participer à la semaine portes ouvertes, surtout vu ses obligations d'homme d'affaires. Dans sa situation, plus d'un aurait considéré cette mission imposée par les circonstances comme accomplie et se serait joyeusement déchargé du fardeau qu'il portait depuis bien trop longtemps.

Cassie était très contente qu'il ne se soit pas défaussé et qu'il ait souhaité participer à la semaine portes ouvertes. De même qu'elle était finalement très heureuse d'avoir été choisie pour l'escorter tout au long de la semaine. Car Joshua Cantrell était quelqu'un de vraiment très intéressant...

Mais Alyssa avait déjà changé de sujet de conversation, ce qui tira Cassie de ses réflexions. Réflexions, auxquelles, d'ailleurs, il valait mieux qu'elle ne se livre pas trop, elle le savait bien.

— ... Ce garçon dont je t'ai déjà parlé. Tu sais bien, celui qui vit en ville. Il nous a invités ce soir chez lui, quelques amis et moi. Comme tu m'as dit que tu avais des coups de fil à passer à l'étranger ce soir et que tu n'allais pas rester longtemps, j'ai pensé que...

— C'est bon, Alyssa, vas-y ! autorisa Joshua avant que cette dernière ne lui serve d'autres arguments censés justifier le fait qu'il fallait qu'elle passe la fin de la soirée avec un garçon plutôt qu'en la compagnie de son frère.

Le joli minois d'Alyssa s'illumina d'un sourire radieux.

— Merci ! A demain, alors... Je n'ai pas de cours le matin. On peut prendre le petit déjeuner ensemble, si tu veux. Par contre, j'ai des travaux pratiques l'après-midi. Je ne pourrai donc pas venir au déjeuner organisé dans le cadre des journées portes ouvertes.

Cassie avait complètement perdu de vue cette obligation.

— Pas de souci ! assura Joshua. Avec un peu de chance, Cassie sera libre et pourra m'y accompagner, ajouta-t-il, sans savoir qu'il mettait ainsi la jeune femme dans l'embarras.

Mais à cette remarque, le visage d'Alyssa changea d'expression, à la grande surprise de sa tutrice. La jeune fille avait perdu son air radieux et ses sourcils s'étaient froncés. Visiblement, elle aurait préféré que son frère décide de ne pas assister au déjeuner plutôt que de s'y rendre avec Cassie…

Que se passe-t-il ? se demanda intérieurement Cassie que cette réaction déconcertait. Jusqu'à présent, elle avait l'impression qu'Alyssa et elle s'entendaient bien… Alyssa était-elle possessive et désireuse de garder son frère pour elle toute seule ? Cassie ne voyait pas d'autre explication à cette attitude maussade mais, en même temps, elle sentait bien que ça n'était pas la cause véritable de cette irritation d'Alyssa. Si la jeune fille avait été possessive avec son frère, elle se serait débrouillée pour passer plus de son temps avec lui. Or c'était loin d'être le cas, ce qui semblait d'ailleurs à Cassie le signe d'une relation saine entre Alyssa et Joshua.

A moins qu'elle ne m'apprécie pas…, songea Cassie tout en observant Alyssa se lever, et sans ajouter un mot à propos de leur programme du lendemain, leur souhaiter une bonne nuit et s'éclipser.

Cassie était toutefois trop contrariée pour pouvoir dissimuler longtemps son malaise et, avant même d'avoir eu le temps de réfléchir, elle s'entendit demander :

— Est-ce qu'Alyssa est fâchée contre moi ?

Joshua ne fit pas mine de ne pas comprendre. A l'évidence, le changement d'humeur de sa sœur ne lui avait pas échappé.

— Ne vous méprenez pas : elle vous adore ! C'est même pour cela qu'elle réagit ainsi : elle veut vous protéger de moi…

Surprise numéro deux.

— Pourquoi ? Seriez-vous un ogre en quête de chair fraîche ?

— Vous n'avez peut-être pas suffisamment lu les journaux

pour connaître les débuts chaotiques de ma vie adulte, mais visiblement, vous êtes au courant des sales rumeurs qui courent sur mon compte !

— Il suffit de lire les titres en couverture, vous savez ! rétorqua-t-elle en souriant.

En fait, elle commençait à penser qu'un homme qui se comportait comme il le faisait avec sa sœur ne pouvait pas être un vil séducteur. Et puis, avec elle, il s'était toujours montré un parfait gentleman, à l'opposé de cette réputation sulfureuse qu'on lui prêtait.

— Non, Alyssa ne craint nullement que je ne fasse qu'une bouchée de vous, déclara Joshua qui n'avait visiblement pas mal pris la repartie de Cassie. Ce sont les dégâts collatéraux que subissent d'habitude mes connaissances et mes proches qui l'inquiètent. Exactement ce qu'on essaie de lui éviter de vivre ici, à Northbridge.

— C'est vraiment si terrible ?

— Parfois, oui, répondit Joshua dont le sourire s'était effacé.

A l'évidence, il ne souhaitait pas en dire plus car il détourna les yeux pour contempler quelques instants le feu de camp et la foule qui peu à peu se dispersait.

— Si on rentrait ? reprit-il. La fête touche à sa fin. Je vous raccompagne ?

Cassie aurait dû être contente de terminer sa journée de travail mais, aujourd'hui encore, elle n'avait aucune envie de rentrer chez elle. Vraiment aucune.

— Vous avez raison, il se fait tard et comme vous avez des coups de fil à passer à l'étranger, autant rentrer maintenant. Mais ne vous sentez pas obligé de me raccompagner chez moi.

Nous pouvons retourner tranquillement jusqu'au campus et nous séparer comme hier soir.

— Autant s'éviter des détours ! Je vous raccompagne directement chez vous puis je coupe à travers le campus pour rentrer au cottage. C'est plus rapide pour vous comme pour moi.

Un peu à court d'arguments, Cassie n'insista pas davantage et se contenta de ramasser assiettes et couverts avant de se lever.

Joshua fut toutefois plus rapide qu'elle et lui tendit une main pour l'aider à se relever.

Impossible de refuser ! Pourtant elle se serait bien passée de ce contact qui, elle le savait, allait certainement allumer en elle mille étincelles qu'elle aurait ensuite toutes les peines du monde à éteindre.

Gagné !

La grande main ferme de Joshua s'était à peine refermée avec assurance sur ses doigts qu'elle avait eu l'impression de fondre...

Autant elle s'était sentie légèrement électrisée à son contact la veille, lorsqu'à la fin de la réunion dans l'amphithéâtre, il lui avait effleuré le visage, autant elle avait l'impression maintenant de se liquéfier. Elle avait d'ailleurs les jambes en coton et la tête lui tournait... De pire en pire !

— Merci ! déclara-t-elle d'une voix mal assurée tout en dégageant sa main de celle de Joshua.

Une fois les reliefs de leur pique-nique jetés dans une poubelle, Joshua désigna d'un mouvement de tête le plaid resté au sol et proposa de l'aider à le replier d'une voix traînante qui imitait celle des héros de western.

Cassie fut saisie d'un fou rire qui dissipa légèrement son trouble.

Heureusement, car replier ladite couverture — se rapprocher de Joshua et se retrouver à quelques centimètres de lui — était une opération à haut risque. Cassie était toutefois sur ses gardes maintenant et elle réussit à se prémunir. Du moins, pour l'essentiel.

— Vous n'avez rien dit lorsque j'ai évoqué le déjeuner de demain, déclara Joshua qui, le plaid sous le bras, se dirigeait en compagnie de Cassie vers la place principale de Northbridge pour retourner sur le campus.

Attentif, avec cela ! Cet homme lui réservait vraiment bien des surprises…

— Je peux vous y retrouver, si vous voulez, biaisa Cassie. Mais je vous préviens : ce n'est ni plus ni moins que des plateaux repas de la cantine universitaire !

— Et vous n'en raffolez pas, visiblement. Allez, avouez, il n'y a pas que cela… Vous avez autre chose de prévu ?

Il était *vraiment* fort…

— Vous êtes un peu médium, non ?

— J'avais donc raison : vous êtes prise demain midi.

On aurait presque dit qu'il était déçu… Mais non, ça n'était pas possible, elle devait se faire un film.

— En fait, répondit-elle, je voulais m'éclipser pour déjeuner chez ma mère. Elle revient de trois semaines de vacances en Alaska et elle tient absolument à ce que je goûte le saumon fumé et un pâté d'élan qu'elle a rapportés.

— Je ne sais pas ce qu'est le pâté d'élan, mais je suis sûr que c'est meilleur que le plateau repas de la cantine.

— Vous pouvez venir, si vous voulez…, se surprit-elle à proposer.

Pour la deuxième fois de la soirée, les mots avaient franchi ses lèvres sans qu'elle ait eu le temps de réfléchir.

— Vous êtes sûre ? demanda Joshua en se tournant vers elle et en lui jetant un bref coup d'œil.

— Vous avez le droit de refuser, évidemment…

— Et pourquoi est-ce que je ne voudrais pas venir ?

— Disons que ce n'est pas très glamour. C'est juste un déjeuner à la bonne franquette chez ma mère.

— Mais j'ai très envie de rencontrer votre mère.

Cette fois, ce fut à Cassie de lui lancer un regard rapide.

— Vraiment ?

— Oui, déclara-t-il en la fixant droit dans les yeux.

— Eh bien, alors, venez déjeuner à la maison demain.

— Ça ne va pas la déranger ?

— Oh non ! Ma mère adore les grandes tablées. Plus on est de fous, plus on rit, c'est sa devise !

— Vous croyez qu'elle va me reconnaître ?

— Il y a un risque. Elle est fine. Mais ce qui est certain, c'est que si elle vous reconnaît, elle n'est pas du tout du genre à ébruiter la nouvelle.

— Et vos frères, ils seront là ?

— Probablement, s'ils sont libres. Mais ils sont tout aussi discrets que ma mère.

— Alors je peux venir l'esprit tranquille.

Cassie et Joshua venaient d'arriver au seuil de la maison de la jeune femme qui répondit, tout en ouvrant la porte :

— Bien sûr ! Mais vous savez, ça ne va pas être palpitant !

— Ça me convient parfaitement.

— Eh bien, alors, vous êtes le bienvenu, conclut Cassie qui leva les yeux vers lui.

87

Il paraissait très content.

— Qu'est-ce que je peux apporter ? demanda-t-il.

— Vous voulez vous fâcher avec ma mère ou quoi ? C'est elle, la mère nourricière !

— Je n'ai rien dit, alors !

— J'ai l'impression que la perspective de déjeuner à la maison vous réjouit beaucoup. Je me trompe ? lui demanda-t-elle lorsqu'elle le vit incapable de refréner un large sourire.

— Non, je suis très impatient de vous voir évoluer dans votre élément naturel.

— Vous ne parleriez pas autrement d'animaux sauvages que vous voudriez observer lors d'un safari ! répondit-elle du tac au tac.

Joshua se pencha vers Cassie.

— Pas du tout ! lui confia-t-il à l'oreille. J'ai juste très envie de vous voir dans un autre contexte que celui du travail.

Impossible de lui dire qu'il ne l'avait en fait jamais vue sous cet angle puisque, avec lui, elle avait toujours le sentiment d'être en rendez-vous galant plus qu'en situation professionnelle ! Elle n'ajouta donc rien.

Puis, au moment où elle pensait que jamais il ne se redresserait, il s'écarta d'elle pour lui demander :

— A quelle heure on se retrouve ?

— Midi, ça vous va ? Je passe vous chercher au cottage…

— Ne vous dérangez pas ! Je vous retrouverai à votre bureau. Alyssa m'indiquera où il se trouve.

— C'est parfait.

— Oui, parfait, répéta-t-il avec une note d'insistance.

L'affaire étant conclue, Cassie pensa qu'il allait la saluer et partir et que, grâce à cette négociation autour du déjeuner du lendemain, ils éviteraient ce qu'elle avait tant redouté la veille : d'interminables et déstabilisantes salutations nocturnes au seuil de sa porte.

Sauf qu'à cet instant précis, il se pencha vers elle.

Et l'embrassa.

Pas sur les lèvres, cependant. Sur le front.

— Décidément, vous n'avez rien à voir avec ce qu'on raconte dans les journaux !

Cassie se pinça les lèvres. Pour la troisième fois, elle avait parlé sans réfléchir.

— Déçue ?

— C'est-à-dire que… Euh…

Voilà qu'elle s'était fourrée dans un joli pétrin ! Comment allait-elle s'en sortir ?

Joshua, lui, sut très bien comment tirer parti de la situation.

Il l'enlaça, l'attira à lui et l'embrassa vraiment. Ses lèvres expertes se joignirent à celles de Cassie juste assez longtemps pour qu'elle surmonte sa surprise… et se rende compte qu'elle était en train de répondre au baiser de Joshua Cantrell.

Mais c'était déjà fini. Terminé avant même qu'elle ait eu le temps de réaliser vraiment, de réfléchir ou même d'apprécier ce baiser inattendu.

Et maintenant il lui faisait face, tout sourire.

— A demain pour le déjeuner, déclara-t-il avant de desserrer son étreinte et partir.

Ce soir-là, ce fut Cassie qui resta plantée à le regarder partir, incapable de le quitter des yeux, sous le choc de ce baiser qui l'avait prise de court.

Complètement.

Au point d'avoir envie de se pincer tellement tout cela semblait un rêve éveillé.

Tant et si bien qu'elle aurait aimé que tout recommence pour savoir vraiment quel effet cela faisait d'être embrassée par Joshua Cantrell. Pour vivre ce moment la tête froide. Pour apprécier à sa juste mesure ce baiser qui peut-être était plus fantastique encore que tout ce qu'elle avait pu s'imaginer...

— C'est nous ! lança Cassie à la cantonade en arrivant chez sa mère.

Elle avait pris soin d'appeler cette dernière dans la matinée pour l'avertir qu'elle avait un invité.

La mère de Cassie ne vint toutefois pas à leur rencontre.

— Je suis dans la cuisine ! répondit-elle simplement.

— C'est par ici, indiqua Cassie à Joshua en l'entraînant à l'arrière de la maison dans une spacieuse cuisine.

Lotty Walker, occupée à allumer le gaz sous une grande poêle, ne se retourna pas immédiatement lorsqu'ils pénétrèrent dans la pièce. Mais quand ce fut le cas, elle s'arrêta net à la vue de Joshua.

— Mon Dieu, Cassie, mais tu ne m'avais pas dit que tu invitais *un* ami et non une de tes nombreuses copines ! s'exclama-t-elle en palissant légèrement. Si j'avais su, jamais je n'aurais fait des hamburgers !

La dernière phrase avait été chuchotée sur un ton horrifié mais Joshua l'avait entendue.

La jeune femme comprit la consternation de sa mère mais elle doutait que ce fut le cas de Joshua.

— Ce n'est pas un problème, affirma Joshua, un peu décontenancé par cet accueil.

Avant qu'il ait pu en dire plus, la mère de Cassie, apparemment paniquée, s'exclama :

— Je vais cuisiner autre chose ! Je n'aurais jamais fait ce plat si tu m'avais dit que tu venais avec *un* ami. Tu peux me croire…

— Ne te tracasse pas, maman ! déclara précipitamment Cassie, désireuse de rassurer la trop consciencieuse cuisinière. Maman, je te présente Joshua. Joshua, voici ma mère, Lotty Walker. Je suis sûre que Joshua ne voit aucun inconvénient à manger des hamburgers. C'est juste un ami, tu sais…

— Ça m'étonnerait fort ! Sinon tu n'aurais pas mis un ensemble aussi ravissant…

Comme si les choses n'étaient déjà pas assez embarrassantes avec toute cette histoire autour des hamburgers, voilà que Lotty laissait échapper devant Joshua que Cassie était une fois de plus habillée avec davantage de soin que d'ordinaire.

Cassie jeta un coup d'œil oblique à Joshua. Il souriait et la scène semblait beaucoup l'amuser. Lui, en revanche, était habillé de manière beaucoup plus décontractée. Un étranger aurait pensé que c'était lui, l'enfant de la famille…

Soucieux sans doute d'abréger le calvaire que vivait la jeune femme, il salua la mère de Cassie.

— Je suis ravi de faire votre connaissance, madame Walker…

— Appelez-moi Lotty, comme tout le monde…

— D'accord, Lotty ! Mais je vous en supplie, ne changez rien à votre repas. J'adore les hamburgers. Ma mère en faisait aussi de temps à autre et j'adore ceux qui sont faits à la maison.

Un sourire radieux s'afficha sur les lèvres de Lotty Walker.

— Je suis heureuse de voir que vous avez été élevé comme mes enfants et que vous n'êtes pas un de ces horribles snobs qui chipotent sur la nourriture ! s'exclama Lotty apparemment soulagée.

Cassie sourit, gênée et heureuse pourtant que Joshua s'en soit sorti haut la main. Sans montrer que, pour lui aussi, sans doute, ce genre de mets constituait une hérésie gastronomique…

La porte d'entrée s'ouvrit à cet instant et une voix masculine s'exclama :

— Chouette ! Ça sent les hamburgers !

Cassie ferma les yeux et secoua la tête avant de relever les paupières sur un Joshua souriant mais quelque peu interdit.

— Si vous aviez envie d'huîtres ou de caviar, vous vous êtes trompé d'endroit !

— Impeccable. Je n'aime ni les huîtres ni le caviar, de toute façon !

En cela, au moins, Joshua était différent de Brandon, pensa Cassie. Il n'en restait pas moins qu'il était un homme célèbre et richissime. Et qu'elle n'était qu'une jeune employée dans une petite université de province. Tout les séparait.

— Bonjour ! déclara Reid, l'un des frères de Cassie, comme il pénétrait dans la cuisine.

Cassie lui présenta Joshua et elle se réjouit de voir que son frère — pas plus que sa mère — ne semblait le reconnaître.

— Mon frère, Reid. Le médecin, précisa Cassie tandis que les deux hommes se serraient la main.

— Et vous, qu'est-ce que vous faites dans la vie ? questionna Reid.

— Je suis dans l'import-export, répondit Joshua sur un ton dégagé.

Lotty invita à ce moment-là Joshua à prendre place à table et demanda à Reid de servir à chacun un peu de thé glacé tandis que Cassie sortait des saladiers du réfrigérateur.

— Il y a cinq assiettes, remarqua Cassie en apportant l'entrée. Tu attends encore quelqu'un ? demanda-t-elle à sa mère.

— Avec la semaine portes ouvertes à l'université, le restaurant d'Ad est bondé, il m'a dit de ne pas compter sur lui, déclara Lotty en assaisonnant une salade de pommes de terre. Quant à Ben, il est sans doute trop occupé avec la réunion de ce soir.

Elle s'interrompit un instant, puis, comme frappée par une idée soudaine, jeta un coup d'œil à Joshua.

— Ben, le frère jumeau de Cassie, va ouvrir sous peu une école pour adolescents difficiles et il organise une soirée portes ouvertes aujourd'hui même, à 20 heures. Vous êtes le bienvenu. Si vous le souhaitez, bien entendu…

— Faites attention, je risque de vous prendre au mot ! répliqua Joshua, à la grande surprise de Cassie.

Mais après tout, peut-être n'était-ce qu'une manière de répondre poliment à une invitation…

— A vous de voir…, reprit Lotty. Pour en revenir à ta question, Cassie, Ben ne sera donc pas là. En revanche Luke sera des nôtres.

A cet instant, la porte de la maison s'ouvrit.

— Quand on parle du loup, conclut malicieusement Lotty à l'adresse de Joshua.

Le minuteur retentit au moment même où Luke pénétra dans la cuisine. Lotty tendit à Cassie le saladier qu'elle tenait et se précipita pour retirer sa poêle du feu. Cassie fit une nouvelle fois les présentations puis ils passèrent à table.

— En entrée, je vous propose le saumon fumé et le pâté d'élan que j'ai ramenés d'Alaska. Puis il y a des hamburgers, une salade verte ainsi qu'une salade de pommes de terre, indiqua-t-elle une fois que tous eurent pris place autour de la large table. Servez-vous !

Cassie remarqua le regard incrédule de Luke qui allait alternativement des hamburgers à Joshua.

— Eh bien, Joshua, qu'est-ce qui vous amène à Northbridge ? demanda Reid, curieux. Ça ne doit pas être l'import-export…

Joshua profita de cette perche qui lui était tendue pour débiter le petit conte de sa rencontre avec Cassie.

Trois paires d'yeux surpris dévisagèrent la jeune femme.

— Tu ne nous avais pas dit que tu avais rencontré quelqu'un à Disneyland ! s'exclama Lotty.

— Tu sais, à l'époque, il n'y avait pas grand-chose à raconter, mentit Cassie. Cela ne fait qu'une semaine que Joshua m'a avertie par courriel que sa sœur avait choisi de faire ses études à l'université de Northbridge.

— Ah bon ?

Le ton de Luke était dubitatif et reflétait à l'évidence ce que tout le monde pensait tout bas. A savoir que quelque chose se tramait sans doute entre Cassie et Joshua.

Tant mieux ! songea Cassie. Plus ils croient que j'ai avec cet homme une histoire d'amour, moins ils risquent de découvrir le véritable secret de Joshua. C'est d'ailleurs tout l'intérêt de ce gros mensonge. Elle n'ajouta donc rien pour laisser sa mère et ses frères se livrer à cœur joie à toutes sortes de supputations et se contenta de pousser la terrine contenant le pâté d'élan devant son frère Luke.

— Commence, Luke.

Luke s'empressa de présenter à Reid la terrine.

— A toi l'honneur !

— Je vais chercher mes photos de voyage, annonça Lotty en quittant la table pour attraper des clichés qu'elle avait posés sur le comptoir.

Regarder des photos de vacances pendant le repas… Quelle idée…, songea Cassie.

Mais Lotty se ravisa et interpella Joshua.

— Joshua, je me doute bien que les photos de mes dernières vacances en Alaska ne vont pas vous passionner. Que diriez-vous plutôt de jeter un coup d'œil sur l'album photos de Cassie ?

— Maman, non ! protesta Cassie tandis que ses deux frères riaient aux éclats.

— Tous les gens que nous invitons à la maison ont droit à nos albums photos ! expliqua alors Luke à Joshua.

Cassie aurait donné tout l'or du monde pour pouvoir expliquer que Joshua était une simple connaissance et qu'elle n'avait pas du tout avec cet homme la relation que tous supposaient. Qu'il n'était donc pas indispensable de lui confier son album photos.

— Je meurs d'envie de voir Cassie toute petite ! intervint alors Joshua, tout sourire, en acceptant l'album que Lotty était allé chercher dans le vieux buffet en chêne dans lequel elle rangeait les albums de ses cinq enfants.

— Les hamburgers et maintenant l'album de photos…, marmonna Cassie pour elle même.

Franchement, ça ne pouvait pas être pire ! Pour elle du moins. Car pour Joshua, en revanche, les choses paraissaient se passer au mieux. Il avait le nez plongé dans l'album et, entre deux pages, savourait un hamburger copieusement nappé de moutarde.

Le repas s'annonçait compliqué puisque Cassie devait à la fois observer les photos de sa mère, manger et garder un œil sur Joshua qui consultait son album. Mais c'était sans compter sur la verve de sa mère qui, non contente de commenter ses photos de vacances, n'hésitait pas à donner des explications circonstanciées à propos des photos que Joshua regardait. A la fin du repas, Cassie était épuisée mais Joshua, lui, semblait très content.

— En voici une qui ne doit pas être très ancienne, remarqua-t-il en considérant la dernière photo collée dans l'album tandis que Lotty posait sur la table une salade de fruits et des coupelles.

Cassie se pencha vers Joshua pour examiner le cliché. A sa vue, elle se figea puis releva les yeux et fusilla sa mère du regard.

— Tu as laissé cette photo dans mon album ? demanda-t-elle, interloquée.

— Quelle photo ? Celle où tu es avec Brandon ? interrogea Lotty, le souffle court.

La photo en question n'était guère compromettante mais l'homme qui se tenait à côté de Cassie sur le polaroïd était associé à de mauvais souvenirs et elle ne tenait vraiment pas à parler de lui.

— Cassie est très jolie sur cette photo, déclara Joshua comme s'il voulait dissiper l'atmosphère tendue qui régnait désormais autour de la table. Radieuse, même…

— Cassie était amoureuse mais ce Brandon était un crétin fini, asséna Reid.

— Passe-moi cette photo ! ordonna Luke. Je vais la jeter à la poubelle.

— Arrêtez ! Ce n'est pas grave…, lança Cassie qui, à cet instant, aurait voulu se cacher dans un trou de souris. Pas la peine d'en faire toute une histoire !

Puis elle se tourna vers Joshua et déclara, embarrassée :

— C'est un de mes anciens petits amis… Une histoire pénible et sans lendemain…

— … Comme, hélas, nous en avons tous connu au moins une dans notre vie, observa Joshua qui tourna la page.

Mais il n'y avait plus d'autres clichés et Joshua referma donc l'album avant de le rendre à Lotty.

— Bien, alors, où est ce pâté d'élan ? s'enquit-il. Je sais bien que Luke et Reid en raffolent, les taquina-t-il, mais j'aimerais bien y goûter !

Une fois de plus, Cassie lui fut reconnaissante de la tirer de ce mauvais pas. Non seulement, il déridait l'atmosphère après l'épisode de la photo, mais il goûtait au pâté qu'avait ramené sa mère et auquel aucun de ses frères ne voulait toucher…

Au grand soulagement de Cassie, la fin du repas se passa sans autre incident.

Au moment de partir, la jeune femme salua sa mère et ses frères puis, après que Joshua eut chaleureusement remercié Lotty Walker pour le déjeuner, ils s'éclipsèrent.

— Désolée ! s'exclama Cassie lorsqu'ils se retrouvèrent seuls. Je vous ai imposé une sacré épreuve en vous invitant à déjeuner à la maison !

— C'était une épreuve pour vous surtout, répliqua Joshua en riant. Moi j'ai passé un très bon moment.

— Vous êtes gentil mais j'en doute quand même, répondit-elle. D'ailleurs, je suis sûre que vous ne mourez pas d'envie de venir à la réception qu'organise Ben ce soir.

— Détrompez-vous !

— Allons, soyez honnête, rétorqua Cassie. J'adore les réunions familiales mais je suis bien certaine qu'après deux heures en compagnie de ma mère et de deux de mes frères, la dernière chose au monde que vous souhaitez faire, c'est passer la soirée avec eux et, en prime, les deux de mes frères que vous ne connaissez pas !

— Eh bien, vous avez tort ! Le garçon chez qui Alyssa a passé la soirée hier l'intéresse beaucoup, si vous voyez ce que je veux dire. Et visiblement, c'est réciproque. Elle ne m'a rien dit de précis mais j'ai l'impression qu'elle meurt d'envie de le revoir. L'invitation de votre mère à la réception donnée par votre frère ce soir tombe à point nommé. Comme ça j'ai une excuse pour laisser Alyssa libre de ses mouvements... Si ça ne vous dérange pas, bien évidemment, ajouta-t-il. Je n'ai pas envie d'être un poids pour ma sœur, mais je ne veux pas non plus m'imposer...

— Oh ! Ne vous inquiétez pas ! Vous êtes le bienvenu ce soir. Normalement, ça devrait être sympa...

Tout à coup, en effet, cette réception donnée par son frère se parait de mille attraits depuis qu'elle savait que Joshua voulait y venir.

— Et puis, pour tout le monde, cela rendra notre petite histoire plus plausible, remarqua Joshua tandis qu'ils arrivaient à proximité du bâtiment où se trouvait le bureau de Cassie. Personne ne doutera plus que je suis là uniquement pour vous voir et on fera moins le lien entre Alyssa et moi, ce qui est exactement le but recherché.

— Si je comprends bien, conclut Cassie, vous voulez seulement laisser votre sœur tranquille et donner plus de crédibilité à notre gros mensonge...

— Je vous arrête tout de suite. J'ai très envie de venir à cette soirée.

Cassie n'en croyait pas un traître mot.

— Si vous le dites...

Sur ces entrefaites, ils étaient arrivés à la porte du bâtiment et, avant de rejoindre son bureau, Cassie indiqua à Joshua l'heure à laquelle elle passerait le chercher le soir même. L'école se trouvait en effet un peu en dehors de la ville et elle n'avait aucune envie d'y aller en moto.

Tout en se rendant à son bureau, Cassie réfléchissait.

Non, vraiment, il était peu probable que Joshua ait envie de passer la soirée avec elle — et sa famille au grand complet, par-dessus le marché. Elle n'était pas dupe : il voulait laisser Alyssa vivre sa vie et s'occuper pendant ce temps, c'était tout.

Or, à Northbridge, les sorties comme les gens étaient à des années lumière du monde dans lequel il vivait.

Même s'il appréciait les hamburgers...

- 8 -

— Bienvenue à tous et merci d'être venus si nombreux pour célébrer la réouverture de cette école !

C'est en ces termes que le frère jumeau de Cassie, Ben, débuta son discours d'accueil face à une foule dense massée dans le vaste hall d'entrée de cet établissement d'éducation spécialisée. En raison de l'affluence, l'épaule de Cassie frôlait celle de Joshua qui se trouvait à ses côtés.

Ben remerciait maintenant un à un tous ceux qui l'avait aidé à réhabiliter le bâtiment et obtenir la réouverture de ce pensionnat pour adolescents en difficulté. Ben avait lui-même eu une jeunesse chaotique et la réouverture de l'établissement avait été le défi qu'il s'était assigné comme son unique préoccupation au cours des derniers mois.

— Je souhaiterais que Clair vienne me rejoindre, ajouta Ben, en tendant la main vers sa fiancée pour l'encourager à gravir les quelques marches du grand escalier où il s'était installé pour être vu de tous ses invités. Vous vous souvenez sûrement d'elle et de son père qui, il y a quelques années de cela, dirigeait cet établissement. Vous savez sans doute aussi que nous allons nous marier vendredi soir et que nous avons la joie d'attendre un bébé…

Des applaudissements accompagnèrent l'ascension de Clair, rougissante, qui rejoignait Ben.

— Je souhaiterais également remercier publiquement Clair, tout d'abord de m'avoir vendu ce bâtiment, puis de m'avoir fait confiance, à moi, l'ancien mauvais garçon, et enfin de m'avoir soutenu au cours de toute cette aventure.

Ben entoura les épaules de Clair et déposa un baiser sur sa joue avant de poursuivre.

— A nous deux, nous réussirons, j'en suis sûr, à faire de ce pensionnat un lieu d'accueil et d'écoute pour de nombreux jeunes en rupture avec leurs familles. J'aimerais aussi…

Ben n'en avait pas fini avec les remerciements mais Cassie ne parvenait plus à se concentrer sur ce qu'il disait. Joshua était si proche !

Comme c'était une soirée décontractée, elle avait opté pour une certaine simplicité. Elle portait un jean — celui qui soulignait sa taille mince et lui faisait la jambe incroyablement longue et fine — et un petit cache-cœur de lainage blanc douillet et sensuel.

Seulement Joshua était tellement beau que Cassie ne pouvait s'empêcher de penser qu'elle faisait pâle figure par rapport aux femmes qu'il avait l'habitude de côtoyer.

Lui aussi était en jean. Si ajusté, si bien coupé qu'elle l'avait cru fait sur mesure jusqu'à ce qu'elle aperçoive la marque — très connue mais pas du tout celle d'un couturier — à sa ceinture. En haut, il avait enfilé un pull de coton beige dont le col à fermeture Eclair était resté ouvert, dévoilant le haut de son torse. Et avec ce blouson en cuir, le même qu'il portait le soir où elle l'avait rencontré, il était d'une élégance rare, sans affectation, toute en flegme et décontraction. Beau à se damner.

Cassie avait bien du mal à détourner ses yeux de lui. Même s'il ne s'agissait que de coups d'œil obliques et furtifs.

Pourquoi diable cet homme était-il si séduisant ? maugréait-elle intérieurement. Pourquoi n'était-ce pas un de ces milliardaires hideux qui ne plaisent qu'aux femmes qui aiment l'argent ? Même s'il était clochard, il attirerait une nuée de femmes belles comme le jour…

Ah, s'il avait été laid et ventripotent, c'est sûr, elle n'aurait couru aucun risque… Ou, mieux encore, s'il avait été arrogant et exigeant…

Mais non, il était beau comme un dieu avec son visage d'ange, sa haute taille, son corps musclé… Et pour couronner le tout, il était si simple, si gentil qu'on se trouvait immédiatement en confiance, comme avec un vieil ami, un collègue de longue date ou même un frère…

Comment rester insensible ? Je suis humaine, après tout…, marmonna-t-elle intérieurement. Comment vais-je réussir à en ressortir indemne ?

Brusquement, la dernière image de son album photo lui revint à la mémoire.

Non, Brandon n'avait rien à voir avec Joshua. Il n'avait pas ce charme envoûtant qui vous tournait la tête et vous laissait médusée, incapable de détacher vos yeux de ce visage magnifique et de ce corps époustouflant.

Peu importe, songea Cassie. Souviens-toi de l'issue de ta relation avec Brandon et surtout rappelle-toi pourquoi vous avez rompu. Impossible de croire que les différences sociales dans un couple n'ont aucune importance ?

Ce petit discours lui fit l'effet d'une douche froide. Et salutaire.

Vous n'êtes pas un homme pour moi, Joshua Cantrell, conclut-elle in petto. Et vous ne le serez jamais !

— Merci encore d'être venus, concluait à cet instant Ben. Et surtout n'hésitez pas à déambuler dans l'établissement et visiter les dortoirs et les salles de classe. Vous trouverez dans la salle à manger des boissons fraîches ainsi que quelques succulents gâteaux préparés par ma mère. Pour ma part, je reste à votre disposition au cours de la soirée pour tout renseignement. N'hésitez pas à venir me voir si vous avez une inquiétude et souhaitez m'en faire part.

Des applaudissements éclatèrent pour saluer la fin du discours de Ben.

— De quelles inquiétudes parle votre frère ? demanda Joshua à l'oreille de Cassie afin qu'elle puisse l'entendre au milieu du tonnerre d'applaudissements.

Cassie sentit le souffle chaud et doux de Joshua sur sa peau et refréna un frisson.

— Ben n'ouvre pas un pensionnat pour fils de bonne famille, expliqua Cassie tout en essayant de ne pas penser à leur proximité physique. L'école va accueillir des jeunes en difficulté placés ici par le juge ou envoyés par des parents dépassés par la situation. La plupart d'entre eux auront déjà un casier judiciaire et tous un lourd passé de fauteurs de troubles… Ce sont des adolescents difficiles et tout le monde à Northbridge ne voit pas la réouverture de cet établissement d'un bon œil. Les gens craignent de voir les abords de leur maison vandalisés, leurs animaux de compagnie martyrisés, les commerçants redoutent les vols à l'étalage, les personnes âgées le tapage et l'intimidation, bref tout le monde fantasme autour de ces gamins et s'imagine le pire…

— Est-ce qu'il n'y a pas là dedans un fond de vérité ? Est-ce que tout cela ne va pas provoquer des troubles ?

Cassie comprit immédiatement que Joshua se faisait du souci pour la sécurité de sa sœur mais n'osait le dire franchement.

— Non, vraiment, je ne pense pas. Ben a pris soin d'installer un système de vidéosurveillance et de contrôle des entrées et des sorties des adolescents. Et puis, de toute façon, ce n'est pas un centre d'éducation fermé et il n'accueillera pas d'enfants condamnés pour des violences aux personnes. Surtout, les règles de l'établissement sont claires : la tolérance zéro y est appliquée et s'il y a des fauteurs de troubles, ils ne resteront pas longtemps à Northbridge.

— Ça ne rigole pas !

— Tout ça peut paraître un peu sévère à première vue, c'est vrai. Mais c'est certainement moins dur que le camp militaire où Ben a été envoyé lorsqu'il était adolescent. Le programme qu'il a mis en place est fondé sur sa propre expérience. Il souhaite que ceux qu'il va accueillir soient très occupés physiquement pour éviter qu'ils aient trop de temps et d'énergie à dépenser en bêtises. Je suis persuadée que les habitants et les commerçants de Northbridge ne vont pas voir leur petite vie tranquille transformée avec l'arrivée de ces enfants. En fait, s'il y a des inquiétudes à avoir, selon Ben, c'est plus lié au décalage entre ces jeunes à peine sortis de l'adolescence et les jeunes adultes qui fréquentent l'université et qui parfois vivent une vie parfaitement déréglée. Mon frère tient à ce qu'il n'y ait aucun contact entre eux pour que ses recrues ne soient pas tentées de prendre ces étudiants pour modèles. Aucun risque donc qu'Alyssa et les pensionnaires de Ben ne se rencontrent jamais !

Joshua ne réagit pas à cette affirmation. Pas moyen de savoir si cette inquiétude était à l'origine de sa question…

— Ben a eu une adolescence difficile ? demanda-t-il en revanche.

Le hall d'entrée s'était vidé et Cassie était maintenant seule avec Joshua. Comme, à la vérité, elle n'avait aucune envie de se mêler aux invités, elle resta là où elle se trouvait et répondit à la question qu'il venait de lui poser sur son frère.

— Ben était toujours dans les mauvais coups lorsqu'il était adolescent. La goutte d'eau qui a fait déborder le vase a été une désastreuse histoire de vol de voiture. Je dis vol, mais en fait, Ben ne pensait pas qu'il conduisait une voiture volée ce soir-là ! Le copain qui l'accompagnait a prétendu qu'il avait l'autorisation d'emprunter la voiture du père d'un de ses amis.

— Ce qui n'était pas le cas, bien sûr…

— Evidemment. Le copain en question avait en fait subtilisé la fameuse voiture à son voisin mais c'est Ben que la police a trouvé au volant… Vous imaginez la suite.

— Ben était donc au fond totalement innocent ! s'exclama Joshua.

— Innocent pour ce qui est du vol, oui. Mais il n'était pas forcé de fréquenter ce type qui n'avait rien d'un enfant de chœur et surtout de prendre des vessies pour des lanternes. Il faut être idiot pour croire que le propriétaire d'une voiture de sport toute neuve est disposé à la prêter à deux jeunes pour parader en ville ! Et le problème, c'est que Ben avait déjà tellement fait parler de lui que le juge comme ma mère se sont dit qu'il fallait prendre des décisions drastiques. C'est ainsi que Ben a été envoyé dans un centre de redressement en Arizona.

— Un camp militaire plutôt dur, c'est cela ? demanda Joshua qui se souvenait des propos de Cassie.

— Dur mais efficace. Ce séjour a été un tournant dans la vie de Ben. Non seulement, il s'est racheté une conduite, mais il a découvert ce qu'il voulait faire dans la vie : travailler avec des jeunes en difficulté, les aider à s'en sortir. Ce ne fut pas une période particulièrement facile ni pour lui, ni pour nous, mais ce séjour a eu tant de retombées positives qu'au final, nous n'avons pas eu à nous plaindre.

— Est-ce que vous avez la moindre idée de ce que les journaux feraient d'une histoire comme celle-ci ? demanda Joshua qui avait levé les sourcils.

Cassie ne put s'empêcher de rire. Puis, après avoir jeté un coup d'œil par-dessus son épaule, elle ajouta :

— Vous savez, Ben ne fait pas mystère de son passé de mauvais garçon. Vous l'avez entendu comme moi y faire référence ce soir. Tout le monde ici est au courant. D'ailleurs son histoire et la manière dont est né son programme sont exposées dans la brochure de l'établissement…

— Ma question est un peu stupide, excusez-moi. Vieux réflexe d'homme traqué par les journalistes…

— Qui sait ? Peut-être que c'est parce que vous travaillez dans le plus grand secret pour ces journaux que vous en faites si souvent la une ! plaisanta Cassie.

— Il faudrait être masochiste pour s'infliger à soi-même ce que les journaux m'ont fait subir, répliqua Joshua gravement.

Visiblement, et contrairement à ce qu'il prétendait le dimanche précédent, il ne prenait pas toujours à la légère les désagréments que provoquait sa notoriété.

— Ah ! La voilà enfin !

La conversation de Cassie et Joshua fut interrompue à cet instant par l'arrivée d'un des frères de la jeune femme. C'était Ad qui sortait de la bibliothèque de l'école, accompagné de sa femme.

— Maman m'a envoyé à ta recherche. Elle dit que tu as une surprise pour moi, continua Ad en tournant malicieusement les yeux vers Joshua.

Ce dernier tendit la main au frère de Cassie.

— Bonjour, je me présente : Joshua Johansen, déclara-t-il.

Cassie se mit à débiter la petite histoire parfaitement rodée qu'elle avait élaborée avec Joshua tout en se demandant combien de temps celle-ci allait la poursuivre. Sans doute lui demanderait-on longtemps pourquoi cette relation s'était soldée par un échec…

En attendant, il fallait qu'elle veille à tutoyer Joshua. Si elle dérapait et le vouvoyait devant ses frères, ceux-ci auraient tôt fait de comprendre que toute cette histoire était un coup monté. Exactement ce qu'elle voulait éviter.

— Joshua, je te présente mon frère Ad qui tient un restaurant en ville. Et voilà sa femme, Kit.

La conversation s'engageait autour de l'établissement ouvert par Ben lorsque Kit, pensive, se tourna vers Joshua et déclara :

— J'ai l'impression de vous avoir déjà vu quelque part mais pas moyen de savoir où…

Une soudaine vague de panique saisit Cassie.

Joshua, lui, resta de marbre.

— Je ne sais pas pourquoi, beaucoup de gens ici me disent ça ! déclara-t-il le plus tranquillement du monde. Qu'en penses-tu Cassie ? Est-ce que je ressemble à quelqu'un de Northbridge ?

Cassie s'efforça de paraître décontractée et, avec un haussement d'épaules et un grand sourire, répondit :

— Non, pour moi tu es le garçon sympathique que j'ai rencontré à Disneyland…

— Le garçon sympathique rencontré à Disneyland dont tu t'es bien gardé de nous parler, petite cachottière, la gronda Ad. Cet après midi, maman, Luke et Reid nous ont harcelés au téléphone, Ben et moi, pour savoir si tu nous avais parlé d'un homme que tu aurais rencontré pendant tes vacances.

Soulagée que l'attention se soit déplacée de Joshua sur elle, Cassie répondit avec une négligence feinte :

— Les files d'attente sont longues à Disneyland et Joshua n'était pas la seule personne avec qui j'avais discuté pendant mon séjour…

— Mais je suis le seul à avoir retrouvé sa piste…, la coupa Joshua.

— Tu arranges un peu les choses. Tu as surtout retenu ce que j'ai dit sur l'université et tu as décidé d'y inscrire ta sœur.

Cassie n'avait pas plutôt prononcé ces mots qu'elle les regrettait. Ce n'était peut-être pas une bonne chose d'associer Joshua à sa sœur devant Kit et Ad… Et si cela leur mettait la puce à l'oreille ? La panique reprit possession de Cassie qui, du coup, se jeta sur le premier sujet de conversation qui lui traversa la tête.

— Qu'est-ce que maman a préparé pour ce soir ?

La diversion fonctionna heureusement à merveille. Ses interlocuteurs se mirent à énumérer une liste impressionnante de hors-d'œuvre disposés, à leurs dires, avec beaucoup de goût, sur une grande table dressée dans la pièce adjacente. Après avoir déclaré qu'elle mourait d'envie de déguster quelques-uns de ces plats avant qu'il n'en reste plus une miette, Cassie put entraîner Joshua vers le buffet et laisser là Ad et Kit.

— Merci de m'avoir aidé… J'ai vraiment vu arriver le moment où votre belle-sœur allait trouver que je ressemblais à Joshua Cantrell ! s'exclama Joshua lorsqu'ils se furent un peu éloignés.

— Ce n'est rien ! répondit Cassie. Après tout, je ne fais que mon travail !

Le reste de la soirée se déroula sans autre incident. Malgré tout, Cassie laissa échapper un soupir de soulagement lorsqu'elle quitta l'établissement de Ben à l'issue de la soirée.

— Bon, mais dites-moi, est-ce que tout ça n'est vraiment que du travail ? demanda Joshua tandis que la voiture de Cassie longeait sans bruit l'école de Ben.

Cassie quitta la route du regard et leva vers Joshua des yeux déconcertés.

— Ne me faites pas croire que vous passez le plus clair de votre temps avec moi uniquement parce que le doyen vous l'a demandé ? insista Joshua.

— Et vous, vous sortez avec moi uniquement parce que je suis à votre disposition ? rétorqua-t-elle pour éviter d'avoir à fournir une réponse — tout sauf évidente — à la question qu'il venait de lui poser.

— Ça me permet de vous voir tous les jours, mais, non, ce n'est pas la raison pour laquelle je passe tant de temps avec vous, si vous voulez tout savoir.

Cassie lui jeta un regard narquois.

— A d'autres ! répliqua-t-elle, pensant en son for intérieur que Joshua essayait juste de voir si elle allait succomber à son charme comme tant de femmes avant elle.

— Dites tout de suite que je suis un menteur !

— Non, pas un menteur. Plutôt un charmeur !

— Vous, vous lisez trop les journaux !

— Je ne lis que les unes ! Qui sont, bien sûr, un tissu de mensonges car, dans la réalité, vous vivez comme un moine…, répliqua Cassie, facétieuse.

— Croyez-moi ou non, exposa-t-il calmement, mais la vérité, c'est que je n'ai pas rencontré la moitié des femmes pour lesquelles je suis censé avoir éprouvé une passion torride. Ces photos sont des montages pour la plupart ! Cela dit, non, je ne suis pas un moine, mais je ne suis pas un don Juan non plus !

Quelque chose dans le ton de sa voix, dans sa manière de répondre avec assurance, laissa penser à Cassie que peut-être ce qu'il disait était vrai.

— D'accord, vous n'êtes ni un moine ni un charmeur, concéda-t-elle tandis que la voiture pénétrait sur le campus. Il n'empêche que, de vous-même, vous ne passeriez pas toutes vos journées avec moi si on ne m'avait pas désignée pour vous accompagner pendant votre séjour ici.

— Evidemment, puisque sans cela je ne vous aurais pas rencontrée. Normalement, j'aurais dû être pris en charge par Kirk Samson qui m'aurait rasé avec ces invitations discrètes à parrainer des projets de l'université… Mais si j'étais tombé sur vous par hasard, alors…

— Alors, coupa Cassie qui voulait en finir avec ces sous-entendus, vous m'auriez regardée et aussitôt oubliée.

— Sûrement pas.

— N'importe quoi !

— Sûrement pas, insista-t-il fermement. Avec des fossettes

111

comme les vôtres, vous plaisantez ! Ça ne s'oublie pas ! Et je me serais à coup sûr intéressé de près à la question.

Cassie en était sûre, Joshua ne pensait pas une seule seconde ce qu'il disait mais c'était pourtant bien agréable de s'entendre dire des choses pareilles. De sorte qu'elle décida de ne pas couper court à la petite joute oratoire à laquelle ils se livraient.

— Vous vous seriez peut-être « intéressé de près à la question » mais de là à passer le plus clair de votre temps avec moi, il y a un pas…

— Que j'aurais franchi allègrement, vous pouvez me croire.

— Permettez-moi d'en douter ! Mais dans votre scénario, que se passerait-il ensuite ?

— Nous aurions peut-être fait un tour en moto, vous et moi. Si, bien sûr, vous n'étiez ni terrorisée par mon engin ni trop inquiète pour votre brushing…

— Arrêtez tout de suite, je sais où vous voulez en venir !

— Et où est-ce que je veux en venir, d'après vous ?

— Eh bien, vous avez bien compris que j'ai grandi entourée de quatre frères qui m'ont sans cesse accusée d'être trop « fille », et vous jouez là-dessus pour m'amener à faire un tour en moto avec vous…

De nouveau, elle se tourna rapidement vers lui et le surprit en train de sourire.

— Oui, avec des fossettes pareilles et tant de repartie, c'est sûr que je ne vous aurais pas lâchée d'une semelle, même si vous n'étiez pas obligée par votre employeur de passer tout votre temps libre avec moi.

— C'est loin d'être une corvée pour moi, vous savez, ajouta doucement Cassie.

Qui intérieurement se traita de tous les noms… Pourquoi lui avouer une telle chose ?

— La réception de ce soir n'était pas au programme de la semaine portes ouvertes de l'université, poursuivit-elle pour dissimuler son trouble.

— Sauf que ce n'est pas vous qui m'y avez invité, mais votre mère, ce qui veut bien dire que si elle n'était pas intervenue, vous n'auriez pas passé la soirée avec moi. Parce que vous n'y étiez pas obligée !

— Excusez-moi, je ne me souviens plus bien comment vous avez rencontré ma mère. Ça ne serait pas parce que je vous ai invité chez elle pour le déjeuner, par hasard ? répliqua Cassie.

— Façon de parler ! Je me suis quasiment invité. Ce qui prouve bien que, oui, je vous suivrais comme votre ombre si vous n'étiez pas obligée de me tenir compagnie.

La voiture longeait le cottage où logeait Joshua.

— Vous n'en démordrez pas et il faut que je capitule, c'est ça ? demanda-t-elle en garant son véhicule.

— Vous avez tout compris, déclara un Joshua visiblement satisfait de triompher. Evidemment, ajouta-t-il, je ne vous empêche pas de me prouver que j'ai complètement tort… Par exemple en décidant de faire un tour à moto avec moi…

Cassie éclata de rire.

— Décidément, vous avez de la suite dans les idées, vous !

— Je suis persévérant, c'est vrai. Mais ne changez pas de sujet. Alors, c'est oui ou c'est non ? Il n'est pas tard, il fait doux et pour une fois vous n'êtes pas dans votre uniforme de parfaite professionnelle. En plus, j'ai découvert cet après-midi un lieu très agréable pas loin d'ici.

— Vous voulez vraiment faire un tour à moto maintenant ?

— Parfaitement. J'adore faire de la moto à la nuit tombée. Allez, venez, je vous promets que dans une heure, vous serez de retour !

Quel joli cœur tout de même ! songea Cassie. Comment résister à pareille proposition de randonnée au clair de lune en compagnie d'un homme aussi beau et séduisant ? N'importe quelle femme craquerait...

Et puis, songea Cassie, si elle refusait net, elle mettait un terme à ce flirt si agréable qui commençait à s'insinuer dans leurs rapports.

A cette perspective, elle sentit le cœur lui manquer.

— Vous conduisez prudemment au moins ? demanda-t-elle pour gagner du temps.

— Je vous laisse mon casque et je roulerai tout doucement, c'est promis, déclara-t-il, rassurant.

— Pas question d'étouffer là-dessous par une nuit si belle.

— Pas de casque, alors. Mais dans ce cas, comme je roulerai vraiment tout doucement, ce n'est pas une heure que je vous demande, mais une et demie.

— Vous négociez toujours aussi âprement ?

— Oui. Tenez-vous-le pour dit !

— Bien, marché conclu. Pourvu que mon frère Reid n'apprenne jamais que j'ai fait de la moto sans casque, sinon, quelle que soit votre allure, il me tue !

— Je serai muet comme une tombe.

- 9 -

Grisant ! C'est l'impression que fit à Cassie sa première promenade à moto.

D'abord submergée par un sentiment inconnu de liberté, la jeune femme avait vite découvert la sensation enivrante du grand air qui fouette le visage et le plaisir de sentir trépider sous elle le bolide conduit de main de maître par Joshua sur les petites routes si calmes des environs de Northbridge.

Mais Cassie apprit aussi à ses dépens que la dernière chose à faire, lorsqu'on essayait de résister à l'attirance qu'on éprouvait pour quelqu'un, c'était bien de s'installer derrière lui sur une moto !

Les jambes plaquées contre les hanches de Joshua, les bras passés autour de sa poitrine, la tête à quelques centimètres de ses épaules, il était si tentant de se laisser aller...

Quelle idiote elle faisait ! Pourquoi s'être infligé un tel supplice ? Franchement, s'il y avait bien une situation à éviter à tout prix, c'était celle-ci...

Avoir conscience de s'être fourrée dans un beau pétrin et se promettre de ne plus jamais recommencer ne changeait cependant rien à l'affaire. Elle était bel et bien là, derrière Joshua, dans son odeur et sa chaleur, tenaillée par le désir de se serrer tout contre lui, de poser sa joue contre son cou et de rester ainsi toute la nuit…

Elle résista toutefois à cette envie terriblement pressante.

Lorsque Joshua décéléra et quitta la route pour emprunter un chemin de terre qui s'enfonçait dans les bois, Cassie sut exactement où il l'emmenait. Au moins, elle ne serait pas prise de court, submergée par la beauté du lieu, et elle pourrait utiliser toute son énergie à résister à ce qui bouillonnait en elle.

Voilà qu'ils arrivaient en vue de la clairière où se dressait un vieux pont de pierres. Arrivé à quelques mètres de l'édifice, Joshua immobilisa son engin.

— Avec Alyssa, je suis tombé sur ce pont, cet après-midi, déclara-t-il en coupant le contact. Je me suis tout de suite dit que cet endroit devait être magique, la nuit.

Joshua sauta au bas de son bolide et poursuivit en se tournant pour aider Cassie.

— Au départ, Alyssa et moi avons cru que le pont était à l'abandon mais lorsque nous nous sommes approchés, nous avons vu que des restaurations étaient en cours.

— Effectivement ! C'est le pont d'où notre ville tire son nom…, répondit Cassie qui fit mine de ne pas voir la main que lui tendait Joshua et descendit seule de moto.

— Mais il se trouve au sud de la ville !

— Oui, mais au nord des fermes et des ranchs qui existaient avant que la ville ne prenne son essor. On a continué à l'appeler le pont du nord même s'il était en fait au sud de la ville… C'est vrai que ce n'est pas très logique !

— En tout cas, ce pont couvert est magnifique. Il le sera encore plus après les travaux, observa Joshua en tournant la tête pour contempler le monument.

La clairière était plongée dans la pénombre mais la lueur

de la lune suffisait à éclairer l'édifice qui surplombait ce qui autrefois avait été une belle rivière et n'était plus aujourd'hui qu'un mince cours d'eau. Il manquait des barreaux aux rambardes qui couraient le long du pont et des étais avaient été placés sous sa voûte couverte aux endroits où celle-ci s'éboulait.

— La municipalité voudrait que le pont devienne le centre d'un nouvel espace de loisirs, expliqua Cassie. Ça risque d'être splendide !

— Alyssa et moi avons trouvé cet endroit extraordinairement calme. Si on s'asseyait quelques instants sur la berge ?

— D'accord ! répondit Cassie allègrement en se dirigeant vers un talus herbeux qui longeait la rivière.

Joshua s'installa à ses côtés, suffisamment près pour qu'elle respire de nouveau son odeur et se sente de nouveau attirée vers lui comme par la force d'un aimant.

Pour éviter d'y penser davantage, Cassie se lança dans une description détaillée des restaurations en cours. Une fois le sujet épuisé, Joshua s'allongea. Cassie frissonna. Même infime, l'éloignement de Joshua avait rompu le charme magnétique qu'elle subissait. Elle regretta qu'il ait ainsi choisi d'introduire de la distance entre eux, même si c'était sans doute mieux ainsi.

— Vous devez faire partie de l'association qui milite en faveur de la restauration du pont pour savoir autant de choses !

— Non, j'assiste juste de temps à autre aux réunions organisées par la municipalité pour tenir les habitants informés de l'avancement des travaux.

— Vous ne travaillez donc pas jour et nuit d'habitude ?

— Non, c'est une première !

Cassie sentit le regard de Joshua se poser sur elle, détailler son profil mais elle ne se tourna pas vers lui.

— Comment êtes-vous devenue tutrice des étudiants de première année ?

— Oh ! Tout simplement ! J'ai fait une double licence de psychologie et de sciences de l'éducation que j'ai complétée par une maîtrise de psychopédagogie. J'étais à peine diplômée que le poste de tutrice des étudiants de première année s'est libéré, j'ai postulé et j'ai été engagée.

— Je me trompe ou vous êtes plus amenée à orienter les étudiants qu'à les aider d'un point de vue psychologique, ainsi que votre formation vous y invitait au départ…

— C'est vrai mais comme nous n'avons pas de psychologue sur le campus, on m'envoie souvent les étudiants qui ne vont pas très bien.

Sur ce, Cassie se retourna vers lui.

— Fin de l'interrogatoire. A votre tour ! lança-t-elle.

— Qu'est-ce que vous voulez savoir ?

— Comment vous êtes devenu le magnat de la chaussure de sport ! Je sais juste que vous avez commencé à travailler jeune dans l'entreprise qui employait votre père mais c'était au bas de l'échelle et dans une filiale qui produisait des chaussures à talons hauts. Entre ça et votre situation actuelle, il y a, j'oserais dire, un pas…

— Disons que j'ai gravi un à un les différents échelons de l'entreprise et appris au passage tout sur ce qui fait une bonne chaussure. La semelle, le talon, les différents matériaux employés… Puis j'ai été dans des services commerciaux et j'ai assimilé tout ce qui a trait au transport, à la vente, à la distribution, à la communication, et j'en passe. Je suis incollable sur les chaussures pour femmes…

— Vraiment ? Ce doit être parce que vous aimez être aux pieds des femmes…, suggéra Cassie d'une voix pleine de sous-entendus.

— Non, franchement, vous vous méprenez, déclara Joshua en éclatant d'un rire léger et troublant. C'est vrai que certaines femmes ont des pieds sublimes mais, en général, ce n'est pas ce que je préfère chez une femme ! Ni le type de chaussures qui me bottent le plus, pour continuer dans les jeux de mots de chausseurs pour dames ! Quoi qu'il en soit, au bout de quelques années, j'étais devenu un vrai expert et j'ai alors imaginé une paire de chaussures de tennis telle que j'en cherchais : confortable, robuste, légère et avec du style.

— On dirait à vous entendre que ç'a été un jeu d'enfant de mettre au point ce modèle et de le lancer sur le marché.

— Non, je simplifie. Il y a d'abord eu toute une série de ratés. Mes deux premiers prototypes n'étaient pas très réussis. Heureusement, j'avais un copain qui faisait alors ses études de médecine et je lui ai demandé de m'expliquer très précisément le fonctionnement des articulations, la distribution du poids sur le pied, les questions d'équilibre et j'ai pensé mon troisième prototype par rapport à ces questions. Puis nous avons risqué le tout pour le tout, Alyssa et moi.

— Comment ça ? Racontez-moi ! Tout ça m'intéresse.

— Nous avons décidé, Alyssa et moi, d'investir le peu d'argent dont nous avions hérité à la mort de nos parents — et que nous gardions jusqu'alors pour d'éventuels coups durs — pour créer notre propre entreprise.

— Quel âge avait Alyssa à cette époque-là ?

— Onze ans ! Je sais ce que vous pensez : c'est un peu jeune pour prendre une décision aussi importante, mais je vous donne ma parole d'honneur que je n'ai pas du tout essayé de l'influencer. J'étais déjà bien assez inquiet comme ça ! Si elle avait dit non, j'aurais respecté sa décision.

— Mais ça n'a pas été le cas…

— Exact. Ma sœur a fait preuve de beaucoup de maturité pour son âge. Elle a écouté tout ce que j'avais à lui dire, examiné minutieusement le prototype, posé différentes questions prouvant qu'elle avait parfaitement compris qu'en cas d'échec, notre situation matérielle serait vraiment difficile… Heureusement, la chaussure que j'avais dessinée lui a plu immédiatement et elle a accepté de tout investir dans ce projet d'entreprise. Elle était même prête à distribuer les journaux le matin et faire du baby-sitting en soirée si tout échouait.

— Et vous vous êtes lancé tout seul.

— Non, nous nous sommes lancés tous les deux, rectifia Joshua. Ma sœur est mon associée. Nous détenons chacun la moitié de l'entreprise, ce qui n'est que justice dans la mesure où la moitié de la mise initiale était à elle.

— Je l'ignorais ! s'exclama Cassie. Je croyais que vous étiez l'unique propriétaire de la marque.

— La faute aux journaux, une fois de plus ! Ils ne s'embarrassent pas de détails… Mais la vérité c'est que la société que je dirige appartient pour moitié à Alyssa, pour moitié à moi.

— Pour l'instant en tout cas, vous êtes seul aux commandes.

— Oui, mais je pense qu'un jour, elle me rejoindra à la tête de l'entreprise…

Cassie regarda longuement Joshua, tout en priant qu'il ne se rende pas compte à quel point elle était troublée.

— Tout cela ne m'explique pas comment, de jeune entrepreneur, vous êtes devenu la coqueluche des médias…

— La coqueluche des médias, répéta-t-il sur un ton dédaigneux.

Visiblement, il n'était pas flatté de l'être…

— Vous êtes une de leurs cibles préférées, en tout cas. Le moindre de vos gestes est commenté, vous êtes harcelé par les paparazzis…

— Je me serais bien passé d'être « la coqueluche des médias » comme vous dites. Jamais je n'ai pensé, en créant mon entreprise, que je deviendrais du jour au lendemain une personnalité en vue. Tout a commencé avec le décollage spectaculaire de la marque… Nos chaussures ont tout de suite eu un succès fou. Des athlètes en lice pour les jeux Olympiques les ont adoptées sur-le-champ, puis ce fut au tour d'un des meilleurs joueurs de tennis du moment de s'en enticher, ensuite d'une superstar du basket… Très vite tous les sportifs les ont portées. Je me suis rapproché de certains d'entre eux pour leur demander de devenir l'image de la marque et c'est ainsi que je me suis lié avec quelques-uns. De fil en aiguille, je me suis retrouvé aux premières loges de certains événements sportifs importants. Bref, mon visage a commencé à apparaître au côté de ceux de célébrités — qui, d'ailleurs, commençaient à porter nos créations.

— Ne me dites pas que c'est par pure coïncidence que vous êtes devenu aussi médiatique !

— Ça peut vous paraître incroyable, mais si, c'est comme ça que ça s'est passé. Un soir, à la fin d'un match de basket, un photographe qui me voyait sortir de la tribune réservée aux personnalités m'a interpellé : « Vous êtes qui, vous ? »

— Drôle de manière de s'adresser à quelqu'un qu'on ne connaît pas ! remarqua Cassie.

— Effectivement. D'ailleurs ce type a une réputation

exécrable dans ce petit monde. Quoi qu'il en soit, pensant que cela pourrait faire un peu de pub pour notre marque, je lui ai dit qui j'étais. Naïvement. Je ne pensais pas que ça pouvait tirer à conséquences...

— Sauf que les choses sont allées beaucoup plus loin.

— Le lendemain, ma photo s'étalait en une des journaux et j'étais décrit comme le nouveau petit génie des affaires. Les bénéfices de notre entreprise, mon salaire, furent vite dévoilés, tandis que tous les magazines publiaient des photos de moi à différentes manifestations que j'avais pour ma part complètement oubliées... J'étais partout. Et bien vite, la presse s'est intéressée au moindre de mes faits et gestes. Où j'étais, avec qui... Franchement, je n'ai jamais bien compris comment j'en étais arrivé là, ni pourquoi les gens pouvaient s'intéresser à moi.

Cassie, elle, savait bien pourquoi. Il lui suffisait de se tourner vers Joshua pour le comprendre ! Beau comme il l'était, et photogénique de surcroît, il était une cible idéale pour ce genre de presse... En plus, cet homme au physique d'acteur était devenu multimilliardaire à vingt-cinq ans à peine... N'importe quelle femme normalement constituée qui avait posé les yeux sur lui — ne serait-ce qu'à l'arrière-plan d'une photo — mourait d'envie de tout savoir de lui. Ayant flairé l'aubaine, les médias s'étaient jetés sur lui et ne l'avaient plus lâché...

À cet instant, Cassie fut parcourue par un frisson.

— Nous ferions mieux de rentrer, il commence à faire froid, déclara Joshua qui se leva sur-le-champ.

Cassie n'était pourtant pas certaine que son frisson soit dû à la baisse sensible de la température...

Debout devant elle, Joshua lui tendait une nouvelle fois

la main. Difficile de le bouder une fois de plus… La jeune femme accepta donc son aide. Mais, comme chaque fois, le contact de la peau de Joshua éveilla en elle une myriade de sensations troublantes. Et persistantes…

Pour cette raison, sans doute, le trajet du retour lui parut extrêmement court. Bien vite en effet — bien trop vite à son goût — Joshua immobilisait sa Harley Davidson près du cottage, à quelques mètres derrière la voiture de sa coéquipière.

— Alors, ça vous a plu ? demanda Joshua lorsque le bruit de l'engin se fut tu.

— J'ai adoré ! avoua Cassie sans fausse pudeur tout en repoussant quelques mèches derrière ses oreilles et passant une main sur ses cheveux pour les lisser afin de limiter les dégâts causés par le vent.

Une fois de plus il la prit de court, descendit en un éclair de la moto pour lui offrir son aide. Avant même d'avoir eu le temps de réfléchir, Cassie avait glissé sa main dans celle de Joshua.

Cette fois pourtant, Joshua ne desserra pas ses doigts une fois qu'elle fut descendue de la selle.

— Demain, je joue à l'étudiant et j'assiste à quelques cours d'Alyssa, déclara Joshua qui retenait la main de Cassie prisonnière. Pour ce qui est du dîner que le maire donne en mon honneur, comme il risque d'ennuyer ma sœur à mourir, je l'en ai dispensée. En revanche, il se peut que nous nous y voyions…

Dans l'après-midi, Cassie avait été informée par le doyen de cette nouvelle obligation.

— … Vous ne pouvez pas y couper, j'imagine ? conclut Joshua.

Ils étaient arrivés près de la voiture de la jeune femme. Au lieu d'ouvrir sa portière et de s'installer au volant, elle s'adossa à la voiture pour garder quelques secondes encore ses doigts noués à ceux de Joshua.

— Vous n'êtes pas obligée de venir, vous savez, continua doucement Joshua. N'est-ce pas la répétition générale de la cérémonie de mariage de Ben demain soir ? Il me semble avoir entendu votre mère en parler... Je pense que vous feriez mieux d'y aller plutôt que d'assister à ce dîner. C'est plus important...

C'était exactement ce qu'elle avait dit au doyen. Qui avait aussitôt appelé le maire, lequel avait demandé à lui parler en personne. S'en était suivi tout un laïus sur l'importance de ce dîner, la nécessité de faire passer le bien commun avant les engagements familiaux. Et une allusion au renouvellement, dans quelques mois, de la licence de vente de boissons d'Ad... Il serait vraiment dommage qu'il ne soit plus habilité à vendre de l'alcool dans son restaurant, n'est-ce pas ? avait conclu le maire.

— Franchement, je n'ai pas grand-chose à faire au cours de la cérémonie. Je peux très bien manquer cette répétition générale. D'autant qu'au lieu de manger des chips, je vais déguster un succulent repas en bonne compagnie, ajouta Cassie qui voulait à tout prix éviter de révéler le chantage dont elle faisait l'objet.

— Vous êtes une employée modèle ! L'université et la ville peuvent être fières de vous, lança Joshua ironiquement.

Le sang de Cassie ne fit qu'un tour. Non, elle n'avait pas du tout envie que Joshua pense qu'elle l'accompagnait purement et simplement parce qu'elle y était forcée...

— Et ce tour en moto, vous l'avez déjà oublié ? protesta-t-elle.

Est-ce que ça ne prouve pas au contraire que je ne passe pas seulement du temps avec vous parce que j'y suis obligée ?

Les yeux gris de Joshua étincelèrent.

— Bon, d'accord, concéda-t-il. Mais pour ce qui est de demain soir, ne me faites pas croire que vous venez de votre plein gré ! Vraiment, je ne vois pas comment, autrement que contrainte et forcée, vous pourriez choisir d'assister à un repas guindé avec le maire de Northbridge tandis que votre famille met la main aux derniers préparatifs du mariage de votre frère jumeau.

— C'est vrai que vous êtes tellement désagréable, plaisanta Cassie, qu'il faut vraiment avoir un revolver braqué sur soi pour accepter de passer du temps en votre compagnie ! Sinon, vous vous imaginez bien que je vous aurais invité à la répétition générale de demain soir…

— Et si je n'étais pas si odieux, je pourrais vous accompagner et être présenté comme votre petit ami ? Ou seulement comme un bon copain ? demanda Joshua d'un voix profonde et légèrement taquine.

— Disons… comme mon petit ami, décréta Cassie sur un ton espiègle, comme si elle lui accordait une faveur.

— Un petit ami qui pourrait vous tenir la main comme maintenant, même devant vos frères et votre mère ? interrogea-t-il en élevant leurs mains enlacées.

— Peut-être… Il faut voir ! lança Cassie toujours sur le ton de la plaisanterie.

N'était-elle pas en train de flirter de façon éhontée avec lui ?

Joshua se rapprocha de Cassie. Il était maintenant près, tout près d'elle.

— Un petit ami, murmura-t-il, qui pourrait vous embrasser après vous avoir raccompagnée jusqu'au pas de votre porte ?

— Vous voulez dire, comme hier soir ? demanda Cassie en levant un sourcil, comme si le baiser de la veille n'était pas un très bon souvenir.

— Bien sûr, mais si ça ne vous plaît pas, autant éviter. Avec un peu d'entraînement toutefois, je suis sûr que je peux m'améliorer…

Sur ce, Joshua se pencha vers elle et posa ses lèvres sur celles de la jeune femme, aussi doucement et délicatement que la veille, mais plus longuement cette fois, de sorte que Cassie put lui rendre son baiser et apprécier le contact de la bouche de Joshua sur la sienne avant qu'il ne dessoude ses lèvres.

Continuant à jouer au chat et à la souris, Cassie déclara alors :

— Oui, ça va, ce n'est pas trop troublant…

— Comment ça, pas trop troublant ? s'exclama Joshua d'un air faussement indigné. C'est bien la première fois qu'on me dit ça !

— Vous devez avoir des talents que vous me cachez…, suggéra Cassie.

Oui, c'était sûr, elle flirtait avec lui sans scrupules.

Et elle jouait avec le feu…

Joshua lui décocha un sourire malicieux, puis l'attira à lui et l'enlaça étroitement de sa main libre, avant de se pencher de nouveau vers elle et l'embrasser fougueusement.

Si fougueusement et si habilement que Cassie se sentit presque défaillir lorsque les lèvres de son partenaire s'entrouvrirent et que sa langue se joignit à la sienne en un baiser profond et sensuel.

Avant même qu'elle ait eu le temps de réaliser ce qui se

passait, il l'avait serrée contre lui et elle avait posé ses mains sur le dos large et musclé de son partenaire. Quant à sa poitrine, elle palpitait contre le torse viril de Joshua, tandis que ce dernier continuait à la dévorer de baisers tendres et passionnés tout à la fois.

Comme c'était bon d'être embrassée ainsi…

Jamais elle ne s'était sentie si bien. Jamais elle n'avait eu ainsi le sentiment de littéralement fondre au contact d'un homme. Jamais elle n'avait éprouvé tant de sensations délicieuses lors de baisers, tour à tour coquins, mutins, doux et délicats. Avant de se faire de nouveau ardents, piquants puis frais et légers.

Jamais elle ne s'était sentie si proche d'un homme, jamais elle n'avait autant vibré qu'entre ses bras, autant tressailli que contre ses lèvres, autant frissonné sous l'effet d'un baiser…

Oui, mais voilà, se souvint-elle tout à coup, cet homme s'appelait Joshua Cantrell.

Et si elle avait la preuve ce soir qu'il n'était pas tout à fait inaccessible, il appartenait à un tout autre monde que le sien.

C'est homme n'était pas fait pour elle…

Cassie se dégagea doucement, luttant intérieurement pour mettre un terme à un baiser qu'elle aurait voulu interminable.

Il le fallait.

Elle s'écarta donc progressivement puis, une fois leur baiser terminé, elle posa son front sur le torse de Joshua tout en s'enjoignant à la fermeté.

— Bon sang…, chuchota Joshua d'une voix rauque, si jamais tu prétends que ça fait aussi partie de ton travail, je tombe raide !

Emue par ce premier tutoiement en tête à tête, Cassie ne put que répondre en secouant négativement la tête.

Non, tout cela n'avait rien à voir avec la mission qu'on lui avait confiée ni avec son désir de bien faire dans l'intérêt de Northbridge. Seule son attirance pour Joshua expliquait le moment qu'ils venaient de partager.

Après avoir déposé un baiser sur les cheveux de Cassie, le visage enfoui dans cette masse fauve et soyeuse, Joshua poursuivit.

— J'avoue que j'adorerais pouvoir profiter de la situation et t'avoir demain soir à mes côtés. Mais franchement, va plutôt assister à la répétition générale du mariage de ton frère. Je sais très bien ce qui se trame dans des dîners comme celui donné par le maire en mon honneur. Sous prétexte de m'accueillir et de me souhaiter la bienvenue à Northbridge, il s'agit de voir si je ne souhaiterais pas implanter la prochaine unité de fabrication de mes chaussures à Northbridge, ou un hôtel de luxe, ou tout autre projet cher à la municipalité ! Il est hors de question que tu manques un événement familial de cette importance juste pour ça.

Sauf que la licence de débit de boisson d'Ad est en jeu, songea Cassie.

— J'ai déjà accepté l'invitation. Ça ne pose aucun problème ni à moi, ni à ma famille. Vraiment, assura-t-elle.

Joshua dégagea sa tête des cheveux de sa compagne et Cassie put ainsi le dévisager. Il souriait doucement.

— Tu veux que je me sente coupable, c'est cela ?

— Tout à fait ! lança Cassie, juste pour le décontenancer.

Joshua éclata de rire.

— Au moins, avec toi à table, on ne s'ennuiera pas trop !

Il l'embrassa, doucement, tendrement, mais même dépourvu

de hâte et de fougue, ce baiser fit jaillir en Cassie une myriade d'étincelles prêtes à embraser tout son être si leur étreinte se prolongeait. Joshua retira toutefois ses mains du dos de la jeune femme et s'écarta d'elle.

— Je suppose qu'on compte sur toi pour me prendre au cottage et m'emmener chez le maire ?

Il avait deviné juste.

— Rendez-vous à 7 heures pile ! répondit-elle simplement.

— Vraiment, honnêtement, tu ne devrais pas t'imposer ça !

Sauf qu'elle ne pouvait vraiment pas y couper. Pas question toutefois qu'il sache pourquoi.

— Je sais, mais j'irai quand même…

Cette fois, le sourire qui s'afficha sur ses lèvres était radieux.

— Dis-moi comment te remercier de ce service ! Tes désirs sont des ordres.

— Eh bien…, avec un coffre plein de diamants et de rubis…, plaisanta Cassie.

— J'appelle mes collaborateurs sur-le-champ pour qu'ils s'en occupent, répondit-il avec tant d'assurance que Cassie en fut légèrement déstabilisée.

Juste au cas où il n'aurait pas compris qu'elle plaisantait, elle ajouta :

— A la réflexion, oublie les pierres précieuses et écoute juste les suggestions que te fera le maire.

Cassie n'avait pas la moindre idée de ce que le maire souhaitait pour la ville, pas plus qu'elle ne savait si les projets municipaux pouvaient intéresser Joshua, mais elle avait songé tout à coup à ce que cela signifierait si Joshua investissait à

Northbridge. Peut-être aurait-il ainsi une bonne raison de revenir…

— Tu es une sacrée négociatrice ! déclara-t-il, faisant mine de n'accepter qu'à contrecœur.

Il s'écarta alors suffisamment pour qu'elle puisse ouvrir sa portière.

— Amuse-toi bien demain en cours ! s'exclama Cassie une fois qu'elle se fut installée au volant.

— Je me demande si je ne vais pas feindre une crise soudaine d'angoisse et exiger de voir un psychothérapeute pour qu'on m'envoie chez toi…, déclara-t-il en refermant la portière.

— Au cas où ta ruse échouerait, je te retrouve ici à 7 heures tapantes !

— Compte sur moi pour être à l'heure.

Puis il s'écarta de la voiture et Cassie démarra.

Pendant quelques instants, Cassie s'intéressa plus à son rétroviseur qu'à la route, ne quittant pas des yeux la silhouette de Joshua qui la regardait partir.

En tout cas, elle n'était pas dupe : même si elle pouvait se prévaloir du chantage qu'on faisait planer sur le renouvellement de la licence d'Ad pour expliquer son absence à la soirée familiale le lendemain, la menace du maire lui fournissait un prétexte commode pour rester avec Joshua… Au fond, elle ne regrettait absolument pas ce désistement.

Ce qu'elle regrettait, c'était la bouche de Joshua sur la sienne.

Les frissons qui l'avaient parcourue à son contact.

Et elle n'avait qu'une envie : être déjà au lendemain soir…

Il ne restait plus à espérer que la nuit et la journée de demain passent aussi vite que leur retour en moto.

Tandis que la silhouette de Joshua disparaissait dans son rétroviseur, la certitude de le revoir le lendemain fit tressaillir Cassie de joie.

Oui, il fallait qu'elle le revoie.

A tout prix.

- 10 -

— Mais qu'est-ce que tu as ? Tu as perdu ta langue ? Pas moyen de t'arracher plus de trois mots à la suite aujourd'hui ! éclata Joshua à l'adresse d'Alyssa.

En cette fin d'après-midi, au bout d'une demi-journée de réponses monosyllabiques, Joshua commençait à perdre patience. Après avoir assisté ensemble à une série de cours, ils étaient de retour au cottage qu'occupait Joshua pour la semaine. Ce dernier avait en effet proposé à sa sœur d'aller prendre un café sur le campus ou de faire un tour en ville mais pour toute réponse, il n'avait eu droit qu'à des haussements d'épaules. De guerre lasse, il avait alors décidé de l'emmener au cottage pour pouvoir parler avec elle tranquillement de ce qui la préoccupait. Car visiblement, il ne s'agissait pas d'un simple accès de mauvaise humeur...

— Qu'est-ce qui se passe ? Tu m'en veux de quelque chose ?

— Tu m'avais promis ! explosa finalement Alyssa.

— Quoi donc ?

— De ne pas flirter avec ma tutrice, Cassie Walker. Mais je t'ai vu hier soir, quand Tim m'a raccompagnée jusqu'à ma chambre. Tu l'embrassais !

Lorsqu'ils étaient rentrés dans le petit logement, Alyssa s'était effondrée dans le canapé du petit logement et elle regardait son frère faire les cent pas. Devant l'indignation de sa sœur, Joshua s'assit en face d'elle dans un fauteuil.

— Oui, c'est vrai, je l'ai embrassée, admit-il. Et je n'aurais pas dû. Je l'ai compris tout de suite…

— Visiblement, ça ne t'a pas arrêté. Et vu la durée de votre baiser, ça ne devait pas être le premier.

Alyssa s'interrompit quelques secondes avant de reprendre.

— Tu m'avais pourtant promis de ne pas craquer !

Joshua soupira.

Comment justifier l'injustifiable ?

— Je sais, marmonna-t-il. Mais tu vois, c'est juste que… je suis tellement bien avec elle.

— Elle t'a plu au premier coup d'œil, je l'ai bien vu. Mais après notre conversation je croyais que tu avais vu combien elle ressemblait à Jennie, bref, qu'elle n'était pas du tout le genre de femme qu'il te faut.

— C'est vrai, c'est vrai…

— Et alors ? Tu as oublié quel désastre ç'a été avec Jennie ? Tu as envie de recommencer ?

— Non, compte sur moi pour ne pas oublier ! Mais… comment t'expliquer ? Ici, c'est un peu comme si j'étais sur une autre planète. Tout est si différent… Je me sens tellement bien, sans photographes à mes trousses et sans personne qui m'arrête dans la rue. J'ai… Comment dire… Le sentiment de revivre, de pouvoir être moi. Et puis c'est tellement bon d'être avec Cassie, sa famille, sans se préoccuper de savoir si on nous épie… Oui, c'est tellement bon !

— Oui, je sais, admit Alyssa. On se sent bien ici. Et les gens sont si accueillants ! Mais il ne faut pas rêver. Peut-être que je vais réussir à suivre une scolarité tranquille à Northbridge mais toi, tu ne vas pas pouvoir te cacher ici ta vie durant !

Si seulement…, songea Joshua.

— Je sais bien, figure-toi !

— N'empêche que tu n'as pas pu t'empêcher de sortir avec Cassie…

— J'aime être avec elle.

— Tu aimes être avec elle mais tu ne l'aimes pas suffisamment pour penser à ce qui risque de lui arriver.

— Ça, c'est méchant !

— Peut-être, mais c'est la vérité, Joshua ! Si tu l'aimais vraiment, tu ferais tout pour lui éviter le sort de Jennie !

— Non, ce n'est pas vrai. Le problème c'est que je l'aime vraiment beaucoup. Et le fait d'être ici ne facilite pas les choses. Parce que lorsque je suis avec elle, je suis tout à elle. Rien d'autre n'existe. C'est comme si je n'avais pas d'autre vie ailleurs, comme si… Je ne sais pas comment t'expliquer, comme si j'étais dans une bulle. Le simple fait de la regarder, de l'écouter, d'être avec elle fait disparaître tout le reste. Tout devient très lointain, insignifiant même et il n'y a plus qu'elle et moi.

Joshua passa sa main dans ses cheveux avant de lever les yeux vers sa sœur.

— Je suis vraiment désolée pour toi, souffla cette dernière.

Cette réponse et la compassion qui perçait dans le ton d'Alyssa étaient tellement en contradiction avec ce que Joshua venait de dire qu'il éclata de rire.

— Pas tant que moi ! Oui, quel dommage que je ne puisse pas me cacher ici jusqu'à la fin des temps…

— Et rester avec Cassie.

Et pourquoi pas ? demandait de manière insistante une petite voix en lui.

Difficile toutefois de se raconter des histoires, surtout avec Alyssa qui lui rappelait avec emportement ce qui s'était déjà passé dans des circonstances similaires.

Pour autant, Joshua n'avait pas envie de s'avouer vaincu.

— Cassie est une fille intelligente, drôle et vive. Et puis elle a des yeux turquoise extraordinaires et des fossettes qui me font totalement craquer. Surtout, je suis incroyablement bien avec elle…

— C'est ce que j'ai pu constater hier soir.

— Arrête de tout ramener à ça, Alyssa. Ce n'est pas qu'une question physique !

Et pourtant l'attirance qu'il éprouvait pour Cassie était indéniable. Chaque soir depuis qu'il l'avait rencontrée, Joshua était assailli par des images de Cassie qui le hantaient ensuite une bonne partie de la nuit… Il ne cessait de penser à son visage, ses cheveux, son corps et ce, même lorsqu'il était au téléphone et parlait affaires avec ses collaborateurs.

Il était obsédé par elle, se demandait interminablement si, la prochaine fois qu'il la verrait, il trouverait l'occasion de se rapprocher d'elle, de la toucher, de l'embrasser… Et s'il l'embrassait jusqu'où cela les mènerait… Après leur entrevue, il se remémorait chaque seconde de ces baisers volés pour garder à la mémoire le moindre détail. Il voulait pouvoir se souvenir de la manière dont il l'avait attirée à lui, l'avait prise dans ses bras, l'avait enlacée. Se rappeler la sensation de ses mains dans les cheveux de Cassie, son émoi lorsqu'il avait senti contre son torse les seins de la jeune femme…

Oui, il était indéniablement attiré par Cassie. Et le désir

qu'il ressentait pour elle ne se cantonnait pas à de simples baisers, aussi sensuels soient-ils...

Mais ça, il n'allait pas l'avouer à sa sœur.

— Elle me plaît, reprit-il, c'est sûr, mais ce n'est pas purement du désir physique. Ce qui m'attire chez Cassie...

— ... C'est ce qui t'attirait chez Jennie ! coupa Alyssa.

En mille fois plus fort..., ajouta intérieurement Joshua.

Les sentiments qu'il éprouvait pour Cassie étaient en effet déjà plus intenses.

Mais ça encore, il ne pouvait pas le confier à sa sœur.

— Tu sais, ça m'est tombé dessus. Je ne l'ai pas fait exprès !

— Peut-être, mais tu devrais essayer de résister à ton attirance pour elle ! décréta Alyssa sentencieusement.

Si seulement c'était aussi simple...

— Ecoute, tu peux ne pas me croire, mais c'est ce que je m'évertue à faire, répliqua Joshua.

Ce qui était la stricte vérité. Sauf qu'il n'y parvenait pas.

— Tu ne m'as pas donné l'impression de te donner beaucoup de peine hier soir, objecta Alyssa, persifleuse.

— La tolérance, tu connais ? Tu sais, je suis humain...

— Oui, et Cassie aussi. Est-ce que tu penses seulement à ce qu'elle va devoir traverser ? Tu crois peut-être qu'elle va mieux s'en tirer que Jennie ?

— Non.

— Et tu veux tout de même lui infliger ça ?

Et par la même occasion à toi aussi, Alyssa..., songea Joshua qui savait pertinemment que, même si elle ne l'avouait pas, c'était cette crainte qui amenait sa sœur à évoquer avec lui la question de sa relation avec Cassie.

— Non.

— Alors, arrête tout !

Sauf que ce n'était pas si facile que ça.

— Tu sais, Alyssa, je lutte tant que je peux. Vraiment. Tu peux me croire.

— A mon avis, tu essaies de te raisonner quand tu n'es pas avec elle mais une fois ensemble, tu es si content d'être dans ta petite bulle que tu oublies toutes tes bonnes résolutions, conclut Alyssa qui connaissait bien son frère.

Joshua haussa les épaules.

A quoi bon polémiquer puisqu'elle disait vrai…

— Je fais des efforts, je t'assure…

— Eh bien il va falloir en faire un peu plus !

— Tu veux que j'écrive ça sur ma main pour ne pas l'oublier ? plaisanta Joshua.

— Je veux surtout que tu arrêtes de poser tes mains sur elle, lui rétorqua Alyssa. Et tes lèvres, surtout !

— Pour quelqu'un qui s'est sans doute laissé embrasser hier soir, tu es un peu dure ! Fais ce que je dis, pas ce que je fais, c'est ça ?

— Ecoute, je veux surtout éviter de me sentir très mal vis-à-vis de Cassie dans quelque temps.

— On est deux !

Le problème, c'est que les sentiments qu'il éprouvait pour la tutrice de sa sœur étaient devenus si forts, si intenses, qu'il ne pouvait plus se détourner d'elle simplement parce qu'il craignait que leur histoire finisse mal.

Heureusement, Alyssa n'en savait rien. Et comme cette dernière semblait satisfaite par la réponse de son frère, elle proposa de prendre un verre pour signer la fin des hostilités.

Tandis qu'elle se levait et prenait une bouteille de jus de

138

fruit dans le réfrigérateur, Joshua se carra dans son fauteuil et songea aux recommandations de sa sœur.

Comme elle était sage malgré son jeune âge et comme il l'était peu !

Surtout lorsqu'il songeait à tout ce qu'il savait déjà concernant Cassie et ses proches.

Oui, il fallait vraiment qu'il change d'attitude avec elle. Il devait absolument empêcher que ses sentiments et son désir ne le gouvernent. Car s'il y avait une chose qu'il souhaitait à tout prix éviter, c'était bien que Cassie ou sa famille puisse un jour regretter de l'avoir rencontré.

Seulement lorsqu'il était avec elle, il avait le sentiment que rien ne pouvait leur arriver.

Et dans cette bulle où il se sentait plongé en compagnie de Cassie, la seule chose qui importait c'était le moment présent. L'attirance qu'il éprouvait pour elle. Le trouble qui les submergeait. La connivence qu'il sentait entre eux.

Cette connivence qu'il souhaitait passionnément voir croître et s'intensifier…

— Je suis désolé, monsieur le maire, mais je ne vais pas pouvoir rester bien longtemps.

Surprise, Cassie jeta un coup d'œil en direction de Joshua, assis à côté d'elle sur le canapé dans le vaste salon du maire de Northbridge.

Lorsqu'elle était sortie de chez elle pour aller le chercher, elle l'avait trouvé devant sa maison, adossé à sa voiture, les bras croisés sur la poitrine. Il portait un pull en cachemire noir, un pantalon de laine, également noir, et un splendide manteau qui lui allait fabuleusement bien. De sorte qu'à sa vue, elle s'était arrêtée net, le souffle court. Quelle élégance !

Mais l'expression qu'elle surprit sur le visage de Joshua dans le salon illuminé du maire alarma la jeune femme. Les sourcils froncés, les traits tirés, il semblait souffrir...

— J'ai régulièrement d'atroces migraines, totalement imprévisibles de surcroît, ajouta Joshua à ce moment-là. Celle de ce soir est terrible.

— Est-ce que vous voulez que j'appelle un médecin ? demanda le maire avec obligeance. Le frère de Cassie peut être ici dans cinq minutes, si vous voulez.

Si le maire demande à un autre membre de la famille de manquer la soirée de répétition qu'elle a organisée la veille du mariage de Ben, ma mère va exploser ! songea Cassie.

Heureusement, Joshua déclina aussitôt la proposition du maire.

— J'ai consulté les meilleurs spécialistes et, hélas, leur verdict est unanime : il n'y a hélas rien à faire, si ce n'est prendre deux ou trois médicaments que j'ai toujours dans ma trousse de toilette et dormir. Je vais donc devoir vous quitter avant même que le repas n'ait commencé.

— Quel dommage !

— Effectivement, mais il n'y a vraiment pas d'autre solution. C'est d'autant plus regrettable que nous nous sommes sentis extrêmement bien accueillis à Northbridge, ma sœur et moi. Si vous réussissez à garder secrète la présence de ma sœur ici, je vous en serai éternellement reconnaissant. D'une manière qui, je l'espère, sera profitable à tous vos concitoyens et que vous m'indiquerez...

— Vous m'en voyez ravi ! déclara le maire qui, d'un seul coup, sembla beaucoup moins préoccupé par l'état de santé de Joshua. Soyez assuré que nous ferons tout ce qui est en notre pouvoir pour garantir le respect de la vie privée de votre sœur et la vôtre, bien entendu.

— Vous ne pouvez m'obliger davantage, déclara Joshua. Je vous rappellerai à votre bureau avant de quitter Northbridge pour discuter avec vous de ce qui pourrait le plus aider la ville et l'université de Northbridge. En attendant, je vous prie de m'excuser. Cassie va me ramener séance tenante me reposer.

— Mais bien sûr… Cassie, est-ce que vous voulez bien raccompagner M. Cantrell à son cottage ? demanda le maire.

— Oui, vous savez que vous pouvez compter sur moi, répondit Cassie tandis que tous dans la pièce — Cassie et Joshua bien évidemment mais aussi le maire, sa femme, l'équipe de direction de l'université au grand complet et quelques conseillers municipaux — s'étaient levés.

— Je vous en prie, ne vous dérangez pas pour nous, pria aimablement Joshua.

— Je vous raccompagne jusqu'à la porte, insista le maire.

Dans l'intervalle, le maire réussit à glisser à Joshua que la restauration du pont qui avait donné son nom à la ville était la priorité de son mandat et qu'il était à la recherche de mécènes susceptibles de financer la dernière tranche des travaux.

— Nous parlerons de tout cela prochainement au téléphone, répéta Joshua tandis que Cassie récupérait leurs manteaux sur une patère.

Joshua revêtit prestement le sien de sorte qu'il put aider Cassie à se glisser dans son trois-quarts de laine ivoire. Elle avait hâte de quitter au plus vite la maison du maire et de regagner le cottage où Joshua pourrait soigner sa migraine.

Le maire avait toutefois tiré avantage de cette pause pour se lancer dans un argumentaire détaillant les raisons pour lesquelles un tel investissement serait profitable à Joshua…

Lequel le coupa une fois de plus.

— Tout à fait, approuva-t-il. Mais nous discuterons de cela plus fructueusement au téléphone. Il faut absolument que je me claquemure sans bruit et sans lumière à présent.

Visiblement satisfait, le maire les salua sur le seuil de la porte et ce n'est qu'une fois que la voiture de Cassie s'éloigna qu'il rentra à l'intérieur rejoindre ses autres invités.

Une fois certain que plus personne ne les observait, Joshua étendit son bras sur le dossier de Cassie et lui jeta un sourire radieux. Dépourvu de toute trace de douleur…

— Je crois que tu peux me remercier.

Cassie observa un instant Joshua d'un œil perspicace avant de conclure :

— Quel comédien ! Tu n'es pas du tout malade…

— Tu m'avais dit que, s'il n'y avait eu ce dîner chez le maire, j'aurais pu t'accompagner en qualité de petit ami à la répétition de mariage organisée ce soir, alors…

— Alors tu as feint la migraine ! Franchement, tu n'as pas froid aux yeux de jouer à cela avec le maire. Imagine qu'il l'apprenne…

— Oh, ne crains rien ! Avec ce qu'il vient d'obtenir, il ne viendra pas se plaindre, crois-moi !

— En tout cas, moi, je n'y ai vu que du feu.

Un sourire de triomphe s'afficha sur les lèvres de Joshua, apparemment satisfait d'avoir réussi à la piéger.

— De toute façon, si j'avais dû passer la soirée avec ce

type et ses acolytes, tu peux être sûr que j'aurais attrapé la migraine pour de bon ! Comme de toute façon, je vais investir dans un de leur projet de développement parce que j'aime Northbridge et aussi parce que c'est dans mon intérêt — comme dans celui d'Alyssa — que le maire ait envie de préserver ma sœur, je ne vois pas pourquoi je devrais m'infliger une soirée en compagnie de tout ce petit monde et subir cette propagande municipale assez grossière. D'habitude les gens qui me proposent de subventionner leurs projets font preuve de plus de finesse. Franchement, je préfère mille fois passer la soirée avec toi et ta famille !

— Tu n'es pas sérieux !

— Si, tout à fait. Et je pensais que tu serais plus enthousiaste à l'idée de mettre la dernière main au mariage de ton frère Ben.

— Mais si le maire apprenait que tu m'as accompagnée à cette soirée ?

Joshua se pencha alors vers Cassie et murmura à son oreille :

— Si tu savais tout ce qu'on me pardonne…

Comme, par exemple, de la faire tressaillir en se rapprochant d'elle et en susurrant à son oreille ?

Car bien sûr, elle ne pouvait lui en tenir rigueur dans la mesure où elle n'avait pas esquissé un geste pour s'écarter de lui. La seule chose qu'elle ait faite, c'était essayer de masquer l'effet que ce rapprochement avait eu sur elle.

Bien vite toutefois, Joshua se redressa.

— Alors, est-ce que tu m'emmènes à ce dîner ?

— Je crois que je n'ai pas bien le choix.

— En tant que petit ami ?

Cassie lui jeta un coup d'œil oblique. Oui, tout était parti la veille au soir d'un marivaudage autour de la question « est-ce qu'elle le présenterait comme le petit ami en titre ». Puis, ils s'étaient tenu la main et, de fil en aiguille, s'étaient embrassés...

— Je te rappelle que j'ai quatre frères, tous prêts à te faire passer un sale quart d'heure s'ils estiment que tu ne te conduis pas en gentleman avec moi.

— Si je comprends bien, récapitula Joshua en riant, si je viens en tant que petit ami, il vaut mieux que je conserve mes distances sinon, gare à la colère des frères Walker.

— Oui, tiens-toi-le pour dit.

— Eh bien, tu peux compter sur moi, déclara Joshua en retirant son bras, négligemment posé sur le dossier de Cassie. Mais je me trompe ou on vient de dépasser la maison de ta mère ?

Troublée par la perspective de passer la soirée avec Joshua, Cassie était passée devant la maison familiale sans s'en rendre compte. Et maintenant, décontenancée, elle dépassait l'un des rares emplacements libres de la rue !

Si Joshua avait remarqué sa confusion, il n'en laissa rien paraître. Pour faire diversion, tandis qu'elle faisait demi-tour et se garait derrière le véhicule de son frère Ad, Cassie commença à évoquer la soirée organisée par sa mère.

— Nous voulions dîner dans le jardin mais comme le temps s'est rafraîchi, nous mangerons à l'intérieur. Heureusement les prévisions météo sont meilleures pour demain car la réception est également prévue à l'extérieur. Il y aura bien une marquise et quelques radiateurs d'extérieur au cas où la nuit serait fraîche mais s'il fait aussi froid que ce soir, ce ne sera pas suffisant et il faudra que nous nous repliions dans la maison… Cela risque d'être une belle pagaille car Ben a invité beaucoup de monde.

— Tu as besoin d'un cavalier pour demain soir ? demanda Joshua qui ne perdait pas le nord.

Cassie avait débité tout cela tandis qu'elle s'extirpait de son siège et se dirigeait vers la maison. La question de Joshua mit un terme brutal à son bavardage et elle s'immobilisa au milieu des marches qui menaient à la porte d'entrée pour mieux regarder son interlocuteur.

— C'est une question intéressée ou je me trompe ?

— Les choses se précisent entre Alyssa et son petit copain et je suis sûr qu'elle serait ravie de se débarrasser de moi pour pouvoir passer la soirée de demain avec son prince charmant !

— Si je comprends bien, tu me proposes ta compagnie pour ne pas avoir à rester tout seul…

Pour toute réponse, Joshua lui lança d'abord un sourire plein de malice. Puis il ajouta :

— Tu ne vas pas me croire, mais je suis prêt à faire n'importe quoi juste pour passer du temps avec toi.

Cassie réussit à refréner un sourire de plaisir et à masquer l'exultation qui s'était emparée d'elle à ces mots.

— Commençons par voir comment tu te débrouilles ce soir, déclara-t-elle.

Lorsque Cassie et Joshua arrivèrent, la répétition de la cérémonie à proprement parler était terminée mais le buffet venait juste d'être disposé.

Cassie prit chacun à part pour expliquer que Joshua avait feint d'être malade afin de quitter le repas donné par le maire et qu'il ne fallait surtout pas laisser filtrer qu'il avait joué la comédie dans le seul but d'assister à la soirée donnée par

Lotty Walker. Joshua n'en parut à tous que plus sympathique et l'épisode lui fit indéniablement gagner des points auprès des frères de Cassie qui commencèrent à le traiter comme un des leurs.

En d'autres circonstances, Cassie aurait été ravie de voir que sa famille appréciait l'homme qu'elle leur présentait.

Sauf que Joshua allait partir, demain ou dans quelques jours au plus tard.

Et ça, il ne fallait surtout pas qu'elle l'oublie.

- 11 -

Vers 11 heures, la foule des invités commença à s'éclaircir. Après avoir aidé sa mère à ranger la maison, Cassie salua ses frères qui tous invitèrent Joshua à assister au mariage de Ben le lendemain.

— Il faut voir ça avec Cassie ! déclara Joshua sur le seuil de la porte. Je ne sais pas si j'ai réussi mon examen de passage de ce soir ! Si c'est le cas, ce sera avec plaisir…

La placer ainsi en porte-à-faux : exactement ce que ses frères auraient fait en pareilles circonstances, songea Cassie.

La seule différence c'est que si Joshua avait été l'un de ses frères, elle aurait répliqué du tac au tac. Là, elle ne put que le foudroyer du regard et asséner :

— Je crois que tu viens de commettre l'erreur fatale !

Promptement, la mère et les frères de Cassie s'interposèrent pour assurer que Joshua était le bienvenu. Que Cassie le juge digne d'assister à la cérémonie ou non…

— Je vois qu'on fait grand cas de mon opinion dans cette famille ! plaisanta la jeune femme. Allez, lança-t-elle en direction de son compagnon, je te ramène avant qu'on m'arrache la promesse de t'inviter demain soir !

Après avoir remercié Lotty pour la soirée, Cassie et Joshua se dirigèrent vers la voiture de la jeune femme.

— Est-ce qu'on pourrait faire un crochet par chez toi d'abord ? demanda Joshua en chemin. J'ai caché un petit cadeau pour toi dans ton jardin. Je rentrerai ensuite à pied à mon cottage.

Cet homme lui réservait bien des surprises !

— Qu'est-ce que c'est ?

Joshua lui sourit mystérieusement en lui ouvrant la portière côté conducteur et tout le long du trajet, malgré les questions pressantes de Cassie, il refusa de lui révéler la nature du cadeau dissimulé dans les buissons, non loin du grand pin qui ombrageait le jardin.

Une fois qu'ils furent arrivés, Joshua s'empressa de sortir de la voiture, se dirigea vers la rangée de petits buis qui bordait la maison et extirpa une bouteille de vin qui y était dissimulée.

— C'est pour te remercier de tout ce que tu as fait pour Alyssa et moi cette semaine, déclara Joshua en tendant à Cassie la bouteille lorsque celle-ci l'eut rejoint.

Cassie aimait le vin mais pour autant elle n'était pas une amatrice avertie. L'appellation et l'origine de la bouteille lui dirent toutefois quelque chose. C'était très certainement un grand cru que Joshua lui offrait…

— Tu n'aurais vraiment pas dû ! s'exclama-t-elle.

— Peut-être mais ça me fait plaisir.

— Merci infiniment. C'est très gentil de ta part.

Emue, Cassie fit mine d'examiner l'étiquette ce qui lui permit de reprendre contenance. Comme elle avait bien envie de prolonger la soirée en compagnie de Joshua, en tête à tête cette fois, elle ajouta cependant assez vite :

— Je trouve toujours dommage, de ne pas déguster une bouteille avec la personne qui me l'a offerte.

— Je suis de ton avis, approuva Joshua.

Il n'en fallut pas plus pour que Cassie se décide à lui proposer de savourer ce grand cru avec elle. Un large sourire s'afficha sur les traits de Joshua qui, visiblement, n'attendait que cela.

— Je te préviens, poursuivit-elle, mon appartement est un vrai capharnaüm. Je n'ai pas trouvé une seconde cette semaine pour défaire mes cartons et…

— Ne t'inquiète pas ! Tout ce dont nous avons besoin c'est un tire-bouchon et deux verres. Et s'il faut s'asseoir par terre, ce n'est pas un problème ! répliqua Joshua, comme si rien ne pouvait le dissuader de poursuivre la soirée avec Cassie.

La jeune femme s'empressa donc de déverrouiller sa porte.

— Entre, je t'en prie, mais attends une seconde que j'allume une lampe. Il y a des cartons partout !

Cassie, pour sa part, avait contourné en un temps record les meubles et les cartons entassés dans la pièce et venait d'actionner l'interrupteur d'un lampadaire situé à l'angle de la pièce principale.

Aussitôt, Joshua se débarrassa de son manteau qu'il jeta négligemment sur une pile de cartons tout en balayant la pièce du regard.

— Ça n'a certainement rien à voir avec les endroits où tu vis, ne put s'empêcher d'observer Cassie.

— Oui, mais c'est très sympa, la coupa-t-il avant qu'elle n'ait pu dénigrer davantage sa modeste habitation.

— C'est vrai, j'aime bien cet appartement. C'est petit, bien sûr, mais agréable et fonctionnel. C'est l'idéal pour moi, finit-elle tout en se demandant si, inconsciemment, elle n'essayait pas de lui faire passer un message.

Mais peut-être était-ce à elle que tout cela s'adressait ?

D'un geste rapide, elle ôta elle aussi son manteau et le plaça sur le dossier de la chaise de son bureau à cylindre.

— Assieds-toi, je t'en prie. Je vais essayer de retrouver mon tire-bouchon et deux verres. Le canapé est à ta gauche. Il suffit de contourner ces deux grandes piles de cartons puis de dépasser une commode et tu vas tomber dessus !

Joshua suivit les indications de Cassie pendant qu'elle se dirigeait vers la cuisine et revenait, quelques minutes plus tard, avec un tire-bouchon et deux verres à moutarde.

Galamment, Joshua l'attendait debout près du canapé et il se proposa immédiatement pour ouvrir la bouteille. Sans hésitation, Cassie la lui tendit.

— Volontiers, je ne suis pas très douée pour ça !

Joshua lui, semblait coutumier de cette tâche puisqu'en deux temps trois mouvements, la bouteille était ouverte.

— Si tu veux bien, attendons un instant avant de le déguster. Le vin n'en sera que meilleur.

Comme Cassie approuvait, Joshua déposa la bouteille sur le carton qui servait de table basse devant le canapé puis s'assit après que Cassie s'y fut installée confortablement.

Mais une fois qu'ils se furent enfoncés dans les coussins moelleux, Cassie se sentit tout à coup incapable de trouver la moindre remarque pour amorcer la conversation.

A ce moment là, Joshua se pencha, versa le liquide d'un pourpre profond dans les verres et en tendit un à Cassie.

Celle-ci trempa ses lèvres dans le liquide à la splendide robe et, séduite par les tonalités de bois et de cassis, déclara :

— Ce vin est éblouissant ! A la fois subtil, long et profond. Une pure merveille.

— Je suis ravi qu'il te plaise, déclara Joshua, sincère, avant d'enchaîner, abruptement. En tout cas, j'ai passé un excellent début de soirée. Très instructif…

A l'évidence, la dernière indication était destinée à piquer son interlocutrice au vif.

— Ça ne m'étonne qu'à moitié : tu as passé le plus clair de ton temps avec mes frères…

Bien plus qu'avec moi, d'ailleurs ! ajouta Cassie intérieurement.

— … Et avec un peu de chance, poursuivit-elle, à voix haute cette fois, Ad t'a appris comment tuer une mouche à main nue ou imiter le cri du crapaud. Il était expert en la matière à douze ans…

— Non, ce qu'il m'a révélé te concerne. Toi et Brandon Adams.

Maintenant il connaissait même le patronyme de Brandon…, nota la jeune femme, certaine de ne pas l'avoir livré à Joshua.

Qu'est-ce que ses frères avaient bien pu lui raconter ?

— Franchement, mes frères auraient mieux fait de se taire. C'est bien la dernière chose dont ils auraient dû parler avec toi. Ah, la famille, je vous assure…

— Ta famille est adorable, la coupa avec douceur Joshua. Et discrète. Ce ne sont pas tes frères qui ont abordé le sujet. C'est un couple qui a lancé la discussion sur ton ancien fiancé…, précisa Joshua en se penchant vers Cassie. Car c'est bien ce que ce malotru de Brandon a été pour toi, n'est-ce pas ?

Joshua se redressa légèrement mais il restait tout de même très proche de Cassie.

— Alors, j'ai profité d'un moment de calme pour me renseigner auprès de tes frères…

Cassie prit une longue inspiration. Le mieux était encore d'essayer de découvrir ce que Joshua savait au juste.

— Et qu'est-ce qu'ils t'ont raconté ?

— Ils m'ont dit qu'il y a deux ans à peu près Brandon Adams — le célèbre golden boy de la finance — avait été invité par l'université pour venir donner une série de séminaires. Tu es allée à ces cours et, très vite, vous êtes tombés amoureux l'un de l'autre. Tout avait l'air de très bien se passer — il t'offrait des fleurs, te téléphonait sans arrêt, vous vous retrouviez le week-end et surtout vous aviez les mêmes goûts littéraires, cinématographiques, musicaux…

— Je connais quatre personnes qui vont regretter d'avoir eu la langue si bien pendue ce soir…

— Bref, tu pensais que c'était l'homme idéal pour toi, poursuivit Joshua. Vous vous êtes fiancés et vous avez commencé à penser au mariage. Brandon a accepté que la cérémonie ait lieu à Northbridge mais tout le monde a bien compris que c'était un sacrifice qu'il faisait pour toi. Comme il semblait vraiment amoureux, ta famille a décidé de passer outre son arrogance et son mépris pour les gens d'ici. Malheureusement, quelque chose s'est produit la veille du mariage, lors d'un dîner comme celui de ce soir et il a fallu annuler le mariage à la dernière minute. La seule chose que je ne sais pas, c'est ce qui s'est produit. Une sombre histoire de hamburgers, apparemment. Mes informateurs n'arrêtaient pas d'être interrompus, puis tu es arrivée, donc je n'en sais pas plus…

— Si j'avais su tout ce que vous vous racontiez ce soir, je serais intervenue plus tôt !

— Qu'est-ce que tu veux, ajouta Joshua en remplissant de

nouveau leurs verres vides, les gens aiment bien parler avec moi… Mais dis-moi, c'est vrai, tout ça ?

— Dans les grandes lignes, oui.

— Tu ne vas tout de même pas refuser de m'expliquer ce qui s'est passé la veille de ton mariage avec Brandon ?

Cassie avala une gorgée de vin pour se donner du courage, tout en maudissant ses frères de n'avoir pas su tenir leur langue. C'est elle qui aurait dû parler de Brandon à Joshua. Si elle le jugeait bon !

Au point où on en était, cependant, Joshua pouvait bien apprendre ce qui s'était passé la veille de ce mariage qu'il avait fallu annuler en catastrophe.

— Ce qui s'est passé, c'est que ma mère a servi des hamburgers lors de la soirée de répétition. Et Brandon ne l'a pas supporté. Passe encore que nous ne soyons que des provinciaux mal dégrossis, mais servir des hamburgers à sa famille de la grande bourgeoisie de la côte Est…

— C'est bien le genre en effet à se formaliser pour des choses comme ça, commenta Joshua.

La remarque prit Cassie de court.

— Tu le connais ? demanda-t-elle en se tournant vers lui.

Comme Joshua était beau ! se dit-elle pour aussitôt se demander comment elle pouvait continuer à être autant sensible à son charme alors qu'elle était en train d'évoquer la fin douloureuse de la relation la plus sérieuse qu'elle ait jamais eue.

— Le monde est petit, tu sais et la branche new-yorkaise de sa banque d'affaires s'occupe de l'ingénierie financière de mon groupe. Brandon n'est pas mon interlocuteur mais j'ai déjà dîné avec lui et son père à quelques reprises.

— Il doit te paraître évident qu'on ne pouvait pas imaginer deux personnes plus mal assorties que Brandon et moi !

Joshua jeta un coup d'œil interrogateur à Cassie.

— Pourquoi est-ce que je devrais penser ça ?

Cette fois, c'était sûr, Joshua ne faisait que se montrer poli.

— Oh, arrête, s'il te plaît ! Ça se voit comme le nez au milieu de la figure. Brandon et sa famille n'appartiennent pas au même monde que moi. Ils sont de ton monde à toi.

— Mon monde à moi ? Qu'est-ce que tu racontes ? Et d'abord, qu'est-ce que c'est, d'après toi, mon monde ?

— Eh bien, toi comme Brandon, vous gravitez dans la haute société. Tandis que moi… moi, s'écria Cassie d'une voix brisée par l'émotion, je ne suis qu'une petite paysanne qui cache bien son jeu ! Je n'invente rien, c'est ce qu'on m'a dit.

— Qui t'a dit ça ? demanda Joshua vivement comme s'il était prêt à aller en découdre avec le goujat qui avait traitée Cassie de la sorte.

— Brandon ! souffla cette dernière. Le soir de la répétition de notre mariage. Jusqu'alors il m'appelait affectueusement sa « fleur des champs ». Mais ce soir-là, sous le coup de la colère, il m'a traitée de « paysanne »…

— Quel snob !

— Je ne suis peut-être pas une « paysanne » au sens cruel que Brandon donnait à ce terme mais il n'empêche. Je ne suis pas issue d'une vieille famille, je n'appartiens pas à la jet set, bref je ne fais pas partie du monde dans lequel Brandon et toi évoluez…

— S'il te plaît, ne me mets pas dans le même sac que ce type, uniquement parce que je le connais vaguement !

— Je sais faire la différence entre vous mais que tu le

veuilles ou non, il y a des similitudes entre vous deux : vous êtes tous les deux des notoriétés, des personnalités du monde des affaires…

— Arrête, Cassie ! Sérieusement…, s'exclama Joshua. D'accord, nos chemins se sont croisés mais Brandon Adams m'a toujours paru…

Joshua s'interrompit, hésita un instant puis renonça à atténuer ses propos.

— … Excuse-moi d'être aussi brutal, reprit-il, surtout concernant quelqu'un qui a beaucoup compté pour toi. Mais c'est vrai que Brandon Adams m'a toujours paru être un type prétentieux. Je pense que comme il t'aimait, il t'a montré une facette de sa personnalité que je n'ai pour ma part jamais vue… Mais est-ce que tu nous mets vraiment tous les deux dans le même panier ?

— Vous fréquentez les mêmes cercles, non ?

— Oui, mais…

— J'imagine que vous allez dans les mêmes restaurants, habitez les mêmes quartiers, payez l'un comme l'autre des impôts astronomiques et courtisez les mêmes femmes…

Les yeux de Joshua s'assombrirent sous l'emprise de la colère.

— Nous n'avons rien à voir, lui et moi.

Oui, peut-être que leurs personnalités étaient très différentes, après tout. D'ailleurs Joshua avait été immédiatement accepté par les frères de Cassie, ce que Brandon n'avait jamais réussi à faire. L'avait-il même souhaité, d'ailleurs ?

Quoi qu'il en soit, il y avait aux yeux de Cassie suffisamment de similitudes entre Brandon et Joshua pour qu'elle se dise que Joshua n'était pas plus fait pour elle que Brandon ne l'avait été finalement.

Pour elle, ça ne faisait pas l'ombre d'un doute. Seulement, comme elle ne voyait pas l'intérêt d'en discuter, elle renonça à polémiquer.

— C'est vrai, vous êtes différents, concéda-t-elle.

Il parut douter de la sincérité de ses propos mais ne renchérit pas.

— Revenons-en à ce fameux dîner et aux hamburgers de ta mère, ajouta-t-il tout en resservant Cassie qui venait de finir son deuxième verre de vin. Tu me racontes ?

Cette dernière en avala une nouvelle gorgée pour se donner du courage.

— Je voulais me marier à Northbridge, entourée de mes amis et de toute ma famille, expliqua-t-elle. Brandon n'était pas franchement fou de joie à cette perspective mais il a accepté à condition que nous donnions une seconde réception dans la maison que possède sa famille dans le New Hampshire. Mais bien sûr, ses parents et ses frères et sœurs viendraient dans le Montana assister à la cérémonie de mariage à proprement parler. Voilà ce que nous avions décidé : une petite cérémonie de mariage intime, informelle dans ma famille et une grande réception très chic pour satisfaire la sienne. Comme seule sa famille proche se déplaçait à Northbridge, nous n'avons pas jugé nécessaire de mettre les petits plats dans les grands pour la soirée de répétition. Et ma mère s'est chargée de tout.

— Bref, c'était un peu comme ce soir.

— Oui, sauf qu'on était en juillet et que nous avons décidé de faire un barbecue. Apparemment, Brandon et moi n'avions pas la même idée de ce qu'est un barbecue.

Cassie commençait à sentir la tête lui tourner. Elle préféra donc poser son verre à moitié plein sur le carton de déménagement afin de ne plus être tentée d'y tremper ses lèvres.

— C'était un barbecue normal. Il y avait comme toujours chez nous, des chips, des bâtonnets de carottes et de céleri à déguster avec des sauces variées, des épis de maïs grillés, des pommes de terre et des haricots rouges en salade... Des choses simples. Et bien sûr ma mère avait préparé en plus des hamburgers et des petites saucisses apéritives...

La voix de Cassie avait pris un accent amer. Encore maintenant, il lui semblait complètement invraisemblable que l'amour qu'elle portait à Brandon et qu'elle pensait partagé ait pu être emporté par quelque chose d'aussi insignifiant que des hamburgers...

— C'était parfait à mon sens, mais sans doute Brandon a-t-il trouvé que ce n'était pas assez bien, pas assez sophistiqué, c'est cela ?

— Il était consterné. Pour lui, il était inimaginable de servir quelque chose d'aussi commun. De surcroît à des invités. A une répétition de mariage, en plus... Et surtout, surtout, à sa famille. Il étouffait d'indignation.

C'était le moins qu'elle puisse dire.

— Il t'a fait une scène effroyable ?

— Non, bien sûr, il était beaucoup trop bien élevé pour ça. Mais il s'est confondu en excuses auprès de ses parents et de ses frères et sœurs — discrètement pour ne pas froisser ma mère, mais évidemment j'étais à ses côtés et j'ai tout entendu. Il n'arrêtait pas de répéter que s'il avait eu la moindre idée de ce que l'on allait servir ce soir-là, ça ne se serait pas passé comme ça. Il était évident qu'il avait honte de moi, de ma famille...

La voix de Cassie s'altéra et elle s'arrêta un instant pour s'éclaircir la gorge.

— Et comment sa famille a réagi ?

— Aussi mal que lui. Sa mère et ses sœurs n'arrêtaient pas de se lancer des regards éberlués. Quant à ses frères, ils faisaient des remarques sarcastiques et désobligeantes sous cape. J'ai même surpris le père de Brandon en train de dire à son fils que c'était une chance que personne d'autre ne soit venu. Qu'il fallait qu'il se console en se disant que personne ne saurait comment le mariage s'était déroulé…

Joshua fonça les sourcils.

— Comment la famille de Brandon t'avait-elle traitée jusqu'alors ? Est-ce que ses parents semblaient désapprouver votre liaison ? Est-ce qu'ils étaient froids avec toi ?

— Je ne les avais rencontrés qu'une seule fois avant qu'ils ne viennent à Northbridge pour le mariage. Brandon m'avait emmenée dans le New Hampshire pendant un long week-end. A l'époque je les avais trouvés gentils. J'étais un peu intimidée par leur somptueuse demeure et par leur train de vie mais ils semblaient plutôt accueillants et le milieu dans lequel j'avais été élevée ne semblait pas être un problème pour eux. Je me souviens pourtant avoir dit à la mère de Brandon qu'elle risquait d'être surprise par la manière dont nous vivions à Northbridge. Elle m'avait répondu qu'elle était certaine que c'était un endroit peut-être un peu provincial, mais magnifique. Visiblement, ce qu'elle a vu lors de la préparation de la cérémonie ne correspondait pas à ce qu'elle attendait.

— Alors ils ont vraiment annulé un mariage à cause d'un repas qui n'était pas à leur goût ? demanda Joshua, incrédule.

— A la fin de la soirée, nous nous sommes disputés violemment Brandon et moi. C'est là qu'il m'a traitée de paysanne et que j'ai compris que ça n'allait jamais marcher entre nous. C'est lui qui a commencé à parler d'annuler le mariage. J'ai accepté mais, de toute façon, la décision de Brandon était prise.

Dans ses yeux, j'ai vu qu'il était désormais hors de question pour lui de se marier avec moi. C'était comme s'il me voyait pour la première fois. Et il détestait ce qu'il voyait. Voilà.

— Et depuis, ta mère se sent responsable de ce désastre parce que c'est elle qui a préparé des hamburgers ?

La compassion que Cassie lut dans les yeux de Joshua lui fut d'un grand réconfort.

— Oui. Pendant des semaines, ma mère s'est accusée d'avoir gâché ma vie. J'ai eu beau lui répéter des milliers de fois que ça n'était pas le cas et que, hamburgers ou pas, les choses auraient de toute façon mal tourné entre Brandon et moi, ça la reprend de temps en temps.

— Je comprends mieux sa réaction quand elle m'a vu arriver alors qu'elle avait préparé des hamburgers…

— Ce que tu ne sais pas, c'est qu'elle n'en avait jamais cuisiné depuis cette soirée désastreuse… Et voilà que le jour où elle se décidait à en refaire, j'arrivais avec toi ! Elle était catastrophée.

— Je suis désolé que mon souci de détourner l'attention d'Alyssa vous ait imposé une telle épreuve, à toutes les deux.

— Tu es tout pardonné : tu as eu l'air de te régaler. J'imagine que c'est pour cela que mes frères voulaient te raconter toute cette histoire avec Brandon ; pour te montrer qu'ils t'avaient adopté.

— J'en suis flatté !

— Enfin, voilà, tu sais tout !

— J'espère que je n'ai pas trop gâché cette belle soirée en évoquant le sujet…

— Ne t'inquiète pas, ça va, assura-t-elle.

Ce qui était la vérité car en compagnie de Joshua, cette

histoire, comme tant d'autres choses, devenait sans importance. Même un souvenir aussi douloureux que l'annulation de son mariage perdait tout caractère pénible lorsqu'elle était assise à quelques centimètres de lui !

— Tes frères semblent redouter que je ne sois pour toi qu'une transition.

— Ce fiasco avec Brandon remonte à presque deux ans et j'ai eu depuis quelques hommes dans ma vie. Une de ces liaisons a même duré plus de cinq mois. Je suis sortie de la période de transition, si tu veux tout savoir.

— Pourquoi n'as-tu pas présenté ces copains à ta famille ? Tes frères m'ont dit que j'étais le premier homme que tu leur présentais depuis Brandon.

A la grande satisfaction de Joshua, visiblement !

— Pourquoi présenter à mes frères et à ma mère des garçons si ce n'était pas très sérieux ?

Joshua eut un sourire radieux.

— Mais moi, tu m'as amené chez ta mère…

— Ça n'a rien à voir. Tu n'es pas mon petit copain en titre.

— Pardon ? protesta Joshua en faisant mine d'être offusqué. Je te rappelle que tu avais accepté que je vienne ce soir en tant que petit ami.

Cassie ne put s'empêcher de rire en le voyant ainsi jouer la comédie.

— Oh, tu sais bien ce que je veux dire !

— Que je me suis bien fait avoir, oui ! D'abord tu me dis que je peux venir et que tu me présenteras comme ton petit ami, que je pourrai même te prendre par la main et t'embrasser. Puis tu me mets en garde contre tes frères qui vont me passer à tabac si j'ai le malheur de me tenir à peine trop près de toi.

Et maintenant tu prétends que je ne suis plus ton petit copain. Joli marché de dupes !

— Je plaide coupable ! admit Cassie que tout cela amusait.

— Je crois qu'il faut vraiment que je parte avant que tu ne mines davantage ma maigre confiance en moi.

Mince ! Elle ne s'attendait pas à ça. Il était si tôt encore… Ou du moins, il lui semblait que la soirée avait à peine commencé. Elle n'avait pas du tout envie qu'il parte si vite…

De toute évidence Joshua avait pourtant bien l'intention de partir puisqu'il s'était levé. Et comme elle ne voyait pas comment lui dire de rester, Cassie se leva également et le suivit dans le labyrinthe de cartons de déménagement qui encombrait la pièce.

Quelque chose avait changé, songea Cassie en le raccompagnant jusqu'à la porte. Tout au long de la soirée, Joshua avait maintenu entre eux une certaine distance, passant plus de temps avec ses frères qu'avec elle. Et puis maintenant, il écourtait leur soirée alors que les jours précédents il avait tout fait pour rester le plus longtemps possible en sa compagnie.

Bien sûr, elle sentait toujours quelque chose entre eux. Ils avaient continué à flirter, à se taquiner, à laisser planer des sous-entendus… Mais Joshua semblait sur la réserve. Comme si maintenant il luttait contre ce sentiment qui jusqu'alors les attirait l'un l'autre.

Tant mieux ! songea Cassie qui se rappelait que ses résolutions avaient fondu comme neige au soleil la nuit précédente.

La déception la saisit toutefois en voyant les épaules musclées de Joshua disparaître sous son manteau de cachemire noir.

— Demain la journée est chargée ! annonça Joshua tout en finissant de passer son vêtement. Alyssa et moi allons participer à toutes les activités et comme je suis sûr que tu as tout un tas de choses à faire pour le mariage de ton frère, je te donne quartier libre. Pour ce qui est de demain soir, Alyssa a finalement accepté de dîner avec moi, donc ne comptez pas sur moi pour le mariage. Mais si tu n'y vois pas d'inconvénients, je passerai volontiers à la réception. J'aimerais bien te voir...

Oui, quelque chose avait changé, mais pas tout puisqu'il essayait de faire en sorte qu'ils se revoient le lendemain.

Et sans doute parce que Joshua n'usait d'aucun prétexte pour lui dire son envie de la revoir, Cassie ne voulut pas plus masquer son propre désir de passer du temps avec lui.

— Non seulement je suis d'accord, mais cela me fera plaisir. Evidemment, Alyssa est la bienvenue, si...

— Désolée de te décevoir, mais je pense qu'elle n'aura qu'une hâte : foncer retrouver son nouveau petit ami !

Cassie sourit et tenta de renouer avec la veine plus légère à laquelle elle avait eu si souvent recours.

— Ah, je vois... Tu veux juste ne pas rester tout seul quand ta sœur te plante là pour aller retrouver son cher et tendre, c'est ça ?

Joshua sourit mais lorsqu'il plongea ses yeux dans ceux de Cassie, il n'y avait aucune trace de jeu ou de plaisanterie.

— Franchement, ça serait moins compliqué de rester à la maison avec un bon bouquin ou d'aller au cinéma. Mais j'ai beau savoir que je ne devrais pas me laisser tenter, je ne peux pas me résoudre à ne pas te voir du tout demain. Et tant pis pour ma promesse...

Joshua avait prononcé cette dernière phrase visiblement plus pour lui-même qu'à l'adresse de Cassie mais elle n'était pas tombée dans l'oreille d'une sourde.

— Une promesse ! Quelle promesse ? A qui ?

— A Alyssa… Elle m'a fait jurer de ne plus m'intéresser d'aussi près à toi.

— Pourquoi ? Tu es donc si dangereux qu'Alyssa pense qu'il faut me protéger ?

— Ce n'est pas de moi qu'il faut te protéger mais du harcèlement dont moi et mes proches sommes victimes ordinairement. Pour l'instant, bien sûr, nous avons réussi à prévenir les coups venant de ce côté et…

Joshua passa la main dans ses cheveux sans quitter Cassie des yeux.

— … Et après tout, reprit-il, je suis invité en bonne et due forme à ce mariage.

Il prit le visage de Cassie dans ses paumes et secoua la tête.

— Que veux-tu ? C'est tellement bon d'être avec toi…, ajouta-t-il d'une voix grave et comme altérée.

Comme s'il lui faisait une confidence importante.

Ou était-ce qu'il était troublé ?

— Quel imbécile, ce Brandon Adams, d'avoir laissé passer une perle comme toi…, murmura-t-il juste avant de se pencher pour l'embrasser.

Si Joshua avait fait preuve de retenue en début de soirée, son baiser, lui, était plein de fougue. Tandis que ses lèvres entrouvertes se soudaient à celles de Cassie, il passa ses doigts dans la chevelure de la jeune femme puis l'enlaça si étroitement qu'il sentit les seins de Cassie se soulever contre son torse.

Quant à cette dernière, elle ne se montrait guère plus réservée même si une petite voix au fond d'elle-même lui disait qu'elle aurait peut-être mieux fait de réfléchir à deux fois avant de s'abandonner ainsi. Mais il avait suffi que Joshua pose sa bouche sur la sienne pour que toutes ses bonnes résolutions fondent comme neige au soleil et qu'elle réponde à son baiser avec autant d'ardeur qu'il en mettait à l'embrasser. Il avait suffi qu'elle sente ses bras autour d'elle, son corps tout contre le sien, pour qu'elle le serre contre elle.

Leurs bouches s'entrouvrirent et leurs langues se retrouvèrent avec la même fièvre que la veille. C'était comme s'ils reprenaient leur baiser là où ils l'avaient laissé le soir précédent et le laissaient les emporter vers des contrées de sensualité encore insoupçonnées.

Pressée contre le torse de Joshua, palpitante, Cassie sentit les pointes de ses seins se durcir et tout son corps fut gagné rapidement par une vague de chaleur qui éveilla en elle un désir fou, une envie irrépressible de vibrer comme les cordes d'une harpe entre ses mains.

Ah ! songea Cassie, si seulement ces mains voulaient bien se poser sur mes reins. Sur ma peau…

Si seulement nos vêtements pouvaient disparaître comme dans un rêve pour laisser nos corps nus l'un contre l'autre…

Cassie repoussa alors lentement le manteau de Joshua qui tomba bientôt à terre.

Comme s'il avait lu dans les pensées de Cassie et se sentait autorisé par le geste qu'elle venait de faire, Joshua commença alors à lui effleurer le cou, puis il lui caressa délicatement une épaule, en un délicieux avant-goût de ce qui allait suivre.

Du moins elle l'espérait…

Lentement, la main de Joshua glissa de ses épaules sur ses bras avant de venir s'arrêter exactement là où elle souhaitait qu'elle se pose. Sur ses seins.

Que n'aurait-elle donné maintenant pour se débarrasser de son cache-cœur et de ce qu'elle portait en dessous !

Apparemment, Joshua brûlait lui aussi de voir ces obstacles

disparaître car, sans plus attendre, il dénoua d'une main experte la ganse du léger lainage et ses doigts se frayèrent un chemin sur la peau frissonnante de Cassie jusqu'aux balconnets de dentelle desquels il libéra ses seins...

Elle réprima un gémissement lorsque les mains fermes et douces de Joshua se posèrent pour la première fois sur ses seins nus. Quel supplice délicieux il lui infligeait, et comme il était difficile de refréner ses soupirs ! Aucun mot ne pouvait dire ce que provoquait en elle le contact de la peau de Joshua contre la sienne ou ses doigts habiles titillant ses mamelons tendus, les effleurant et les pinçant délicatement tour à tour en une gradation savante de caresses, auxquelles son corps répondait avec une rapidité déconcertante.

Ses caresses étaient sensationnelles, inimaginables. Un mélange parfait de douceur et d'assurance. D'insistance et de légèreté. Un cocktail enivrant qui réussissait à chaque nouvelle pression à faire monter en elle le désir. Jusqu'à des hauteurs insoupçonnées...

Elle n'avait plus qu'une envie : que ces caresses s'étendent sur son corps tout entier. Que Joshua explore chaque centimètre carré de sa peau.

Mais pour cela, encore fallait-il quitter le seuil de la porte et éviter les piles de cartons de déménagement !

Oh ! Etre allongée au côté de Joshua. Enchevêtrer ses bras à ceux de cet homme, ses jambes aux siennes... Laisser leurs deux corps nus s'épouser. Se posséder.

Mais la pensée de ses draps l'arrêta net.

Non que ses draps ne soient pas propres. Ils l'étaient. Propres. Simples.

Parfaits pour Cassie. Mais elle se souvenait avoir été

incapable d'en donner la composition exacte à Brandon qui n'avait pas aimé leur texture.

Et si Brandon ne les avait pas trouvé à son goût, il en serait de même pour Joshua.

Or Joshua, comme Brandon avant lui, ne manquerait pas de penser qu'elle non plus n'était pas exactement son genre…

Voilà ce que la petite voix au fond d'elle-même articulait haut et fort après avoir essayé — sans succès jusqu'à présent — de se faire entendre.

Comme Brandon, Joshua détesterait ses draps. Et un jour, il finirait lui aussi par la mépriser. Comme Brandon…

— Non ! Ecoute, il ne faut pas…, s'exclama-t-elle après avoir dessoudé précipitamment ses lèvres de celles de Joshua. N'oublie pas la promesse que tu as faite à ta sœur ! Quant à moi, j'ai pris des bonnes résolutions et il faut que je m'y tienne, poursuivit-elle en baissant le menton pour détourner son visage de celui de cet homme qu'elle désirait passionnément mais qui n'était pas fait pour elle.

— Quelles bonnes résolutions ? interrogea-t-il d'une voix grave.

Très grave.

— De ne pas faire ce que nous nous apprêtions justement à faire, déclara-t-elle sobrement.

Joshua enfouit son visage dans les cheveux de Cassie mais détacha ses mains d'elle pour permettre à la jeune femme de réajuster son petit haut.

— Tu as sans doute raison, décréta-t-il comme à contrecœur.

Une chose était sûre, songeait Cassie, si elle restait ainsi, dans les bras de Joshua, elle ne résisterait pas longtemps.

Elle recula donc d'un pas et se pencha pour ramasser

le manteau de cachemire tombé sur le sol avant de le lui tendre.

Au lieu de l'enfiler, il le plaça sur son bras en déclarant :

— Il faut que je me rafraîchisse un peu les idées !

Cassie approuva d'un signe de tête et releva les yeux pour le regarder, espérant contre toute raison que son pouls ne s'accélérerait pas au premier regard qu'ils échangeraient.

Erreur !

Elle sentit le sang battre à ses tempes et son ventre se nouer en le voyant lui adresser un pauvre petit sourire.

— Mon problème, murmura-t-il, c'est que je me sens vraiment bien avec toi…

Puis, sans laisser à Cassie le temps de répondre, il se baissa, déposa un chaste baiser sur sa joue et ouvrit la porte.

— A demain soir, donc, lança-t-il.

Cassie faillit lui demander s'il était vraiment sage de venir assister à la réception qui suivait le mariage de Ben.

Après ce qui venait de se passer… Et ce qui aurait pu suivre.

Mais elle n'en fit rien.

Impossible de s'y résoudre !

Non, pas maintenant qu'elle le désirait encore de tout son être.

Peu importait qu'il ne soit pas pour elle…

Elle se contenta donc d'approuver d'un mouvement de tête avant de le regarder partir.

Et se promit que, non, elle n'irait pas acheter de nouveaux draps le lendemain.

Même si c'était tentant. Très tentant.

- 12 -

A 5 heures, en cette belle fin d'après-midi automnale, Cassie se rendit à la petite chapelle qu'elle fréquentait depuis l'enfance pour assister au mariage de son frère jumeau, Ben, avec son amie d'enfance, Clair Cabot.

Tout comme ses frères — garçons d'honneur pour la circonstance —, le marié portait un smoking. Quant à Clair, elle avait choisi une robe sans manches très simple et d'une grande élégance.

Cassie pour sa part avait revêtu — ainsi que les deux autres demoiselles d'honneur — une robe mauve, également sans manches, dont le décolleté se terminait par un nœud lâche en mousseline qui retombait jusqu'à la taille, attirant ainsi l'attention vers les hanches fines de la jeune femme. Grâce à la superposition de deux jupons vaporeux, la jupe dansait au moindre de ses mouvements, laissant apparaître les chaussures à talons hauts fermées par des lanières dorées.

Pour l'occasion, Cassie s'était maquillée avec plus de soin que d'ordinaire. Elle avait mis un peu plus de blush que de coutume, un mascara un peu plus foncé et elle avait aussi souligné ses yeux turquoise d'un trait d'eye-liner qui en rehaussait la couleur.

— Je vous présente tous mes vœux de bonheur, déclara le prêtre aux jeunes mariés après l'échange des consentements et la remise des alliances.

Peu après, lorsque Ben et Clair arrivèrent sur le porche de l'église, ils furent accueillis par une salve d'applaudissements et entourés d'un nuage de bulles de savon irisées que les invités soufflaient sur eux.

Puis, joyeusement, toute la noce se dirigea vers la maison de Lotty Walker, qui se trouvait à quelques pas de là. Après avoir félicité en personne les nouveaux époux, les invités s'égayèrent dans le jardin, s'installant à des tables ou écoutant les vieux airs indémodables entonnés par un petit groupe de musiciens posté près de la piste de danse.

Cassie, elle, surveillait attentivement le portail de la maison, tout à son impatience de retrouver Joshua. Elle avait décidé de profiter de cette soirée sans se poser plus de questions car la semaine portes ouvertes touchait à son terme, et elle savait pertinemment que Joshua quitterait Northbridge d'ici peu. Demain peut-être… Elle n'avait plus guère de temps à passer avec lui et elle n'aurait bientôt plus à résister à l'attirance qu'elle éprouvait pour lui. Bientôt, la tentation aurait disparu. Il partirait et elle retrouverait ses marques, ses habitudes, elle s'installerait dans son appartement et la vie reprendrait son cours.

Dans ces conditions, Cassie avait songé qu'après tout, elle pouvait bien savourer pleinement les quelques heures qui lui restaient avec Joshua.

S'il venait !

Pour tromper l'attente, comme les mariés venaient d'inviter leurs invités à se restaurer, Cassie prit une assiette et se dirigea vers le buffet. Joshua avait prévu de manger avec sa sœur avant de venir, et n'aurait pas envie de dîner une seconde fois. Autant grignoter quelque chose en attendant son arrivée. Plus intéressée par ce qui se passait à la porte du jardin que par ce qui se trouvait sur les tables du buffet, Cassie déposa quelques hors-d'œuvre sur son assiette.

Brusquement, elle aperçut Joshua. A sa vue elle eut un coup au cœur qui aurait dû la mettre en garde. Mais il n'en fut rien. Elle était bien trop heureuse de le revoir. Si heureuse qu'un sourire radieux s'afficha sur ses lèvres tandis que les autres invitées du sexe féminin regardaient, médusées, Joshua se rapprocher.

Il était si beau…

Grand, fringant, il foulait la pelouse avec allure et décontraction dans son costume gris anthracite tout simple mais d'une coupe si impeccable qu'il éclipsait tous les smokings. Il était rasé de près et semblait avoir coiffé ses cheveux noirs avec un soin tout spécial.

A cet instant, tout disparut pour Cassie. Seul Joshua comptait pour elle. Joshua qui la regardait. Ne détachait pas ses yeux d'elle tandis qu'il se frayait un chemin parmi les invités pour la rejoindre.

Il s'arrêta à quelques mètres et l'enveloppa de son regard gris si troublant, passant en revue ses chaussures, sa robe longue, ses cheveux, son visage.

— Tu veux que j'aie un arrêt cardiaque, ma parole ! Une si jolie femme dans une telle tenue, c'est criminel…

Comme elle ne voulait pas lui dire que son arrivée et le compliment qu'il venait de lui adresser avaient eu le même effet sur elle, elle ajouta :

— Ton cœur risque d'être mis à rude épreuve alors, car il

y a deux autres demoiselles d'honneur habillées tout comme moi.

Joshua se retourna, repéra les deux autres jeunes femmes puis contempla de nouveau Cassie.

— Non, pas de danger de ce côté ! Je n'en dirais pas autant pour toi, ajouta-t-il ensuite lentement.

Cassie ne put s'empêcher de sourire de contentement.

Pour changer de sujet de conversation, elle désigna son assiette et demanda :

— Tu as faim ?

— Non, je sors juste de table. J'ai dîné avec Alyssa au restaurant de ton frère Ad. Mais je me laisserais bien tenter par une flûte de champagne. Trouve-nous deux places dans un coin tranquille pendant que je vais chercher deux coupes !

Cassie aperçut une table libre dans un coin du jardin et lui lança, en tendant l'index dans sa direction :

— Je t'attends là-bas !

Elle avait à peine touché au saumon froid que Joshua était déjà de retour, une flûte dans chaque main.

— C'est sympa tout ça ! commenta Joshua en s'asseyant en face d'elle.

Cassie jeta un coup d'œil autour d'elle et ne put s'empêcher de songer que Brandon aurait détesté tout ça. Puis elle releva les yeux pour scruter Joshua.

— Tu es gentil de le dire, mais je sais bien que tu ne dois pas souvent boire du champagne bon marché dans des flûtes bas de gamme, surtout lors d'un mariage.

— C'est vrai, j'ai plutôt l'habitude de mariages avec cristal de Bohême et tout le tremblement. Mais ce n'est vraiment pas ce que je préfère. Si je devais me marier, j'opterais pour une cérémonie sans prétention avec juste ma famille et mes amis proches, une réception champêtre un peu dans ce genre. Quelque chose de décontracté, d'intime. J'adore.

Cassie ne savait trop si elle devait le croire. Peu importait cependant, car elle venait de trouver une occasion de lui poser une question dont la réponse lui importait au plus haut point.

— Comment se fait-il que tu ne sois pas marié ? J'avais pourtant entendu dire que tu avais une fiancée.

Joshua se raidit mais son expression resta impénétrable. Il garda un instant le silence, puis avala une gorgée de champagne avant de répondre.

A l'évidence, Cassie venait d'appuyer sur une corde sensible.

— Oui, répondit-il enfin, j'ai été fiancé. Il y a quelque temps.

Ensuite il retomba dans son mutisme.

Voilà, c'était tout. Pas de confidences. Pas de détails.

— Excuse-moi, s'empressa d'ajouter Cassie. Tu dois me trouver bien indélicate.

— Non, pas du tout. Je suis désolé de t'avoir donné cette impression. C'est seulement que ces souvenirs sont pénibles et que j'ai du mal à en parler.

— Les ruptures sont souvent douloureuses, c'est vrai.

— Celle-ci l'a été tout particulièrement, même si nous ne nous sommes jamais disputés, insultés ou trompés. C'était bien pire…

Voilà qui ne faisait qu'aiguiser la curiosité de Cassie. Mais comme elle ne voulait pas paraître indiscrète, elle hésita à lui en demander plus. Elle fut donc ravie que Joshua poursuive sans qu'elle ait à ajouter un mot.

— J'ai bien été fiancé, en effet. A Jennie Burg.

— Ce nom me dit quelque chose, mais sans doute parce que je l'ai lu à côté de ta photo en couverture d'un magazine.

Pourtant Cassie n'arrivait pas à se souvenir du visage de cette femme.

— Ce n'était pas une célébrité. Pas du tout. Je l'ai rencontrée dans le cadre du travail. Elle dirigeait l'une de mes usines de fabrication de chaussures et nous nous sommes tout de suite plus. J'aimais passer du temps avec elle. Et réciproquement. Puis, petit à petit quelque chose de plus profond est apparu…

La voix de Joshua était empreinte d'affection. Si cette liaison s'était soldée par un échec, ce n'était pas parce que Joshua s'était lassé de cette femme…

Cassie éprouva un pincement de jalousie.

Mais de quel droit ?

— Nous avons commencé à sortir ensemble, poursuivit Joshua. Très vite, les choses sont devenues sérieuses. Le problème, c'est que c'est à peu près à ce moment-là que la presse a commencé à me harceler. Juste avant que je ne réalise vraiment ce qui m'arrivait et que je n'agisse en conséquence pour protéger ma vie privée. Je n'avais pas encore compris que lorsque les journalistes de la presse people et les paparazzis commencent à vous prendre pour cible, ils ne vous lâchent plus et sont prêts à dire n'importe quoi sur vous pour faire vendre du papier. Qu'ils n'hésitent pas à colporter de faux bruits et salir les gens. Et si cela les blesse, peu importe. Ce n'est pas leur affaire.

Comme Cassie n'avait pas très faim, elle repoussa son assiette et but une gorgée de champagne.

— J'avais pourtant l'impression que les médias t'adoraient…

Joshua eut une moue sceptique.

— Oui, effectivement. Ils raffolent de moi. Mais de moi célibataire et donc susceptible de sortir avec une nouvelle femme — si possible une célébrité — à chaque nouveau numéro…

— Tout cela tombait à l'eau avec tes fiançailles…

— Au début, ça allait. La presse y a d'abord trouvé son compte. Il y a eu des titres comme *Le célibataire le plus couru de Los Angeles se marie*. Et tout se serait bien passé si Jennie avait été top model, actrice ou sportive de haut niveau. Sauf que Jennie n'était que Jennie. Une fille des classes moyennes, jolie — superbe même, à mes yeux — mais pas très photogénique. Pas parfaite non plus puisqu'elle n'avait pas eu recours, comme toutes ces actrices en vue, à la chirurgie esthétique. Elle n'avait pas cette beauté tape-à-l'œil, ce charme travaillé et presque agressif qu'ont tant de vedettes. Et pour couronner le tout, chaque fois qu'un chasseur d'images cherchait à la photographier, elle se détournait, baissait la tête et faisait tout pour éviter les flashes. Evidemment, elle n'était pas à son avantage sur les photos et c'est comme ça que tout a commencé. Très vite on ne l'a plus appelée dans les journaux que « le vilain petit canard »…

— Quelle horreur !

— Oui, elle en a beaucoup souffert, reconnut Joshua.

— Bref, ce n'était pas la fiancée que les médias voulaient voir à ton bras, résuma Cassie.

— Exactement. Et très vite, ils ont tout fait pour donner d'elle une mauvaise image. Ils ont raconté tout et n'importe quoi sur son compte. Parfois c'était inventé de toutes pièces, mais parfois pas…

Emu, Joshua s'interrompit. Pour lui donner le temps de

se reprendre, Cassie se leva et alla chercher deux nouvelles coupes de champagne.

— Ils l'ont traînée dans la boue, c'est cela ? demanda-t-elle doucement, une fois revenue à la table qu'ils partageaient.

— Pas elle, reprit Joshua. Sa mère. Celle-ci avait eu des problèmes avec l'alcool. Elle avait même eu un accident de voiture un jour qu'elle était ivre. Bien sûr, on lui avait retiré son permis de conduire et comme un homme avait été blessé, elle avait été condamnée à une peine d'intérêt général avec obligation de soins.

— C'est le cas de bien des stars ! observa Cassie.

— Effectivement. Mais déjà que c'est difficile pour un acteur qui a choisi de vivre sous l'œil des médias de voir ses penchants alcooliques faire les gros titres des journaux, imagine ce que c'est pour quelqu'un qui n'en a pas fait le choix. D'autant que dans le cas de Jennie et de sa famille, les titres laissaient planer une ambiguïté. On pouvait croire que sa mère avait percuté un enfant. Les récits insinuaient aussi que j'avais soudoyé des juges et des policiers pour qu'elle sorte de prison, des choses comme ça... Tout était déformé pour que ce déplorable accident apparaisse vraiment sous un jour atroce.

Joshua passa sa main dans ses cheveux avant de poursuivre.

— Et une fois que la presse à scandale est tombée sur un filon, pas moyen de l'arrêter. Ensuite, leurs soi-disant journalistes ont répandu le bruit que Jennie était alcoolique comme sa mère, et ils ne l'ont plus quittée d'une semelle... Ils ont prétendu qu'elle avait été arrêtée ivre morte et poursuivie pour trouble à l'ordre public. Qu'elle avait insulté une serveuse dans un restaurant, mis à sac sa chambre d'hôtel. C'était délirant.

— C'était plus que Jennie ne pouvait supporter ? devina Cassie.

Joshua fixa un instant son verre.

— Tout cela s'est soldé par un vrai fiasco, conclut-il.

— Jennie n'a pas voulu se marier avec toi, c'est cela ? demanda Cassie.

Joshua secoua la tête, les traits contractés.

— Pas seulement. Jennie avait déjà connu un épisode dépressif bien avant que tout cela ne s'abatte sur elle…

— Les attaques des médias ont dû énormément l'affecter…, devina Cassie.

— Oui, elle a touché le fond. Elle a fait une tentative de suicide. Elle s'est ouvert les veines dans la baignoire de l'appartement que nous partagions à l'époque.

Joshua passa la main sur ses yeux.

— Et c'est Alyssa qui l'a trouvée, acheva-t-il.

— Mon Dieu ! s'exclama Cassie en plaquant sa main sur sa bouche.

— C'était aussi horrible que lors de la mort de mes parents, poursuivit Joshua les yeux baissés. Même si Jennie s'en est finalement sortie. Elle a dû rester un mois à l'hôpital et être suivie pendant de longues semaines. Quant à Alyssa, elle n'allait pas fort non plus. Jennie et elle étaient devenues très proches et ç'a été un choc terrible pour ma sœur. Tout cela a vraiment été… atroce.

— Et je suppose que c'est ce qui a donné le coup de grâce à ta relation avec Jennie, ajouta Cassie.

— Notre relation n'avait aucun avenir. Jennie était traumatisée par tout ce qui lui était arrivé depuis qu'elle m'avait rencontré.

— Et toi, qu'est-ce que tu ressentais ?

Joshua prit sa tête dans ses mains.

— Beaucoup de culpabilité. Je me sentais vraiment responsable de ce désastre… Jennie était toujours très importante pour moi, mais je me posais beaucoup de questions. Je me demandais si notre amour serait assez solide pour surmonter d'autres épreuves et s'épanouir dans la durée. Et puis il était évident que Jennie n'était pas faite pour supporter ce genre de vie. Nous nous sommes donc séparés peu après, d'un commun accord, mais j'ai tenu à ce qu'elle puisse se remettre dans les meilleures conditions. Elle va beaucoup mieux maintenant. Il y a six mois environ, j'ai reçu une carte d'elle qui m'annonçait ses fiançailles avec un ingénieur dont, pour reprendre son expression, personne n'a jamais entendu parler ! J'étais ravi de la savoir heureuse car c'est vraiment quelqu'un qui mérite de l'être.

La sincérité de Joshua était évidente.

— Eh bien, à côté de toi, ma rupture avec Brandon pour une sombre histoire de hamburgers, c'est de la rigolade ! observa Cassie sur un ton enjoué, espérant ainsi détendre l'atmosphère.

— Je ne voulais pas te rendre triste, répliqua-t-il sur le ton de la plaisanterie. C'est toi qui m'as posé la question.

Il se leva alors et tendit la main à Cassie.

— Excuse-moi pour tout ça. Viens plutôt danser, ça nous fera oublier un peu cette histoire.

Cassie n'avait pas remarqué que les musiciens avaient commencé à jouer des valses, et que son frère et sa femme tournoyaient déjà avec quelques couples sur la piste de danse installée au centre du jardin.

Sans hésiter, elle suivit Joshua.

— J'ai juste une dernière question à te poser, déclara-t-elle tandis qu'il la prenait dans ses bras et se mettait à valser.

— D'accord, mais une seule !

— Je ne me souviens pas avoir entendu parler de cette tentative de suicide. Comment est-ce possible ?

— J'ai tout fait — tout — pour empêcher que cela se sache. J'ai acheté le silence des gens qui pouvaient révéler ce secret avec de l'argent, des promesses, des cadeaux…

— Bref, tu as utilisé les grands moyens.

— Malgré cela, il a bien fallu que je me plie aux exigences des journalistes en échange de leur silence concernant cette histoire. J'ai coopéré, fait tout ce qu'ils voulaient jusqu'à ce que Jennie soit oubliée. Un vrai marché avec le diable. C'est pour cela que j'ai dû m'exhiber au bras de toutes ces femmes en vue.

— Ne me fais pas croire que côtoyer des top models et de sublimes actrices était une souffrance atroce ! le taquina Cassie.

— Eh bien, si ! C'était assez pénible… Tu sais, les femmes superficielles, ce n'est pas trop mon truc. Or beaucoup de femmes en vogue ne pensent qu'à elles-mêmes. C'est pour ça que j'ai souvent changé de cavalières. Au moins, il y avait un peu de variété ! Mais évidemment, ça n'a jamais été sérieux et je n'ai pas eu de vraie histoire d'amour depuis plus de deux ans maintenant.

Joshua serra Cassie dans ses bras plus étroitement encore avant de poursuivre.

— Et c'est uniquement parce que je suis bien avec toi que

je me pose toutes ces questions et que je rouvre mes vieilles blessures.

— Je suis désolée, souffla-t-elle.

— Tu fais bien. Mais il va falloir que tu te fasses pardonner.

— Comment ?

Une lueur coquine passa dans les yeux de Joshua.

— Je ne sais pas encore, mais on a toute la nuit pour trouver un moyen...

- 13 -

Il était plus de minuit lorsque les derniers invités s'éclipsèrent.

Après s'être donné rendez-vous le lendemain après-midi
pour aider leur mère à remettre en ordre la maison, Cassie
et ses frères se souhaitèrent une bonne nuit et se séparèrent
eux aussi.

Comme Reid devait faire un saut à l'hôpital pour voir un
de ses patients, il proposa à sa sœur et à Joshua de les déposer
au passage, ce qu'ils acceptèrent même si Joshua insista pour
éviter à Reid un détour par le cottage. Il rentrerait de chez
Cassie à pied.

C'est ainsi que Cassie se retrouva une nouvelle fois sur
le pas de sa porte à une heure moins le quart du matin en
compagnie de Joshua.

Comme tous les autres soirs de la semaine, elle n'était
guère pressée d'aller se coucher. C'est la raison pour laquelle,
elle lui proposa de prendre un dernier verre et lui demanda,
tout en ouvrant la porte, et comme si c'était la chose la plus
naturelle du monde :

— Qu'est-ce que tu comptes faire dimanche ?

— La discussion est ouverte, répondit Joshua tandis qu'il refermait la porte derrière lui.

Cassie avait laissé la lumière en dessus de son évier éclairée. Découragée à l'idée d'affronter le labyrinthe de ses cartons de déménagement pour aller allumer le lampadaire dans l'angle, elle s'immobilisa à quelques mètres de la porte et se retourna pour considérer Joshua.

— Vous ne savez toujours pas ce que vous allez faire ce week-end, Alyssa et toi ? demanda-t-elle.

— Non, on hésite. Alyssa n'ose pas trop me le dire franchement mais entre passer deux jours avec son nouveau petit ami et les passer avec son frère, elle préfère l'option petit copain. En plus, de nouveaux parents arrivent ce week-end et je ne sais pas s'il est bien judicieux de prendre le risque d'être reconnu. Nous sommes passés inaperçus jusqu'à présent mais il ne faut pas tenter le diable.

Sur ce, il s'avança et s'accouda au mur à quelques centimètres de Cassie, immédiatement troublée par cette proximité.

Sans compter que les traits de Joshua paraissaient encore plus beaux plongés dans cette semi-pénombre. Cassie aurait pu rester des heures à le contempler...

Oui, mais il parlait de quitter la ville. Bientôt.

— Tu pourrais donc partir dès demain ! murmura-t-elle d'un ton catastrophé qu'elle n'avait nullement eu l'intention d'adopter.

Joshua se rapprocha encore de Cassie, sans pour autant la toucher physiquement. Mais il était maintenant près, tout près d'elle.

— Si je pars demain, tu seras tranquille pour le week-end, ajouta-t-il. Et tu pourras enfin faire ce que tu meurs d'envie de faire depuis le début de la semaine : déballer tes cartons !

Sauf que ce qu'elle mourait d'envie de faire depuis le début de la semaine n'avait rien à voir avec des cartons de déménagement !

— Oh, ils ne vont pas s'envoler ! répliqua-t-elle. Et je ne suis pas si impatiente que ça de m'y mettre.

— Est-ce que ça voudrait dire que si jamais je décidais de rester à Northbridge quelques jours de plus je pourrais te voir ? Même si personne ne te le demande ?

— Peut-être bien, dit-elle d'abord.

Puis, quittant le registre du flirt, elle ajouta :

— Mais tu as peut-être raison. Il vaut mieux ne pas prendre le risque qu'on te reconnaisse. D'autant que tu as assisté à l'essentiel de la semaine portes ouvertes. Personne ne pourra te reprocher de ne pas être resté jusqu'à la fin.

Joshua jeta alors un coup d'œil sur le désordre qui régnait dans la pièce et, un sourcil levé, déclara :

— Et si on se cachait ici, toi et moi ? Personne n'en saura rien et je pourrai t'aider à ranger tes affaires. Ce serait une bonne manière de m'excuser de t'avoir fait perdre tant de temps cette semaine…

Cassie ne put qu'éclater de rire à cette proposition.

— Joshua Cantrell ? M'aider à déballer mes cartons ?

Ce dernier lui adressa un sourire tel que Cassie sentit instantanément son pouls battre plus vite.

— Pourquoi pas ?

— Le doyen et le maire me banniront hors de Northbridge jusqu'à la fin de mes jours s'ils l'apprennent ! Je suis censée te bichonner, pas te coller un lumbago en te faisant déplacer des tours de cartons de déménagement ! Et qu'est-ce que va dire Alyssa ?

Joshua soupira.

— Alyssa ne va pas voir ça d'un très bon œil, tu as raison. Nous revoilà donc à la case départ… Je partirai probablement demain.

— Ou dimanche au plus tard…, poursuivit Cassie qui pensait tout haut.

— Comme il faut absolument que j'assiste à une réunion importante lundi à New York, ça ne peut être que demain ou dimanche, effectivement.

Et comme Alyssa ne voyait pas d'inconvénients à ce qu'il parte demain, ajouta Cassie intérieurement, c'était certainement leur dernier soir.

Sa dernière chance d'être avec Joshua, cet homme si différent de tous ceux qu'elle avait rencontrés jusqu'à présent. Un homme qui l'attirait mille fois plus que tous ceux qu'elle avait fréquentés jusqu'alors…

Qu'allait-elle faire ?

Le saluer, le regarder partir sans tenter de le retenir, laisser passer sa dernière chance d'être avec lui ?

Impossible…

Non seulement le souvenir de ce qui s'était passé la veille lui restait à la mémoire, mais l'atmosphère autour d'eux était tellement chargée qu'il suffisait qu'elle le frôle pour que des étincelles s'allument et les embrasent. Il suffisait d'un geste. D'un regard peut-être…

Allait-elle le regarder franchir le seuil de sa maison et ne jamais savoir comment il était dans l'intimité ? Voulait-elle vraiment ignorer ce que c'était que de se donner à lui, de s'abandonner à ce désir qui l'avait tourmentée toute la semaine ?

Si elle laissait passer cette opportunité, est-ce qu'elle ne se demanderait pas toute sa vie ce qui aurait pu se passer ?

Est-ce qu'elle ne se maudirait pas d'avoir été si raisonnable ?

Bref, ne le regretterait-elle pas toute sa vie ?

Mais les nombreuses coupes de champagne qu'elle avait sirotées pendant la réception l'empêchaient peut-être d'être lucide…

La preuve, c'est que la veille, elle avait résisté à la tentation alors qu'ils étaient à deux doigts de…

A bien y réfléchir, cependant, ce qui l'avait arrêtée n'avait rien à voir avec la raison, songea-t-elle en regardant la cravate de Joshua et en résistant au désir presque irrépressible de saisir ladite cravate pour l'attirer à elle.

Ce qui l'avait arrêtée la veille au soir, c'étaient ses draps. Et le souvenir des critiques de Brandon qui ne les trouvait pas à son goût. Comme elle, au final.

Ce qui l'avait refroidie, c'était que Joshua pourrait en arriver aux mêmes conclusions.

Sauf que les choses étaient différentes avec Joshua, réalisa soudain Cassie. Elle ne le reverrait sans doute pas après cette nuit…

— Tu penses à quoi ? demanda Joshua.

— Au fait que tu es là, maintenant. Et que tu vas partir…

— Peut-être que le mieux à faire est de profiter de l'instant présent, tu ne crois pas ?

— Pourquoi pas, en effet ! déclara Cassie d'une voix calme.

Joshua lui lança un sourire malicieux et plein de promesses.

Il se pencha ensuite vers elle, l'embrassa, entrouvrant ses lèvres en une invitation gourmande…

— Alors, qu'est-ce que tu en dis ? demanda-t-il à la fin de ce baiser. Qu'est-ce que tu décides ? Si tu me laisses voir ce qu'il y a de l'autre côté de cette muraille de cartons de déménagement, je te préparerai ton petit déjeuner préféré demain matin.

— Sauf que tu ne sais pas faire les beignets aux pommes de ma mère !

— Je suis sûr que si je l'appelle et que je la supplie, elle me donnera sa recette.

— Tu penses me convaincre comme ça ?

Joshua l'embrassa de nouveau, ce qui valait tous les arguments du monde.

— Tu me laisses passer la nuit ici, oui ou non ?

— Peut-être, répondit-elle, toujours aussi évasive.

Il passa son index dans la frange de Cassie pour dégager ses yeux turquoise puis laissa courir son doigt le long de l'ovale du visage de la jeune femme, s'attarda sur une de ses fossettes et finalement s'arrêta sur son menton, qu'il releva pour pouvoir mieux l'embrasser encore. En un baiser long. Profond. Intense.

A la fin de ce baiser, une chose était sûre pour Cassie : Joshua ne plaisantait plus. Son expression avait changée.

— Ne joue pas trop avec moi, Cassie, déclara-t-il d'ailleurs. J'ai tellement envie de toi.

Plongeant ses yeux dans ceux de Joshua, Cassie y lut un désir immense qui n'avait d'égal que celui qu'elle éprouvait pour lui. Elle vit aussi apparaître l'homme qu'il était dans l'intimité. Un homme sensible et doux. Vulnérable aussi. Comme elle.

Elle sut alors que peu importait ce qui arriverait ensuite. Elle passerait la nuit avec lui.

— Je te préviens : je n'ai pas des draps luxueux, prévint-elle.

Joshua éclata de rire.

— Je m'en moque éperdument, si tu veux tout savoir !

Bonne réponse !

Cassie fit alors ce qu'elle avait imaginé faire quelques minutes auparavant : elle saisit la cravate de Joshua et l'entraîna à sa suite dans le dédale des cartons de déménagement. Jusqu'à sa chambre.

Là, elle le lâcha et se dirigea à tâtons jusqu'à sa table de chevet où elle alluma une bougie. Lorsqu'elle se retourna, Joshua avait déjà ôté sa veste, sa cravate, ses chaussures et ses chaussettes et commençait à retirer sa chemise.

A cet instant, Cassie sentit le cœur lui manquer et elle s'immobilisa près du lit, incapable de faire un pas.

Joshua, lui, ne semblait pas intimidé outre mesure. Il s'avança vers elle, déboutonnant sa chemise et exposant peu à peu un torse magnifique et des abdominaux parfaits. Renversants...

Cassie en eut le souffle coupé.

La seule chose qu'elle réussit à faire en découvrant ce corps qu'elle n'avait jusqu'alors qu'imaginé — un corps plus beau que dans ses rêves —, ce fut ôter ses chaussures et les envoyer rouler au loin.

Tout en défaisant le dernier de ses boutons de chemise, Joshua se pencha vers elle pour l'embrasser.

Voilà qui lui était désormais familier et Cassie se raccrocha à ce baiser, fermant les yeux, entrouvrant les lèvres et laissant leurs langues s'unir.

Une fois sa chemise complètement déboutonnée, Joshua prit le visage de Cassie dans ses mains pour l'empêcher de s'écarter — même si elle n'en avait aucune envie — et il intensifia son baiser impatient et sensuel.

Si sensuel que Cassie retrouva sa hardiesse, glissa ses mains sous la chemise blanche.

Les pectoraux de Joshua étaient chauds, fermes et doux. Comme ciselés dans le marbre et gainés de satin tout à la fois. Cassie se mit à les caresser savamment, comme elle aurait aimé qu'on lui titille les seins, réalisa-t-elle bientôt.

Mais visiblement Joshua avait d'autres choses en tête. L'embrasser plus profondément, plus intensément encore, par exemple. Poser ses mains sur les hanches fines de Cassie puis sur le creux de ses reins, caresser la chute de son dos et dégrafer sa robe…

Sans perdre de temps, il en dégagea alors les épaules de sa compagne et l'ensemble fluide tomba bientôt à terre, formant au pied de la jeune femme une corolle mauve vaporeuse.

Cassie ne portait plus qu'un soutien-gorge en dentelle noire et une petite culotte assortie. Joshua s'arrêta de l'embrasser pour la contempler dans ce qui n'était pas loin d'être son plus simple appareil…

— Que tu es belle ! lança-t-il dans un souffle.

Sa voix était rauque et trahissait tout à la fois l'admiration et l'excitation.

Sur ce, il s'inclina pour déposer un baiser sur l'un des seins de Cassie qui palpitaient sous le soutien-gorge.

Une onde de plaisir parcourut Cassie et elle se mit en devoir de débarrasser Joshua de sa chemise qui alla rejoindre la robe tombée sur le sol.

Les épaules larges de Joshua étaient là, à quelques centimètres de son visage et de ses mains qui pouvaient désormais les caresser à loisir. Elle aimait tout de lui : son torse, sa taille mince, même son nombril.

Et elle n'allait pas en rester là. Ce spectacle époustouflant, elle voulait le contempler en entier !

Elle posa alors ses mains sur la ceinture de Joshua et entreprit d'en défaire la boucle puis elle détacha l'agrafe de son pantalon avant de baisser la fermeture Eclair.

C'était une évidence. Il la désirait. Terriblement.

— Une seconde ! s'exclama-t-il d'un voix sourde.

Après avoir extrait un préservatif de sa poche, Joshua signifia à Cassie qu'elle pouvait désormais finir de le déshabiller.

Mais Cassie n'en eut pas le temps car Joshua avait déjà repris possession de sa bouche, et détachait son soutien-gorge.

La pointe de ses seins se durcit encore davantage au contact des mains de Joshua. De ses paumes tièdes qui caressaient ses seins. Qui les excitaient.

Les sens en émoi, Cassie regarda Joshua se débarrasser de son caleçon après l'avoir déposée sur le lit.

En son plus simple appareil, Joshua était impressionnant.

Mais Cassie eut seulement le temps de saisir une image rapide de sa virile nudité car Joshua s'allongea auprès d'elle et prit l'un de ses mamelons dans sa bouche.

Que c'était bon, tendre… excitant !

Transportée, Cassie s'abandonna à cette caresse délicieuse. Lorsque sa faim de lui devint plus pressante, ce fut elle, cette fois, qui, de ses mains et sa bouche, le caressa.

Il était doux. Dur et tendu de désir. Puissant. Tout en lui excitait le désir de Cassie. Lui donnait une audace dont elle ne se croyait pas capable. Cassie savourait tous les instants de leur corps à corps, ne sachant si elle préférait lui prodiguer des caresses ou en recevoir. De ses lèvres, sa langue, ses mains,

Joshua électrisait chaque centimètre carré de sa peau, lui donnait la fièvre, les jetait dans une transe où se libérait la part la plus sauvage d'eux-mêmes.

Toute pudeur envolée, Cassie s'empara du préservatif qu'elle mit à Joshua en une caresse incroyablement érotique.

Quand il ne put plus supporter le supplice qu'elle lui infligeait, il se dégagea doucement, la fit rouler sur le lit et vint la rejoindre, lui, dur et tendu, elle consentante et offerte.

Avec un gémissement de bonheur, elle l'accueillit en elle.

Leurs deux corps s'épousèrent si parfaitement que Cassie sentit son corps s'arquer vers celui de Joshua, répondre aux mouvements qu'il initiait, onduler contre lui, en une danse tendre et frénétique à la fois.

Peu à peu, leur ardeur redoublant, les sensations se faisant plus intenses, Cassie se sentit envahie par une vague de plaisir qui l'emporta, l'enleva jusqu'à une crête d'une hauteur insoupçonnée et, parvenue au pic de la jouissance, la submergea, faisant exploser dans sa tête un feu d'artifice qui la laissa aveuglée par le scintillement éblouissant de milliards d'étoiles filantes. Quant à Joshua, enivré par la plainte langoureuse qu'elle venait de pousser, il s'enfonça plus profondément encore en elle, se cambra et dans un ultime coup de reins, il s'abandonna dans un long cri rauque.

Pantelant, éperdu, il s'effondra sur Cassie avant de glisser à côté d'elle sans la quitter et, béats de bonheur, ils sombrèrent dans une douce léthargie soudés l'un à l'autre, ne faisant qu'un.

Puis, après un long moment passé à savourer la paix et la félicité de cet instant, Joshua chuchota à l'oreille de Cassie :

— Je l'ai su à l'instant où j'ai vu tes fossettes…

— Quoi ? demanda Cassie, examinant d'un œil distrait les ombres jetées par la bougie sur le plafond, tandis que Joshua la contemplait, le front posé sur sa tempe.

— Que j'allais être emporté par un ouragan !

Puis Joshua releva la tête pour étudier son visage, comme s'il voulait y lire quelque chose. Il lui sourit et Cassie se sentait trop bien pour ne pas lui rendre la pareille.

— Les voilà, ces fossettes attrape-cœur !

Il déposa un baiser sur une fossette, puis sur l'autre. Lorsque Cassie put revoir son beau visage, ses traits avaient pris une expression attentive et tendre.

— Jure-moi que tu ne regrettes rien !

— Rien du tout, assura Cassie en se cambrant contre lui.

— Alors je peux me détendre et reprendre des forces.

— Pour quoi faire ?

Il eut ce sourire malicieux qu'elle lui avait déjà vu et, fermant les yeux, il déclara :

— Pour appeler ta mère et aussi déballer tes cartons. Alyssa pensera ce qu'elle voudra, je m'en moque, ajouta-t-il d'une voix ensommeillée. D'abord, je ne suis même pas sûr de partir un jour d'ici…

Voilà une remarque qui n'était pas faite pour aider Cassie à trouver rapidement le sommeil.

Joshua était-il sérieux ?

Et puis, était-ce une si bonne idée que cela ?

En tout cas, pour l'heure, lovée dans ses bras, assouvie et comblée, elle trouvait l'idée sensationnelle.

- 14 -

Le lendemain matin, lorsque Joshua ouvrit les yeux, Cassie dormait encore.

La chambre était inondée de soleil, ce qui annonçait une splendide journée de début d'automne.

Joshua ne paressa toutefois guère sous la couette baignée de lumière. Il se glissa silencieusement hors du lit, songeant au petit déjeuner qu'il avait promis de préparer. Il comptait bien tenir parole. Même s'il n'allait pas lui faire des beignets aux pommes ! Des œufs brouillés feraient l'affaire. Il les lui apporterait au lit, sur un plateau, et, avant de la tirer de son sommeil, il la contemplerait, si belle avec sa chevelure auburn ruisselant sur l'oreiller et ses longs cils posés sur des pommettes hautes et roses. Si belle. Si simple. D'un charme naturel dont il ne se lassait pas…

Il enfila son caleçon et se dirigea sans bruit vers la cuisine qui, comme la chambre et le séjour, était envahie par les cartons de déménagement. Mais la cuisinière était accessible et, s'il arrivait à trouver une poêle, il se faisait fort de tenir sa promesse.

Encore fallait-il qu'elle ait des œufs…

Joshua ouvrit le réfrigérateur et constata qu'il était pratiquement vide. Heureusement, il y trouva une bouteille de lait, une douzaine d'œufs et un sachet de fromage râpé.

Une fois les ingrédients déposés sur le plan de travail, il se mit en quête d'un bol. Les placards étaient également déserts, à l'exception de quelques tasses à café et d'un paquet d'arabica. Il s'en empara et se lança dans la préparation de son breuvage matinal préféré.

Tandis que le café passait, Joshua ouvrit quelques cartons pour trouver un bol, une poêle, des assiettes et des couverts.

— Gagné ! déclara-t-il avec satisfaction en découvrant deux cartons dans lesquels se trouvaient les ustensiles désirés.

Je vais peut-être parvenir à mes fins, après tout…, songea-t-il.

Cette pensée qui venait de lui traverser l'esprit le frappa et le plongea dans une profonde réflexion.

Oui, peut-être cela finirait-il par marcher avec Cassie…

Ce qui était loin de lui déplaire. Très loin. C'était même une idée enthousiasmante. Tout en battant les œufs, Joshua commença à envisager ce que cela signifierait.

Ce que cela voudrait dire d'avoir une relation sérieuse avec Cassie. Un avenir. De vivre à ses côtés quelques mois par an, ici, à Northbridge. A proximité de sa famille et de ses amis, dans cette petite ville où tout le monde était si gentil.

Comme ce serait bon aussi de rentrer le soir et retrouver Cassie lorsqu'ils résideraient à Los Angeles ! Quel plaisir ce serait d'aller à la première d'un film, à un dîner de gala ou à un de ces événements sportifs qui occupaient la plupart de ses soirées… Encore qu'à la réflexion, il adorerait passer plus de temps à la maison avec elle. Un banal plateau-télé aux côtés de Cassie se parait tout à coup de mille charmes.

Et puis, bien sûr, elle l'accompagnerait à New York où il passait en moyenne trois à quatre mois par an.

— Cassie à New York…, murmura-t-il doucement, tandis qu'il incorporait le lait aux œufs puis ajoutait le fromage râpé.

L'idée de faire visiter la ville à cette jeune femme originaire d'un petit trou perdu du Montana lui plut. L'emmener faire du shopping, la conduire dans les plus beaux restaurants, les clubs à la mode, ou au contraire partager avec elle une pizza et des pâtes dans le restaurant italien minuscule où il se rendait au moins une fois par semaine lorsqu'il se trouvait à New York.

De là, il s'imagina partir avec elle pour Paris, Londres, Genève, Vienne… Toutes ces villes mythiques où il aimait passer ses vacances, voir des amis, quand il ne devait pas s'y rendre pour affaires. Tout cela avait un charme nouveau maintenant qu'il s'y voyait avec Cassie.

Tout en préparant la poêle, il commença à penser au plaisir qu'il aurait à la retrouver invariablement en fin de journée, à se coucher auprès d'elle tous les soirs, à se réveiller à ses côtés tous les matins. A cette seule pensée, il sentit son pouls s'accélérer.

La voir jour après jour, il adorerait ça, il n'en doutait pas une seconde ! Pouvoir contempler son visage, voir ses fossettes apparaître lorsqu'elle lui sourirait, l'entendre parler, rire, tous les jours de sa vie… La toucher, saisir sa main, l'enlacer. La prendre dans ses bras et l'emporter vers leur lit…

A cette idée, Joshua se remit à battre rapidement et énergiquement les œufs.

Cassie à ses côtés… Cette femme qui rendait déjà sa vie plus belle, plus complète, plus intense, après quelques jours seulement. Là, ce serait pour toujours, pas simplement pour quelques jours.

Ce serait fantastique...

Fantastique de ne pas quitter Northbridge sans elle. De ne pas repartir sur sa moto avec juste quelques souvenirs d'elle et pas mal de regrets. De ne pas être tenaillé des mois par le désir de la revoir. De pouvoir faire de cette histoire autre chose qu'un interlude agréable.

Que cela ne finisse jamais...

Il versa le mélange dans la poêle, remua, et fut envahi par un sentiment qu'il n'avait pas connu depuis très, très longtemps. Un sentiment de paix intérieure. D'harmonie.

Cassie...

— Joshua ? Tu es là ? demanda cette dernière d'une voix endormie, comme si elle répondait à l'appel de son prénom qu'il venait de prononcer intérieurement.

Un grand sourire se dessina sur les lèvres de Joshua. Pourtant le ton de Cassie était légèrement inquiet, voire anxieux. Sans doute pensait-elle qu'il était parti sans un mot, sans un regard.

Mais Cassie était tout sauf la fille d'un soir. Elle était tellement plus que ça...

— Ne bouge pas ! lui intima-t-il, toujours porté par ses rêves de vie commune avec elle.

Il se souvint avoir aperçu un plateau dans un des cartons. Après l'avoir retrouvé, il y posa une assiette remplie d'œufs brouillés, des couverts et deux tasses de café.

Lorsqu'il arriva dans la chambre, Cassie l'attendait, assise contre le bois du lit, retenant pudiquement d'une main le drap sur sa poitrine tandis que l'autre entourait ses genoux repliés. Les yeux qu'elle fixa sur lui étaient immenses, sans défiance.

Et ce fut là que Joshua hésita.

Non que Cassie au réveil ait perdu cet éclat à couper le souffle qui avait ébloui Joshua dès le premier jour. Elle était belle comme le jour au contraire. Et dans ce visage magnifique et radieux, Joshua retrouvait tout ce qui l'avait attiré vers elle : elle était douce, gentille, prévenante, généreuse, drôle, honnête, pas du tout égocentrique et surtout absolument inconsciente de son charme dévastateur. Tout ce dont il raffolait chez une femme.

Mais ce matin, elle semblait également si sincère, si vulnérable, si peu sur la défensive…

Tellement différente de toutes ces femmes qu'il avait rencontrées depuis le désastre survenu avec Jennie.

Exactement ce qu'il ne pourrait jamais avoir…

Joshua eut l'impression qu'on venait de lui lancer un seau d'eau froide au visage.

La bulle venait d'éclater…

— Je dois vraiment avoir une tête à faire peur ! s'exclama Cassie qui avait perçu le changement d'expression de Joshua.

— Bien au contraire ! protesta Joshua. Tu ressembles trait pour trait à la femme que j'aimerais tenir dans mes bras pour toujours.

Cassie sourit, mais elle passa rapidement sa main dans ses cheveux pour tenter de les recoiffer tout en pressant ses coudes contre son buste pour empêcher que le drap glisse et découvre ses seins.

Pendant ce temps, Joshua s'était dirigé vers le côté du lit qu'il avait occupé pendant la nuit et y avait déposé le plateau chargé du petit déjeuner.

— Tu vois, je t'avais bien dit que tu pouvais compter sur moi pour te préparer ton petit déjeuner.

— Tu m'avais parlé de mon petit déjeuner *préféré*, je te rappelle.

— Je croyais que tu ne voulais pas que je téléphone à ta mère, remarqua Joshua, accompagnant sa réplique d'un sourire complice qui rassura Cassie.

Non, elle n'avait pas perdu tout charme pour lui, même au saut du lit…

Cette fragile certitude s'évanouit cependant bien vite car plutôt que de venir la rejoindre et partager avec elle le petit déjeuner qu'il venait de préparer, Joshua se pencha pour ramasser son pantalon et l'enfila.

— Tu pars ? demanda-t-elle avant même d'avoir pu réfléchir à l'opportunité de poser cette question qui pouvait la faire passer pour complètement désespérée.

Tout en passant sa chemise, Joshua revint vers le lit, s'y assit et lui fit face. Il ne souriait plus et son front avait repris ce pli soucieux qu'elle lui avait vu au seuil de la chambre.

— Oui, je crois qu'il faut que je parte. Aujourd'hui même. Tout de suite de préférence, déclara-t-il calmement.

— Mais tu as apporté deux fourchettes et deux tasses de café…, observa Cassie sur le même ton calme.

— Je voulais déguster ces œufs brouillés avec toi. Mais je n'en ai plus envie maintenant.

— Je dois vraiment avoir une tête horrible…

— C'est bizarre, poursuivit-il. Quand j'ai apporté ce plateau dans la chambre, je n'avais qu'une envie : t'enlever et t'emmener vivre une existence complètement différente avec moi.

— Et puis tu as vu à quoi je ressemblais au saut du lit et…

— Arrête ! coupa-t-il, grondeur. Tu es tellement belle que je serais capable de déplacer des montagnes pour toi, Cassie, continua-t-il d'une voix altérée.

Visiblement, il était sincère. Partir lui coûtait.

Cassie n'y comprenait plus rien…

Joshua se pencha, caressa tendrement la joue de Cassie et la dévisagea intensément, comme s'il voulait graver les traits de la jeune femme dans sa mémoire. Puis il posa sa main sur l'un des genoux de Cassie.

— J'ai envie de toi, énonça-t-il d'une voix blanche et tranquille à la fois. Je donnerais tout pour aller plus loin avec toi. Pour tout te dire, j'ai même rêvé pour nous d'un avenir commun. J'ai imaginé que je t'emmenais à Los Angeles, New York, Paris, partout dans le monde. J'ai rêvé aussi de vivre à tes côtés à Northbridge, pas loin de ta famille. Et puis je suis rentré dans cette chambre et je t'ai vue. Et je me suis souvenu de qui tu étais…

— De qui je suis, répéta Cassie qui eut immédiatement l'impression d'être replongée dans le cauchemar qu'elle avait vécu avec Brandon.

— Oui, de qui tu es, renchérit Joshua. Mais ne te méprends pas : pour moi, tu n'as rien d'une paysanne, ajouta-t-il comme s'il lisait dans ses pensées. Tu es tout sauf ça. Tu es une fille fantastique, ni superficielle ni égocentrique. Tu ne ressens ni le besoin ni l'envie d'être le centre du monde, de vivre dans la lumière des projecteurs. Tu es vraiment la perfection faite femme. Simple, authentique, magnifique. Et je suis fou de toi.

Joshua s'interrompit dans sa tirade et Cassie se demanda s'il cherchait à ménager un effet pour donner plus d'impact à ce qu'il allait dire ou si c'était juste elle qui s'imaginait ça.

— Mais je ne veux pas t'infliger la vie que je mène.

Cassie plongea la tête dans le drap tendu sur ses genoux comme pour arrêter le flot de ses paroles.

— Tu sais, Cassie, j'ai l'impression d'être un égoutier. Dès que j'arrive, la vie des gens est envahie par des remontées nauséabondes. Or toi comme ta famille, vous ne méritez pas ça.

— Pas plus que Jennie, finit Cassie qui releva la tête.

— Oui, Jennie non plus ne méritait pas ça. Et ce que j'ai vu en rentrant ce matin dans cette pièce, c'est une personne avec qui j'ai envie de partager ma vie mais dont je peux aussi saccager l'existence, simplement parce que je veux qu'elle fasse partie de la mienne. J'ai vu quelqu'un avec qui ma sœur s'entendrait à merveille, mais vous seriez à peine liées que tu serais déjà clouée au pilori par une horde de journalistes qui ne pensent qu'à une chose : vendre du papier. Car oui, j'en suis sûr, ça va recommencer. Exactement comme avec Jennie. Sauf que c'est sur toi qu'ils s'acharneront cette fois. Et je ne veux pas te faire ça. Pas à toi…

— Excuse-moi, mais je ne vois pas bien ce qu'on pourrait raconter sur moi ! s'exclama Cassie légèrement déconcertée par les messages contradictoires transmis par Joshua.

— Tu ne connais pas les journalistes ! Ils diront n'importe quoi. Exhumeront des broutilles et les présenteront comme des crimes, déformeront la plus innocente de tes actions, inventeront les pires choses…

— Je ne crois pas que ça m'atteindrait beaucoup, tu sais…, observa Cassie, qui songeait en son for intérieur que si c'était le prix à payer pour vivre aux côtés de Joshua, elle était prête à endurer beaucoup de choses.

— C'est ce que tu dis maintenant, mais tu ne te rends pas compte de l'enfer que c'est. Etre constamment aveuglé par les flashes des photographes, interrogé en pleine rue de manière brutale sur sa vie privée. Apostrophé, insulté même parfois pour voir les réactions que l'on a… Et puis il faut affronter ces photos où l'on apparaît en fâcheuse posture, où l'on a une tête impossible, ou pire, voir les moments de bonheur qu'on souhaiterait protéger exposés à tous les coins de rue…

Joshua poussa un soupir d'exaspération.

— Regarde ce que j'ai dû faire pour voir ma sœur cette semaine, poursuivit-il. Et rien ne garantit que tous nos efforts ne seront pas bientôt réduits à néant parce que quelqu'un aura fait le rapprochement… C'est l'enfer, je t'assure. Une version glamour de l'enfer, bien sûr, mais l'enfer tout de même.

— Il y a donc pire que d'être la seule fille dans une famille de cinq enfants ? plaisanta Cassie car elle ne savait qu'ajouter.

A vrai dire, Cassie ne voulait surtout pas avoir l'air de le supplier de changer d'avis. D'autant que les raisons qu'il invoquait étaient plus que suspectes. Surtout s'il tenait autant à elle qu'il le disait.

— Eh bien, parlons-en de ces frères ! déclara Joshua en retirant sa main du genou de Cassie comme pour signifier qu'il souhaitait introduire une certaine distance entre eux. Imagine ce que des journalistes sans scrupules feraient de l'histoire de Ben, quel récit ils donneraient de son adolescence. Voilà quelque chose que la presse à scandale utiliserait sans vergogne pour te rouler, toi et ta famille, dans la boue.

Evidemment, ils sous-entendraient que ta mère n'était pas une bonne mère, qu'elle était absente, que sais-je encore. Ou que tes autres frères étaient de mèche pour le vol… Tu n'as pas idée de ce qu'ils peuvent imaginer.

Cassie avait senti son cœur se serrer au fur et à mesure que les mots franchissaient les lèvres de Joshua, ces lèvres si désirables…

— Mais Ben n'a jamais fait mystère de son adolescence difficile. Ce ne sont pas quelques mensonges ridicules qui vont changer l'opinion des gens d'ici…

— Détrompe-toi, ces mensonges ridicules comme tu dis sont redoutables. Il y a toujours un effet boule de neige et au final ces allégations peuvent faire des ravages. Blesser au passage, ton frère, sa femme et toi. Voire, avec tout le stress que cela occasionne, le bébé qu'ils attendent. Un bébé dont l'on pourrait très bien m'attribuer la paternité simplement parce que j'ai passé une soirée en compagnie de ta belle-sœur dans le jardin de ta mère, d'ailleurs… Tu vois le genre ! Quant à toi, ne me fais pas croire que tu ne vas pas te sentir coupable, et même complètement effondrée si tes proches sont attaqués parce que tu as une liaison avec moi.

Cassie réfléchit à ce qu'il venait d'avancer. Apparemment, cette expérience avec Jennie avait été aussi traumatisante pour lui que pour Jennie ou Alyssa… N'avait-il pas changé de mode de vie du tout au tout à la suite de cela et surtout, fréquenté des femmes en tout point différentes ?

Certes, considéra-t-elle, mais était-ce vraiment la seule raison qui l'amenait à couper brutalement les ponts avec elle ? N'était-ce pas une excuse commode ? Au fond, elle n'était peut-être pour lui qu'un agréable amour de vacances dont il avait su dès le départ qu'il serait sans lendemain car elle n'appartenait pas plus à son monde qu'à celui dans lequel évoluait Brandon…

C'était une hypothèse qu'on ne pouvait écarter, songea Cassie. D'autant qu'elle avait vraiment l'impression que Joshua utilisait l'argument de son exposition médiatique comme un prétexte pour prendre la poudre d'escampette… Normalement, il aurait simplement dû la mettre en garde contre les risques qu'elle courait s'ils continuaient à se voir. Et c'est elle qui aurait alors tranché et décidé si elle souhaitait ou non poursuivre leur relation.

A croire que Joshua n'avait aucunement l'intention de la revoir mais qu'il voulait juste éviter de le lui dire en face.

— Ça n'aurait jamais dû aller si loin…, murmura-t-elle, plus pour elle-même qu'à l'adresse de Joshua.

— Ne dis pas ça ! C'est sûr, ce n'était peut-être pas très sage, mais moi, je ne regrette rien et je voudrais vraiment qu'il en soit de même pour toi. C'est juste que… Comment t'expliquer… Lorsque je vis des moments comme celui-ci, j'ai tellement le sentiment de revivre que plus rien n'existe. J'en arrive à oublier tout ce qui fait l'ordinaire de ma vie. Comme par exemple ce que cela signifie de vivre à mes côtés. Je me laisse aller, je suis moins vigilant. C'est pour cela, j'imagine, qu'entre nous les choses sont allées aussi loin même si ce n'était pas raisonnable.

Le regard de Joshua se planta dans celui de Cassie.

— J'ai bien essayé, mais ç'a été plus fort que moi. Tu sais, vraiment, tu comptes pour moi…

Etait-il sincère ? Ou lui avait-il joué la comédie jusqu'à présent ?

Cassie se détestait de penser ainsi.

Mais si c'était de la comédie, il était hors de question qu'il se rende compte qu'elle s'était laissé duper. Non, tout ça n'avait pas plus d'importance pour elle que ça n'en avait pour lui.

Elle haussa donc les épaules d'un air faussement désinvolte.

— Ne t'inquiète pas. Je savais à quoi m'attendre. Dès hier soir, il était clair pour moi que nous allions passer la nuit ensemble mais que tu partirais le lendemain et que je ne te reverrais plus jamais. Vraiment, il n'y a pas de souci, déclara-t-elle alors que tout en elle criait le contraire. Nous avons passé un très bon moment tous les deux, et c'est tout. Sans rancune, conclut-elle, ajoutant un sourire à ce dernier mensonge.

— Arrête ! protesta Joshua. Ça ne te ressemble pas de dire des choses pareilles. Et ce que nous avons vécu ensemble, ce n'est pas une passade, un flirt sans conséquences. Non, entre nous, il y avait vraiment quelque chose de particulier...

— Sauf qu'on arrête tout.

— Comme ça ? demanda-t-il, d'une voix où perçait une note de colère.

La colère parut à Cassie un sentiment presque enviable par rapport au désespoir qui l'étreignait.

— Oui, comme ça, confirma Cassie.

Pourvu qu'il parte bientôt ! espérait Cassie. Je ne vais pas pouvoir indéfiniment feindre la décontraction...

— Tout ça ne te ressemble pas, répéta Joshua qui devait se douter de quelque chose.

En même temps que le désespoir, Cassie sentait monter en elle la colère. Une rage uniquement dirigée contre elle-même. Pourquoi diable s'était-elle fourrée une seconde fois dans une telle situation ?

Pas question en tout cas de lui montrer les ravages que tout cela provoquait en elle.

— C'était une semaine merveilleuse, Joshua, mais nous devons tous les deux atterrir, revenir à la réalité et retourner à notre train-train quotidien : toi au milieu des photographes et des reporters et moi, ici, à Northbridge. C'était un bon moment mais je crois qu'il est plus sage de s'en tenir là, vraiment.

— C'était bien plus qu'un bon moment, insista-t-il. Et si je romps, je veux que tu saches que c'est uniquement pour te protéger.

Cassie parvint à simuler un haussement d'épaule désinvolte.

— D'accord, mais maintenant, c'est fini et il est inutile de faire traîner les choses. Tu ferais mieux de partir aujourd'hui, à l'instant même, en fait. Si j'étais toi, j'irais trouver Alyssa, je lui dirais au revoir et je quitterais la ville sur-le-champ.

— Cassie…

Joshua tendit la main pour saisir de nouveau son genou mais Cassie se détourna.

— Et dans quelque temps, poursuivit Cassie, j'aurai oublié ton existence et toi la mienne.

— Non, moi je ne vais pas t'oublier de si tôt. C'est bien le problème, d'ailleurs. Ce serait sans doute plus facile si je le pouvais.

— Tu vas y arriver, ne t'inquiète pas, déclara-t-elle d'une voix altérée. Pars maintenant ! S'il te plaît…, lui enjoignit-elle comme les larmes qu'elle tentait désespérément de retenir lui montaient aux yeux.

Joshua n'en fit rien pourtant. Il resta assis un long moment, regardant intensément Cassie qui retenait de toutes ses forces ses sanglots.

Puis, alors qu'elle était à deux doigts de s'effondrer, il se leva et Cassie releva les yeux, gravant son visage dans sa mémoire.

— Je suis vraiment désolé que ça finisse ainsi, déclara Joshua d'une voix douce. Mais je ne veux pas te faire du mal…

— Je sais, j'ai compris. Mais maintenant, je t'en supplie, pars ! déclara-t-elle, incapable de simuler la décontraction davantage.

Et il finit par faire ce qu'elle lui demandait : il prit ses affaires et quitta la pièce.

Cassie ferma les yeux et retint son souffle tandis que les pas de Joshua résonnaient dans le couloir, en direction de la porte d'entrée.

Mais il ne la franchit pas immédiatement.

Elle se raidit. Ecouta. Une part d'elle-même se prit à espérer qu'il revienne et efface tout ce qu'il venait de dire…

Puis elle entendit la porte s'ouvrir et elle réalisa qu'il avait simplement fini de s'habiller dans l'entrée avant de partir.

Elle entendit la porte se refermer doucement derrière lui. Voilà, c'était fait. Il était parti.

Cassie posa alors sa tête sur ses genoux et, les bras noués autour de ses jambes, se mit à sangloter.

- 15 -

Cassie entra dans le restaurant de son frère et fit un petit signe à Reid et Luke avant de s'installer à une table pour attendre Alyssa.

Deux semaines s'étaient écoulées depuis le départ de Joshua. Elle n'avait eu aucune nouvelle de lui, elle n'avait pas vu non plus Alyssa sur le campus, tout en sachant qu'elle assistait bien aux cours.

Cassie en avait conclu que la jeune fille cherchait à l'éviter et elle avait été extrêmement surprise de recevoir un coup de fil de sa part le matin même. Alyssa voulait lui parler et lui avait donné rendez-vous dans l'après-midi au bar d'Ad. Cassie avait accepté tout en pensant que cette conversation n'avait certainement aucun rapport avec les cours de la jeune fille, sinon cette dernière serait directement venue la voir à son bureau et n'aurait pas fait tant de mystères sur la raison de leur entrevue... Ce qui avait bien évidemment piqué au vif la curiosité de Cassie...

Tandis qu'elle échangeait quelques banalités avec ses frères venus la saluer, Alyssa Cantrell entra dans le restaurant et Cassie, d'un seul coup, fut submergée par les sentiments vifs et douloureux qu'elle éprouvait envers Joshua.

— Excusez-moi, j'ai rendez-vous avec cette étudiante, dit Cassie à ces frères.

La jeune fille s'avança avec un sourire crispé vers Cassie qui s'était levée pour aller à sa rencontre.

— Bonjour ! Et merci d'avoir accepté de me rencontrer aussi vite, commença Alyssa.

Cassie présenta l'étudiante à ses frères avant que Luke ne s'éclipse, puis elles commandèrent deux cafés à Ad et allèrent s'asseoir.

— Comment allez-vous ? demanda Cassie tandis qu'elles attendaient leur commande. Vos cours vous plaisent toujours autant ?

Cassie avait posé ces questions anodines car Alyssa semblait incapable de prononcer un mot.

— Je vais très bien, merci, et les cours que je suis me passionnent, répondit Alyssa qui jouait nerveusement avec son bracelet de montre. Vous avez dû trouver bizarre que je vous appelle ce matin…

— Non, pas particulièrement, mentit Cassie. J'étais contente que vous appeliez. Je suis toujours votre tutrice. Et votre amie, aussi, j'espère.

— Ecoutez, je suis venue pour vous parler de Joshua. De Joshua et de vous.

Alyssa avait prononcé ces quelques mots avec précipitation.

— Joshua ne va pas bien du tout depuis son départ de Northbridge.

— Il n'est pas le seul ! lança une voix que Cassie reconnut immédiatement comme étant celle de Reid.

Pour couronner le tout et rendre la situation encore plus

embarrassante qu'elle ne l'était déjà, Ad choisit ce moment pour leur apporter leurs cafés.

— Elle, poursuivit-il en désignant Cassie du menton, elle est même totalement effondrée.

— Je vous revaudrai ça, tous les deux ! lança Cassie à l'adresse de ses deux frères.

Mais c'était vrai. Après le départ de Joshua, Cassie avait été tellement mal qu'elle avait fini par parler à sa mère et à ses frères de leur liaison. Elle leur avait également révélé, sous le sceau du secret, l'identité de l'homme qui l'avait quittée aussi brutalement que Brandon autrefois.

Ce qu'elle n'avait pas prévu, cependant, c'était que sa famille appréciait tant Joshua — à l'inverse de Brandon — que Lotty, Luke, Reid et Ad s'étaient ligués pour la convaincre de le reconquérir…

— On serait peut-être mieux là-bas, au fond du restaurant, suggéra Cassie qui ne s'était pas rendu compte, lorsqu'elle s'était installée à cette table près du bar, que ses frères en profiteraient pour écouter leur conversation.

— Si vous y tenez, mais ne vous tracassez pas pour moi. Ce que j'ai à vous dire n'a rien de confidentiel. Je voulais juste vous dire… eh bien, que j'ai conscience du fait que Joshua a rompu avec vous en partie à cause de moi et que j'en suis vraiment désolée.

Ce qui ne diminuait, hélas, en rien le sentiment de désespoir qui habitait Cassie depuis le moment où Joshua avait franchi sa porte d'entrée…

— Ce n'est pas grave, mentit Cassie.

— Ce n'est pas mon avis, rétorqua Alyssa. Moi en tout cas, je me sens vraiment mal. Mon frère a déjà fait énormément de sacrifices pour moi. Jusqu'à présent, il n'a pas eu à s'en repentir, mais ça m'embête beaucoup qu'il vous ait quittée. Il est malheureux comme une pierre et moi, je n'arrive plus à dormir, à manger, ni à travailler tant ça pèse sur ma conscience.

— Vous n'êtes pas responsable de tout, Alyssa. Arrêtez de vous culpabiliser !

Cette rupture se serait produite de toute façon, songeait Cassie. Inutile qu'Alyssa se mette martel en tête ! Ils n'étaient pas du même monde et s'il était agréable de goûter de temps à autre aux charmes d'une petite provinciale, alors qu'on était habitué à côtoyer les femmes les plus séduisantes, cette attirance ne faisait pas long feu…

— Je sais ce qui a fait pencher la balance, affirma Alyssa. C'est cette crainte que vous ne soyez pas capable de supporter la pression des médias. Mais j'ai beaucoup réfléchi et je crois que, Joshua et moi, nous nous sommes complètement trompés. Je l'ai appelé hier soir pour le lui dire. C'est pour cela que je voulais vous voir au plus vite. Je ne veux pas avoir l'impression d'avoir été un obstacle à votre bonheur à tous les deux. Ni continuer à voir mon frère se morfondre comme il le fait depuis maintenant deux semaines et me dire que c'est ma faute.

Le seul problème, songeait Cassie en son for intérieur, c'est qu'il n'était pas du tout certain que Joshua ait rompu pour la protéger des attaques médiatiques.

— Ne prenez surtout pas mal ce que je vais vous dire, continua Alyssa. J'ai cru, parce que vous étiez originaire d'une petite ville, que vous n'étiez pas capable d'affronter ce genre de situations. Que vous étiez un peu comme Jennie. Mais à la réflexion, c'était vraiment stupide de ma part. Ce n'est pas parce qu'on vient d'une petite ville qu'on est nécessairement hypersensible et vulnérable. J'aimais Jennie presque comme une sœur, mais elle n'était pas très solide. Elle prenait tout trop à cœur et…

Visiblement, Alyssa avait du mal à trouver ses mots et comme Cassie n'avait pas la moindre idée de ce qu'elle pouvait dire pour l'aider, elle attendit que la jeune fille reprenne le fil de sa conversation.

— Joshua et moi nous avons déjà traversé pas mal d'épreuves. Et vous aussi, je crois. Jennie aussi avait eu son lot de difficultés, mais elle ne s'en est jamais remise.

— Certaines personnes, c'est vrai, n'arrivent jamais à tourner complètement la page.

— Jennie était extrêmement sensible. Beaucoup trop. Tout l'atteignait, même les choses les plus bénignes, les rumeurs sans fondement. Et tout cela la minait.

Cassie hocha la tête pour signifier qu'elle comprenait.

— Ce n'est pas votre genre, d'après ce que j'ai entendu dire de vous…

— Peut-être. Ce qui ne veut pas dire que je suis une espèce de machine que rien n'atteint jamais ! rétorqua Cassie.

— Non, bien sûr ! Ce n'est pas ce que j'insinuais. Simplement, j'ai l'impression que vous savez faire la part des choses : concentrer votre attention sur ce qui le mérite vraiment et laisser le reste de côté. Jennie, elle, en était incapable. En tout cas — et c'est ce que j'ai dit à mon frère hier soir — je pense que vous pourriez très bien faire face aux attaques des journaux à scandale.

— Et qu'a-t-il répondu ? interrogea Cassie qui se détesta de se sentir si fébrile et d'oublier les autres raisons qui pouvaient expliquer leur rupture.

— Joshua m'a écoutée mais il n'a fait aucun commentaire,

répondit Alyssa. Il m'a juste dit qu'il allait réfléchir à tout ça. J'ai bien insisté sur le fait que je le déliais de sa promesse et qu'il pouvait vous voir autant qu'il le voulait.

Cassie approuva d'un mouvement de tête, lent, songeur car elle ne savait que répondre.

— Merci beaucoup d'avoir agi ainsi et de m'en faire part.

Alyssa resta muette quelques secondes, visiblement hésitante, puis ajouta :

— A mon avis, vous devriez aller le voir et en parler.

— Il est en ville ?

Cassie se mordit la lèvre.

Pourquoi avait-elle parlé aussi vite, sur un ton aussi impatient ?

— Non, l'informa Alyssa, il est à Los Angeles. Mais nous sommes vendredi aujourd'hui et vous pouvez très bien aller le voir pour le week-end. Avec un peu de chance, vous pouvez même le retrouver ce soir. A vous, ensuite, de reprendre les choses où vous les avez laissées et de décider s'il n'y a pas une autre issue à votre histoire que celle que vous avez choisi de lui donner un peu rapidement il y a quinze jours.

A l'évidence, Alyssa avait bien envie que Cassie aille retrouver Joshua. Mais plus parce que cela l'aurait délivrée du sentiment de culpabilité qu'elle éprouvait à leur égard que parce que son frère lui avait fait comprendre que c'était ce qu'il souhaitait !

— Je ne sais pas si c'est une si bonne idée…

— Moi, je pense que c'est une idée épatante, déclara Reid, s'invitant sans façon dans la conversation. Et si je n'avais pas des tas de choses à faire, je te conduirais sur-le-champ à

Billings prendre le prochain vol pour Los Angeles. Mais j'y pense, Ad peut t'y amener. N'est-ce pas Ad ?

— Sans problème.

Cassie secoua la tête violemment.

— Merci, mais non. Franchement. Je…

— Je suis sûre qu'il sera content de vous revoir, ajouta alors Alyssa. Prenez-le de court, étonnez-le ! Je vais vous expliquer comment faire pour rentrer dans la maison sans déclencher le système de sécurité. J'ai fait la belle plus d'une fois et je vous garantis que vous ne risquez rien !

— Vraiment, je ne crois pas que ce soit une bonne idée, répéta Cassie qui s'efforçait de se convaincre que Joshua l'avait quittée parce qu'elle n'appartenait pas au même monde que lui.

— Arrête Cassie ! s'exclama Reid. On se tue à te le dire depuis deux semaines : laisse-lui une deuxième chance. Joshua n'est pas Brandon. Il n'a pas rompu avec toi parce que tu ne levais pas suffisamment haut ton petit doigt en buvant le thé !

Tout le monde était d'accord sur ça dans sa famille… à part Cassie.

— Montre-lui, renchérit Ad, que ce n'est pas une bande de photographes qui va te faire peur… Si tu arrives à le lui prouver, je suis sûr qu'il va te surprendre…

Ou bien la repousser une seconde fois si la vraie raison de leur rupture était bien celle que Cassie suspectait.

Aussi secoua-t-elle de nouveau la tête.

— Non, s'il voulait que ça marche entre nous, il n'aurait pas…

— Franchement, Cassie, s'interposa Alyssa, je ne l'ai jamais vu avec le moral aussi bas. Je crois qu'il n'a jamais tenu à une femme autant qu'à vous…

— Ce n'est pas ce qu'il m'a fait comprendre, insista Cassie.

— Ecoutez, c'est mon frère et je le connais bien ! répliqua Alyssa. Je vous en prie, Cassie, allez le voir et parlez tous les deux ! Je n'ai pas envie de passer le reste de mon existence à m'en vouloir et à penser que c'est ma faute s'il n'est pas heureux !

Question culpabilité, en voilà une qui savait à merveille en rajouter !

Ad s'approcha de la table et prit Cassie par le bras pour l'aider à se lever, à moitié contre son gré.

— Allez, viens, lui enjoignit-il. Ma voiture est garée à deux pas. On passe chez toi prendre quelques vêtements et on part pour Billings dans la foulée.

Alyssa se leva également et ajouta :

— Je vous accompagne jusque chez Cassie, comme ça je pourrai lui expliquer comment rentrer chez Joshua sans déclencher le système de sécurité. Je retournerai ensuite à pied au campus.

— Franchement, déclara une nouvelle fois Cassie avec toute l'énergie dont elle était encore capable, votre idée ne me dit rien qui vaille…

— Tu plaisantes ? C'est une très bonne idée, asséna Ad tout en l'entraînant vers la sortie du restaurant. Qui connaît Joshua mieux qu'Alyssa ? poursuivit-il. Alors, si elle t'incite à aller lui parler, c'est qu'elle a de bonnes raisons de penser que tout n'est pas fini… Donc, tu y vas, un point c'est tout.

Cassie se sentait beaucoup moins certaine que ses frères

et Alyssa de l'issue de cette entrevue et elle s'inquiétait d'être ainsi placée dans une situation qui ne pouvait que rouvrir des blessures déjà bien assez douloureuses.

Mais, qui sait, peut-être avaient-ils raison…

- 16 -

Sans doute était-ce le manque de sommeil ou peut-être le caractère impressionnant de l'environnement où elle se retrouvait projetée, mais tout à coup, en sortant du taxi à l'endroit qu'Alyssa lui avait indiqué, Cassie fut saisie d'appréhension.

Voilà qu'elle était à Los Angeles, dans une banlieue chic où les maisons — plus exactement les propriétés — étaient de véritables forteresses. Et, de toutes, la demeure des Cantrell était la plus imposante…

Un mur de briques, haut de deux mètres, ceignait le domaine qui s'étendait sur l'équivalent de tout un pâté de maisons. Ce n'est que grâce à une légère dénivellation que Cassie avait pu apercevoir, depuis le taxi, la vaste maison qui appartenait à Joshua.

Tandis qu'elle contemplait le mur d'enceinte extérieur, à plus d'une heure du matin, la jeune femme ne put s'empêcher de se sentir toute petite et insignifiante. Une petite provinciale intimidée. Une paysanne, en somme…

Qu'est-ce qu'elle faisait ici, franchement ? Pourquoi s'était-elle lancée dans une telle aventure ? Pourquoi surtout n'avait-elle pas écouté la voix de la raison qui lui intimait la prudence, au lieu de se laisser emporter par l'enthousiasme de son entourage…

Car, bien sûr, ses hésitations avaient fondu comme neige au soleil sous le feu roulant des encouragements d'Alyssa et d'Ad.

Tandis qu'Alyssa l'aidait à faire sa valise et lui expliquait pourquoi elle ne pouvait pas, tout simplement, se présenter aux grilles du domaine et demander à voir Joshua, la jeune fille n'avait cessé d'affirmer à Cassie que Joshua serait ravi de la revoir. Ce qui avait eu pour effet de dissiper quelque peu les doutes de Cassie.

Pendant le trajet, Ad, pour sa part, n'avait pas arrêté de dire que tout le monde adorait Joshua, si simple, tellement différent de Brandon, et qui semblait si bien s'entendre avec elle. Les dernières réticences de la jeune femme s'étaient envolées.

Une fois arrivée à Billings, Cassie avait tout juste eu le temps d'acheter un billet d'avion et d'embarquer, puis elle avait passé le vol à se répéter ce que Ad et Alyssa lui avaient dit. A refuser aussi de considérer la raison pour laquelle elle s'interdisait jusqu'alors de songer à un avenir commun avec Joshua, à savoir leur appartenance à des mondes complètement différents.

Seulement là, au pied de ce mur de briques qui entourait ce domaine somptueux, ces différences étaient on ne peut plus flagrantes.

Impossible de nier le fait qu'elle et Joshua Cantrell appartenaient à des univers qui n'avaient rien à voir l'un avec l'autre ! Nul doute que Joshua en avait parfaitement conscience — comme Brandon en son temps. Simplement, il avait préféré l'épargner en lui masquant la vraie raison de leur rupture et en prétextant qu'il n'avait pas envie de lui imposer les épreuves d'une vie médiatisée.

Cassie se serait giflée d'avoir oublié tout ça et d'avoir laissé son cœur l'emporter sur les arguments de la raison.

— Quelle idiote ! dit-elle à mi-voix.

Mais que pouvait-elle faire maintenant ? Son portable ne passait plus, il était une heure du matin et elle était perdue au beau milieu d'une banlieue qu'elle ne connaissait pas. Quant au taxi, il était déjà reparti et il n'y avait pas la moindre chance qu'un autre ne passe avant des heures.

Elle venait d'échouer sur les rives d'un paradis où elle n'avait rien à faire. Un vrai poisson rouge hors de son bocal.

Un instant, elle envisagea de se présenter au portail où se trouvaient toujours, d'après Alyssa, deux ou trois photographes à l'affût, pour demander qu'on lui commande un taxi. Encore fallait-il réussir à inventer une histoire crédible qui expliquerait sa présence ici et ne divulguerait pas ses liens avec Joshua...

Après les horreurs qu'elle avait entendu débiter sur les photographes, Cassie n'avait guère envie de les affronter. D'autant qu'Alyssa l'avait mise en garde : si jamais ces journalistes venaient à apprendre l'existence de Cassie et son aventure avec Joshua, de ce jour, ils ne cesseraient de la harceler. Pas question, dans ces conditions, de se jeter dans la gueule du loup. Qui sait d'ailleurs ce qu'ils pourraient raconter sur son compte, simplement parce qu'elle se trouvait devant chez lui, en pleine nuit, une valise à la main...

Elle n'avait guère le choix, en somme. Il ne lui restait plus qu'à suivre les instructions d'Alyssa et entrer dans la maison sans se faire remarquer.

Ensuite, bien sûr, il faudrait affronter les questions embarrassantes de Joshua. Et, elle aurait envie de disparaître sous terre… Parce que, c'était évident, il la repousserait et lui confirmerait qu'il avait juste essayé de rompre élégamment en jouant de prétextes mais que non, vraiment, il n'avait pas envie de la revoir.

Et qu'est-ce qu'elle ferait à ce moment-là ?

— Mais quelle idiote, quelle idiote finie ! se dit-elle, tout en se demandant si les insomnies qui l'assaillaient depuis bientôt quinze jours pouvaient expliquer à elles seules une telle crédulité. Comment avait-elle pu se laisser persuader par ses frères et une gamine de dix-huit ans d'aller parler à Joshua, le tout quasiment contre son gré ?

Mais, voilà, elle était ici. Littéralement, au pied du mur…

Cassie inspira profondément puis compta, suivant les indications d'Alyssa, les poteaux en briques qui séparaient les deux angles que formait le mur à cet endroit-là.

Elle se dirigea alors vers le sixième poteau à partir de l'angle gauche. C'était le seul endroit qui échappait à la surveillance des caméras vidéo et d'où l'on pouvait escalader le mur de clôture sans se faire remarquer.

Lorsqu'elle parvint au sixième poteau, la jeune femme se glissa entre deux buissons parfaitement taillés et découvrit qu'il y avait bien, à mi-hauteur, une brique manquante dans le mur.

Le problème dans tout ça, c'était la valise. Cassie n'avait pas envie de la laisser derrière elle car cela pourrait donner l'alerte. Elle repassa donc de l'autre côté des buissons, la balança à bout de bras pour prendre de l'élan puis la lança de toutes ses forces.

Manqué !

De peu…

Sans se laisser démonter, Cassie récupéra la valise, retombée derrière les buissons après avoir percuté le haut du mur, et renouvela la manœuvre. Avec succès cette fois.

Soulagée, elle s'engouffra derrière les buissons et commença à escalader le mur.

Heureusement qu'elle portait un simple jean et un haut boutonné sur le devant qui ne l'entravait pas.

En effet, l'ascension ne s'annonçait pas comme une partie de plaisir ! Il lui fallait tout d'abord introduire son pied dans le logement de la brique descellée — lequel se trouvait à la hauteur de la hanche de Cassie —, puis, une fois le pied dans l'encoche, se hisser jusqu'au faîte du mur. Cassie s'accrocha ensuite à la grosse boule de pierre qui couronnait le poteau afin de pouvoir passer l'une de ses jambes par-dessus le mur.

Elle venait à peine de rétablir son équilibre qu'elle fut aveuglée par un flot de lumière blanche.

— Ne bougez plus ! hurla une voix en dessous d'elle, à l'intérieur de la propriété.

Au même moment, les paparazzis arrivèrent en courant et commencèrent à mitrailler Cassie à califourchon sur le mur.

— Il n'y a pas de problème. Je connais cette jeune femme. Ce n'est pas une de ces désaxées qui me harcèlent… Merci de votre aide, mais je vais m'en occuper moi-même.

Tandis que Joshua raccompagnait les agents de la sécurité à la porte, Cassie s'était assise sur la dernière marche de l'immense escalier de marbre qui se déployait au centre de l'entrée. Là, elle avait posé sa tête sur ses genoux.

Un autre signe, songea Cassie, que cette entreprise décidée sur un coup de tête était vouée à l'échec. La dernière fois qu'ils s'étaient vus, ne s'était-elle pas aussi recroquevillée de la sorte ?

Elle entendit les gardes de la sécurité répéter à Joshua sur le pas de la porte qu'il pouvait à tout moment les appeler s'il changeait d'avis.

Lorsque la porte se referma, Cassie se demanda si elle n'aurait pas préféré, au fond, être emmenée au poste comme une criminelle plutôt que de rester seule avec Joshua.

— Eh bien, quelle surprise ! déclara Joshua après un moment de silence.

Cassie ne discerna dans le ton de Joshua aucune colère. Une pointe de perplexité, peut-être. De l'étonnement.

Mais pas de colère.

Cassie s'arma malgré tout de courage pour lever les yeux vers lui.

Il s'était immobilisé à l'autre bout de cette entrée immense et s'était adossé à la double porte qu'il venait de refermer. Il était pieds nus et ne portait qu'un jean qu'il avait dû enfiler en catastrophe lorsqu'il avait été tiré du lit. Ses cheveux avaient légèrement poussé depuis leur dernière rencontre, ainsi que sa barbe qui lui donnait un air viril ainsi qu'un côté mauvais garçon très sexy.

Cassie manqua suffoquer.

Pourquoi était-il si beau ? Pourquoi n'avait-elle envie que d'une chose : se jeter dans ses bras ?

Alors qu'elle savait pertinemment que ça n'allait pas marcher entre eux…

— Je ne sais comment te dire à quel point je suis confuse. Et désolée…, déclara-t-elle sur un ton tellement désespéré qu'on ne pouvait douter de la sincérité de ses propos. C'était de la folie furieuse et j'ai su à la seconde où le taxi s'est éloigné que je n'aurais jamais dû venir. Mais mon portable ne passait pas et il n'y avait rien d'autre à faire que d'essayer de franchir le mur à l'endroit que m'avait indiqué ta sœur. Elle m'avait affirmé qu'il y avait une faille du système de sécurité et que je pourrais passer sans être repérée. Visiblement, ce n'est pas le cas…

— Un des gardes a entendu quelque chose frapper le mur.

Cette valise de malheur…

— Je suis vraiment désolée, répéta Cassie qui s'interdit tout bavardage inutile. Je vais appeler un taxi et partir.

— Sans même me dire ce que tu venais faire ici ?

— Tu vas me prendre pour une idiote, mais tant pis. Je me suis bêtement laissé persuader par ta sœur et par ma famille de venir te voir alors que, quand j'ai tout mon bon sens, je sais bien à quoi m'en tenir. C'est juste que je n'ai guère dormi ces derniers temps… Enfin, bref, je n'avais pas trop les idées claires. Mais quand j'ai vu où tu habitais, j'ai compris. Je rentre donc illico à Northbridge.

— Qu'est-ce que tu as compris ?

— Que nous n'avons rien à faire ensemble, toi et moi. Que lorsque tu m'as dit que tu ne voulais pas aller plus loin avec moi à cause de ce qui s'était passé avec Jennie, c'était un prétexte pour rompre en douceur.

— Je n'ai jamais dit ça, répliqua Joshua. J'ai même affirmé exactement le contraire : que je mourais d'envie de vivre plus de choses avec toi.

— C'était juste pour me faire avaler la pilule. Mais ça n'est pas grave. Vraiment. J'ai vu ta maison…

Cassie jeta un coup d'œil à cette demeure dans laquelle elle ne pouvait imaginer un seul instant habiter.

— … Et, poursuivit-elle, j'ai la preuve sous les yeux que nous ne sommes vraiment pas faits l'un pour l'autre.

— Si on reprenait les choses dans l'ordre… D'abord qu'est-ce que c'est que cette histoire avec ma sœur ?

— J'ai reçu ce matin un coup de fil d'Alyssa qui voulait me voir. Nous avons pris un café en début d'après-midi et elle m'a alors dit qu'elle avait pris des renseignements sur moi et qu'à la réflexion, elle me trouvait très différente de Jennie. Capable surtout de supporter le battage médiatique qui constitue ton lot quotidien… C'est elle qui m'a suggéré de venir te voir et qui m'a expliqué comment franchir le mur pour éviter d'être vue par les photographes… Mais visiblement, il était écrit quelque part que je ne pouvais leur échapper.

— Et comment as-tu vécu cette première rencontre avec les paparazzis ?

— Ça fait un drôle d'effet, c'est sûr ! Et je n'ose pas imaginer à quoi je vais ressembler sur les photos…

— Ce ne sera rien par rapport aux légendes.

— Une dangereuse monte-en-l'air essaye de pénétrer dans la maison de Joshua Cantrell ! énonça Cassie sur le ton de la plaisanterie. Voilà qui va plaire à mes frères. Je suis sûre qu'ils auront encadré les pages à mon retour. Je suis même prête à parier que Ad va les avoir affichées dans son restaurant. Je vais en prendre pour mon grade pendant un bon mois.

Mais c'était bien le cadet de ses soucis à cet instant précis.

— Pour en revenir à Alyssa, reprit-elle, elle m'a dit que tu avais été d'assez mauvaise humeur depuis ton départ de Northbridge, à son avis à cause de notre rupture, et elle se sentait coupable. A cause d'une promesse que tu lui aurais faite…

Cassie s'aventurait prudemment vers des territoires qu'elle avait pourtant décidé d'éviter, et elle sentait son pouls s'accélérer légèrement. Elle s'interrompit un instant avant de poursuivre.

— Evidemment, c'était une version des choses plutôt encourageante et je me suis laissé persuader que c'était la vérité. Alors que je sais pertinemment que c'est le contraire. Et puis mes frères Ad et Reid — qui n'étaient pas loin et avaient tout entendu — s'en sont mêlés. Ils n'ont pas arrêté de dire que tu étais un type formidable et que tu n'avais rien à voir avec Brandon…

Cassie poussa un profond soupir.

— … Et voilà le résultat !

— Et tu as passé quinze jours sans fermer l'œil, c'est cela ?

Décidément, rien ne lui serait épargné…

— Oh, ce n'est pas bien grave, répondit Cassie évasivement.

— Et ce n'est pas grave non plus d'avoir été photographiée en train de franchir le mur d'enceinte de ma maison ni de voir ces photos faire la une de la presse à scandale demain matin ?

Cassie haussa les épaules.

— Franchement, je m'en fiche complètement.

Elle se leva et ajouta.

— La seule chose qui importe pour moi c'est que tu comprennes ce qui m'a amenée ici ce soir. Et partir. Parce que, en ce qui me concerne, cette entrevue est bien plus embarrassante que n'importe quelle photo compromettante. Alors, si tu veux bien, dis-moi où se trouve le téléphone, que j'appelle immédiatement un taxi pour retourner à Northbridge. Chez moi, à ma juste place.

— Peut-être que ta place, c'est ici maintenant ?

Cassie jeta un coup d'œil autour d'elle et éclata de rire.

— Tu plaisantes ! Ta maison est trois fois plus grande que celle de Brandon. Et je n'avais déjà pas ma place parmi eux !

— Toute ta famille est d'accord sur le fait que je n'ai rien à voir avec Brandon, alors pourquoi t'obstines-tu à m'associer à lui ? demanda Joshua doucement.

— D'accord, c'est vrai, tu es différent de Brandon. Il m'a fallu pas mal de temps pour m'en rendre compte mais c'est fait. Au cours des quinze derniers jours, j'ai réfléchi et je n'ai effectivement pas réussi à trouver de similitudes entre vous, si ce n'est d'un point de vue social et financier. Tu ne prends pas de grands airs, tu ne te crois pas supérieur aux autres. Tu t'entends bien avec mes frères et avec tout le monde à Northbridge.

Cassie tourna de nouveau la tête vers l'entrée.

— Mais tout cela, ça n'a rien à voir avec moi. Et puis ces top models, ces actrices que tu fréquentes ? Ne me dis pas que j'ai ma place auprès d'elles.

— Bon, déclara Joshua, au moins, on n'en est plus aux prétextes vaseux pour faire passer la pilule.

Il se redressa et traversa le vaste hall.

Un instant, Cassie crut qu'il allait l'emmener téléphoner.

Au lieu de cela, il s'arrêta net devant elle. Tout près d'elle.

— En tout cas, si Alyssa t'a juste dit que j'étais de mauvaise humeur, elle t'a menti. Parce que la vérité, c'est que j'ai été déprimé au dernier degré et malheureux à en crever. Et moi non plus, je n'ai pas fermé l'œil pendant quinze jours.

Cassie releva la tête, incrédule, refusant encore de croire que les choses puissent prendre un tel tour.

— Parce que, poursuivit Joshua, ce que j'ai compris pendant ces deux dernières semaines, ce n'est pas seulement que j'avais envie de toi. Mais que j'étais fou amoureux. Que je t'aime. Et je m'en voulais à mort d'avoir tout gâché. J'en voulais même à Alyssa de m'avoir fait craindre de recommencer avec toi le même désastre qu'avec Jennie et de m'avoir ainsi amené à faire une croix sur ce que je désirais le plus au monde. Pour être tout à fait franc, je t'en ai même voulu — mais j'en voulais à l'univers tout entier — parce que tu n'avais pas l'habitude de vivre sous la lumière des projecteurs… Ceci dit, tu t'es très bien débrouillée, ce soir. Je donne ma main à couper que la photo qui sera publiée sera celle où tu fais coucou aux photographes du haut du mur tandis que les gardes cherchent à t'en faire descendre !

Cassie rit puis se ravisa.

— Ce n'était peut-être pas la meilleure chose à faire…

— Ne t'inquiète pas ! Ils vont adorer ça. Moi, en tout cas, j'ai trouvé ta réaction excellente. Comme je trouve parfait qu'au lieu de te faire du souci sur ce qu'on pourra bien raconter demain matin, tu t'en moques comme de l'an quarante. J'adore que tu puisses en plaisanter et que tu te moques du qu'en-dira-t-on. Bref, que tu puisses tenir tout cela à distance. Je me suis sans doute aussi trompé sur la capacité de ta famille à gérer la publicité qui sera faite autour de toi. Ou même, éventuellement autour de Ben et son adolescence difficile.

Joshua posa ses mains sur les épaules de Cassie.

— Toi et ta famille, vous n'êtes peut-être pas aussi fragiles que Jennie, après tout…

Cette réflexion lui valut un petit rire amusé de Cassie.

— Fragile, moi ? Heureusement que mes frères ne t'entendent pas, eux qui ont tout fait pour m'endurcir, pour que je ne sois pas une « fille ».

Joshua sourit.

— Dieu merci, ils ne t'ont pas ôté toute féminité !

— Sérieusement, tu es rassuré maintenant, j'espère ?

— Un petit peu… Le coup de fil d'Alyssa hier soir a aussi levé pas mal d'inquiétudes. Je ne pense pas qu'elle se fera trop de mauvais sang si nous décidons de renouer tous les deux…

Joshua resserra légèrement ses mains sur les épaules de Cassie.

— Après tout, peut-être y a-t-il moins d'obstacles entre nous que je me l'imaginais, murmura-t-il. Et si c'est le cas, alors laisse-moi te dire que tu as tort de penser que nous ne sommes pas faits l'un pour l'autre. A mon avis, c'est tout le contraire. D'abord, si cela avait été le cas, il aurait fallu bien plus qu'une semaine portes ouvertes pour provoquer autant de choses entre nous.

— Est-ce que je dois comprendre que ce n'était pas une mauvaise chose que je vienne, après tout ? demanda Cassie qui essayait désespérément d'en avoir confirmation.

— C'était la meilleure des choses que tu aies pu faire. D'autant que cela m'a donné l'occasion de voir de mes propres yeux comment tu te comportais face à la presse et comment tu réagissais ensuite à cette confrontation — et à mon avis tu as vraiment la bonne attitude par rapport à tout cela.

Joshua s'interrompit puis ajouta d'une voix altérée.

— Et surtout, c'est une idée géniale si tu éprouves la même chose que moi.

Cassie sourit, consciente de faire apparaître les fossettes qu'il aimait tant.

— Tu veux dire, si je suis amoureuse de toi ?

— Oui, c'est à peu près ça…

— Alors je crois que c'était décidément une bonne chose que je sois venue.

— Parce que tu es amoureuse de moi ?

— Oui, tellement amoureuse que c'en est presque insupportable…

Joshua lui sourit à son tour puis il l'attira à lui, l'embrassant avec une impatience et une avidité qui trouvaient sans doute leur source dans un désespoir similaire à celui que Cassie avait éprouvé, au cours des quinze jours précédents, lorsqu'elle avait cru que tout était fini entre eux.

C'était terriblement bon et Cassie l'embrassa elle aussi avec fougue. Elle glissa ses bras sur ses hanches, posa ses mains sur son dos et l'enlaça étroitement, toute au bonheur de sentir contre elle ce corps puissant qu'elle avait pensé ne plus jamais pouvoir étreindre.

A cet instant, elle se sentit embrasée par un désir enfiévré. Un brasier impossible à éteindre ou même à contenir.

Incapable lui aussi d'attendre, Joshua s'était mis à déboutonner le petit haut en maille de Cassie au beau milieu de l'entrée somptueuse de la vaste demeure. Puis il dégagea délicatement les épaules de la jeune femme et laissa le vêtement tomber sur le sol. Joshua s'écarta et la regarda. L'intensité de son regard était telle que Cassie en oublia complètement le lieu où ils se trouvaient. Pour ne plus penser qu'à Joshua et à son désir pour lui.

Elle se déchaussa rapidement et ils entreprirent de se déshabiller l'un l'autre. A peine leurs jeans étaient-ils tombés sur le sol que les sous-vêtements en dentelle de Cassie les y rejoignaient.

Après s'être débarrassés mutuellement de leurs vêtements, Joshua souleva Cassie consentante, la déposa sur la console près de l'escalier et laissa sa bouche et ses mains reprendre possession de chaque centimètre carré de ce corps si fin et si doux.

De ces seins palpitants qui appelaient les caresses.

De ces mamelons qui s'étaient durcis jusqu'à arracher des larmes à Cassie, tant elle était impatiente que Joshua y pose sa bouche.

Joshua attira ce corps contre le sien, et Cassie enroula ses jambes autour des hanches de son compagnon pour mieux l'accueillir.

Elle caressa tour à tour ses cheveux, sa nuque, ses bras musclés et son torse viril, puis très vite, elle ne put que s'accrocher à lui comme à un cheval emballé, car ils étaient emportés tous les deux vers les sommets de la jouissance.

Ce n'est qu'une fois le foudroiement passé, tandis que Joshua la tenait toujours serrée contre lui et qu'elle avait blotti sa tête dans l'épaule de son partenaire que Cassie s'inquiéta de savoir si quelqu'un avait pu les surprendre.

— Est-ce qu'il y a quelqu'un dans la maison ? Est-ce qu'on peut nous avoir vus de l'extérieur ? demanda-t-elle, alarmée.

Joshua, hors d'haleine, éclata de rire.

— Là, pour le coup, on serait mal ! Mais non, ne t'inquiète pas ! Je suis absolument seul dans cette maison et tout a été conçu ici pour que personne ne puisse rien voir de l'extérieur.

Cassie tourna sa tête pour capter le regard de Joshua et s'assurer qu'il lui disait bien la vérité. Ce qui semblait être le cas.

— N'empêche… Je crois qu'il vaudrait mieux éviter de recommencer, à l'avenir, déclara Cassie qui reposa sa tête dans le creux de l'épaule de Joshua et lui déposa un baiser dans le cou.

— Tu as sans doute raison. Mais ma chambre est au troisième étage et même en prenant l'ascenseur, j'étais trop impatient pour attendre aussi longtemps.

— Parce que tu as un ascenseur ?

— Deux, si tu veux tout savoir. Mais je ne l'utilise jamais.

— Je n'ai pas fini d'en entendre parler, si jamais je raconte ça à mes frères…

— De quoi veux-tu leur parler ? Des ascenseurs ou bien du reste…, lui demanda-t-il, en se cambrant légèrement contre elle.

— Je ne crois pas que je vais leur parler de ça, murmura-t-elle.

— Que dirais-tu de ne rien dire non plus concernant les ascenseurs et de les laisser découvrir tout eux-mêmes. Quand ils viendront nous voir.

— Nous voir ? répéta Cassie.

— Pendant les mois où nous vivrons à Los Angeles, ils viendront bien nous rendre visite de temps en temps, quand même ?

— Parce qu'il y aura un « nous » ?

— Oui, si tu veux bien devenir ma femme. Mais je te préviens, dans le cas contraire, tes frères n'ont qu'à bien se tenir. Il leur faudra donner l'assaut pour venir te récupérer au fond de mes oubliettes secrètes. J'ai passé quinze jours à me torturer à cause de cela, alors maintenant que tu es là, ne compte pas sur moi pour te laisser partir.

Cassie rit et ondula contre lui une nouvelle fois.

— Qu'est-ce que tu dirais d'aller visiter ces oubliettes ? demanda-t-elle d'une voix malicieuse.

— Si on commençait par faire un tour dans ma chambre ? Où, soit dit en passant, je venais juste de boucler mes valises. J'avais décidé de partir pour Northbridge demain matin à l'aube pour venir te parler, voir si Alyssa avait raison et si tu étais assez forte pour faire face aux difficultés d'une vie publique, bref pour essayer de réparer tout ce gâchis…

Cette révélation plut suffisamment à Cassie pour qu'elle accepte avec le sourire qu'il se détache d'elle.

— C'est vrai ? Tu voulais venir me voir à Northbridge ? Dire que si j'avais attendu un jour de plus, tu serais venu me supplier à genoux… Et tu ne me l'avoues que maintenant ? ajouta-t-elle en simulant une colère qu'elle n'arrivait pas à éprouver.

Pour toute réponse, Joshua lui adressa un sourire radieux avant de river ses yeux gris à ceux de Cassie.

— Mais je ne te montrerai ma chambre que si tu réponds à ma question : veux-tu, oui ou non, m'épouser ?

Bien sûr, Cassie aurait pu se faire plus prier mais elle n'en avait nulle envie.

— Oui, répondit-elle simplement, comme si cette question ne méritait pas davantage réflexion.

Parce que c'était une évidence.

Et Cassie sut, lorsque Joshua posa ses lèvres sur les siennes comme pour sceller ce pacte entre eux et qu'il la souleva dans ses bras et l'emporta jusqu'à la chambre, que sa place était désormais auprès de lui.

Qu'il soit à Northbridge, à Los Angeles ou à l'autre bout du monde.

TERESA HILL

Les amants
de Magnolia Falls

éditions Harlequin

Titre original : HER SISTER'S FIANCÉ

Traduction française de PASCALE GIGER

- 1 -

La petite ville célébrait la fête du Travail.

Debout sous un magnolia géant, Joe Reed essayait de prendre l'air du bon garçon qu'il avait toujours été. Un hot-dog à la main, il faisait de son mieux pour ignorer le groupe de vieilles dames qui, assises non loin de là autour des tables de pique-nique, le toisaient comme un répugnant cloporte.

Alors qu'il les observait discrètement, l'une d'entre elles attira soudain son attention.

N'était-ce pas Marge, une des amies de sa grand-mère ?

Un soupir lui échappa ; sa présence ici ne risquait plus de passer inaperçue, sans oublier le fait que le récit de sa déchéance avait très certainement fait le tour de la maison de retraite où vivait à présent sa grand-mère.

Certes, cette dernière était dure d'oreille et vivait dans un univers parallèle qui entretenait avec le présent des contacts épisodiques ; elle redevenait souvent une petite fille à la recherche de son caniche, CoCo, mort depuis soixante-quinze ans. Mais Joe était certain qu'elle avait déjà eu droit à toute cette répugnante histoire, et il ne lui restait plus qu'à espérer que sa grand-mère n'avait pas compris ce qu'on lui avait raconté, ou qu'elle l'avait oublié aussitôt. Deux éventualités des plus probables.

Mais il aurait tout de même mieux valu qu'elle ignorât tout.

En effet, il s'agissait bien de Marge et… Oh… elle se dirigeait vers lui… Pour lui faire part de sa façon de penser, sans aucun doute, car les habitants de cette charmante ville avaient une façon toute particulière de respecter la vie privée d'autrui. Il se détourna, dans l'espoir de devenir invisible… et fut brutalement saisi sous les bras, puis traîné dans la forêt.

Non par des inconnus, hélas.

Il aurait préféré cela de beaucoup. Même s'il avait dû se retrouver avec un pistolet sur la tempe. Non que l'on se fît souvent braquer, à Magnolia Falls, Géorgie.

Mais il aurait préféré.

— Eh, les gars…, tenta-t-il de protester.

Quel que soit l'endroit où ils se dirigeaient, il aimait autant s'y rendre par lui-même. Mais ses ravisseurs ne l'entendaient pas de cette oreille, et comme l'un d'eux était armé, il ne les contraria pas.

Ils le libérèrent huit cents mètres plus loin, le laissant s'affaler le dos contre un tronc. Reculant de quelques pas, ils le fixèrent d'un regard féroce.

L'un des deux hommes était flic.

Joe était sorti avec sa sœur, autrefois.

L'autre était pasteur.

Et aujourd'hui marié à Kate, cette même sœur que Joe avait fréquentée. De l'avis général, c'était un mariage heureux, alors Joe trouvait que Ben aurait dû se réjouir que Kate et lui se fussent séparés. Sinon il n'y aurait pas eu de mariage heureux.

Le problème était la manière dont Joe et Kate avaient rompu…

Et c'est ici que la sœur de Kate entrait en scène.

En fait la deuxième sœur, Kathie, car il y avait aussi une troisième sœur, Kim, la petite dernière de la famille, mais celle-là, Joe ne l'avait jamais touchée.

C'était celle du milieu, Kathie, qui avait causé sa perte. Six mois après le scandale, l'attitude hostile que les habitants de la petite ville observaient encore à son égard le lui rappelait, si besoin était.

— On a un problème, dit le frère policier.

Il s'appelait Jax, et son regard n'avait rien d'amical.

— Je ne sais pas de quoi il s'agit, mais ce n'est pas moi, je n'ai rien fait, assura Joe qui se sentait revenu à la maternelle, quand on l'avait grondé pour avoir tiré les cheveux de Celia Rawling.

Bien entendu, il n'en avait jamais rien fait. Celia ne l'avait accusé que pour lui attirer des ennuis. La mère de Joe lui avait alors expliqué qu'il s'agissait d'une forme de flirt primitive, mais à l'époque, il n'avait pas compris. Il n'aimait pas avoir des ennuis. C'était un gentil garçon. Bien que plus personne ne le croie aujourd'hui.

— Oh que si, grogna Jax.

Il avait l'air aussi intimidant qu'à l'université, quand il faisait des ravages dans les rangs des arrières en fonçant vers les buts, ou qu'il tombait les *pom-pom girls* l'une après l'autre. Chacune son tour. Cela avait l'air tellement facile pour lui.

Joe s'était fait moins remarquer et avait passé plus de temps à étudier. Il avait été élu chef de classe, était devenu major de sa promotion, champion d'échecs, et s'était montré un adversaire redoutable dans les débats. Certes, rien de tout cela ne lui avait servi auprès des filles, mais cela ne le préoccupait guère à l'époque.

Joe n'était pas un coureur de jupons. Pas du tout le genre à être fiancé à une fille et à embrasser sa sœur en douce.

Il ne comprenait d'ailleurs toujours pas comment cela avait pu arriver.

La seule explication qu'il avait à proposer, c'était un accès de folie temporaire. Il en avait encore le vertige quand il y pensait, ce qu'il évitait autant que possible. Il était directeur de banque. Respectable et respecté. Le plus jeune de tout l'Etat de Géorgie, quand il avait été nommé. Son chemin vers le sommet était tout tracé. On l'appelait Monsieur Collet Monté. Il était la correction personnifiée.

Qu'était-il arrivé à l'homme qu'il avait été ?

— Je t'assure, Jax, que je n'ai rien fait, plaida-t-il une nouvelle fois.

Il n'avait téléphoné à personne, n'avait parlé à personne, n'avait vu personne. Il avait vécu comme un moine pendant ces six derniers mois, travaillant dur et adoptant un profil bas pour ne plus donner à personne l'occasion de jaser sur son compte. Jamais.

Mais les commérages n'avaient pas cessé pour autant. A croire que la vie du reste de la planète avait cessé à l'instant même où il avait embrassé Kathie, déclenchant une terrible réaction en chaîne, au point que tout le monde attendait maintenant qu'il répare ses torts.

Son regard passa de Jax, bouillant de rage, le pistolet au côté, à Ben, plus calme. Un pasteur ne participerait sûrement pas à un passage à tabac au fond d'un bois. Si ? Joe reconnaissait volontiers mériter de se faire casser la figure. Et, franchement, il était surpris que Jax ait attendu si longtemps.

Alors, tout bien réfléchi, quelques coups, ce n'était pas bien méchant. Néanmoins…

Il regarda Ben. S'il pouvait espérer de l'aide, c'était de là qu'elle viendrait.

— Il vaudrait peut-être mieux que tu nous écoutes pendant un moment, commença Ben, l'air parfaitement calme.

Kate avait dit à Joe qu'avec son mari, on ne s'ennuyait jamais. Mais ce n'était sans doute pas à cela qu'elle voulait faire allusion.

— Voilà, reprit-il en souriant légèrement, alors que Jax conservait son air féroce, Kate n'est pas contente.

Joe demeura perplexe. Il n'avait rien fait à Kate, ces six derniers mois ; il avait à peine échangé quelques mots avec elle, ne s'en était pas approché, et si elle n'était pas contente, n'était-ce pas le problème de Ben, son mari, plutôt que le sien ?

— En fait elle serait heureuse, parfaitement heureuse, étant mariée avec moi, s'il n'y avait pas quelque chose qui la contrariait, poursuivit Ben.

— Kim n'est pas contente non plus, intervint Jax. Et, ce qui est plus important pour toi, *je* ne suis pas content. Il pourrait si facilement t'arriver un pépin.

Ben fit un pas en avant pour se placer entre eux.

— Et si ma femme et sa famille ne sont pas contentes, bien entendu, je ne peux pas être content, ajouta-t-il.

Compris. Personne, dans cette famille, n'était content. Qu'y pouvait-il ? Mais ce n'était pas vraiment le moment d'amorcer une discussion sur le sujet. Il se contenta donc de hocher la tête, pour montrer qu'il écoutait.

— On n'est pas contents parce qu'un membre de notre famille est absent, dit Jax.

— D'accord, fit Joe d'une voix hésitante.

Kathie. Bien sûr. Elle avait disparu juste après la cérémonie de mariage de Kate et Ben. Ce n'est qu'après plusieurs semaines qu'ils avaient appris qu'elle enseignait dans un internat chic en Caroline du Nord. Leurs efforts pour la faire revenir à la maison étaient restés vains.

Joe ne pouvait la blâmer. Il aurait bien voulu prendre la fuite lui aussi, mais ce n'était pas son genre. Il avait des obligations. Il avait donc serré les dents, pensant que s'il se comportait pendant quelques années comme le brave Joe responsable, digne de confiance qu'il avait toujours été, ces brefs instants de folie où il avait perdu la tête à en déclencher presque une émeute finiraient par être oubliés.

Mais, apparemment, c'était loin d'être le cas.

Et maintenant, ils étaient tous furieux contre lui parce que Kathie n'était pas là.

— Et puisque tu es responsable de la situation, poursuivit Jax en le fusillant du regard, tu vas réparer ce gâchis.

Joe déglutit péniblement, se préparant à recevoir un direct au menton, se demandant s'il allait devoir se nourrir avec une paille pendant les six prochaines semaines, la mâchoire soudée.

Il se contracta. Mais aucun coup ne vint.

— On veut que tu ramènes notre sœur à la maison, laissa tomber Jax.

— Moi ? fit Joe. Mais… elle me déteste.

— Ça, c'est ton problème, rétorqua Jax.

— Ce qu'il veut dire, tempéra Ben, c'est que nous sommes sûrs que tu trouveras une solution à ce problème.

On aurait dit qu'il lui conseillait de prendre la file de gauche plutôt que celle de droite pour se sortir d'un embouteillage.

Sauf que les femmes n'étaient pas des embouteillages.

— Elle ne voudra même pas me parler, plaida-t-il. Ni même me voir.

Comment pourrait-il la convaincre de rentrer, si elle n'acceptait pas de le voir ?

— On te laissera régler ce problème aussi, fit Jax en lui tapant sur l'épaule, comme s'ils étaient copains.

— Mais… je…

Sans ménagement, Jax plaqua une feuille contre la poitrine de Joe.

— Tiens, c'est son adresse. Ne prends pas la peine d'appeler. Comme tu l'as dit, elle n'accepterait pas de te parler. Il faut que tu t'y pointes. On t'a indiqué comment y arriver. C'est à quatre heures de route. Demain, c'est le jour de la remise des diplômes dans le bahut pour friqués où elle bosse. Une fois les cours terminés, elle sera libre de faire ce qu'elle veut. Alors maintenant, tu vas rentrer chez toi, faire ton petit sac, et démarrer.

— Ce soir ? Tu veux que j'aille la chercher ce soir ?

— Je veux que tu aies quitté la ville dans une heure. Et tu sais que si tu ne le fais pas, je l'apprendrai. Je parie que tu imagines ce qui t'arriverait si on t'attrapait dans les parages après 20 heures.

Oh oui…

Jax et ses potes de la police.

Joe avait été cité à comparaître pour cinq violations du code de la route en l'espace d'une semaine, la semaine après le départ de Kathie. Il ne s'était rendu coupable d'aucune d'elles. Mais il n'avait pas protesté. Pas avant de se trouver devant un juge prêt à lui retirer son permis de conduire. Et là, il n'avait pas eu à plaider longtemps sa cause. Le juge savait parfaitement ce qui se passait, et l'avait laissé partir avec un simple avertissement, en lui conseillant de chercher à réparer le tort qu'il avait pu faire aux pontes de Magnolia Falls.

— As-tu idée de ce que ces contraventions ont fait à mes primes d'assurance ? se plaignit-il à Jax.

— Parce que tu crois que ça m'intéresse ? rétorqua Jax.

— Ce n'est pas parce que je vais le lui demander qu'elle va revenir, le prévint Joe en toute sincérité.

— Eh bien il va falloir que tu réfléchisses un peu, intervint Ben. Heureusement que tu as quatre heures de route. Je suis sûr que d'ici à ce que tu arrives à destination, tu auras trouvé comment la convaincre.

— C'est impossible... Je ne sais pas quoi lui dire. Si je le savais, je le dirais.

Pas parce qu'il voulait qu'elle revienne. Pas vraiment. Quel homme voudrait réintroduire le chaos dans sa vie ?

Mais cette ville était son foyer. Le seul qu'elle avait jamais connu. Son père était mort alors qu'elle n'avait que cinq ans, sa mère l'an dernier, et ses sœurs et son frère étaient toute la famille qui lui restait.

Et la pauvre Kate. Elle avait été comme une deuxième mère pour ses deux jeunes sœurs, prenant ses obligations très à cœur.

Il avait une dette envers Kate.

Et envers Kathie. Il la voyait encore comme une adolescente. Cela faisait tellement longtemps qu'il la connaissait. Mais elle avait vingt-quatre ans à présent, et lui venait de fêter ses trente et un ans. Il était un adulte responsable et intelligent. Et pourtant...

Il avait donc une dette envers les deux sœurs... Il avait été élevé dans l'idée qu'un homme devait faire son possible pour

éviter de commettre des erreurs, et que, s'il en commettait, il
était de son devoir de les réparer.

— D'accord, soupira-t-il, résigné. Je vais y aller.

Il n'avait aucune idée de la façon dont il allait s'acquitter
de sa mission.

L'internat huppé pour garçons dans lequel travaillait Kathie
se trouvait au fin fond de nulle part. Joe roula pendant des
kilomètres dans la forêt en s'imaginant qu'il allait arriver dans
une sorte de colonie de vacances, quand soudain, au détour de
la route, apparut un bâtiment qui ressemblait à une ancienne
et prestigieuse université, bâti en pierres de taille recouvertes
de lierre. La forêt lui faisait comme un écrin de verdure.
Drôle d'endroit pour une école, pensa-t-il. Un panneau placé
à l'entrée du domaine annonçait, avec une sobre élégance,
« Jacobsen Hall ». Le lieu respirait l'argent, les fortunes des
vieilles familles, la tradition désuète.

Joe consulta les indications que Jax lui avait fournies et
trouva l'aile où Kathie devait normalement se trouver.

Un flot continu de garçons et de valises s'écoulait par la
porte, attendus le plus souvent par des chauffeurs qui char-
geaient les bagages dans de somptueuses voitures.

Surprenant.

Kathie avait fait le projet de travailler un jour dans le
quartier populaire d'une grande ville. Jacobsen Hall était à
mille lieues de cela.

Joe esquiva les garçonnets prétentieux et leurs bagages pour
entrer. Dans le hall majestueux il aperçut soudain Kathie, un
bloc-notes à la main, sa chevelure blonde nouée en un chignon

strict, et vêtue d'un uniforme impeccable et sévère. A mille lieues également du style de la Kathie qu'il connaissait.

Il sentit son estomac se serrer à la vue de la petite robe noire ornée d'un col et de revers blancs.

Le temps d'un battement de cœur affolé, il se dit que si sa jupe avait été un tout petit peu plus courte, si elle avait porté un tablier blanc à bord de dentelle, déboutonné quelques-uns des boutons de son corsage et libéré ses cheveux, elle aurait eu l'air… l'air…

Il gémit.

Il n'était pas question de fantasmer.

Jamais plus il ne devait avoir de pensées érotiques au sujet de la petite sœur de son ex-fiancée. Jamais.

Autant se tirer une balle dans la tête sans plus attendre que de commettre deux fois cette erreur.

Il avait besoin d'une femme raisonnable, avec un sens pratique à toute épreuve, et sur laquelle il pouvait compter. Qualités qu'il avait toujours attribuées à Kate, et qu'il avait toujours possédées lui-même. Il allait trouver une telle femme, redevenir le Joe que tout le monde connaissait, et tout rentrerait dans l'ordre.

Il concrétiserait ce plan aussitôt qu'il aurait convaincu Kathie de rentrer à Magnolia Falls, évitant ainsi de se faire casser la figure ou d'être jeté en prison par Jax et Ben.

Ce n'était pas plus compliqué que cela.

Il lui faudrait juste garder ses distances et ne plus fantasmer au sujet de Kathie une fois qu'elle serait de retour en ville.

Ce qui s'annonçait difficile si, à peine avait-il posé les yeux sur elle, son imagination la transformait en soubrette délurée…

Il devait pourtant ramener Kathie à Magnolia Falls. C'était cela ou risquer de perdre toutes ses dents.

Et puis il avait une dette envers elle.

« Sois un homme », s'enjoignit-il sévèrement.

Il se dirigea vers elle d'un pas décidé.

Elle leva les yeux, l'aperçut, et gémit comme un animal apeuré.

Grands dieux ! Avait-il lu de la peur dans ses yeux ? Pensait-elle réellement avoir quelque chose à craindre de lui ?

Elle le regarda, les yeux dilatés, les mains tremblantes, et sembla sur le point de prendre la fuite. Mais elle se redressa bientôt, le menton en l'air, et dans ses jolis yeux noisette, il lut quelque chose qui ressemblait à de la gêne. A moins que ce ne fût du dégoût ?

— Bonjour Kathie, dit-il, en enfouissant les mains dans ses poches.

Il se demanda un instant si elle allait le gifler.

Elle se contenta de le fusiller du regard.

— Qu'est-ce que tu fais là ?

— Je suis venu te voir.

— Comment m'as-tu trouvée ?

— Ton frère.

— Il ne t'aurait jamais dit où j'étais, répliqua-t-elle, incrédule.

Joe sortit de sa veste le plan et les indications de Jax pour les lui montrer.

Elle fit la grimace.

— Je n'ai rien à te dire, affirma-t-elle, les bras croisés, faisant de son mieux pour prendre un air déterminé.

Joe dissimula un sourire.

Kathie ne parviendrait jamais à intimider personne. La

seule chose en elle qui effrayait Joe était la folle attirance qu'il ressentait pour elle. Encore.

Il réfléchit un instant.

Après ce qui s'était passé entre eux, ce n'était pas en faisant usage de son charme qu'il la convaincrait.

— J'ai quelque chose à te dire, commença-t-il d'un ton sec, et tu vas m'écouter.

Il imaginait que ce devait être sur ce ton que Jax s'adressait aux femmes.

Elle le regarda bouche bée, surprise par son attitude, et les larmes lui montèrent aussitôt aux yeux.

Oh non ! Ça commençait bien.

— Excuse-moi, Kathie, je… Ecoute, j'aimerais juste te dire quelques mots… S'il te plaît.

Elle secoua la tête.

— Je ne peux pas. Je ne veux pas te parler. Je ne veux pas te voir. Laisse-moi tranquille !

Elle avait haussé la voix, et tous les regards étaient à présent fixés sur eux. Deux des garçons plantés au milieu du hall se régalaient visiblement du spectacle. Une femme, vêtue avec autant de soin que Kathie, accourut.

— Kathie ! Ça va ?

Kathie hocha la tête, la lèvre inférieure tremblante, les yeux brillant de larmes qu'elle semblait retenir à grand-peine.

De mieux en mieux, pensa Joe.

On allait encore le prendre pour le méchant.

— Je ne lui veux aucun mal ! s'exclama-t-il.

L'amie de Kathie lui jeta un regard où l'incrédulité le disputait au mépris.

— C'est vrai, reconnut Kathie, prenant sa défense.

Joe la regarda, étonné. Sans lui laisser le temps de dire

quoi que ce soit, la jeune femme tendit son bloc-notes à sa collègue.

— Liz, tu veux bien pointer les départs pour moi, s'il te plaît ? Je dois parler à Joe.

Sans attendre de réponse, elle le prit par la main et l'entraîna.

— Joe ? s'écria son amie. C'est Joe ?

Joe tressaillit.

Ainsi sa réputation l'avait précédé à Jacobsen Hall.

Génial.

— Viens, lui ordonna Kathie en ouvrant une porte. Entre.

Il la suivit sans protester dans un bureau vide. Elle referma la porte derrière lui et s'adossa contre le battant, l'air prête à prendre la fuite à la moindre alerte.

— Assieds-toi, fit-elle en désignant un fauteuil devant le bureau.

Ne voulant surtout pas la contrarier, il obéit.

Elle resta où elle était, le souffle court, l'air bouleversée.

— Alors, qu'est-ce que tu veux ?

Bon sang ! Il aurait dû préparer son discours avant d'arriver.

— Kathie, ta famille veut que tu rentres.

Elle se mit à rire.

— Jamais ! Je ne peux pas retourner là-bas.

— Bien sûr que si. C'est là qu'est ta famille. Tu leur manques, ils veulent tous que tu rentres.

— Cela m'étonnerait.

— Ils t'aiment. Ils sont malheureux sans toi.

— Ils étaient malheureux *à cause* de moi. Toi et moi, on les a rendus malheureux.

— C'est du passé. Ils t'ont pardonné.

— C'est impossible, rétorqua-t-elle.

— Je te jure que si. Appelle-les, si tu ne me crois pas.

— Je ne peux pas leur parler, fit-elle comme si c'était une évidence qu'il était idiot de ne pas comprendre.

— Bien sûr que si.

— Joe… Ce que l'on a fait… C'était affreux. Horrible. J'ai tellement honte, que je ne pourrais plus jamais les regarder en face. C'est pour cela que je ne peux pas rentrer.

— J'ai bien compris. Mais cela fait six mois maintenant. Crois-moi, ils ne sont plus fâchés contre toi. D'ailleurs ils ne l'ont jamais vraiment été. Ils sont furieux après moi. Tout le monde m'en veut. Tu n'as pas à t'inquiéter. C'est moi que l'on déteste.

Elle parut horrifiée.

— Oh, mais c'est affreux, dit-elle.

— Eh bien…

Que répondre ?

— Pas vraiment, avoua-t-il.

C'était désagréable, contrariant et frustrant, mais pas vraiment affreux.

— Si, ça l'est. Ce n'est pas juste, insista-t-elle. C'était moi. C'était ma faute.

— Certainement pas !

Il était un adulte responsable de ses actes. Il n'avait rien à lui reprocher.

— Oh mon Dieu ! gémit-elle. Je me sens encore plus coupable maintenant.

Joe soupira. Ce n'était pas vraiment le tour qu'il avait eu l'intention de donner à leur conversation, mais au moins Kathie l'écoutait.

Il réfléchit.

Il connaissait son grand cœur. Sans doute aurait-il plus de chances de la convaincre de rentrer pour aider quelqu'un que pour améliorer sa propre situation.

— D'accord, oui, cela a été plutôt horrible, reconnut-il.

Il observa le visage de la jeune femme du coin de l'œil, et se rendit compte que son stratagème fonctionnait. Faisant taire sa mauvaise conscience, il poursuivit.

— Quand tu t'es enfuie sans explication, tout le monde a pensé que j'avais dû… profiter de toi, ce qui a rendu les choses pires encore.

Comme s'il avait été homme à s'amuser avec les jeunes filles et à profiter de leur innocence.

— Mais ce n'est pas ce qui s'est passé ! s'écria-t-elle.

— Quand tout le monde a su pour nous deux, et que tu es partie si brusquement, ils ont pensé que je t'avais laissée tomber, et que tu ne supportais plus de te trouver dans la même ville que moi.

— Mais tout le monde t'adore à Magnolia Falls.

— C'était autrefois.

Il tâcha de prendre un air accablé. Son plan allait-il fonctionner ?

— Mais ce n'était pas ta faute, Joe ! C'était la mienne ! Tout est ma faute !

Ce n'était pas vrai. Il l'avait embrassée. Plus d'une fois. Alors qu'il était fiancé à sa sœur, Kate, que Kathie aimait, et lui aussi.

Mais s'il la laissait croire que c'était sa faute à elle, elle penserait qu'il était de son devoir d'arranger les choses, et accepterait sans difficulté de rentrer chez elle.

Joe n'était pas fier de lui. De plus, Jax le tuerait s'il savait quels arguments il employait pour la ramener. Mais il était d'accord avec la famille de Kathie sur un point : il fallait qu'elle rentre.

— Ne t'inquiète pas, reprit-il, l'air toujours aussi accablé, les gens vont oublier. J'en suis sûr. Et ce n'est pas comme si les affaires à la banque en souffraient…

— Cela a affecté les affaires de la banque ? demanda-t-elle, roulant des yeux affolés.

— J'ai dit ça ? Non, non, pas vraiment…

— Si, cela a sûrement dû avoir des conséquences.

Il haussa les épaules.

— On s'en sortira, ne t'inquiète pas. Au prochain scandale, tout le monde oubliera combien j'ai été odieux avec Kate et toi.

Kate ! Elle adorait sa sœur. Voilà qui lui donnait une nouvelle idée.

— Et je ne pense pas que les gens ajoutent foi à la stupide rumeur qui prétend que ta sœur t'a ordonné de quitter la ville.

Kathie pâlit brusquement et le fixa, horrifiée.

— Ils croient qu'elle m'a chassée ?

— Non, pas réellement. Mais… Oublie ça.

Mais Kathie avait l'air de plus en plus inquiète.

— Je n'ai jamais pensé qu'ils pourraient vous blâmer, toi et Kate, murmura-t-elle, comme pour elle-même.

— N'y pense plus. On va s'en sortir, je te dis. Cela va seulement prendre un peu de temps. Ça va, je t'assure.

— Non, ça ne va pas. Je dois faire quelque chose.

— Eh bien, si tu veux absolument aider…

— Quoi ? Dis-moi ce que je dois faire.

— Peut-être que si tu rentrais pour l'été et que tu voyais Kate, cela ferait taire les mauvaises langues.

— C'est juste.

Kathie redressa les épaules d'un air à la fois déterminé et triste.

— Et toi… Je ne veux pas qu'ils continuent à penser du mal de toi. Je vais passer du temps avec Kate et avec toi aussi.

Oh non ! Surtout pas. Cela ne faisait pas partie du plan. Cela ne devait surtout pas faire partie du plan.

— Je t'assure que je m'en sors parfaitement tout seul, dit-il vivement.

— Non, je dois arranger cela aussi. Ils croient vraiment que toi et moi, on a… alors que tu étais fiancé à Kate ? Et qu'ensuite tu m'as laissée tomber ?

Joe acquiesça, pensant que ce qu'il faisait était mal et que cela ne pourrait que mal finir. Mais il était trop tard pour faire machine arrière.

— Je sais ce que l'on va faire, reprit-elle d'une voix songeuse. On va sortir ensemble… enfin… on va être vus ensemble, et dans quelques semaines, c'est moi qui vais te laisser tomber. Tu prendras l'air désespéré, tout le monde aura pitié de toi et t'aimera de nouveau.

Oh non…

Jax lui avait ordonné de la ramener à n'importe quel prix, et il avait réussi.

Mais quelque chose lui disait que le prix à payer allait être exorbitant.

Peut-être ferait-il aussi bien de se briser lui-même la mâchoire, histoire de gagner du temps…

- 2 -

Kathie fourra en hâte ses vêtements dans ses deux valises, tandis que son amie guignait par la porte entrouverte pour voir où était Joe.

— Toujours là, fit-elle en souriant. Et il est plutôt mignon, dans le genre tiré à quatre épingles.

Il était irrésistible, pensa Kathie. Toujours parfait. Ses vêtements n'étaient jamais froissés, ses cheveux jamais décoiffés, il avait l'air capable d'affronter n'importe quelle situation sans se démonter. Il était tout ce qu'un homme devait être.

— Je te le dis, poursuivit Liz, un homme ne fait pas tout ce chemin pour ramener une femme avec lui s'il ne tient pas à elle.

— Il ne s'intéresse pas à moi.

— Mais si. Tu n'as pas vu de quelle façon il t'a regardée ? Même dans cet uniforme ridicule avec lequel on nous accoutre. Franchement, si un homme peut regarder une femme ainsi vêtue avec ces yeux-là…

— Il n'est pas intéressé, ne l'a jamais été, et ne le sera jamais, insista Kathie.

— Alors… tout ce qui s'est passé l'année dernière…

— Ce n'était rien.

Kathie fourra deux pulls et des chaussures de randonnée dans sa valise d'un geste rageur.

— Ce n'étaient que quelques baisers et beaucoup de culpabilité, ajouta-t-elle. C'est tout. D'ailleurs, il ne m'a pas embrassée. C'est moi qui l'ai embrassé. Et maintenant, tout le monde lui en veut pour ça. C'est affreux.

— Attends une minute. Il est venu te chercher parce que tout le monde lui en veut ? C'est ce qu'il t'a dit ?

— Il n'en avait pas l'intention, fit Kathie en rassemblant sa collection de C.D. Ça lui a échappé, je l'ai bien vu.

Elle rangea les boucles d'oreilles que sa mère lui avait laissées.

— Alors pourquoi est-il venu te voir ? voulut savoir Liz.

— Parce que c'est un type bien.

— Qui a été surpris dans les bras de la sœur de sa fiancée ? Ils sont comme ça, en Géorgie, les *types bien* ? ironisa Liz.

— Je t'assure qu'il l'est. C'est juste que… je l'ai pratiquement agressé.

Liz éclata de rire.

— Toi ? Tu ne saurais pas comment agresser un homme, même si tu en avais l'intention. D'ailleurs ce n'est pas ton genre.

— Si, quand il s'agit de lui !

Liz écarquilla les yeux.

— Quoi ? Tu le veux toujours ?

— Non ! mentit Kathie, le feu aux joues.

Mais son amie ne la crut pas.

— Si ! Tu m'avais juré que ce n'était rien qu'une passade, que tu étais déboussolée par la mort de ta mère.

— C'était ça. C'était exactement ça.

La première fois qu'elle l'avait embrassé, c'était le jour

du décès de sa mère. Elle avait sangloté éperdument, puis, l'instant d'après, s'était retrouvée dans ses bras.

— Je ne comprends d'ailleurs toujours pas comment cela a pu arriver, ajouta-t-elle.

Et c'était vrai.

— Quel âge avais-tu quand tu l'as connu ? demanda Liz.

— Je venais d'avoir dix-neuf ans, murmura Kathie.

Et elle n'avait jamais été amoureuse auparavant. C'était fou. Toutes les filles de l'école tombaient amoureuses. Kathie avait attendu que cela lui arrive aussi. En vain.

Puis sa sœur aînée était rentrée de l'université avec le garçon qu'elle y avait connu. Kathie avait posé les yeux sur lui et retenu son souffle. Elle ne pouvait plus voir que lui.

Elle avait tenté de se raisonner, s'était dit que cela allait passer. A tort.

Elle avait caché ce secret honteux à tout le monde pendant les cinq ans où sa sœur et Joe avaient été fiancés, et avait adopté envers lui une attitude amicale jusqu'au jour du décès de sa mère.

Un jour de folie.

Puis Joe avait rompu avec sa sœur. Ou le contraire. Kathie ne l'avait jamais su. Elle avait entendu toutes sortes de rumeurs contradictoires circuler en ville.

Au même moment, Kate avait rencontré Ben, et à la stupéfaction générale, était tombée éperdument amoureuse de lui puis l'avait épousé trois mois plus tard. Elle avait découvert la relation de Joe et Kathie juste avant son mariage. Kathie avait été horrifiée. Elle s'était enfuie à peine la cérémonie terminée, et n'était jamais revenue. Elle ne pouvait pas se résoudre à regarder un membre de sa famille en face. Ni Joe.

— Oh chérie, tu es amoureuse, murmura Liz en s'approchant pour la serrer dans ses bras.

— Non. Je dois absolument l'oublier…

— Pourquoi ? Il ne t'a pas oubliée, lui.

— Ce n'est que de la culpabilité. Il aimait ma sœur. Il l'a toujours aimée, et il l'a perdue à cause de moi !

— Non ! Il lui a avoué avoir des sentiments pour une autre femme, m'as-tu dit. Et cette autre femme, c'était toi.

— Des sentiments ? fit Kathie en rangeant cinq livres dans sa valise. Peut-être. Si la culpabilité est un sentiment. Je t'assure que c'est tout ce qu'il ressent pour moi. C'est un homme bien, qui a toujours aimé ma sœur… Et j'ai tout gâché.

— Mais s'il tenait réellement à toi…

— Ce n'est pas le cas. Sinon il me l'aurait dit. Au mariage de Kate, alors que tout le monde nous observait et murmurait à notre propos, il m'a regardée droit dans les yeux et tu sais ce qu'il m'a dit ?

— Quoi ?

— Qu'il était *désolé*. Pas qu'il tenait à moi, mais qu'il regrettait tout ce qui s'était passé, que tout était sa faute. Mais c'était la mienne. Il n'a dit cela que parce que c'est un type bien.

— Et qui tient à toi, insista Liz. Et dont tu es amoureuse.

— Je ne peux pas me le permettre. Lui non plus. Nous ne pouvons pas. Nous avons blessé trop de monde. A présent, je veux essayer de réparer, pas de commettre de nouveau la même erreur.

— Je crois que tu as envie de le revoir.

— Non, je t'assure que non.

Kathie voulait retrouver sa vie d'avant, tranquille, ordonnée. Sans rien dont elle ait à avoir honte, sans raison de fuir.

C'était tout ce qu'elle voulait. Réellement.

— J'ai juste besoin de retrouver ma famille, dit-elle.

— Et que vas-tu leur dire ?

— Je n'en ai aucune idée.

Joe attendit qu'elle ait fini de faire ses bagages, puis porta ses valises jusqu'à sa voiture, une petite VW coccinelle jaune.

— Je te suivrai avec ma voiture, annonça-t-il.

— Jusqu'à Magnolia Falls ?

— Oui, fit-il en ouvrant la portière de sa limousine grise.

— Pourquoi ? Tu ne me fais pas confiance ? Tu crois que je vais disparaître dès le prochain tournant ?

— Eh bien…

Il hésita un instant, debout dans les rayons de soleil filtrés par les frondaisons des arbres.

— Non. Ce n'est pas cela. C'est juste… On va dans la même direction, non ? Alors on peut aussi bien faire le trajet ensemble.

— J'ai vingt-quatre ans, Joe. Je suis capable de trouver mon chemin toute seule.

— Bien sûr. Je sais. Je voulais juste…

— Tu ne me fais pas confiance. Tu me prends pour qui ? Pour une trouillarde incapable de tenir parole ?

— Non ! Pas du tout. Vraiment pas. Non.

Il referma la portière de sa voiture et s'avança vers elle. Elle se raidit imperceptiblement. Il ne fallait pas qu'il s'approche si elle voulait garder les idées claires. Il tenta de s'expliquer.

— Je pense seulement que c'est une situation difficile, et je suis sincèrement désolé pour tout ce qui s'est passé. Je sais combien ta famille tient à te retrouver, alors…

Ta famille ? C'était bien ce qu'elle avait compris. Pas lui.

l n'avait sans doute plus jamais pensé à elle.

nme elle l'aurait souhaité.

enses-tu de tout cela ? Du mariage de Kate ?

demanda-t-elle pour changer de sujet.

— J'espère qu'elle est heureuse.

Kathie l'observa avec attention.

Il avait l'air de penser ce qu'il disait. Etait-ce possible ? Il avait été fou de sa sœur dès le moment où ils s'étaient rencontrés. Il l'avait suivie à Magnolia Falls après l'université, et avait accepté un poste à la banque. Depuis il faisait partie de leur communauté. Il y avait aussi fait venir sa mère et sa grand-mère, qui vivait à présent dans la petite maison de retraite de Magnolia Falls. Pour faire tout cela, il avait dû être sûr de ses sentiments pour Kate, certain de son avenir avec elle.

— Kate semble réellement heureuse avec Ben, ajouta Joe. Je les croise régulièrement en ville. En fait, j'ai rencontré Ben hier, au pique-nique.

Qu'est-ce que cela voulait dire ? se demanda la jeune femme. Qu'il était ami avec Ben à présent ? Qu'il ne souffrait pas de voir Kate mariée à un autre ?

Elle contempla le visage de l'homme dont elle avait rêvé pendant des années et ne put y lire ce qui se passait en lui à cet instant. Il n'avait jamais été homme à révéler ses sentiments, et s'il était au désespoir, elle ne le remarquerait probablement pas.

Etait-ce ce qu'il ressentait en ce moment ? Du désespoir ?

Ou avait-il réellement tourné la page ?

Kathie ne croyait pas cela possible. Cinq ans de vie commune ne disparaissaient pas ainsi en fumée sans laisser de traces. Kate et Joe étaient faits l'un pour l'autre. C'était elle qui avait tout gâché en se jetant dans les bras de Joe, en le troublant au point qu'il s'était senti obligé d'en parler à Kate. Avec les conséquences que l'on sait.

C'était tout ce qu'il y avait eu entre eux, Kathie en était certaine. De la culpabilité, de la confusion et quelques baisers. Pas d'amour.

Et maintenant il voulait lui faire croire qu'il était heureux pour Kate ? Jamais de la vie.

— Es-tu prête à partir ? lui demanda-t-il.

— Oui, mais il n'est pas question que tu me suives jusqu'à la maison comme si j'avais seize ans !

— Mais…

— Non ! Pas de discussion. Vas-y. On se retrouvera là-bas.

Et pourtant, il la suivit !

Elle avait beau accélérer ou ralentir, cet homme exaspérant était sans cesse trois voitures derrière elle sur l'autoroute.

Elle finit par arriver à l'appartement qu'elle partageait avec sa jeune sœur Kim, et dont elle avait continué à payer le loyer.

Elle se gara devant la maison ancienne, à présent divisée en appartements. Joe s'arrêta derrière elle, jaillit de son siège, claqua la portière et s'avança à grandes enjambées.

— Sais-tu que tu faisais du 146 à l'heure à un moment ? s'écria-t-il. Je ne croyais même pas que ces minivoitures pouvaient atteindre cette vitesse.

— Que veux-tu dire, Joe ? Tu me suivais peut-être ?

Elle le regarda d'un air aussi innocent que possible, ce qui n'était pas facile, vu la colère qu'elle éprouvait contre lui.

— Non, mentit-il avec une mauvaise foi déplorable.

— Oh. Alors c'est un hasard si tu t'es trouvé trois voitures derrière la mienne pendant quatre heures ?

— Je… je voulais m'assurer qu'il ne t'arriverait rien en route.

Bien sûr.

Elle allait lui exprimer sa façon de penser, quand elle entendit une sirène retentir derrière elle. C'était son frère. Il arrêta sa voiture de police juste derrière celle de Joe, et une seconde plus tard, serrait sa sœur dans ses bras en la faisant tournoyer dans les airs.

— C'était le moment que tu rentres ! Bon Dieu, comme tu m'as manqué ! Tu nous as manqué à tous. Je suis tellement heureux que tu sois de retour ! s'exclama Jax en lui décochant son plus irrésistible sourire, celui qui, depuis dix ans, faisait fondre toutes les filles de la ville.

Elle le serra à son tour dans ses bras, une fois qu'il l'eut reposée à terre.

— Toi aussi, tu m'as manqué, Jax, murmura-t-elle, plus émue qu'elle ne voulait le montrer.

Puis elle se rendit compte qu'il était arrivé exactement en même temps qu'elle. Ce n'était pas la première fois qu'il arrivait au bon moment ; il s'en était même fait une habitude, pendant toute leur adolescence, à ses sœurs et à elle.

Et puis il y eut quelque chose de bizarre dans son regard lorsqu'il jeta un coup d'œil à Joe, dans son ton quand il lui dit :

— Je prends le relais, Joe.

— Une minute, fit-elle en s'écartant légèrement de lui. Comment as-tu pu savoir quand j'arriverais ?

Jax haussa les épaules, décontracté.

— Un coup de chance.

— Non, je ne le crois pas.

— D'accord, j'ai demandé à des amis de garder l'œil ouvert et de me prévenir. Tu me connais. Je fais toujours attention à toi et à Kim. Même à Kate.

— Et tu t'es dit, ce matin justement, que ce serait *peut-être* le jour où j'allais rentrer ?

— Exactement, fit-il, l'air un peu mal à l'aise à présent.

— Tu as envoyé Joe me chercher !

Elle aurait voulu pouvoir disparaître à l'instant, ne plus jamais avoir à affronter le regard de Joe. Joe qui n'était venu la chercher que forcé, menacé sans doute par Jax. Il n'avait jamais voulu son retour. Comment avait-elle seulement pu l'espérer…

— Et toi, cria-t-elle en se tournant vers Joe, tu as dû l'appeler à la minute où nous sommes arrivés ! Vous faites une belle paire de…

— Kathie, attends une minute, la coupa Jax. Joe et moi, on n'est pas vraiment les meilleurs amis du monde, tu sais. On n'avait pas grand-chose à se dire ces derniers temps.

Elle se tourna vers Joe.

— Dis-moi la vérité, toi. Il t'a envoyé, n'est-ce pas ?

— Je… je me faisais du souci pour toi, risqua Joe, l'air coupable.

Elle se mit à rire, d'un rire tremblant.

— Mais c'est Jax qui t'a envoyé, n'est-ce pas ? insista-t-elle. Comme je ne voulais pas lui parler, ni revenir, il t'a envoyé me chercher.

— Kathie, tout le monde veut te voir à la maison, reprit son frère.

— Comment l'as-tu forcé à le faire, Jax ?

— Kathie…

— Dites-le-moi ! s'écria-t-elle. C'est ma vie, j'ai le droit de savoir !

— Ecoute, je suis désolé, se lança Joe. Je ne l'aurais pas fait si je n'avais pas su combien ils espéraient ton retour. C'est ta famille, Kathie. Vous avez toujours été si proches. Je sais que tu les aimes. Ta place est auprès d'eux.

Puis, sans ajouter un mot, il tourna les talons et s'éloigna.

Kathie le regarda partir, furieuse, les yeux remplis de larmes, le cœur battant.

Il n'avait aucune idée.

Elle ne pouvait pas rester dans la même ville que lui. Lui qui ne l'aimait pas, qui ne pensait même pas à elle. Elle ne le pouvait pas !

Elle reporta son attention sur son frère, qu'elle avait été si heureuse de revoir un instant auparavant. A présent, elle aurait voulu l'étrangler.

— Qu'as-tu fait exactement, Jax ?

Elle avait la gorge serrée et s'en voulait. Tentant de raffermir sa voix, elle reprit.

— Vas-y, avoue. Je te connais. Et tu sais que je finirai par le savoir. Que lui as-tu dit pour le forcer à me ramener ? Que lui as-tu fait ?

— Je l'ai menacé de lui briser la mâchoire en seize morceaux, laissa-t-il tomber comme si menacer les gens était quelque chose qu'il faisait tous les jours.

Ce qui pouvait bien être le cas, pensa soudain Kathie avec horreur. C'était peut-être la raison pour laquelle il aimait telle-ment son métier. Il pouvait donner des ordres à tout le monde, comme il le faisait à la maison quand ils étaient enfants. Voilà ce qui arrivait quand il n'y avait qu'un garçon dans la famille, l'aîné des enfants, qui plus est, et que le père avait été tué d'une balle de revolver dans l'exercice de ses fonctions.

— Je ne peux pas le croire ! hurla-t-elle.

Dressée devant lui, elle sentit brusquement sa colère s'évanouir, remplacée par une immense lassitude.

— Kathie, je…

Jax tendit la main vers elle, mais elle repoussa son bras d'un geste brusque et se dirigea à grands pas vers la maison, le laissant planté là.

— Oh, allez, Kathie ! Ce n'est pas un crime d'avoir envoyé ce rat te chercher ! On voulait juste que tu reviennes, et tu refusais de nous parler ! Kathie ! Attends !

Elle entra en courant dans le bâtiment, monta les escaliers quatre à quatre et se réfugia dans son appartement, ignorant son frère qui cognait contre la porte en criant de plus belle.

Tout le monde voulait qu'elle rentre. Très bien. Elle était de retour. Cela ne l'obligeait pas pour autant à leur parler.

Ni surtout à rester.

— Quoi ? Qu'avez-vous fait ?

Kate fusilla son mari du regard.

— Comment ça, qu'est-ce qu'on a fait ? répliqua Ben d'un air surpris.

Jax ouvrit le réfrigérateur dans la cuisine de sa sœur, saisit un berlingot de jus d'orange et le vida en quelques gorgées.

— On l'a juste ramenée à la maison, dit-il. Je pensais que tu serais contente. Que tu sauterais de joie et qu'on serait tes héros.

— Ça dépend. Comment l'avez-vous ramenée ? demanda Kate en croisant les bras, les sourcils froncés.

Ben allait jouer l'innocent et essayer de la faire rire, elle le savait. C'était sa stratégie quand il l'avait mise en colère, et d'ordinaire cela réussissait, parce qu'elle adorait son mari. Mais avec son frère, c'était une autre histoire.

Une vieille histoire.

Kate et Jax pensaient tous deux savoir ce qui était le mieux pour leurs sœurs, ce qui les avait déjà amenés à s'affronter de nombreuses fois. Kate essayait de dominer sa tendance à vouloir contrôler ses sœurs, mais chez Jax, c'était devenu pire depuis que Kathie s'était enfuie, six mois plus tôt.

— Tu ne peux pas simplement te réjouir ? demanda Jax. Tu sais, sauter en l'air, embrasser ton mari, serrer ton frère dans tes bras ?

— Pas tant que je ne saurai pas exactement ce que vous avez fait. Que lui avez-vous dit ?

— On n'a rien dit, se défendit Ben, jouant l'innocent.

— Ah, d'accord. Aucun de vous deux n'a rien dit, et pourtant, elle est de retour. Ce qui me pousse à reposer la question : qu'avez-vous fait ?

— On n'a rien fait ! s'exclama Jax. C'est Joe.

— Tout à fait, c'est Joe, renchérit Ben.

— Joe ? Joe à qui elle ne parle pas plus qu'à nous ? Il a réussi à la convaincre de rentrer ? Bien. Admettons. Et comment a-t-il fait ?

— Il ne nous l'a pas vraiment dit, hein ? fit Jax en regardant Ben.

— Il ne m'a rien dit, renchérit ce dernier.

— Voilà, il ne nous a rien dit, conclut Jax.

— Bien. Maintenant, je suis vraiment inquiète, dit Kate.

J'ai comme l'impression que votre plan n'a pas fonctionné et que je vais devoir arranger les choses.

Elle fixa son frère, certaine qu'il était le coupable, et attendit sans rien dire.

— Pas du tout, tu n'as rien compris ! s'exclama-t-il. On est juste venus te dire que Kathie était de retour... pour que tu puisses aller la voir. Tu ne veux pas la voir ?

— Bien sûr que si.

— Alors tu pourrais y aller maintenant.

— Non.

— Et pourquoi pas ?

— Par exemple, parce que je suis occupée à cuisiner.

— Je pourrais le faire, proposa aussitôt Ben en saisissant un couteau de cuisine.

— Je vais t'aider, enchaîna Jax en saisissant une boîte de riz et en la secouant. Kate, qu'est-ce que tu veux que je fasse ?

— Je vais me mettre à casser la vaisselle dans cinq secondes, si vous ne me dites pas enfin ce qui se passe !

— D'accord, d'accord, dit son frère en reposant le riz. Kathie est peut-être... un peu *contrariée*.

Kate haussa un sourcil et prit une longue inspiration.

— Parce que ?

— Elle est peut-être aussi un peu *furieuse*, ajouta Ben.

— Contrariée et furieuse. Bien. Vous ne l'avez pas kidnappée, quand même ?

— Non ! se défendirent-ils à l'unisson.

— D'accord. On a peur qu'elle reparte, laissa tomber Jax, l'expression aussi neutre que possible.

— Et pourquoi repartirait-elle aussitôt arrivée ? demanda Kate qui craignait le pire.

— On ne sait pas vraiment, répondit Ben. Peut-être parce

que l'on a envoyé Joe la chercher ? Mais ce n'était pas si terrible, d'envoyer Joe, tu ne crois pas ?

— Cela dépend de *comment* vous l'avez envoyé.

— On l'a peut-être un peu menacé, avoua Ben en ôtant son col de pasteur, ce qu'il faisait toujours quand il avait conscience d'avoir mal agi. Mais je ne l'ai pas menacé, je te le jure. Tu sais que je ne ferais jamais une chose pareille. J'ai juste… Je lui ai juste conseillé de collaborer pendant que ton frère le menaçait.

— Tu l'as menacé ? hurla-t-elle en se tournant vers son frère. Et toi, Ben, tu l'as aidé ?

— J'ai simplement essayé de me comporter comme un membre de la famille, se défendit Ben. Pour te faire plaisir en faisant revenir Kathie, c'est tout.

Kate se retint de crier.

— Laisse-moi deviner, Jax. Tu l'as menacé, s'il ne ramenait pas Kathie, de… ?

— … de lui briser la mâchoire, termina Ben, qui désirait à présent qu'elle comprenne.

— Qui a brisé la mâchoire à qui ? demanda Shannon, l'adolescente de seize ans que Kate et Ben s'apprêtaient à adopter, en entrant.

— Personne n'a brisé la mâchoire de personne, expliqua Ben.

— Ton oncle s'est contenté de *menacer*, ajouta Kate, qui reprit en se retournant vers son frère.

— Et j'imagine que Kathie l'a découvert ?

— Ouais, fit son frère. Et où est le problème ?

— Ahhhh ! hurla Kate. Tout le monde pense que tu connais bien les femmes ! Mais ce n'est absolument pas vrai, Jax ! Tu n'y comprends rien !

*
* *

Kate frappa trois coups. Elle savait que Kathie était là, parce qu'elle avait vu sa voiture. Qui d'autre pouvait conduire une VW coccinelle jaune vif avec deux autocollants sur le pare-chocs arrière dont l'un disait « Visualisez des petits pois dansant » et l'autre « Qu'est-ce que Jésus bombarderait ? » ? Kathie était bien de retour. Elle lui avait tellement manqué.

— Kathie, ouvre s'il te plaît ! lança-t-elle à travers la porte. J'ai le dîner sur le feu. Je rentrerai pour les empoisonner tous les deux, si cela peut te faire plaisir, mais laisse-moi entrer, je t'en prie.

La porte s'ouvrit.

Kathie se tenait devant elle, les yeux rouges et l'air abattu.

— Oh mon chou, murmura Kate en la prenant dans ses bras.

— Ils t'ont dit ce qu'ils ont fait ?

— Oui. Cela n'a pas été facile, mais j'ai fini par leur arracher la vérité.

— Et tu veux bien les punir pour moi ?

— Bien sûr. Ils sont devenus copains, mais ils sont dangereux ensemble. Je crois que Jax attendait depuis des années l'arrivée d'un autre homme dans la famille, pour se sentir soutenu contre nous trois. De plus, ça le rend fou de devoir attendre pour se marier que la mère de Gwen se soit remise de sa hanche cassée.

Kathie hocha la tête.

— Tu m'as manqué, Kate.

— Oh, ma chérie, tu m'as tellement manqué à moi aussi ! Je ne croyais plus à ton retour.

Il y eut de nouvelles embrassades, quelques larmes versées,

269

puis les deux sœurs s'écartèrent doucement l'une de l'autre, se regardant dans les yeux. Il y avait tellement de choses que Kate aurait voulu dire à sa sœur, mais elle ne savait pas par où commencer. Tous les sujets lui semblaient sensibles.

Ce fut finalement Kathie qui se lança.

— Alors… tu vas bien ?

— A merveille.

— Et tu es… heureuse ?

— Oui. Kim se sent à l'aise dans sa première année d'enseignement. Shannon va bien elle aussi, et nous venons de voir le bébé qu'elle a donné en adoption. Sa nouvelle famille l'a appelée Elisa. Ils ont un premier enfant, Emily, et nous avons tous été invités pour son deuxième anniversaire il y a deux semaines. Ben est tout simplement merveilleux, du moins jusqu'à ce que Jax n'arrive et ne l'entraîne à faire des bêtises comme celle qu'il vient de commettre avec Joe et toi. Pauvre Ben. Il tient tellement à s'intégrer à la famille qu'il suivrait n'importe quelle idée de Jax.

— Bon… Bien… Je suis heureuse pour toi, et je veux que tu saches que je suis rentrée pour tout arranger.

— Très bien.

Kate ne voyait pas bien ce dont sa sœur voulait parler, mais elle était prête à acquiescer à presque tout ce qu'elle proposerait.

— Ou du moins tout ce que je peux arranger, précisa Kathie. Je veux dire, je sais que cela a été horrible…

— Kathie, non…

— Si, je le sais, et je me sens tellement coupable…

— Je ne t'en veux pas, je te le promets, protesta Kate.

— … Mais je vais faire tout mon possible pour arranger ce qui peut l'être. Joe m'a dit que les gens prétendent que si je suis restée absente si longtemps, c'était parce que tu ne pouvais pas me pardonner. Il y aurait même une rumeur disant que tu m'as jetée hors de la ville.

— C'est complètement idiot, fit Kate qui commençait à comprendre de quoi il s'agissait.

— Non, c'est affreux. Je ne veux pas que les gens pensent cela de toi.

— Kathie, je me fiche à présent de ce que les gens peuvent bien penser. C'est vrai que cela m'a fait du mal à un moment, mais c'est fini. Je ne m'inquiète plus que de Ben, de ma famille, et peut-être un peu des dames de l'église, parce que je sais combien elles aiment Ben. J'aimerais qu'elles pensent que je suis une bonne épouse pour lui. Mais c'est tout, je t'assure.

— Eh bien moi, je ne veux pas que quiconque pense que tu m'as chassée, insista Kathie. Je me suis dit que si je revenais pendant un moment, et que si les gens nous voyaient ensemble, cela ferait taire les mauvaises langues.

— D'accord.

Cela convenait tout à fait à Kate. Tout ce qui pourrait pousser sa sœur à rester et à vouloir passer du temps avec sa famille lui convenait.

— Et Joe n'a pas voulu tout me dire, reprit Kathie, mais j'imagine que tout le monde le déteste maintenant.

— Eh bien… Je ne sais pas si j'irais jusque-là…

— Tout le monde rejette sur lui la faute de ce qui s'est passé. Il m'a dit qu'ils croient tous qu'il m'a laissée tomber après… tu sais, après que j'ai tout gâché entre vous, et entre nous. Et que j'ai été tellement désespérée que je me suis enfuie.

— C'est possible, je ne sais pas. Sincèrement, j'ai entendu infiniment de rumeurs sur cette histoire. A tel point que j'essaie de les ignorer à présent.

— Ce n'était pas la faute de Joe, insistait Kathie. C'était de la mienne. Entièrement de la mienne.

Mais Kate ne le croyait pas un instant. Après avoir long-temps réfléchi à ce qui s'était passé, elle était parvenue à la conclusion que deux des personnes dont elle était le plus proche avaient développé de réels sentiments l'un pour l'autre, ce qui lui aurait posé un sérieux problème si elle n'avait pas, au même moment trouvé l'amour de sa vie.

Elle aurait aimé pouvoir convaincre Kathie qu'elle ne lui en voulait pas ; ce qui n'était pas gagné. Alors si Kathie voulait rester quelque temps et arranger les choses pour Joe...

— Eh bien, fit Kate sur un ton hésitant, je ne vois pas vraiment ce que tu peux faire pour Joe.

— C'est pour cela que je suis revenue. Pour montrer à tout le monde que tu ne m'as pas chassée, et que Joe ne m'a pas laissée tomber. Que c'est moi qui l'ai quitté.

— Toi ? Tu l'as quitté ?

— Eh bien pas vraiment. Je veux dire, comme on n'a jamais vraiment été ensemble, je ne pouvais pas le quitter. Lui et moi, c'était juste...

Elle rougit, et poursuivit avec un visible effort.

— Je ne sais pas ce que c'était. Stupide, j'imagine. J'étais tout simplement stupide, égoïste, et je n'avais pas les idées claires. Mais j'ai un plan.

Kate acquiesça prudemment d'un hochement de tête. Elle s'était toujours un peu méfiée des plans de Kathie.

— Quel plan ? avança-t-elle.

— Si tu n'as rien contre, je vais faire semblant de sortir avec Joe pendant quelques semaines, puis je vais le laisser tomber. Alors il ne sera plus le méchant de l'histoire, et les gens vont cesser de lui en vouloir.

Elle avait bien fait de se méfier du plan de Kathie... Néanmoins, elle pesa soigneusement le pour et le contre.

Ce programme lui sembla pour le moins farfelu et risquait de ne pas se dérouler exactement comme le souhaitait Kathie. Mais elle voulait *à tout prix* que sa sœur reste.

Décidément, elle ne valait pas mieux que Jax.

— Eh bien... Cela me semble être un bon plan, dit-elle, se sentant à la fois coupable et ravie.

Cela semblait en tout cas être un plan qui obligerait sa sœur à rester à Magnolia Falls, pendant quelques semaines, voire pour toujours si Kate avait son mot à dire sur le sujet.

— Toujours furieuse ? murmura Ben qui arrivait derrière Kate dans la cuisine.

Il la prit dans ses bras.

— Peut-être...

Il l'embrassa sur la joue, puis dans le cou.

— Allez, ce n'était pas si terrible...

— Seulement si elle est amoureuse de lui.

— Kathie, amoureuse de Joe ? répéta Ben, incrédule, en tournant sa femme face à lui.

— Oui.

Elle le laissa l'attirer contre lui et posa sa tête contre son épaule.

— Réfléchis, reprit-elle. Elle était amoureuse de lui, et il l'a laissée partir après notre mariage. Probablement parce qu'il était encore bouleversé par ce qui s'était passé, et qu'il n'arrivait pas à voir clair en lui. Joe n'est pas quelqu'un qui change facilement d'avis. Ni de plan, d'ailleurs. Il lui aura fallu du temps pour prendre conscience de ses propres sentiments. Kathie, elle, a pris la fuite sans attendre, convaincue qu'il ne ressentait rien pour elle, qu'elle n'avait été pour lui qu'une passade.

— D'accord, ce n'est pas impossible, mais…

— Je ne crois pas que pour Kathie il s'agissait d'une passade, poursuivit Kate en coupant la parole à son mari. Je crois qu'elle est profondément amoureuse de lui. Et regarde ce que vous avez fait. Mets-toi à sa place. Son frère et son beau-frère sont allés voir l'homme qu'elle aime, dont elle pense qu'il ne l'aime pas en retour, et l'ont menacé de lui briser la mâchoire s'il ne la ramenait pas en ville.

— Mais… si elle l'aime, n'a-t-elle pas envie de le revoir ?

— Pas si elle pense que c'est sans espoir et qu'il n'est venu la chercher que pour éviter de se faire casser la figure. Parce que alors, pour elle, ce serait l'humiliation complète d'habiter dans la même ville que lui, tout en pensant que ça lui est complètement égal.

— D'accord, maintenant j'ai compris. Les prochains jours s'annoncent orageux, à Magnolia Falls.

- 3 -

Kim, la plus jeune sœur de Kathie, ouvrit la porte et cria de joie en découvrant son aînée en rentrant de l'école. Elle la serra dans ses bras à l'étouffer.

Kathie en fut tellement soulagée qu'elle faillit se remettre à pleurer.

— Je ne peux pas y croire, répétait Kim, au bord des larmes elle aussi. J'ai pensé que tu ne reviendrais plus jamais. Vraiment jamais. Plus le temps passait et plus je me faisais du souci. Je croyais que l'on ne serait plus jamais tous ensemble, et je ne supportais pas cette idée. Je ne la supportais pas !

— Je sais, murmura Kathie, la lèvre inférieure tremblante. Je sais.

Cela avait été terrible pour elle aussi, presque autant que l'idée que toute sa famille la déteste pour ce qu'elle avait fait à Kate. Elle aussi avait cru qu'ils ne formeraient jamais plus une famille unie comme autrefois, qu'elle serait condamnée à toujours vivre loin d'eux, et qu'elle l'avait mérité. Cela avait été horrible.

Elle craignait toujours de mériter ce sort, certes, mais c'était tellement merveilleux d'être de retour à la maison, quelles que soient les circonstances.

— Alors c'est bien fini ? Tu es revenue. Pour rester. N'est-ce pas ?

— Je ne sais pas, avoua Kathie, qui vit alors le visage de Kim se décomposer.

Elle se mordit la lèvre. Elle n'avait pas prévu cette situation. Elle n'avait pas imaginé combien il serait important pour Kim de savoir sa sœur définitivement de retour. Elle qui ne voulait qu'arranger les choses avant de disparaître de nouveau…

— Comment ça, tu ne sais pas ? s'écria Kim. Cette ville, c'est chez toi. C'est ici que tu dois vivre !

— Je sais. C'est juste que… je n'ai jamais vraiment vécu ailleurs, sauf pendant le temps où j'étais à l'université.

Kathie essayait de s'expliquer. Il est vrai qu'elle n'avait jamais été du genre aventureux. Elle avait toujours été la plus calme, la plus sage de la famille. Jax était le charmeur, Kate l'intelligente, Kim la belle. Kathie avait été la souris. Tout ce qu'elle avait toujours désiré, c'était se sentir en sécurité, ici, à Magnolia Falls, au sein de sa merveilleuse famille. Mais elle devait bien trouver quelque chose à dire pour tenter de se justifier. Elle poursuivit.

— Le monde est vaste. Tu le sais, toi qui adores voyager. Il y a peut-être plein d'autres endroits où j'aimerais vivre.

Mais Kim n'avait pas l'air convaincue. Elle paraissait plutôt blessée. Et surtout furieuse. Kathie fit un dernier essai.

— Je dois essayer, tu comprends ?

— Non. Je ne comprends pas. Tu ne nous aimes plus ? On ne te manque pas ?

— Bien sûr que si !

— Alors pourquoi ne peux-tu pas tourner la page, pour que tout redevienne comme avant ?

— C'est mon vœu le plus cher, assura Kathie.

Et c'était vrai. Seulement, elle ne pensait pas qu'il fût réalisable.

— Cela a été affreux quand tu es partie, lui avoua Kim en s'asseyant sur le canapé. Terrible. Maman nous avait quittés, tu nous avais quittés, et je ne cessais de me demander qui allait disparaître ensuite. Pendant des mois, tout le monde répétait que tu allais rentrer bientôt, que tu ne supporterais pas de rester au loin. Pas moi. Je me demandais quelle était la prochaine personne qui allait disparaître de ma vie.

— Oh, Kimmie, je suis tellement désolée !

Un péché supplémentaire à ajouter sur la liste de ceux qu'elle avait déjà commis à l'encontre de sa famille.

Elle prit sa sœur dans ses bras et la serra tendrement contre elle.

Kim n'était qu'un bébé quand leur père était mort. Elle ne gardait aucun souvenir de lui, sinon les photos et récits du reste de la famille. Elle était à l'université quand leur mère était décédée à son tour. Parce qu'elle était si jeune encore, Jax, Kate et elle avaient fait tout leur possible pour qu'elle se sente en sécurité, au sein d'une famille unie et aimante.

Puis Kathie était partie, sans même se demander ce que ressentirait sa sœur. Elle avait pensé qu'elle fuyait pour le bien de sa famille, alors que Kim avait vécu cela comme une disparition supplémentaire dans sa famille qui ne cessait de rétrécir.

Seigneur ! pensa Kathie, la gorge serrée. Elle avait fait encore plus de mal qu'elle ne l'avait pensé.

Kim ne lui parla pratiquement plus de la soirée, se coucha tôt, se leva tôt, et partit travailler. Elle enseignait le dessin à l'école primaire, et l'année scolaire n'était pas encore achevée à Magnolia Falls.

Kathie resta terrée dans leur appartement pendant trois heures entières avant de se forcer à sortir et risquer de rencontrer une personne de sa connaissance.

C'était le printemps, il faisait doux, le soleil brillait, tout était vert et l'air était pur.

Si Kathie avait eu la possibilité de remonter dans le temps, et de recommencer, qu'aurait-elle fait ?

Surtout pas tomber amoureuse de Joe.

Mais elle ne pouvait pas retourner en arrière, alors autant essayer de réparer le mal qui était fait.

Elle avait pris le temps d'arranger ses cheveux et de se maquiller légèrement avant d'enfiler un T-shirt jaune vif sur son jean favori. Elle voulait au moins se sentir bien.

Elle avait l'intention de se rendre en ville pour aller chercher Joe à la banque et déjeuner avec lui, devant tout le monde, au Corner Café.

C'était le moment de mettre son plan à exécution.

Elle devrait donc avoir l'air heureuse de le voir, et lui aussi, ce qui risquait de poser un problème. Elle sortit son téléphone portable de sa poche, et appela la banque, demandant à parler à Joe.

— Qui le demande ? s'enquit poliment la réceptionniste.

Kathie reconnut la voix de Stacy Morganstern, qui était dans la même équipe de *pom-pom girls* qu'elle.

— Stacy ? C'est Kathie.

— Kathie Cassidy ? demanda Stacy d'une voix stupéfaite.

— Oui.

— Tu es de retour en ville ? Je n'en ai pas entendu parler.

— Je suis rentrée hier soir. Comment vas-tu ?

— Bien… bien… et toi ?

— Très bien.

— Où étais-tu passée ? Tout le monde se faisait du souci.

— J'enseignais. Un poste temporaire en Caroline du Nord. Joe m'a ramenée hier soir.

— Joe ? s'exclama Stacy d'une voix étranglée.

— Oui, nous avons fait la route ensemble, et il m'a aidée à déménager.

C'était presque la vérité ; n'avait-il pas porté ses valises ?

— Tu as continué à voir Joe pendant tout ce temps ?

Difficile de répondre sans mentir cette fois.

— Stacy, excuse-moi, je suis plutôt pressée. Je voudrais joindre Joe avant qu'il ne fasse des plans pour déjeuner. Pourrais-tu me le passer ?

— Je… Oh. Bien sûr, un instant.

— Kathie ? avança prudemment la voix de Joe, quelques instants plus tard.

On aurait dit un homme approchant un chien enragé.

Le cœur battant, Kathie se jeta à l'eau.

— Joe, nous devons déjeuner ensemble.

— D'accord, fit-il sur un ton qui restait prudent.

— Si l'on veut suivre le plan dont je t'ai parlé, il faut que l'on nous voie ensemble.

— D'accord. Je viens te chercher dans une demi-heure ?

— Non, on se voit à la banque. C'est toujours bondé à midi. Ensuite, on ira au Corner Café.

Joe grogna.

— Tu veux dire pour déjeuner ?

— Oui.

Toute la ville parlait encore de la dernière fois où il y avait rencontré Kathie. Le ragot le plus juteux de ces derniers mois. Ils s'y étaient croisés par hasard, et Kathie lui avait annoncé que, contrairement à ce que prétendaient les bruits qui couraient, elle n'était pas enceinte, ni de lui ni d'un autre. On l'avait vue chez l'obstétricien, accompagnant Shannon, l'adolescente que Kate avait rencontrée en travaillant comme bénévole pour l'organisation Grands Frères, Grandes Sœurs. Et tout le monde en avait conclu que c'était elle qui était enceinte.

Kathie comprenait très bien que Joe n'ait pas particulièrement envie de retourner dans cet endroit.

— Il faut qu'on le fasse, insista-t-elle. Et essaie d'avoir l'air heureux de me voir, sinon tu ne pourras pas jouer le désespoir quand je te briserai le cœur dans quelques semaines.

Joe se retint de tambouriner des doigts sur la table, une habitude à laquelle il avait renoncé au début de la nouvelle année, parce qu'il n'était pas bon qu'un homme révèle une faiblesse. Ou son stress.

Elle allait venir. Ici. Et il devrait avoir l'air heureux de la voir.

Sa secrétaire, Martha, apparut sur le seuil de son bureau.

— Monsieur Reed ? Que désirez-vous ?

Joe ne l'avait pas entendue arriver. Pourtant, elle ne se déplaçait pas particulièrement discrètement, surtout avec ses multiples bracelets dont le bruit le rendait fou depuis des années, mais lui permettait néanmoins de toujours savoir où elle se trouvait. Jusqu'à aujourd'hui.

— Monsieur Reed, vous allez bien ? demanda-t-elle comme il la regardait sans la voir.

— Je vais bien, pourquoi ? mentit-il.

— Vous m'avez appelée.

Il ouvrit la bouche pour nier, puis baissa les yeux sur ses doigts… qui étaient juste à côté du bouton qu'il utilisait pour l'appeler. Il ne se souvenait pas vraiment de l'avoir touché, mais peut-être était-ce arrivé par inadvertance ?

— Puis-je faire quelque chose pour vous ? insista Martha.

— Non. Je… euh… Je vais partir déjeuner dans quelques minutes.

Il serait sans doute incapable d'avaler une bouchée, mais il irait, et essaierait d'avoir l'air *heureux*, alors qu'il se sentait comme le condamné sur le point de monter sur l'échafaud.

Il se demanda si Jax était au courant du plan de Kathie. Risquait-il de nouveau de se faire entraîner au fond des bois ? Devait-il s'attendre à de nouvelles contraventions injustifiées ? Peut-être ferait-il bien de se rendre au travail à pied pendant les prochains mois. Après tout, il ne s'agissait que de quelques kilomètres, et le temps était clément.

— Aurais-je oublié d'inscrire ce rendez-vous, monsieur Reed ?

— Non. Je l'ai arrangé moi-même, à l'instant.

— Oh. Et avec qui ?

Joe fronça les sourcils. Il désirait repousser le moment de la révélation, profiter encore quelques instants de l'atmosphère de retour à la normale qu'il avait tenté d'instaurer depuis… *le regrettable incident*, comme il avait pris l'habitude de le nommer.

Il s'agissait à vrai dire plutôt d'une série d'incidents. Après tout, il s'était retrouvé plus d'une fois dans les bras de Kathie. La première fois, le jour du décès de sa mère, il lui avait semblé naturel de la prendre dans ses bras ; pas de l'embrasser, mais de la prendre dans ses bras. La deuxième fois, pas de doute, il ne pouvait plus plaider l'insanité temporaire. Lorsqu'il avait pris conscience de la situation dans laquelle ils se trouvaient, cela l'avait plongé dans un état de culpabilité, de confusion, et, s'il devait être honnête avec lui-même… de désir. Un désir irrésistible.

Pour la petite sœur de sa fiancée.

Il méritait de rôtir en enfer pour ce qu'il avait fait.

— Hum hum…

Debout devant lui, sa secrétaire s'éclaircissait la gorge pour attirer son attention, puis fronça les sourcils en le dévisageant.

— Veuillez m'excuser, Martha. Où en étions-nous ?

— Votre rendez-vous pour le déjeuner ? Vous alliez me dire de qui il s'agit, afin que je puisse le conduire à vous quand il arrivera.

Joe tira sur sa cravate. Depuis quand faisait-il aussi chaud dans ce bureau ?

Il commençait à transpirer quand il se rendit compte qu'il se passait quelque chose dans la banque. Ou plutôt, qu'étrangement, il ne se passait plus rien.

L'endroit était soudain devenu silencieux. A travers les parois de verre de son bureau, il vit les gens figés sur place, la bouche ouverte.

Se penchant à droite, puis à gauche, il essaya de voir de chaque côté de Martha qui lui bouchait la vue. Cette dernière se retourna elle aussi pour savoir ce qui se passait.

Kathie…

Bon sang ! Le combat allait commencer.

A en juger d'après les têtes qui se retournaient depuis la porte d'entrée, la jeune femme devait être parvenue jusqu'au milieu du hall.

Joe vit une personne saisir son téléphone portable pour prendre une photo. Aussitôt imitée par d'autres.

Génial.

Toute la ville allait être au courant d'ici moins d'une minute.

Martha poussa un petit cri.

— C'est elle !

Martha lui était toute dévouée. Elle était l'une des rares personnes à ne pas l'avoir blâmé pour ce qui s'était passé. Il constata, amusé, qu'elle s'était placée de façon à faire rempart de son corps entre l'intruse et la porte du bureau, et dut se retenir de rire.

C'était à la fois triste et drôle. Triste que Martha pense qu'il fallait le défendre, et drôle parce qu'elle ne pouvait rien contre le sort que Kathie Cassidy lui avait jeté.

Parce qu'en présence de la jeune femme, il n'était tout simplement plus lui-même. Kathie semblait court-circuiter quelque chose dans son cerveau suprêmement rationnel, et il devenait quelqu'un d'autre, un inconnu qu'il ne parvenait pas à comprendre, et dont les actes lui échappaient avec une rapidité affolante.

Et voilà qu'aujourd'hui, Kathie lui demandait d'avoir l'air follement amoureux. Il étouffa un autre rire. Amoureux ? Avait-il jamais réellement été amoureux ?

Les sentiments qu'il avait éprouvés pour Kate avaient été parfaitement logiques, rationnels. Il avait été si heureux de rencontrer quelqu'un qui lui corresponde si parfaitement, qui possédait les mêmes valeurs, et qui avait la même approche raisonnable de la vie que lui.

Et Kathie. Il n'aurait jamais cru qu'elle ait pu provoquer de tels dégâts dans la vie de quelqu'un.

La plupart du temps, elle était aussi discrète qu'une souris. C'était Kate qui était le caractère fort de la famille ; intelligente, déterminée. Kim était encore une toute jeune femme, d'une réelle beauté. Jax était… Jax ; aussi exubérant et extraverti que Joe était sérieux et calme. Parfois, quand toute la famille Cassidy était réunie, Joe en venait presque à oublier la présence de Kathie.

Il avait su, naturellement, qu'elle avait eu un faible pour lui quand Kate l'avait présenté à sa famille pour la première fois. Mais avant qu'elle l'embrasse, il avait pensé que c'était de l'histoire ancienne, dont elle se souvenait peut-être parfois avec embarras.

Pour lui, elle n'avait pas changé ; elle était toujours la petite Kathie Cassidy, l'adolescente d'il y avait cinq ans.

L'instrument de sa perte.

— Que voulez-vous que je fasse ? lui demanda Martha dans un murmure. Voulez-vous que je la fasse sortir ?

— Non. Elle est ici pour me voir.

— Pas si vous ne voulez pas la voir. Personne n'entrera dans votre bureau sans que vous ne le vouliez, monsieur Reed, je vous le garantis.

Et, comme pour appuyer ses propos, elle se redressa de toute sa hauteur.

— Martha…

— Je l'emmène déjeuner, annonça Kathie d'une voix si sonore qu'elle semblait s'adresser à tout le bâtiment.

Martha en eut le souffle coupé.

Comme probablement le reste de l'assistance, pensa Joe, pétrifié. Mais il ne prit pas la peine de vérifier.

Il avait les yeux rivés sur Kathie.

Pas d'uniforme de servante coquine aujourd'hui.

Juste un jean et un petit top de rien du tout. Et pourtant, elle avait l'air tellement jolie, si jeune, si vive et si…

Quelque chose avait dû lui arriver pendant son absence, se dit Joe.

Elle avait perdu son air d'adolescente.

Elle était devenue une jeune femme. Une femme.

Une jolie femme.

Son cœur se serra. Il courait droit au désastre.

Kathie s'arrêta à quelques centimètres de lui.

Oh…

Il se crispa. Quel jeu allait-elle jouer ?

Elle posa une main sur son torse, l'autre sur son épaule et, se dressant sur la pointe des pieds, l'embrassa sur la joue. Profitant d'être si proche, elle murmura à son oreille :

— Joe, tu as l'air de craindre que je ne sorte un revolver pour dévaliser ta banque.

Il s'efforça de se détendre, posa ses mains sur les épaules de Kathie et effleura à son tour sa joue de ses lèvres. Il l'avait fait des milliers de fois pendant qu'il avait été fiancé à Kate, sans avoir de pensées déplacées. Il pouvait le faire une fois encore.

Sauf qu'ils essayaient de paraître plus qu'amis, et qu'elle s'attarda trop près de lui. Trop longtemps.

Il avait le nez dans ses cheveux, près de son oreille et respirait son odeur, si délicate…

Ce fut peut-être ce léger parfum qui lui monta à la tête. Ou autre chose. En tout cas, son cerveau cessa aussitôt de fonctionner. Il n'était plus capable que de s'enivrer de son odeur, conscient que s'il tournait un peu la tête, il pourrait l'embrasser, la goûter...

Sa main remonta le long de la joue de Kathie et il baissa la tête. Ses lèvres rencontrèrent le coin de sa bouche, qui s'entrouvrit de surprise.

La goûter juste une fois. Après tout ce temps.

Il trouva sa bouche, sa main glissant sur sa nuque pour lui incliner la tête en arrière. Elle se cramponna au revers de sa veste, déséquilibrée, appuyée contre lui de tout son corps.

Leurs lèvres ne firent que se frôler. A peine. Beaucoup trop...

Il la sentit trembler, perçut l'instant où elle se raidit, puis essaya de s'éloigner de lui, pour se protéger sûrement. Il se rendit compte que les sentiments que Kathie avait pour lui étaient toujours aussi intenses.

Abasourdi, il recula d'un pas, gardant un long moment ses mains sur les épaules de Kathie pour l'aider à retrouver son équilibre. Elle le fixait dans les yeux, et il ne sut lire dans son regard si elle était furieuse ou blessée.

Puis l'instant passa. Elle le regarda en souriant, comme s'il ne s'était rien passé d'extraordinaire. Elle avait repris son rôle.

Dans quel guêpier s'était-il fourré ?

— Prête ? demanda-t-il d'une voix qu'il s'efforça de rendre rassurée.

Elle hocha la tête, un large sourire artificiel plaqué sur son visage.

— Martha, annonça Joe, nous en aurons pour environ une heure.

— Martha, enchaîna Kathie. Excusez-moi, je... j'étais

tellement heureuse de voir Joe que j'en ai oublié mes bonnes manières. Comment allez-vous ?

— Bien, fit Martha qui n'en avait pas l'air et qui considérait son patron comme s'il avait soudain perdu l'esprit.

— Pouvons-nous vous ramener quelque chose à manger ? demanda Kate.

— Non, non merci, répondit la secrétaire. J'ai emporté un sandwich.

— Bien, bon appétit alors. J'imagine que nous nous reverrons bientôt, fit Kate.

Eh bien voyons, pensa Joe.

Elle le prit d'autorité par la main, et l'entraîna vers la sortie.

- 4 -

Elle marchait aussi rapidement qu'elle le pouvait sans se mettre à courir. Les lèvres serrées sur un sourire forcé, elle se retenait se crier.

Contre lui.

Contre le monde entier.

Contre sa famille qui l'avait ramenée, qu'elle aimait et pour laquelle elle aurait tant voulu pouvoir rester.

Mais surtout contre lui !

Pourquoi diable fallait-il qu'elle l'aime tant ? N'avait-elle donc rien appris pendant ces années de culpabilité et de souffrance ? Apparemment non.

Il n'avait eu qu'à l'embrasser pour réveiller ses sentiments qu'elle avait espérés enfouis à jamais.

Elle aurait sans doute poursuivi à ce rythme jusqu'au café, si derrière elle, Joe ne l'avait pas saisie par la taille, la soulevant littéralement du sol, pour tourner dans l'allée au coin de la banque.

— Qu'est-ce que tu fais ? cria-t-elle, attirant aussitôt des regards curieux.

Il la poussa doucement contre le mur de la banque, l'air furieux.

— Ce que je fais ? Et toi, qu'est-ce que tu fais ?

— Je me retiens de hurler !

— Kathie, je me permets de te faire remarquer que tu *es* en train de hurler, rétorqua-t-il en haussant lui aussi le ton.

Ramenée brusquement à la réalité, la jeune femme se calma instantanément.

Elle inspira profondément puis s'affala contre le mur. Joe avait posé une main à côté de sa tête et lui faisait face. Il ferma les yeux, son autre main sur la hanche, cherchant à retrouver un semblant de calme.

Pour Kathie, cette proximité était une véritable torture.

— Pourquoi as-tu fait cela tout à l'heure ? demanda-t-elle, la voix tremblante.

— Fait quoi ?

— Tu le sais très bien. Tu m'as embrassée.

— C'est toi qui m'as embrassé la première.

— Pas de cette façon, et tu le sais. Est-ce que tu essaies de me blesser plus encore que je l'ai déjà été ?

— Mon Dieu non ! Je ne ferais jamais une chose pareille ! s'exclama-t-il, horrifié.

— Alors pourquoi ?

— Je… je ne sais pas pourquoi.

Mais elle n'était pas prête à accepter une réponse aussi évasive. Un homme aussi rationnel que lui devait connaître la cause de ses actes.

Puis elle le regarda. Le regarda attentivement.

Quelque chose avait changé en lui. Il n'avait plus du tout l'air raisonnable ou rationnel. Il avait l'air… confus, frustré et furieux.

Elle remarqua que le souffle semblait lui manquer et se souvint qu'à la banque, quand elle avait posé sa main sur son torse, elle avait senti battre son cœur beaucoup trop rapidement.

Elle se rappela la douceur de sa caresse, sa tendresse, la manière dont il avait fixé sa bouche et retenu son souffle, le nez contre sa joue.

Or Joe n'était pas un acteur.

Il ne jouait jamais la comédie. Il était sincère. Sincère à l'extrême.

Alors pourquoi l'avait-il embrassée de cette façon ?

— Je ne sais pas ce qui m'est arrivé, et je te demande pardon, reprit-il. Tu m'as… pris au dépourvu, c'est tout. Je ne sais pas mentir. Même quand j'étais petit, je ne savais pas faire semblant.

— Ça, je veux bien le croire, murmura-t-elle, étrangement émue soudain.

Il lui était impossible d'imaginer Joe enfant. Elle pensait parfois qu'il avait dû naître dans un costume, et portant déjà la cravate. Cette image la fit sourire.

Et pourtant, elle avait peur. Vraiment peur.

Parce que si lui aussi la désirait…

Le cœur de Kathie se mit à battre la chamade, son souffle se fit plus court, la tête lui tournait.

Elle sentit ses jambes flageoler et avait dû commencer à glisser à terre, parce que Joe la saisit soudain sous les bras et appuya son propre corps contre elle afin de la maintenir debout contre le mur.

— Kathie ? Qu'y a-t-il ? Tu ne te sens pas bien ?

— Ce n'est rien.

A contrecœur, elle le repoussa.

— J'ai eu un étourdissement. C'est passé.

— Tu en es sûre ?

Elle hocha la tête.

Il ne l'avait toujours pas lâchée.

Et elle avait terriblement conscience de sa proximité. Trop. Son large torse, ses épaules, ses bras, son menton, sa bouche. Son parfum. Il était musclé sous ce costume dans lequel il semblait être né, et il dégageait une chaleur, une intensité…

Elle ne s'y attendait pas. Il avait toujours ressemblé à Monsieur Tout-le-Monde, juste en mieux. Pour elle il avait toujours été mieux que les autres.

Mais là, elle sentait ses muscles, percevait sa chaleur.

Il sentait la belle étoffe de laine, et les épices. Une odeur propre et qui inspirait la confiance.

Elle se demanda un instant ce qu'elle ferait s'il l'embrassait de nouveau. S'il l'embrassait pour de bon. Que ressentirait-il ? Quelle expression lirait-elle sur son visage, après ? Et elle ? Comment le vivrait-elle ?

Mais elle n'eut pas le courage de tenter l'expérience. Elle laissa son front tomber contre l'épaule de Joe, et s'appuya contre lui, juste quelques secondes, comme si, épuisée, elle avait besoin de son soutien pour tenir debout.

Ce qui n'était pas loin d'être la vérité.

La désirait-il réellement ? Ce n'était plus leur béguin ridicule du début. Ce n'était certainement pas de l'amour. Mais c'était quelque chose. Elle le sentait.

Quelque chose qui, avec le temps, pourrait se transformer en amour ?

Elle tressaillit en pensant aux obstacles qui s'élevaient entre eux, à tous ceux qu'elle avait déjà tant fait souffrir avec cette stupide obsession qu'elle avait de lui. L'idée que lui aussi puisse ressentir quelque chose pour elle la terrifiait et la grisait en même temps.

— As-tu besoin d'un médecin ? demanda-t-il, l'arrachant à ses réflexions.

— Probablement, murmura-t-elle pour elle-même.

Mais il l'entendit et s'inquiéta.

— Une ambulance ?

— Non Joe. Non.

Elle eut un petit rire effrayé.

— J'ai juste besoin d'une minute pour… Donne-moi juste une minute.

Il posa tendrement un bras autour de ses épaules, véritablement inquiet.

Prudemment, lentement, elle s'écarta de lui.

— Pardon. Je vais bien, je t'assure.

Elle leva les yeux sur son visage, et vit qu'il ne la croyait qu'à moitié.

— C'est juste que je n'ai rien mangé hier soir et rien non plus ce matin…

— Kathie ?

— C'était juste un peu trop… fou. Allons déjeuner.

— Veux-tu que je te porte ?

— Non merci, ça ira.

Il lui passa un bras autour de la taille et la serra contre lui.

Et ils se dirigèrent vers le café, suivis par des regards curieux.

Quand ils entrèrent au Corner Café, toutes les têtes se tournèrent vers eux dans un même mouvement, et les bouches s'ouvrirent. Il y eut un long silence, puis quelques murmures fébriles.

Darlène Hodges, la patronne, les reçut en personne, visiblement heureuse de confirmer la réputation de son restaurant comme étant l'endroit où l'on apprenait tout ce qui se passait en ville. Mieux encore, l'endroit où l'on pouvait y assister.

— Eh bien qui voilà ? les salua-t-elle avec un large sourire, les menus à la main. Kathie chérie, il était temps que tu nous reviennes.

Kathie eut un mouvement de recul, mais Joe la maintint fermement à ses côtés.

Parfait.

Parfait pour leur petite mise en scène.

— Vous préférez une table ou un box ? s'enquit Darlène.

— Les deux nous conviennent, répondit Joe.

— Très bien, suivez-moi.

Darlène les plaça exactement au centre de la salle, afin d'offrir à chacun une bonne vue du spectacle.

C'était un minuscule box pour deux, et lorsqu'ils s'assirent, leurs genoux se frôlèrent. Il leur fallut un moment pour trouver comment s'asseoir face à face sans se toucher.

— Et voilà ! fit Darlène. Désolée, c'est un peu serré.

Mais elle semblait plus réjouie que navrée en leur tendant les cartes.

— La spécialité du jour est une salade de poulet sur toast. J'envoie tout de suite quelqu'un prendre votre commande.

Oh c'était terrible, pensa Kathie. Terrible. L'idée qu'elle avait eue en voulant venir ici n'était pas une bonne idée.

— Tu crois que ce serait pire si on prenait la fuite sans rien manger, hein ? suggéra-t-elle à mi-voix.

— Absolument, confirma Joe, lui aussi mal à l'aise.

Kathie déroula maladroitement la serviette qui contenait ses couverts, et sa cuillère tomba bruyamment sur la table.

Toutes les têtes se tournèrent de nouveau dans leur direction.

— Et m…

Elle tendit la main pour immobiliser la cuillère qui continuait à faire du bruit. Joe eut le même réflexe au même moment, et sa main couvrit la sienne. Il ne la retira pas, regardant la jeune femme avec un air d'excuse. Mais dans son regard noisette Kathie lut autre chose aussi, quelque chose d'imperceptible, l'assurance qu'elle pouvait compter sur lui, et qu'ils se sortiraient de cette situation.

Un nouveau sentiment, mélange de reconnaissance et de culpabilité, l'envahit.

Comment pouvait-il se montrer si compréhensif quand tout était sa faute à elle ?

La serveuse arriva à leur table. C'était Bree Hanover, qui était à la maternelle avec elle. Cette dernière rayonnait littéralement et ne cessait de jeter des regards furtifs sur leurs mains restées enlacées.

— Regardez qui est de retour ! s'exclama-t-elle assez fort pour que tout le monde entende, le crayon posé sur son bloc de commandes.

Kathie voulut retirer sa main, mais Joe resserra son étreinte, souriant à Bree, jouant à la perfection le rôle qu'ils avaient décidé de jouer.

Très bien.

La pièce était bel et bien commencée.

Kathie allait donc sourire elle aussi, même si l'effort devait la tuer.

Ils commandèrent rapidement du thé froid et le plat du jour. Bree s'attarda inutilement près de leur table, espérant surprendre quelques mots, juste de quoi alimenter les ragots.

Mais ils se contentèrent de se sourire en se tenant toujours par la main. Dépitée, Bree finit par s'éloigner.

A partir de ce moment, ce fut un défilé ininterrompu de personnes s'arrêtant auprès de leur table pour les saluer. Il y eut des sourires, des mains serrées, et des regards curieux, rien moins que discrets. Mme Brooks, de la bibliothèque, passa même offrir un poste temporaire à Kathie, qui la remercia poliment. L'imagination de la jeune femme lui jouait-elle des tours, ou le café était-il à présent bondé ? Il y avait même à la porte une file de gens attendant une table.

La situation frôlait le surréalisme.

Parfait.

Ils avaient atteint leur but.

D'ici à la tombée de la nuit, toute la ville saurait que Kathie Cassidy était de retour, qu'elle avait déjeuné avec Joe Reed en lui tenant la main, et que, selon toute apparence, ils étaient ensemble.

Darlène repassa à leur table pour leur demander s'ils désiraient un dessert, qu'ils refusèrent, puis elle se tourna vers Kathie.

— Chérie, je sais que ce n'est pas dans tes cordes d'ordinaire, mais si tu cherches du travail en attendant que les cours reprennent, j'ai besoin d'une serveuse. Josie Lawrence a filé il y a trois jours avec un guitariste hippie qu'elle a rencontré sur Internet, et on ne pense pas qu'elle reviendra.

Kathie la regarda un instant sans rien dire. Travailler ici ? Pour que toute la ville puisse l'avoir sous le nez ? Non merci !

— Oh. Je ne pourrais pas. Je te remercie pour ton offre, Darlène, mais vraiment je… il…

Joe vint à son secours.

— Mme Brooks, de la bibliothèque lui a déjà proposé un poste. Annabeth Jacobs part en congé maternité la semaine prochaine, et ils ont besoin de quelqu'un pour la remplacer.

— Exactement ! elle sera absente presque tout l'été, renchérit Kathie.

Elle n'avait pas non plus l'intention de travailler à la bibliothèque. L'endroit était bien trop public pour elle.

— Eh bien si tu changes d'avis, tu sais où nous trouver, conclut Darlène souriante.

Joe régla l'addition, et ils s'extirpèrent de leur box, toujours conscients des regards fixés sur eux. Ils avaient presque atteint la porte quand Charlotte Simms, la directrice de la branche locale de l'association Grands Frères, Grandes Sœurs, les aperçut.

— Kathie Cassidy ! s'exclama-t-elle. J'ai entendu dire que tu étais de retour en ville. C'est Kate qui doit être contente !

Nouveau mouvement général des têtes dans leur direction, tout le monde voulant savoir si Kate était vraiment enchantée du retour de sa petite sœur.

Kathie afficha de nouveau un grand sourire.

— Bonjour Charlotte.

Elle se tourna ensuite vers Joe.

— Tu connais Joe Reed, n'est-ce pas ?

Charlotte ouvrit la bouche et resta sans voix.

— Oh… bien sûr… Joe. Oui. J'ai beaucoup entendu parler de vous, ces derniers temps.

Réalisant qu'elle venait de commettre un impair, Charlotte devint écarlate.

— Je suis heureux de faire enfin votre connaissance, répondit Joe sans se départir de ses bonnes manières.

Gênée, Charlotte lui adressa un bref sourire et se tourna vers Kathie.

— Alors tu es de retour ? Pour de bon ?

— Je… Eh bien… peut-être.

Joe se lança de nouveau à sa rescousse.

— Nous essayons tous de la convaincre de rester définitivement.

Il posa la main dans le creux de son dos, et elle se laissa aller contre lui, reconnaissante pour ce réconfort.

— Est-ce que Kate ne m'a pas dit que tu es devenue enseignante ? marmonna Charlotte en fouillant dans son sac à la recherche d'une carte de visite. Cela tombe bien, parce que l'on aurait besoin de quelqu'un comme toi.

— Oh, je ne cherche pas vraiment du travail. Pas encore du moins, répliqua vivement Kathie.

— Tant mieux, parce que je n'ai pas les moyens de payer ceux qui travaillent pour l'association.

Charlotte la regarda avec un sourire rayonnant avant de reprendre.

— Beaucoup des enfants dont nous nous occupons ont un important retard scolaire. Mais il leur suffit le plus souvent d'un peu d'aide pour se remettre rapidement à niveau. Nous organisons un programme de soutien scolaire pendant l'été, et nous avons besoin d'une enseignante. Tu serais la personne idéale.

— Eh bien, comme je l'ai dit, je ne suis pas vraiment certaine de rester…

— Penses-y, insista Charlotte. Viens me voir et nous en parlerons. Tu adoreras l'association. Tu verras, les enfants sont extraordinaires. Je sais que ta sœur a aimé y faire du bénévolat. Et en plus, elle y a trouvé un mari. Alors, ce n'est pas un endroit merveilleux ?

Charlotte leur souriait encore, quand elle se rendit compte qu'une fois de plus, elle avait probablement commis une maladresse. Mais elle ne se laissa pas désarçonner longtemps et enchaîna.

— Tout est rentré dans l'ordre à présent, n'est-ce pas ? Assez d'eau est passée sous les ponts, comme on dit ?

Kathie et Joe hochèrent la tête en signe d'assentiment, quoique sans grande conviction.

— Parfait. A présent que j'y pense, Joe, j'aurais aussi besoin d'un soutien financier, poursuivit Charlotte, en tendant à Joe une autre carte de visite. Peut-être pourriez-vous venir me voir ? Ou je peux passer à votre banque. Ce qui vous convient le mieux.

— Je vous appellerai, répondit Joe.

— Pas de rancune ? jeta Charlotte d'une voix enjouée.

Parce que la fiancée de Joe s'était mariée à un homme qu'elle avait rencontré dans son organisation ? se demanda Kathie. La jeune femme porta rapidement la main à sa bouche pour éviter d'éclater de rire. Il lui paraissait soudain si ridicule de discuter de tout cela au milieu d'un café bondé, avec tout ce monde qui écoutait avidement leur conversation.

Un petit rire dangereusement proche de l'hystérie lui échappa.

— Certainement pas, assura Joe, en serrant Kathie contre lui. Ce fut un plaisir de vous rencontrer.

— Pour moi aussi, leur lança Charlotte, tandis que Joe entraînait sans plus attendre Kathie dans la rue, où elle se mit à rire comme une folle, ne pouvant plus se retenir.

La scène qu'ils venaient de vivre était absurde.

Sa vie était devenue absurde.

— Eh, là tu m'inquiètes vraiment, lui dit Joe, l'entraînant une fois de plus dans une allée pour l'adosser à un mur.

— Incroyable, non ? hoqueta Kathie sans cesser de rire. « Oups, la femme de votre vie a épousé un homme qu'elle a connu dans mon association. Désolée. Mais j'apprécierais néanmoins que vous m'accordiez un soutien financier ! » Je veux dire… Wow ! Kate m'avait dit que cette femme ne reculait devant rien pour parvenir à ses fins, mais là, c'est… c'est extraordinaire !

Kathie se mit à rire de plus belle, jusqu'à ce que des larmes se mettent à couler sur ses joues. Mais c'était aussi des larmes de chagrin, de tristesse, de rage.

Mon Dieu, quelle horrible journée. Quelle année horrible.

— Kathie, allons, murmura Joe en la serrant contre lui jusqu'à ce qu'elle reprenne lentement le contrôle de ses émotions.

Le rire et les larmes cessèrent bientôt, la laissant épuisée et terriblement triste.

— Je commence à me rendre compte de ce que je t'ai laissé affronter seul pendant tous ces mois, dit-elle d'une petite voix.

Une source supplémentaire de culpabilité.

Il haussa les épaules.

— Ce n'était pas si grave. Tout ce dont nous avons besoin, c'est d'un autre scandale bien juteux en ville, et le nôtre sera de l'histoire ancienne.

Kathie hocha la tête et sourit faiblement.

— Je l'espère.

Il lui prit la main et la raccompagna chez elle. Elle vit

300

quelques rideaux bouger aux fenêtres de ses voisins et se demanda si tout cela cesserait un jour. Elle se sentait telle-ment lasse.

Ils s'arrêtèrent devant sa porte. Kathie ne se sentait pas capable d'embrasser Joe une fois de plus, même sur la joue. Elle fut donc à la fois soulagée et consternée lorsqu'il le fit pour elle.

Elle sentit à peine ses lèvres chaudes et douces effleurer son visage, respira brièvement l'odeur de son après-rasage, et perçut une dernière fois la chaleur de son corps.

Puis il murmura un rapide au revoir et s'éloigna.

Elle reprit son souffle.

Cette prétendue romance allait l'achever.

- 5 -

Lorsque Joe retourna à la banque il se crut revenu à l'automne passé. Les têtes se retournèrent sur son passage et des murmures l'accompagnèrent jusqu'à son bureau, murmures qui, il le savait, ne cesseraient probablement pas avant une bonne semaine.

Il avait horreur de ce genre de situation. Absolument horreur.

Mais ce qui était encore pire, c'était l'effet que Kathie avait sur lui.

La jeune femme le rendait fou. Littéralement fou.

Il avait toujours su exactement ce qu'il voulait dans la vie. Depuis toujours. Et la folie n'en faisait pas partie. Ni Kathie d'ailleurs. C'était sa sœur qu'il avait voulue. A présent, il n'était plus sûr de rien.

Il s'arrêta devant de bureau de Martha, juste avant le sien. Assise devant son ordinateur, sa secrétaire le regardait approcher, impatiente de lui poser tout un tas de questions sur l'épisode troublant dont elle avait été témoin une heure plus tôt.

Il leva une main pour lui demander le silence avant même qu'elle ait ouvert la bouche.

— Je sais que j'ai une visioconférence dans dix minutes. Le dossier est-il sur mon bureau ?

Elle hocha la tête et lui tendit une pile de feuillets roses.

— Et vous avez seize messages téléphoniques.

Il grimaça, les prit sans les regarder, et se dirigea vers son bureau.

— Plus tard, Martha. Plus tard.

Il referma la porte derrière lui et se sentit étrangement soulagé. Presque en sécurité.

Il se laissa tomber derrière son bureau et se serait volontiers pris la tête dans les mains, si les parois n'avaient pas été de verre, lui offrant une vue imprenable sur ce qui se passait dans la banque, certes, mais permettant également à tout le monde de le voir, lui.

Relevant la tête, il constata qu'on le fixait encore.

— Et merde ! jura-t-il entre ses dents avant de se reprendre aussitôt.

Lui qui ne jurait jamais…

Décidément, il perdait les pédales.

Il saisit un dossier au hasard, l'ouvrit et fit semblant de se mettre au travail.

Trois minutes plus tard, Martha entra.

— Vous ne m'avez pas dit si je devais vous passer les appels. C'est Kate Cassidy sur la 2. Ou Kate… comment s'appelle-t-elle à présent ?

— Taylor.

— Ah oui. Kate Taylor. Voulez-vous que je lui dise que vous êtes occupé ?

— Non, merci, je vais la prendre, soupira-t-il.

On ne se débarrassait pas ainsi des membres du clan Cassidy. Dire qu'il avait autrefois pensé faire partie de cette famille,

304

bruyante et joyeuse. Aujourd'hui, on aurait dit que les Cassidy ne voulaient pas le laisser recommencer sa vie. Ils lui collaient aux basques comme un vieux chewing-gum.

Il prit le combiné, inspira profondément pour se calmer, pressa le 2, et annonça d'une voix neutre :

— Kate, bonjour. Que puis-je faire pour toi ?

— Bonjour Joe, je voulais te remercier de nous avoir ramené Kathie.

Elle avait l'air sincère, se dit-il, surpris.

— Sa place est au sein de votre famille. Et tu sais, je n'ai jamais voulu qu'elle parte.

— Moi non plus. Ecoute, je sais que je n'ai pas vraiment le droit de te demander cela, mais…

L'appréhension noua l'estomac de Joe. A quoi devait-il s'attendre à présent ?

— Qu'y a-t-il, Kate ?

— Je crains qu'elle ne reparte.

— Déjà ?

— Peut-être.

Il se demanda soudain si c'était depuis leur déjeuner que Kathie pensait à repartir. Avait-il si vite tout gâché ?

Il eut envie de dire à Kate que cette fois, il le jurait, il n'avait rien fait ! Mais allait-il passer sa vie à s'excuser auprès de la famille Cassidy ?

— Que veux-tu que je fasse, Kate ?

— Aide-nous à la convaincre de rester.

— Comment ?

Il n'avait même pas su la ramener sans lui mentir et lui donner l'idée de cette espèce de plan fou qu'elle essayait de mener à bien envers et contre tout.

— Je ne sais pas, mais je ne supporte pas l'idée de la perdre de nouveau.

— Kate, je ferai tout ce que je pourrai, je te le promets. Mais je crains d'empirer les choses. On dirait que je ne fais que des erreurs avec elle.

Jamais encore il ne s'était trouvé dans une situation aussi frustrante. Il savait toujours ce qu'il devait faire, il l'avait toujours su, et, dans quatre-vingt-dix-neuf pour cent des cas, il y parvenait.

Kathie était le un pour cent restant, le grain de sable dans le rouage bien huilé de sa vie.

Un grain de sable qui devenait dangereux.

— J'ai moi aussi de la peine à trouver les mots justes avec elle, avoua Kate. Je voulais juste te demander d'essayer. Peut-être qu'avec ce plan qu'elle a imaginé pour cet été…

— Elle t'en a parlé ? la coupa-t-il, soudain inquiet.

— Oui, hier soir.

— Ecoute, ce n'était pas mon idée. Dans le courant de la discussion que nous avons eue le jour où je suis allé la chercher à Jacobsen Hall, j'ai laissé échapper une ou deux phrases sur ma situation ici, sur la façon dont me regardaient les gens. Et c'est tout ce qu'elle a retenu. Elle semblait réellement contrariée. Et quand elle m'a parlé de son plan, je me suis dit que ce serait sans doute la seule façon de la ramener à Magnolia Falls. C'est uniquement pour cette raison que j'ai accepté de jouer le jeu.

— J'ai bien pensé que cela devait être quelque chose dans ce genre.

— Alors… cela ne te dérange pas que Kathie et moi sortions ensemble pendant l'été ?

— Pas du tout. Mais… sois prudent, Joe, ne la blesse pas. Elle est fragile.

— Je n'en ai jamais eu l'intention, je te le jure.

— Je n'ai pas prétendu le contraire, et je t'assure que je ne t'en veux pas. Si je t'ai demandé de ne pas la blesser, c'est parce que… enfin je… je crains que tu pourrais facilement le faire sans même t'en rendre compte.

— Parce que tu crois… qu'elle a des sentiments pour moi ?

Il y eut un long silence.

— Peut-être, laissa-t-elle tomber.

Oh non…

C'était ce qu'il avait craint pour lui-même quand il l'avait embrassée et serrée contre lui. Mais entendre, de la bouche de Kate, qu'il n'était pas le seul dans ce cas le laissa sans réaction. A cet instant, il aurait été incapable d'additionner 2 et 2, même si sa vie avait été en jeu.

— Mais c'est absurde ! protesta-t-il.

A sa grande surprise, Kate éclata de rire, ce qui le vexa profondément.

— C'est absolument absurde, tu le sais, reprit-il. Entre Kathie et moi… même si rien ou presque ne s'est passé… J'ai bouleversé sa vie, et vous blesser, l'une ou l'autre, c'était la dernière chose que je souhaitais.

— Ecoute, Joe, si c'était une question de logique, on serait encore ensemble tous les deux. Mais là, on ne parle pas de logique, on parle de sentiments.

— C'est que je suis plus doué pour la logique, marmonna-t-il.

Kate se mit à rire de nouveau.

— Je sais, Joe, mais tu finiras par résoudre ce problème. J'ai entière confiance en ta capacité à résoudre les problèmes.

— Pas moi. Pas dans ce cas. Ce problème-là est insoluble, j'en ai bien peur.

Il aurait voulu pouvoir remonter le temps et se retrouver au moment où il était encore fiancé à Kate et envisageait sereinement son avenir avec elle.

— Ecoute, dit-il brusquement. Juste pour que tu le saches, au cas où cela pourrait t'aider avec elle, Kathie ne semble pas croire que tu lui as réellement pardonné. Ni que tu es vraiment heureuse avec ton mari.

A dire vrai, Joe avait lui aussi de la peine à le croire. Il ne comprenait pas comment Kate avait pu changer d'avis aussi rapidement. Ils avaient été fiancés, et la minute d'après, elle était mariée à Ben, trois mois seulement après l'avoir rencontré. Agir ainsi sur un coup de tête n'était pas dans les habitudes rationnelles et ordonnées de Kate. Kate qui lui ressemblait tellement.

— C'est aussi ce que je craignais, soupira Kate. Je passe mon temps à essayer de la convaincre que je suis heureuse, mais elle ne semble pas m'écouter. Peut-être qu'avec le temps, elle le constatera par elle-même. D'ici à la fin de l'été, j'espère. Car c'est seulement pour la durée de l'été qu'elle a accepté de revenir, n'est-ce pas ?

— C'est ce qu'elle m'a dit, en effet. Je sais que ce n'est pas ce que vous voulez, tous, mais ce n'est qu'à cette condition que je suis parvenu à la ramener.

— Je comprends. Il faudra que nous fassions tous un effort, si nous voulons qu'elle reste.

Et si Joe avait bien compris le rôle que l'on voulait le voir jouer, il allait falloir qu'on le voie avec elle, qu'il paraisse apprécier sa compagnie, mais pas trop, parce qu'elle était peut-être encore amoureuse de lui. Mais comment pourrait-il essayer de la convaincre de rester sans risquer de la blesser ? Il ne voyait pas. Absolument pas.

Si seulement quelqu'un pouvait lui dire quoi faire !

Il releva la tête et vit Martha qui gesticulait pour attirer son attention, indiquant sa montre. L'heure de sa visioconférence.

— Kate, je suis désolé, je dois te laisser. Je ferai de mon mieux. Je ne suis pas certain que ce sera suffisant, mais j'essaierai.

Il fit signe à Martha qu'il s'apprêtait à raccrocher, mais elle ne lui prêtait plus aucune attention et avait le regard fixé sur le hall d'entrée, aussi stupéfaite que ce matin à l'arrivée de Kathie.

Et tout le monde suivait son exemple, remarqua-t-il.

Cela ne pouvait pas être Kathie qui revenait. Pas si vite.

Il se leva, essayant de voir ce qui se passait, et entendit crier. C'était une voix d'homme.

Kate parlait toujours, le remerciant de ce qu'il faisait. Puis les clients debout dans le hall se déplacèrent, et Joe vit celui qu'ils fixaient tous : Jax qui se précipitait dans sa direction, l'air furieux.

Ah non, il n'allait pas remettre ça !

— Kate ? fit-il en l'interrompant, tu m'as bien dit que Kathie t'a parlé de son plan hier soir ?

— Oui.

— Crois-tu que ton frère en ait entendu parler lui aussi ?

— Cela m'étonnerait.

— Peut-être que l'un d'entre vous pourrait lui en parler rapidement ? suggéra-t-il, tandis que Martha, du haut de son mètre cinquante, faisait bravement rempart pour empêcher Jax de s'approcher du bureau de Joe.

— Jax n'aimera pas ça, fit Kate.

— Je sais.

Il détesterait ce plan pour tout dire.

La question était de savoir ce que Jax détesterait le plus : l'idée du plan absurde de Kathie, ou celle de Joe et elle sortant ensemble pour de bon ?

Dans les deux cas, Joe n'avait aucune chance d'éviter le pire.

— D'accord, je vais lui parler, accepta Kate. Ou je demanderai à Kathie de le faire. Je ne sais pas ce qui serait le mieux.

Mais Joe n'avait pas vraiment la tête à poursuivre cette discussion.

— Tu es complètement dingue, ou quoi ? hurla Jax par-dessus la tête de Martha qui ne bougea pas d'un pouce.

— Kate, reprit Joe, je crois que je vais devoir le lui annoncer moi-même. Et tout de suite.

— Tu veux dire… ?

— Oui, il est là. Et il n'est pas content.

Joe raccrocha, résistant à l'envie de rectifier son nœud de cravate, un réflexe qu'il avait toujours quand il sentait les ennuis arriver.

— Tu dois être complètement idiot, Joe, c'est la seule explication que je vois ! hurla Jax de plus belle.

Martha tourna la tête vers son patron.

— Voulez-vous que j'appelle la sécurité, monsieur Reed ?

— Jax est policier, Martha, et notre chef de la sécurité a travaillé vingt-cinq ans dans la police avant de prendre sa retraite. S'il devait choisir son camp entre Jax et moi, je crains que ce ne soit Jax qui l'emporte. De plus, j'aurais horreur de lui imposer cette épreuve. Laissez Jax entrer, et refermez la porte, s'il vous plaît.

Elle obéit à contrecœur, fusillant Jax du regard.

Avant de refermer la porte, elle lui lança :

— Je vais à l'église avec votre patron, vous feriez bien de vous en souvenir avant de provoquer un scandale ici.

Joe faillit éclater de rire. Martha se rendait à l'église en compagnie de pratiquement tout le monde.

Un sourire dut lui échapper car il entendit Jax rugir à en faire trembler les vitres.

— Tu trouves ça drôle ?

— Non, répondit vivement Joe. Pas du tout.

Le téléphone portable de Jax se mit à sonner. Il le prit, vit le numéro, et fronça les sourcils.

Joe espéra qu'il prendrait la communication. Ce devait être Kate, et Kate était la seule, avec Gwen, sa fiancée, à avoir un semblant d'autorité sur lui.

Mais il n'eut pas cette chance.

Jax enfouit le téléphone dans sa poche et le laissa sonner.

— Tu veux bien me raconter ta journée, Joe ? grogna Jax en se penchant par-dessus son bureau, l'air menaçant.

— Pas particulièrement, rétorqua Joe en résistant à l'envie de se rejeter en arrière contre le dossier de son fauteuil.

— Même pas ton déjeuner ? Tu ne veux pas non plus me parler de ton déjeuner ?

— Tu es déjà au courant. Kathie et moi avons déjeuné ensemble.

Le portable de Jax sonna de nouveau. Il jura à voix basse, et se mit à pianoter sur les touches. Joe se dit qu'il allait répondre, mais non. Jax lui agita l'écran de l'appareil sous le nez.

— Ah oui ? C'est pas déjeuner, ça, pour moi ! On dirait plutôt que tu as entraîné ma sœur dans l'allée derrière la banque, et que tu l'as embrassée !

Et… oui. C'était bien vrai. Sur la photo, Joe avait l'air d'embrasser Kate.

— J'ai reçu cinq de ces fichus MMS, envoyés par trois personnes différentes. Vous deux en train de vous embrasser à la banque, de vous tenir par la main à table, et là, dans l'allée.

Joe secoua la tête. Donnez aux habitants d'une petite ville la technologie moderne, et voilà ce qui arrive ! Il devrait déménager à Atlanta. Là-bas, personne ne le connaissait.

— Tu sais que je pourrais te tuer, et trouver une explication pour m'en tirer ? hurla Jax.

Joe hocha la tête. Il le savait, en effet.

— Sans doute, mais Kathie n'aimerait pas du tout cela, et Kate non plus.

Cette réponse rendit Jax encore plus furieux.

— Que veux-tu que je fasse, à la fin ? s'écria Joe, perdant soudain patience. Que je me couche par terre, et que je me laisse mourir ? J'y ai pensé, crois-moi. J'ai fait tout ce que j'ai pu pour arranger les choses, et rien n'a fonctionné. Tu m'as dit de ramener Kathie, alors que je ne le voulais pas ! Mais tu y tenais, et je l'ai fait. Et maintenant…

Derrière Jax, quelqu'un laissa échapper un cri étouffé.

Oh non…

C'était Martha, qui se tenait de nouveau dans l'embrasure de la porte. Derrière elle, à demi cachée, il vit Kathie, livide.

Jax rugit.

Cette fois, il allait tuer Joe.

Kathie était là.

Et, à l'évidence, elle avait tout entendu.

Ils restèrent tous figés sur place, pendant ce qui parut durer une éternité à Joe.

Martha, pour la première fois depuis qu'elle travaillait pour Joe, le regardait avec réprobation. Elle fut la première à réagir. Prenant Kathie par le bras, elle l'éloigna de la zone sensible.

— Chérie, venez avec moi.

— Non merci, je crois que je vais m'en aller, répondit Kathie, toujours aussi pâle, son regard passant alternativement de son frère à Joe.

— Kathie, attends ! s'écria Joe en contournant son bureau pour s'avancer vers elle.

— Non ! intervint Jax en le repoussant brutalement en arrière. Tu en as assez fait comme ça !

Mais Joe le repoussa à son tour. Il n'allait pas laisser Kathie repartir ainsi.

— Kathie, je te jure que ce n'était pas ce que je voulais dire. Laisse-moi t'expliquer...

— Il n'y a rien à expliquer, dit-elle en secouant la tête avant de s'enfuir en courant.

— Kathie ! hurla Jax.

Martha bloqua de nouveau la porte, cette fois pour protéger la fuite de Kathie.

— Laisse-moi m'en occuper, cria Jax.

— Non, répondit Joe sur le même ton. J'en ai assez de t'entendre !

Ils se poussèrent et s'insultèrent, chacun essayant d'atteindre la porte le premier. Mais ils trébuchèrent, l'un sur le pied d'une chaise, l'autre sur une plante, et perdirent l'équilibre, tombant contre la paroi de verre.

Qui trembla, mais tint bon.

Ils se fusillèrent du regard quelques secondes.

— Tu es un homme mort, grogna Jax en frappant Joe d'un direct du droit.

Joe sentit qu'il perdait l'équilibre et tomba de nouveau contre la paroi vitrée, suivi de Jax, emporté par l'élan de son coup de poing.

Puis il y eut un grand craquement, et tous deux s'écrasèrent dans le bureau de Martha au milieu d'une pluie d'éclats de verre.

Il leur fallut un moment pour recouvrer leurs esprits.

Joe sentit comme une piqûre au coin de son œil gauche. Sa mâchoire, par contre, était devenue complètement insensible. Il avait l'impression de s'être coupé en plusieurs endroits au bras sur lequel il était tombé, mais il n'osait pas bouger. Il y avait du verre partout.

— Oh mon Dieu ! laissa échapper Martha.

Quelqu'un cria d'appeler une ambulance.

Un autre, la police.

Ce qui fit grogner Jax de plus belle.

Joe porta une main à son visage et la retira couverte de sang. Il essaya de rouler sur le dos pour soulager son bras, mais son dos aussi lui faisait horriblement mal.

— Ne bougez pas ! s'écria Martha, vous n'allez qu'empirer les choses ! Bien que vous méritiez tous les deux cent fois ce qui vous arrive. La pauvre fille !

— Elle est partie ? demanda Jax.

— Oh oui, elle est partie. Et elle a eu raison ! Vous n'êtes que deux voyous !

— Il faut appeler Kate, suggéra Joe.

Elle était leur seule chance.

— Il faut lui dire ce qui s'est passé…, insista-t-il.

— Je suis certaine que la moitié de la ville doit être en train d'essayer de la joindre pour le lui raconter ! lança Martha. J'ai honte pour vous deux. Vous battre comme des gamins, et dans la banque, en plus !

— Ecoute Joe, marmonna Jax, tu dois appeler Kate pour lui demander de trouver Kathie et de l'empêcher de quitter la ville. Mais pas tout de suite. Pas avant que j'aie pu lui parler.

— C'est moi qui dois lui parler ! hurla Joe.

— Bon sang contente-toi d'appeler Kate ! cria Jax en retour. Elle est probablement la seule personne à pouvoir retenir Kathie !

Il essaya de remuer, poussa un petit cri de douleur, et renonça.

Ils restèrent donc tous les deux couchés sur le sol, recouverts d'éclats de verre, à se fusiller du regard.

Joe ne s'était jamais battu de sa vie.

Commencer maintenant, à trente et un ans, sur son lieu de travail, sous les yeux de dizaines de clients et d'employés, et pour une femme, en plus ! C'était ridicule et terriblement humiliant.

— Je vais t'arracher la tête, siffla Jax.

— Oh taisez-vous tous les deux ! Je ne veux plus vous entendre ! s'écria Martha.

Elle avait l'air si furieuse, que Joe se demanda un instant si elle n'allait pas gifler Jax comme un gamin capricieux.

Néanmoins, l'autorité de Martha fit merveille. Dès lors, ils restèrent silencieux. Puis ils entendirent les sirènes, et des gens qui approchaient. Les pompiers, qui furent les premiers à arriver, les regardèrent avec curiosité. L'un d'entre eux appartenait à la même paroisse que Joe. La femme d'un autre travaillait à la banque. Jax, quant à lui, était loin d'être un inconnu.

— Est-ce qu'on doit essayer de les bouger, ou on attend les médecins ? demanda l'un d'eux.

Un de ses collègues haussa les épaules.

— Est-ce que l'un de vous a de la peine à respirer ? demanda-t-il.

— Non, grognèrent Joe et Jax en même temps.

— Ils n'ont pas l'air de perdre beaucoup de sang, fit remarquer le second pompier, tandis que le verre crissait sous ses pieds.

Il s'était approché d'eux et les palpa rapidement.

— Rien de cassé ? demanda-t-il.

— Non, répondit Joe, c'est juste le verre sous moi qui pose problème.

— Mon poignet est bizarre, mais c'est tout, nota Jax.

Joe ferma les yeux quelques secondes. Il allait sûrement avoir droit à de nombreux points de suture. A un passage aux urgences. Ensuite il se demanda si on arriverait à nettoyer les taches de sang sur le tapis, puis comment il allait expliquer ce qui venait d'arriver à ses supérieurs. Peut-être allait-il être renvoyé sur-le-champ ?

— Sortons quand même les brancards, décida un pompier. Inutile de les soulever par les bras et les jambes si on n'y est pas obligés. Appelle le central pour leur dire qu'une seule ambulance suffira… A condition qu'on puisse vous y placer tous les deux sans que vous recommenciez à vous battre, conclut-il en regardant attentivement Joe et Jax.

Joe ferma de nouveau les yeux et gémit.

Le son qu'émit Jax ressemblait, lui, plus au grognement d'une bête fauve.

Martha était encore en train de leur faire la morale, et un

coup d'œil suffit à Joe pour constater que la foule augmentait d'instant en instant dans le hall de la banque.

Il se mit alors à rire, certain que la situation ne pourrait pas être pire.

Ce en quoi il avait tort.

- 6 -

Ils furent transportés sur un brancard de la banque à l'ambulance.

Il semblait que la population entière de Magnolia Falls se fût donné rendez-vous dehors pour assister à la scène. Certains croyaient qu'il y avait eu une tentative de hold-up, parce que Jax se trouvait sur les lieux, et qu'avec l'aide de Joe, il avait défendu la banque.

Si seulement cela avait été le cas…

Joe attendait d'être monté dans l'ambulance, mal en point, gêné, et terriblement inquiet pour Kathie. Les urgentistes avaient découpé sa veste et sa chemise. Ils avaient posé un carré de gaze au coin de son œil, et bandé une coupure particulièrement profonde sur sa jambe.

Il aurait souhaité qu'on lui administre des analgésiques suffisamment forts pour l'assommer et le faire dormir trois jours et trois nuits au moins. Peut-être que lorsqu'il reviendrait à lui, il se rendrait compte que tout ceci n'avait été qu'un cauchemar.

Comment avait-il pu en arriver là ? Qu'il se batte était aussi inattendu que le voir intégrer un camp de nudistes, ou se mettre à fumer du crack.

Jax avait mal atterri sur son bras et son poignet, et peut-être avait-il quelque chose de cassé. Joe espérait qu'il souffrait le martyre. Si seulement il avait pu se briser la mâchoire, pour qu'il n'ait plus à l'entendre, pendant au moins six semaines ! Jax était une calamité récurrente dans la vie de Joe.

Ils furent embarqués dans l'ambulance, et le jeune urgentiste grimpa avec eux. Quelqu'un avait dû lui raconter toute la sordide histoire, parce qu'il avait l'air de s'amuser comme un fou.

— Kate va piquer une de ces crises, leur dit-il d'un air ravi.

Joe se tourna légèrement sur son côté droit, pour mieux voir celui qui se payait ainsi leur tête.

— Kate s'est occupée de l'hypothèque sur la maison que nous avons achetée il y a deux ans, ma femme et moi, poursuivit l'homme. Et de celle de mes parents. Ma mère est Shelly Andrews. Elle a eu Kate pour élève. Et moi, je sortais avec la secrétaire de Kate avant de connaître ma femme. Eh bien les gars, quelle année vous avez passée, hein ?

Joe se contenta de refermer son œil valide et de prier pour qu'un puissant sédatif lui épargnât une partie de ce qui l'attendait.

Cinq minutes plus tard, ils arrivaient aux urgences, et il sembla à Joe qu'il y avait plus de monde que nécessaire dans la salle où ils furent conduits.

— Ce n'est vraiment pas nécessaire, protesta Jax.

— Laisse-nous en juger, rétorqua une infirmière en lui souriant d'un air moqueur.

Joe crut se souvenir que Jax était sorti avec elle au lycée. Mais Jax était sorti avec toutes les filles de la ville.

Ils furent placés dans des lits voisins, et chacun fut examiné par au moins six personnes différentes, qui, bien sûr, ne cachèrent pas leur amusement.

Joe se retrouva finalement allongé sur le ventre, tandis qu'un médecin extrayait des éclats de verre de son dos et de son bras. Un autre s'occupa de la coupure qu'il avait à la jambe et lui fit quinze points de suture. Il en fallut huit autres pour refermer sa blessure au coin de l'œil. L'endroit était enflé à cause du coup que lui avait donné Jax. On appela un ophtalmologue qui ne constata pas de lésion ni d'éclat de verre dans l'œil.

— Vous en serez quitte pour un bel œil au beurre noir, lui lança-t-il, jovial.

Jax, lui, avait un poignet foulé. Il souffrait également de quelques coupures, et on recousait les plus profondes quand Gwen, sa fiancée, arriva.

Elle avait l'air horrifiée, avait visiblement pleuré, et pouvait à peine parler.

— Gwen, je vais bien, je te le jure, la rassura aussitôt Jax, tandis qu'un médecin s'occupait d'une entaille qu'il avait au cuir chevelu.

Elle hoqueta quelque chose d'incompréhensible, avant de parvenir à articuler :

— Est-ce que quelqu'un a essayé de dévaliser la banque ?

Jax fusilla Joe du regard.

— Pas exactement.

Gwen regarda Joe, et gémit.

— J'ai entendu dire que quelqu'un avait essayé de dévaliser la banque et que vous étiez au cœur de l'action.

— Ça tu peux le dire, confirma Joe. Nous étions bien au cœur de l'action.

L'infirmière qui se tenait à côté de lui éclata de rire.

Gwen prit la main de Jax entre les siennes, inquiète et confuse.

— Il n'y avait pas de voleurs ?

— Non, chérie, pas de voleurs.

— Alors que s'est-il passé ?

— Juste un petit malentendu, intervint Joe.

— Un accident, renchérit Jax.

Et la pauvre Gwen eut l'air encore plus perplexe.

— Mais… les gens disaient que vous étiez couverts de sang, que l'on vous avait emportés dans une ambulance, et qu'il y a eu un coup de feu.

— Il n'y a pas eu de coup de feu, lui expliqua Jax. Seulement une paroi de verre qui s'est brisée et nous a un peu coupés. Ah et ça, ajouta-t-il en désignant son poignet bandé. Rien de grave. Une foulure. Je suis mal tombé. C'est tout. Je t'assure.

Elle parut un peu moins paniquée et grimaça un sourire.

— J'ai eu si peur.

— Je sais chérie, je suis désolé. J'avais espéré pouvoir t'appeler pour t'annoncer la nouvelle avant les autres, mais… dans l'agitation… Ecoute, je suis désolé. Gwen, ce serait peut-être mieux si je te retrouvais à la maison plus tard.

— Pourquoi ?

— Joe et moi, on doit d'abord régler un problème.

— Et se mettre d'accord sur l'histoire qu'ils vont raconter, ajouta l'infirmière, taquine.

— L'histoire ? Quelle histoire ?

— Gwen…

— Jax, que s'est-il exactement passé, voulut-elle savoir, son regard passant de Jax à Joe.

Joe la voyait imaginer toutes sortes de possibilités, pires les unes que les autres.

— Attends un peu, s'écria-t-elle. Jax, dis-moi, est-ce que quelqu'un t'aurait envoyé par MMS une certaine photo qui aurait été prise aujourd'hui à la banque ou dans un certain café ?

— Cinq, avoua Jax qui avait visiblement renoncé à cacher à sa fiancée ce qui s'était réellement passé.

— Et vous vous êtes battus ? A la banque ?

— On a eu une discussion… animée, risqua Joe.

— Et puis on a eu un accident. C'était un accident, non ? renchérit Jax.

— Exactement, acquiesça Joe.

— Il a trébuché, et m'a entraîné dans sa chute. Et nous avons heurté la paroi de verre de son bureau, expliqua Jax avec un aplomb que Joe ne put s'empêcher d'admirer.

Lui n'avait jamais été bon menteur, mais il était peut-être temps qu'il s'y mette.

Gwen s'approcha de lui, fixant sa pommette tuméfiée.

— Et c'est la vitre qui t'a fait ça au visage ? demanda-t-elle d'un air narquois.

Il haussa les épaules.

Gwen retourna auprès de Jax et lui saisit la main droite, plutôt brusquement malgré le bandage de son poignet, pour l'inspecter.

— Et j'imagine que c'est aussi la paroi de verre qui t'a abîmé les jointures des doigts ? Parce que tu es passé au travers le poing le premier ?

Parfait ! Ils étaient grillés.

Gwen tourna les talons et s'éloigna rapidement.

— Gwen, allez, plaida Jax, je suis désolé. Vraiment.

— Je ne te connais plus ! lança-t-elle sans même se retourner.

— Attends ! Tu peux trouver Kathie ? Est-ce que quelqu'un a vu Kathie cet après-midi ?

Gwen se retourna.

— Elle vous a vus vous battre ?

— Non. Elle l'a seulement entendu dire quelque chose qu'il n'aurait pas dû dire, répondit Jax en lançant à Joe un regard assassin.

— Pendant que toi, tu attendais bien sagement le moment de le faire passer à travers la vitre ? ironisa la jeune femme.

— Je ne l'ai pas jeté à travers la vitre, il a trébuché.

Elle jeta à Jax un regard noir et repartit, cette fois pour de bon.

— Eh bien, voilà qui s'est bien passé, lança Joe.

La visite suivante fut celle du chef de Jax, un homme fort ennuyé, à la recherche d'une explication. Joe s'attendait à recevoir bientôt des nouvelles de son propre patron. Un directeur de banque se battant dans son bureau au sujet d'une femme... et avec un policier qui plus est... Voilà qui ne tarderait sans doute pas à faire réagir le propriétaire de ladite banque.

Tous deux maintinrent qu'il s'agissait d'un stupide accident, survenu au cours d'une discussion animée. Le chef de Jax ne les crut pas, bien sûr, mais repartit sans avoir arrêté personne, ce qu'ils prirent pour un bon signe, bien qu'il eût ordonné à Jax de se présenter à son bureau à la première heure le lendemain matin.

Mais ils savaient tous les deux que le pire restait à venir.

Kate allait leur passer un sacré savon à tous les deux, et avec raison. Mais Kathie serait blessée et gênée, et trouverait encore une fois le moyen de se rendre responsable de tout.

Joe se sentait un parfait imbécile.

— J'ai besoin d'un téléphone pour appeler quelqu'un, dit-il à une infirmière.

— C'est ma sœur, c'est moi qui lui parle ! intervint Jax.

— Et maintenant, vous allez vous battre pour savoir qui va l'appeler ? lança une voix, hélas bien connue.

Kate apparut à l'angle du couloir, furieuse.

— Bravo ! Génial ! Comme si vous n'en aviez pas assez fait !

Elle s'interrompit un instant, le temps de demander à une infirmière s'ils allaient bien.

— Votre frère s'est foulé le poignet, et ils doivent bien avoir une cinquantaine de points de suture à eux deux. Ils ont eu de la chance qu'il s'agisse d'un verre de sécurité, spécialement conçu pour ne pas sectionner les artères de ceux qui passent à travers.

— Pensez-vous que vous pourriez coudre la bouche de celui-ci ? demanda Kate en désignant Jax du doigt.

— Mon petit, on ferait fortune, si on offrait ce service. Il y aurait la queue tout autour de l'immeuble.

Kate hocha la tête et se tourna vers Joe.

— Et toi ? Tout cela ne m'étonne pas de la part de Jax, mais toi, Joe, qu'est-ce qui t'a pris ?

La famille Cassidy, pensa Joe, toute la famille.

Il avait été l'homme le plus raisonnable du monde jusqu'à ce qu'il les rencontre. Il ignorait volontairement les quatre premières années qu'il avait partagées avec Kate, et où rien ne s'était passé. C'était cette dernière année qui l'avait transformé en un homme qu'il ne reconnaissait pas.

— Kate, pardonne-moi, dit-il simplement.

— Après que je t'ai demandé de faire attention à Kathie ?

— Faire attention à Kathie ? hurla Jax. Comment ça, faire attention à Kathie ? On ne veut pas qu'il fasse attention à elle ! Il n'est plus question qu'il l'approche, c'est tout !

— Non, ce qu'on veut, Jax, c'est que toi, tu ne t'approches plus de Joe. Tu ne nous aides pas.

Elle resta un moment silencieuse, paraissant dépassée par les événements.

— As-tu trouvé Kathie ? risqua Joe.

— Kim et elle devraient arriver d'une minute à l'autre. Mais tout ce qu'elles veulent savoir, c'est si vous êtes encore en vie. Autrement, nous vous désavouons toutes, tous les deux. Et quand je dis *toutes*, j'inclus Gwen. Tu entends, Jax ?

Kim et Kathie arrivèrent quelques minutes plus tard.

Elles restèrent à trois bons mètres des lits où gisaient Jax et Joe. On voyait qu'elles avaient toutes les deux pleuré, qu'elles s'étaient toutes les deux inquiétées, mais au moins Kathie n'avait-elle pas encore quitté la ville.

Elle les regarda tous les deux avant de se tourner vers Kate.

— Ils vont bien ?

Kate hocha la tête.

— Pas de voleur, ni de coup de feu ?

— Non, fit Kate.

— C'était bien ce que l'on pensait ?

Kate hocha de nouveau la tête.

— O.K., fit Kathie. J'ai compris.

Elle regarda encore une fois les blessés, à la fois fâchée et infiniment triste, puis se détourna et commença à s'éloigner.

— Non ! s'écria Kim.

De grosses larmes roulaient sur ses joues. Elle paraissait

seize ans, alors qu'elle en avait vingt et un. Elle saisit la main de Kate, et entraîna ses deux sœurs vers le lit de leur frère.

— C'est tout ce qui reste de notre famille. On ne peut pas la détruire. Je ne le permettrai pas. J'ai trop besoin de vous tous. Alors il faut que nous trouvions un moyen de rester ensemble.

— Kimmie, commença Jax, je suis désolé.

— Cela ne m'intéresse pas de savoir que tu es désolé. Cela ne suffit plus. Nous devons régler le problème.

Puis elle se tourna vers Kathie et reprit.

— Je sais que ce sont deux idiots, mais tu es ma sœur, et tu as dit que tu resterais jusqu'à la fin de l'été. Tu l'as promis.

Joe l'observait en silence, attendant une réponse de sa part.

Elle semblait toujours prête à s'enfuir d'un instant à l'autre. Jax avait dit qu'il faudrait envoyer quelqu'un chez elle pour démonter son démarreur, jusqu'à ce qu'elle soit calmée. Joe avait honte de l'avouer, mais cela lui paraissait une très bonne idée.

Elle ne pouvait pas repartir de cette façon.

— Kathie, risqua-t-il, je ne pensais pas ce que j'ai dit tout à l'heure à la banque. Pas comme tu l'as compris, en tout cas.

Elle le réduisit au silence d'un simple regard.

Il changea de tactique.

— Dis-nous ce que tu veux que l'on fasse. On fera tout ce que tu voudras pour que tu restes.

— Tu ne veux pas de moi ici, tu t'en souviens ! lança-t-elle. Tu viens de le clamer haut et fort devant plusieurs personnes.

— Je t'ai dit que ce n'est pas ce que je pensais…

— Si Joe, si, tu le pensais.

— C'est moi qui partirai. Tu es chez toi ici, moi pas.

— Je ne veux pas que quiconque parte, décréta Kathie. Ce que je ne supporte pas, ce sont ces bagarres. Et j'aimerais beaucoup que plus personne ne parle de moi ou de ma vie. Y compris tous les membres de ma famille. J'en ai assez de jouer la comédie. Je suis fatiguée d'essayer de vous faire changer d'avis. Tout ce que je veux, c'est que l'on me laisse tranquille.

— D'accord, fit Joe.

Il aurait dû se sentir soulagé. S'il ne l'approchait plus, il ne lui ferait plus de mal, et il n'aurait plus rien à réparer.

Alors pourquoi se sentait-il si misérable tout à coup ?

— Et moi ? demanda Jax.

— Toi ? Peut-être que je ne te reparlerai plus jamais de ma vie, déclara tranquillement Kathie, qui se détourna et partit.

Kim leur lança à tous les deux un regard furieux, avant de fixer Jax.

— Moi non plus, laissa-t-elle tomber en suivant sa sœur.

Kate attendit qu'elles se furent éloignées, puis s'approcha de son frère, examinant les coupures qu'il avait au visage, regarda sa main au poignet bandé, lui effleura les doigts. Elle se tourna vers Joe, fronçant les sourcils à la vue de son œil tuméfié et des points de suture.

— Vous avez l'air de deux idiots, déclara-t-elle, et ce sera pire demain, quand vous serez de toutes les couleurs, et tout enflés. Maintenant que je sais que vous n'êtes pas sérieusement blessés, j'ai envie de vous frapper tous les deux. Mais cela ne ferait qu'alimenter les ragots, qui vont déjà bon train.

— Kate…, commença Jax.

— Non ! Je ne veux rien entendre. Si vous aimez un tant soit peu Kathie ou cette famille, vous allez jurer de ne plus vous parler au sujet de Kathie. Je suis sérieuse. Pas un mot. Et ne vous donnez pas la peine d'expliquer ce qui s'est passé, nous le savons très bien. Et pour le cas où nous n'aurions pas été suffisamment claires, laissez-moi vous dire que nous vous en voulons à tous les deux.

Et, sur ces mots, elle s'éloigna à son tour.

Kathie ne pleura plus en rentrant.

Elle avait fini de pleurer.

Elle se voyait plutôt dressée, le poing levé avec un air de défi, à l'image de Scarlett O'Hara dans *Autant en emporte le vent*, quand elle jure de ne plus jamais connaître la faim. Sauf que Kathie, elle, ferait le serment de ne plus jamais s'inquiéter de ce que Joe ou son frère pouvaient bien penser d'elle, de ce que quiconque pouvait bien penser d'elle. Et elle ne s'inquiéterait plus non plus des sentiments d'autrui, à l'exception de ceux de Kim, qui avait raison de vouloir conserver la famille réunie. D'ailleurs, Kathie avait autant besoin de cette famille qu'elle, y compris de Jax, quand il ne jouait pas les grands frères avec un instinct protecteur surdéveloppé.

Plus elle y pensait, plus cette idée la séduisait.

Si elle ne se souciait vraiment plus de ce que les autres pensaient, elle n'avait plus de raison de vouloir partir.

Un sentiment de soulagement la gagna.

Elle avait fini de se cacher, de s'excuser, et de se culpabiliser à propos de tout.

Plus tard dans la soirée, Joe se reposait sur son canapé, appliquant une poche de glace sur son visage enflé. Il se sentait embarrassé et furieux tout à la fois.

On sonna à la porte.

— Allez-vous-en ! cria-t-il.

Puis il entendit une clé tourner dans la serrure. Il n'y avait que Kate et sa mère qui possédaient la clé de son appartement, cette dernière la lui ayant extorquée sous prétexte de lui apporter quelque chose, un jour, en son absence. Il devait absolument la lui reprendre.

Au prix d'un gros effort, il se souleva suffisamment pour regarder par-dessus le dos du canapé. Sa mère se tenait dans l'embrasure de la porte, l'air consternée.

— Allez-vous-en ? C'est ainsi que tu reçois les gens qui sonnent à ta porte ?

— Désolé, maman, j'ai passé une mauvaise journée.

Il se laissa retomber sur les coussins.

Sa mère s'approcha et se tint au-dessus de lui, les sourcils froncés, sans dire un mot. Mais il entendait si bien ce qu'elle semblait lui dire…

Il soupira et se couvrit le visage de sa poche de glace. Il n'échapperait pas à la discussion.

— C'est encore cette fille, n'est-ce pas ? commença sa mère. Celle qui a des manières de sauvage ?

Malgré la situation, il se mit à rire et grimaça aussitôt de douleur.

— Kathie n'a rien de sauvage, maman. Aucune des sœurs Cassidy n'est sauvage. Leur frère, par contre, est un véritable barbare.

— Qui te pousse à te battre dans ta banque ? Je n'en ai pas

cru mes oreilles quand j'ai entendu ça. Mon fils qui se bat sur son lieu de travail ! As-tu déjà été renvoyé ?

— Pas encore.

Sa mère murmura une prière pour une intervention divine, puis reprit.

— Cette fille ne t'apporte que des ennuis.

— Pas du tout. C'est juste que sa famille est un peu… agitée.

— A l'époque où tu étais avec Kate, tu n'avais pas de problèmes avec cette famille. Ce doit être cette fille, insista-t-elle en s'asseyant en face de lui. Dis-moi que tu en as terminé avec elle.

— C'est elle qui en a terminé avec moi.

Elle ne lui adresserait probablement plus jamais la parole.

— Très bien. Peut-être qu'à présent, les choses vont rentrer dans l'ordre. J'ai fait la connaissance d'une merveilleuse jeune femme, dont la mère vient de s'inscrire au club de bridge. Elle est réaliste, responsable, calme, prudente, et toujours, toujours ponctuelle. Je sais combien cela compte à tes yeux. C'est une jeune femme qui ne te causera jamais de problèmes, j'en suis sûre. Pourquoi ne me laisserais-tu pas vous présenter ?

— Je ne veux pas d'autre femme, maman. Je ne veux plus voir de femme. Je crois que je vais me faire moine et entrer dans un monastère.

— Mais elle serait parfaite pour toi, mon chéri. Je veux dire, je sais que ce n'est pas Kate, mais…

Joe étouffa un grognement.

Sa mère adorait Kate. Elle pensait qu'elle était la femme idéale, l'épouse idéale. Connaissant sa mère, Joe était persuadé qu'elle espérait que Kate allait reprendre ses esprits et quitter son mari pour revenir auprès de lui.

Si seulement cela pouvait arriver. Il imagina un instant sa vie, revenue à la normale comme par magie. L'année qui venait de s'écouler n'aurait été qu'une illusion, un mauvais rêve.

— Maman, je crois qu'il est temps que tu renonces à penser que Kate et moi finirons ensemble. Cela n'arrivera jamais, tu m'entends ? Jamais.

— Tu sais très bien que les gens changent d'avis, répliqua sa mère en haussant les épaules. Il arrive tout le temps que des mariages parfaitement unis se brisent.

Une allusion voilée à son propre mari, qui les avait quittés alors que Joe n'avait que huit ans.

A vrai dire, il était parti plusieurs fois, soit parce que l'une de ses idées géniales qui devaient les rendre riches du jour au lendemain avait capoté une fois de plus, soit pour suivre une autre femme. Mais son dernier départ avait été le pire. Il avait eu une liaison avec la femme qui habitait en face de chez eux, de l'autre côté de la rue. Cette dernière avait chassé son propre mari, et le père de Joe s'était installé chez elle.

Quand il fut ruiné une fois de trop, sa nouvelle compagne le chassa et perdit sa maison, qu'elle avait eu l'imprudence d'offrir en garantie. Ils partirent donc tous les deux, et Joe et sa mère n'eurent plus à les voir tous les jours.

— Kate ne quittera pas son mari. D'ailleurs, je ne veux pas qu'elle quitte son mari. Maman, je voudrais seulement…

— Quoi donc, mon chéri ? Que veux-tu ? Que dirais-tu d'un dîner en tête à tête avec cette sympathique jeune femme dont je t'ai parlé ?

— Non. Pas de dîner. Pas de jeune femme sympathique et ponctuelle.

— D'accord. Pas de dîner. Un verre, peut-être ?

— Non !

— Ce n'est pas une raison pour crier. Tu es bouleversé, mais je suis ta mère.

— Pardon. Je suis désolé. Vraiment.

— C'est à cause de cette horrible fille, reprit Mme Reed. Je ne vois pas d'autre explication. Tu ne t'es jamais conduit ainsi auparavant. Jamais tu ne m'as parlé sur ce ton.

— Maman, Kathie n'a rien d'horrible. C'est une fille tout ce qu'il y a de bien, et tu le sais. Tu l'as rencontrée à plusieurs reprises, et tu l'aimais beaucoup, jusqu'à l'an dernier.

— C'était avant qu'elle ne ruine ta vie.

— Elle ne m'a forcé à rien, tu sais.

Cette habitude qu'avait sa mère de toujours prendre sa défense. A ses yeux, il ne pouvait rien faire de mal. Cela avait certes été agréable quand il était enfant et même adolescent, mais à présent qu'il avait passé trente ans, cela devenait ridicule.

Bien sûr que le baiser de Kathie l'avait surpris, choqué même. Mais lui aussi avait voulu l'embrasser, et l'avait fait plus d'une fois.

— Joseph Daniel Reed…

— Maman, tu sais que je t'aime, mais ne fais pas ça…

Il était désolé pour le choc qu'elle avait subi en constatant le désastre que devenait la vie de son fils. Mais il ne supportait plus qu'elle lui fasse la leçon en l'appelant par ses deux prénoms, comme lorsqu'il était gosse.

— Ecoute, promets-moi que tu en as fini avec cette fille.

— J'en ai fini avec cette fille.

— Dieu merci. A présent, tout va rentrer dans l'ordre.

Joe fit un effort surhumain pour se souvenir qu'il était le fils unique d'une femme seule, qu'il était responsable d'elle.

Et ce n'était pas qu'une question de responsabilité. Il l'aimait réellement. Pendant si longtemps, ils n'avaient été que tous les deux.

Mais il ne supportait pas de l'entendre blâmer Kathie.

— Pense à la fille de mon amie, reprit-elle. Peut-être que je lui demanderai de passer à la banque un de ces jours, juste pour te dire bonjour.

— Non ! Plus personne ne vient me voir à la banque pour me dire bonjour !

Il ne savait même pas s'il y retournerait, à la banque.

Il finit par convaincre sa mère de partir, et se recoucha sur son canapé avec sa poche de glace, essayant de rassembler suffisamment de courage pour appeler Kathie et s'excuser.

Il appela la première fois à 8 h 30, puis toutes les demi-heures, jusqu'à 10 h 30, avant de se rendre compte que, soit elle s'était absentée — qui sait peut-être avait-elle fait ses valises et était-elle partie malgré les supplications de Kim —, soit elle n'avait pas l'intention de décrocher.

Très bien. Il parlerait donc à son stupide répondeur.

De toute façon il valait sans doute mieux qu'ils ne se parlent pas.

Il recomposa donc le numéro de Kathie et attendit le signal sonore du répondeur.

— Kathie, commença-t-il, n'efface pas ce message avant de l'avoir entendu, d'accord ? Tu n'es pas obligée de me répondre. Jamais. Mais laisse-moi te raconter ma vision des choses. Je veux que tu sois ici, à Magnolia Falls. Parce que tu y es chez toi. Ta famille était malheureuse sans toi, et je sais combien tu tiens à eux.

Il s'interrompit un instant pour reprendre son souffle.

— Kathie, si tu étais restée loin des tiens à cause de moi,

je ne me le serais jamais pardonné. C'est pour cela que j'ai accepté de venir te chercher, pas à cause des menaces de Jax. Je me faisais du souci pour toi, nous nous inquiétions tous. Je te devais de m'assurer que tu reviennes, parce que, je te le répète même si je sais que tu ne me crois pas, je suis autant à blâmer que toi pour ce qui s'est passé. Plus, en fait. J'étais celui qui était fiancé. C'était moi qui étais supposé en aimer une autre. Et j'ai trente et un ans, l'âge de savoir ce que je fais.

Il fit une nouvelle petite pause, et reprit.

— Je sais que tu aimais énormément ta mère, et je m'en veux terriblement d'avoir rendu les choses encore pires pour toi en cette période difficile. Je n'arrive pas à croire que j'ai agi ainsi. J'ai toujours essayé de vivre ma vie en respectant certaines valeurs, en évitant de blesser mon entourage, en particulier ceux que j'aime, mais l'an dernier, j'ai complètement échoué. Ecoute, ne pourrions-nous pas tourner la page ? Oublier nos blessures ? Ce serait tellement agréable de revenir à la normale. Toi, tu es enfin de retour où tu dois être. Ta famille t'adore. Jax, aussi dingue soit-il, n'a agi comme il l'a fait que parce qu'il t'aime et veut te protéger. Si j'avais une petite sœur et qu'un type l'ait aussi mal traitée que je t'ai traitée, je lui aurais cassé la figure sans attendre aussi longtemps que Jax l'a fait.

Bon. Ce n'était peut-être pas une bonne idée de reparler de la bagarre.

— Je suis désolé pour tout à l'heure. Vraiment. J'étais hors de moi, furieux contre moi-même et contre Jax. Quand j'ai prétendu que je ne souhaitais pas ton retour, je voulais dire en fait que je souhaitais voir la situation redevenir normale, mais que j'avais peur que ton retour ne me pousse de nouveau à agir comme un idiot envers toi.

Une crainte qui s'était avérée on ne peut plus fondée, pensa-t-il. Mais mieux valait éviter de le souligner.

— Je te demande pardon. Jax et moi avons juré à Kate de ne plus jamais reparler de toi. Et nous allons tenir parole. Kathie, tout ce que je veux, c'est que tu ailles bien. Que tu sois heureuse, ici, chez toi. Je t'en prie, ne repars pas à cause de moi.

Il finit par raccrocher, ne sachant pas vraiment ce qu'il avait dit, mais avec l'impression qu'il ne lui restait plus rien à ajouter.

Il était temps de passer à autre chose. Il se tiendrait loin de Jax. Peut-être accepterait-il de rencontrer Miss Ponctualité, qui avait tellement impressionné sa mère, et ensuite…

Pour ce qui était de la suite, il n'en savait rien.

Son visage lui faisait mal, sa jambe aussi. Il avait une migraine atroce, était probablement au chômage, et sa mère lui faisait la leçon comme s'il était encore un adolescent.

Il gémit et ferma les yeux.

- 7 -

Kathie écouta le message de Joe en entier, avec Kim assise à côté d'elle sur le canapé, silencieuse mais le regard brillant d'espoir.

— On dirait qu'il pense ce qu'il dit, finit-elle par remarquer, à la fin de la bande.

— On dirait, oui.

— Je veux dire, il n'aurait jamais été assez méchant pour prétendre qu'il ne voulait pas de toi à Magnolia Falls, même s'il l'avait pensé. Non que je croie que ce soit le cas, s'empressa-t-elle d'ajouter. C'était forcément Jax. Tu sais qu'il est capable de rendre fou n'importe qui.

— Je sais.

Kathie serra un coussin jaune contre elle, pelotonnée dans un coin du canapé.

— Tu dois rester, il le faut.

— Je l'ai promis, Kim.

— On ira faire de longues promenades, on pique-niquera au bord du lac et on passera de temps en temps un week-end à la plage. On se lèvera tard, on ira bronzer, et surtout, on ne corrigera pas de devoirs d'élèves ! Qu'en dis-tu ?

— D'accord, fit Kathie en ébauchant un sourire.

A cet instant, elle était prête à accepter n'importe quoi.

De partir à la mer. Autour du monde. Sur mars. Tout lui convenait.

Elles finirent par aller se coucher.

Kathie s'attendait à ne pas pouvoir fermer l'œil, mais elle dormit comme un loir, et quand elle rouvrit les yeux, elle aperçut sa sœur qui la regardait.

Kim avait passé la tête par la porte entrebâillée, et paraissait inquiète.

— Que se passe-t-il encore ? demanda Kathie en s'étirant.

— Jax est là.

Kathie émit un grognement, et Kim s'empressa d'ajouter :

— Il n'a pas l'air fâché. En fait, il est tout à fait calme, et Gwen l'accompagne. C'est plutôt elle qui a l'air furieuse. Contre lui. Et Kate est venue elle aussi. Ils voudraient te parler.

Kathie fronça les sourcils et consulta sa montre.

— Il n'est même pas 8 heures.

— Je sais. Ils doivent tous aller travailler, et je crois qu'ils avaient peur d'attendre jusqu'à ce soir pour te parler. La seule bonne nouvelle, c'est que Jax t'a fait une surprise.

Kathie soupira. Elle avait une peur bleue des surprises venant de son frère, mais Kim ouvrit la porte en grand et un superbe berger australien couleur caramel bondit dans la chambre en jappant de joie. Il posa ses pattes de devant sur le lit et lécha la joue de Kathie.

— Roméo, bébé, salut ! Tu m'as manqué, dit-elle, émue, en le serrant dans ses bras.

Une minuscule petite boule de poils blancs entra à sa suite et bondit sur le lit, aussi excitée que Roméo.

— Salut Pétunia, tu es toujours aussi mignonne, et toi aussi, tu m'as manqué.

Roméo avait été le chien de sa mère, et, pour Kathie, le serrer dans ses bras était tout ce qui lui restait de sa présence physique. Sa mère avait tellement aimé ce chien. C'est Jax qui en avait la garde à présent. Et Pétunia, le grand amour de Roméo, appartenait à Gwen. Kathie les caressa tous les deux.

— On pourrait rester ici tous les trois et refuser de les voir, leur dit-elle. On pourrait se rendormir et les oublier, qu'en dites-vous ?

Les chiens jappèrent et remuèrent la queue.

— Ou on pourrait attendre qu'ils s'en aillent, puis aller se promener au parc, poursuivit-elle.

Mais Kim la rappela à la réalité.

— Tu sais bien qu'ils ne partiront pas sans t'avoir vue.

Kathie soupira.

— Oh, je sais…

Elle s'extirpa de son lit à contrecœur et enfila un sweaT-shirt par-dessus son pyjama.

— On va se débarrasser d'eux, et après, on ira au parc, promit-elle aux chiens.

Elle ne se brossa ni les cheveux, ni les dents. Si sa famille ne pouvait pas la laisser dormir après la journée de la veille, elle les recevrait comme elle était. Il était temps qu'ils apprennent tous à la respecter et à la laisser vivre à son gré.

Comme si elle allait livrer bataille, elle entra à grands pas dans la pièce, les chiens sur les talons, et s'arrêta devant son frère, silencieuse, les bras croisés sur la poitrine en signe de défi.

Il avait une tête à faire peur, mais elle refusa de se laisser attendrir à la vue de ses blessures.

Il la regarda sans rien dire, l'air infiniment triste. Gwen et Kate le poussèrent du coude. Il prit une profonde inspiration et se lança.

— D'accord… Kathie… Oh, petite sœur, je…

Elle ne put résister plus longtemps. Bien qu'il la rendît folle, elle aimait ce frère qui l'avait toujours protégée. Elle se jeta à son cou, enfouit son visage contre sa chemise et sentit ses bras puissants la serrer contre lui.

Luttant contre les larmes, elle exigea :

— Plus un mot au sujet de Joe et moi, ni de toute cette histoire. Plus un mot.

— Promis.

— Jamais.

— D'accord. Jamais.

Kathie recula et plongea son regard dans le sien.

— Et pas un mot à Joe non plus, exigea-t-elle.

— Kate m'a déjà fait promettre de ne plus jamais lui parler de toi.

— Et plus de bagarres.

— Je jure de ne plus lever la main sur lui.

— Il ne trébuchera pas *par hasard*, et n'aura plus *d'accident* ?

— Non.

Kathie sentit que c'était le moment de profiter de son avantage.

— Et pas un mot non plus si je rencontre un homme… un homme…

Elle soupira. Difficile d'imaginer qu'il puisse un jour y

avoir un autre homme que Joe dans sa vie. Mais Joe avait-il jamais réellement été dans sa vie ?

— … Que je fréquenterais. Jamais.

Il hésita.

Kathie le fixa d'un regard implacable, soutenue par ses sœurs, Gwen et les chiens.

— D'accord, d'accord, marmonna-t-il, levant les bras en signe de défaite.

Puis ce fut au tour de Kate de dicter ses exigences.

— Tu ne forceras plus jamais mon mari à participer à tes mauvais coups.

— D'accord.

— Et tu n'essaieras plus de convaincre tes copains flics de harceler Joe, ajouta Gwen, qui tenait Pétunia dans les bras.

— Quoi ? fit Kate.

— Tu as fait ça ? demanda Kathie furieuse.

— Oh ! Il n'a eu que quelques contraventions, c'est tout, se défendit Jax.

— Plus jamais ? insista Gwen, intransigeante.

— D'accord, je ne le ferai plus.

Kim, qui ne voulait pas être en reste, se lança.

— Et n'en profite pas pour reporter toute ton attention sur moi, et le garçon avec lequel je sors.

— Très bien, promit-il.

— Tu as une de ces têtes, ajouta-t-elle en s'approchant pour inspecter son visage. Tu m'as fait peur, andouille ! Tu nous as fait peur à toutes !

— Pardon.

Il sourit à sa petite sœur, puis se tourna vers Kathie.

— Alors… tu restes ?

— Pour l'instant…

Elle n'était pas prête à promettre quoi que ce soit de plus.

Ils prirent de nouveau tous un air pitoyable, jusqu'à Roméo, qui lui poussa la main du museau en gémissant.

— Gwen, annonce-lui la bonne nouvelle, proposa alors Kate.

Le visage de Gwen s'éclaira aussitôt.

— Il va falloir que tu restes au moins pour les prochaines semaines, parce que Jax et moi avons renoncé à attendre que ma mère se remette de sa hanche brisée pour nous marier. Elle exagère. Cela fait déjà trois mois, et elle refuse toujours de faire de la physiothérapie. Elle est vexée que Jax et moi voulions vivre à Magnolia Falls plutôt qu'en Virginie, où elle habite. Je crois qu'elle espère nous faire changer d'avis en retardant notre mariage.

— Ou peut-être qu'elle espère que Jax fera quelque chose de tellement horrible que tu changeras d'avis et refuseras de l'épouser, suggéra Kathie.

— Eh ! s'écria Jax. Jamais ! Elle m'aime, elle est dingue de moi.

— Ça... il faut qu'elle le soit, constata Kathie qui ne put retenir un sourire.

— Et elle va m'épouser dans un mois, annonça Jax, radieux.

— Un couple qui devait se marier le mois prochain a annulé son mariage, et Ben nous a proposé leur place, expliqua Gwen. Nous nous sommes dit que les blessures de Jax seraient guéries d'ici là, alors... nous avons accepté !

— Merveilleux ! s'écria Kathie. Il était temps !

— Ça, tu peux le dire ! répliqua Jax.

Kathie savait qu'il avait été prêt à passer par le chas d'une aiguille pour obtenir l'entière approbation de la mère de Gwen pour ce mariage. Il avait été jusqu'à le repousser pendant des mois, acceptant d'attendre jusqu'à ce qu'elle soit suffisamment remise pour y assister. Et cela parce qu'il savait combien la présence de sa mère était importante pour Gwen. Mais apparemment, ils avaient fini par renoncer à différer leurs projets.

— Un mois, c'est court, et nous n'avons plus beaucoup de temps pour les préparatifs. Tu nous aiderais Kathie ? Et toi, Kim ?

— Bien sûr qu'on va vous aider ! s'écria Kim en levant sur Kathie un regard plein d'espoir.

— Nous sommes à votre service, acquiesça Kathie en souriant. Il vous suffit de nous dire ce que nous pouvons faire.

— Un tas de choses ! répondit Gwen. Un tas de choses.

— Viens, dit Kate en entraînant Jax par le bras. Laissons-les.

Pendant plusieurs jours, la ville entière ne parla que de l'incident à la banque. Kathie ignora les ragots autant qu'elle le put, garda la tête haute, et aida Gwen à préparer son mariage.

Pendant toute une semaine, elle réussit à ne pas croiser Joe ou Jax, jusqu'au jour où elle se trouva littéralement nez à nez avec son frère qui sortait d'un café, tôt le matin.

Il tenait un plateau avec quatre cafés, qu'il faillit renverser.

Comme d'ordinaire, les têtes se retournèrent et des yeux curieux les observèrent tandis que Jax la suivit à l'intérieur, revenant sur ses pas.

— Tu vas bien ? demanda-t-il.

Elle hocha la tête.

— Et toi ? Ton chef s'est décidé ? Est-ce qu'il t'a suspendu ?

— Non. Je m'en suis finalement tiré sans suspension.

Lorsqu'un policier en uniforme se battait avec un directeur de banque et le faisait passer au travers d'une vitre, ses supérieurs ne pouvaient manquer de s'en apercevoir. D'après ce que Kathie avait entendu raconter, son frère et Joe s'étaient couverts l'un et l'autre en continuant à prétendre qu'il s'agissait d'un accident. Le chef de Jax n'avait questionné personne pour vérifier cette version des faits.

Cette faveur était probablement due au souvenir de leur père, qui avait lui aussi été policier, et était mort d'une blessure par balle, en intervenant sur les lieux d'un braquage. C'était à lui que Jax devait de ne pas avoir été renvoyé.

— Mais je me tiens à carreau, lui avoua-t-il.

Elle fronça les sourcils.

— En essayant d'amadouer tout le monde avec le meilleur café de la ville ?

— Ouais, fit-il avec un sourire détendu. Et d'ailleurs, je suis coincé au bureau pendant une semaine. Le chef ne pouvait pas laisser passer ça sans réagir. Mais ce n'est rien.

Il la regarda d'un air attendri avant de changer de sujet.

— Merci d'aider Gwen pour les préparatifs du mariage.

— Je t'en prie.

— A bientôt.

Au moment où il allait sortir, la porte s'ouvrit, et Joe entra, boitant légèrement.

Sans un mot Jax recula pour le laisser passer.

Kathie retint son souffle, tout comme une bonne partie des personnes présentes.

Ils avaient encore tous les deux le visage tuméfié après

leur fameuse bagarre. Tout le monde s'attendait à un nouvel épisode sanglant.

Mais, sous les yeux d'une Kathie à la fois surprise et reconnaissante, Jax se contenta de saluer Joe d'un bref mouvement de tête, les lèvres serrées. Joe en fit de même de son côté.

— Bravo, murmura Kathie. Mais pourriez-vous prendre un air un peu moins sinistre ? Pour moi ?

Jax se raidit, mais incurva légèrement la commissure de ses lèvres vers le haut, bientôt imité par Joe.

— Merveilleux ! Merci. Jax n'a pas été renvoyé, apprit-elle à Joe. Et toi ?

— Moi non plus.

— Suspendu ?

— La banque ne suspend pas ses employés.

— Mis à l'épreuve ?

— Pas exactement.

— Alors comment ont-il réagi ?

— Par quelque chose qui était entre la menace et l'avertissement, j'imagine.

— Charmant.

— Ce n'était pas pire que ce que je méritais, avoua Joe en coulant un regard prudent en direction de Jax.

Il semblait soulagé que Jax ne puisse lui adresser la parole et, à la réflexion, Kathie découvrit qu'elle partageait ce sentiment.

— Jax était en train de partir, enchaîna-t-elle en tenant la porte ouverte pour son frère. Au revoir Jax !

Il sortit sans se battre mais on ne pouvait pas lui en demander plus. Apparemment, il n'avait pas totalement déposé les armes.

— As-tu écouté mon message ? demanda Joe, une fois qu'ils furent seuls tous les deux.

Kathie hocha la tête, se rapprochant de lui pour éviter que des oreilles indiscrètes ne suivent leur discussion. Elle se sentit tout à coup proche de lui. Trop proche de lui.

— Je regrette vraiment ce qui s'est passé, poursuivit-il.

— Je sais, répondit Kathie, la tête baissée, le regard obstinément fixé sur une rayure de sa cravate.

Jamais elle ne s'était sentie dans une situation aussi inconfortable. C'était comme si la pièce se refermait sur eux. Tout le monde les observait et tentait de surprendre leurs propos.

Joe se déplaça de façon à faire écran entre elle et une bonne partie de la salle, puis il se pencha pour murmurer à son oreille :

— Je ne pensais pas ce que j'ai dit, je te le jure.

— Je sais.

Elle essaya d'ignorer le frisson qui la parcourut lorsqu'elle sentit son souffle chaud sur son oreille. Ou peut-être n'était-ce que le son de sa voix.

Oh mon Dieu, il avait toujours le même effet sur elle !

— Viens, je t'invite à prendre le thé, lui proposa-t-il. Tu aimes toujours celui qui est si fort ? Comment s'appelle-t-il déjà ?

— Tchaï.

— D'accord. Prouvons à tout le monde que nous pouvons agir de façon civilisée et buvons quelque chose ensemble.

— D'accord.

Elle devrait bien être capable de boire une tasse de thé avec lui dans un endroit public sans tomber en morceaux.

Joe commanda, et ils trouvèrent une table où s'asseoir.

Une autre table minuscule, malheureusement. Quel mauvais génie avait donc rétréci le mobilier de cette ville ?

Kathie s'assit sur sa petite chaise, se tenant aussi droite que possible, ignorant, au prix d'un gros effort, que son genou touchait celui de Joe.

Elle croisa les mains devant elle. Quelques instants plus tard, elle se rendit compte, consternée, qu'elle ne cessait d'agiter les doigts, incapable de rester tranquille. Puis elle constata avec surprise que Joe, lui, tambourinait nerveusement sur la table. Quand il vit qu'elle l'avait remarqué, il s'interrompit, embarrassé.

— Je... euh... je suis heureuse qu'ils ne t'aient pas renvoyé.

Elle avait prononcé les premiers mots qui lui étaient venus à l'esprit. D'une banalité affligeante, pensa-t-elle aussitôt.

— Moi aussi.

— Je suis désolée pour ce gâchis.

— Moi aussi. Bien que, je dois le reconnaître, cela ait plutôt été une expérience intéressante de me balader dans la rue en ayant l'air de sortir d'une bagarre. Il y a une femme en Harley, une motarde en pantalon de cuir noir, qui m'a jeté un regard appréciateur hier. C'est le genre de femme qui ne m'aurait même pas vu, sans ce reste d'œil au beurre noir et ma pommette tuméfiée. Cela a été une toute nouvelle expérience pour moi.

— Joe le bagarreur ? Non, ce n'est pas toi du tout.

— Quant à Martha, renchérit-il, c'est comme si elle avait changé de fonction à la banque. Tu devrais la voir surveiller la porte d'entrée. On dirait qu'elle a pris des cours à la C.I.A. Elle se tient toujours sur ses gardes. Grâce à ce qui s'est passé, la sécurité de la banque est renforcée pour les dix prochaines années.

Kathie se mit à rire, et aussitôt des têtes se retournèrent. Elle les ignora, déterminée à ne pas montrer qu'elle avait envie de disparaître sous terre.

— Je crois qu'elle a réellement peur qu'un des membres de ta famille ne prenne la banque d'assaut, poursuivit Joe. J'ai essayé de lui expliquer que tu étais la personne la plus pacifique du monde, tout comme le reste de ta famille, à l'exception de Jax, mais je ne parviens pas à la faire changer d'avis.

— Ah. Eh bien je vais peut-être devoir transférer mon compte en banque, je ne voudrais pas traumatiser inutilement ta secrétaire.

— Justement, c'est une autre chose intéressante. Figure-toi que l'activité de la banque a soudain augmenté. Les gens cherchent une raison de traîner là, pour assister au prochain *combat*. Si nous pouvons convaincre, ne serait-ce qu'une petite partie d'entre eux, d'ouvrir un compte chez nous, ce sera le meilleur semestre que nous ayons jamais fait.

La serveuse apporta un café pour Joe et un thé pour elle. Entourant la tasse chaude de ses mains, elle savoura le breuvage épicé et sucré. C'était tellement étrange de boire un thé avec Joe, de rire de sa bagarre avec Jax, et de l'écouter essayer de lui faire croire que ce nouveau désastre avait eu des conséquences positives pour lui.

C'était lui tout craché, pensa-t-elle, émue.

Il ferait n'importe quoi pour qu'elle se sente mieux.

Il reprit la parole.

— Alors, tu reçois encore des offres d'emploi ?

Elle acquiesça d'un hochement de tête.

— Mais tu n'en as encore acceptée aucune ?

— Pas encore, mais… Ne te moque pas, d'accord ?

— D'accord.

— Je vais accepter d'aider Charlotte Simms et son association Grands Frères, Grandes Sœurs.

— Tu plaisantes ?

— Non. C'était une offre sincère de sa part, et ils ont réellement besoin d'aide.

Elle lui sourit et resta là, assise, essayant de ne pas penser à ce qui aurait pu arriver si les choses s'étaient déroulées différemment. Si Joe n'était pas entré dans sa vie par l'entremise de sa sœur. Si elle l'avait vu la première. S'il était tombé amoureux d'elle et non de sa sœur.

On ne pouvait rien changer à la situation, bien sûr. La seule chose qu'elle pouvait encore espérer, c'était d'éviter un désastre, ce qui était encore loin d'être gagné.

— Donc, fit-elle en poursuivant son histoire, je suis allée parler à Charlotte qui m'a expliqué que quand la situation familiale des enfants se détériore et qu'ils sont placés dans une famille d'accueil, leur scolarité figure en général parmi les premiers dommages collatéraux. Ils ont souvent changé plusieurs fois d'école, ils sont séparés de leurs parents, ils n'ont plus leurs camarades et, pendant une période plus ou moins longue, tout leur est indifférent. Nombreux sont ceux qui prennent alors du retard à l'école et qui ont besoin qu'on les aide. C'est quelque chose que je sais faire et que j'aimerais faire, je crois. Et puis, ce n'est pas comme si je m'engageais à très long terme dans un nouveau poste.

— Kathie…

— Je ne voulais pas dire que je pense à repartir, le coupat-elle. Je constate simplement qu'accepter ce bénévolat me permettra de garder toutes les options ouvertes.

Joe hésita visiblement à argumenter et se contenta d'approuver.

— Très bien. Je comprends.

« Demande-moi de rester, Joe », pensa-t-elle.

Bien sûr, il ne le fit pas.

Que faudrait-il pour qu'il lui demande de rester, pour qu'il le souhaite vraiment ?

— Pourtant, ajouta-t-elle pour meubler le silence qui menaçait de s'installer entre eux, une amie de ta mère m'a chaudement suggéré d'aller enseigner à l'étranger, en Thaïlande, figure-toi.

Joe écarquilla les yeux.

— Tu veux rire ?

— Non. Il s'agit d'une femme que ta mère a rencontrée au bridge. Elle prétend que ce serait une fantastique aventure pour moi, et que toutes les jeunes femmes devraient connaître au moins une grande aventure dans leur vie.

— Je vais l'étrangler ! s'écria Joe.

De nouvelles têtes se tournèrent vers eux.

— Qu'y a-t-il ? demanda Kathie.

— C'est ma mère. Elle devient aussi tyrannique que ton frère.

— Tu crois que ta mère a poussé son amie à me convaincre de partir travailler à l'autre bout du monde ?

— Oui, admit-il d'un air contrit.

Le sourire de Kathie mourut aussitôt sur ses lèvres.

— Alors maintenant, ta mère me déteste ?

— Non, non ! ce n'est pas ça.

— Mais cela ne doit pas être loin de la vérité si elle veut me voir en Thaïlande.

— C'est juste qu'elle s'inquiète.

— De quoi ? De te savoir sur le même continent que moi ?

— Elle a sans doute suivi les mêmes cours que Martha à la C.I.A., essaya-t-il de plaisanter.

Mais s'il avait eu l'intention de la faire sourire, c'était raté.

— J'ai toujours cru que ta mère m'aimait bien, dit-elle tristement. Qu'elle aimait toute ma famille.

— Mais c'est le cas. Seulement, il y a ce plan qu'elle a monté avec son amie du groupe de bridge, une amie qui a une fille. Il paraît qu'elle est extrêmement ponctuelle. Ma mère et sa mère aimeraient que l'on sorte ensemble.

— Oh, fit Kathie en plongeant le nez dans sa tasse de thé.

Que Joe sorte avec une autre ?

Etrangement, elle n'avait jamais considéré cette possibilité… déplaisante.

— Eh bien… tu as toujours accordé beaucoup d'importance à la ponctualité, non ?

Joe émit un son étrange, entre rire et grognement.

— Je trouve pourtant que si la première chose que l'on trouve à dire à son sujet c'est qu'elle est ponctuelle… avoue que cela s'annonce mal. Et que tout le monde semble penser que je trouverais cette qualité irrésistible chez une femme avec laquelle je sortirais… Qu'est-ce que cela révèle de moi ? Suis-je vraiment tellement ennuyeux ?

— Pas du tout ! s'écria Kathie. Tu es tellement… solide. On peut toujours compter sur toi.

Joe grimaça.

— Tu penses que je mérite Miss Ponctualité.

— Non ! Ce n'est pas du tout ce que je veux dire.

Les amants de Magnolia Falls

— Pourtant, j'ai bien peur que ce soit le cas. Mais je compte dire deux mots à ma mère. Elle va immédiatement cesser de pousser ses amies à t'encourager à quitter la ville.

— Non, ce n'est pas grave et…

— Si, la coupa-t-il en recouvrant sa main de la sienne.

Il lui serra la main, et elle leva le regard sur lui.

— Je ne veux pas que tu partes, dit-il, l'air coupable.

— Il y a pourtant une partie de toi qui ne veut pas de moi ici.

— Ce n'est pas toi le problème, c'est moi. Il semble que je ne sois plus capable de penser comme avant. C'est comme si les circuits de mon cerveau refusaient de se connecter correctement. C'est déroutant. Comme je te l'ai dit au téléphone, je crois que je traverse une crise.

Kathie pencha la tête de côté pour l'examiner attentivement.

Il ne parvenait plus à penser clairement ? Lui ?

A présent qu'elle y prêtait attention, il est vrai qu'il paraissait confus et mécontent de l'être.

Il lâcha sa main, repoussa la tasse qu'il avait devant lui, et s'apprêta à se lever.

Mais Kathie ne voulait plus qu'il s'en aille. Pas maintenant où la conversation devenait passionnante.

— Tout le monde passe par des périodes de confusion, Joe.

— Pas moi. Pas jusqu'à l'an dernier, du moins. Ma mère pense que j'ai besoin d'un psy. Mon patron aussi m'a suggéré une thérapie. Tu te rends compte ? Moi ? Une thérapie ?

Kathie rit doucement en voyant l'expression de Joe. On aurait dit qu'on lui avait proposé d'avaler des vers.

— Un ami du Lions Club m'a conseillé de faire de la varappe

352

avec lui. Il paraît que c'est un bon moyen de se clarifier les idées. Imagine : j'aurais besoin de grimper sur une montagne pour penser clairement. Non. Je crois simplement que je traverse une phase qui cessera d'elle-même. C'est peut-être la crise de l'âge mûr, qui me frappe un peu en avance.

— Bien sûr. Tu as toujours été tellement en avance sur les autres, que tu vis ta crise de la cinquantaine avec quinze ou vingt ans d'avance...

— Peut-être... Quoi qu'il en soit, si je n'y vais pas maintenant, je vais être en retard. Et c'est la dernière chose à faire. Martha s'inquiéterait tellement qu'elle appellerait probablement la police pour signaler mon enlèvement. Je n'ai jamais été en retard de ma vie, et commencer à présent ne ferait qu'alimenter les rumeurs qui circulent à mon sujet.

— Et tu n'as certainement pas besoin de cela.

— Cela m'a fait plaisir de te parler, Kathie. On pourrait recommencer. Tout pourrait redevenir normal entre nous, tu ne crois pas ?

Normal ? Il n'y avait jamais rien eu de normal dans ses rapports avec Joe.

— On peut essayer en tout cas.

— Bien. A bientôt alors.

— A bientôt Joe.

Elle resta assise seule à la table qu'il venait de quitter, repensant à tout ce qu'il avait dit.

Il ne parvenait plus à penser clairement ?

Lui qui était d'ordinaire l'homme le plus rationnel qu'elle ait jamais connu. Cela devait certainement signifier quelque chose.

Le plus surprenant, c'était que Kate lui avait dit, l'automne passé, que lorsqu'elle avait rencontré Ben, pour qui elle avait aussitôt eu le coup de foudre, il lui était arrivé exactement la même chose.

Elle ne pouvait plus penser clairement.

Kate, qui jusqu'alors s'était montrée aussi logique que Joe.

Kathie s'exhorta à ne pas imaginer qu'elle était pour quelque chose dans le trouble de Joe.

Pourtant, elle était quasiment sûre qu'il ne pouvait s'agir de Miss Ponctualité, comme il l'appelait.

Rien qu'à penser à elle, Kathie se sentait l'envie de lui arracher les yeux. Comment pouvait-elle être aussi jalouse d'une femme que Joe n'avait même pas encore rencontrée ? Elle était ridicule.

Mais la mère de Joe voulait qu'elle parte en Thaïlande, parce qu'elle la rendait responsable de tout ce gâchis.

C'était injuste.

Comme il était injuste qu'elle se reprenne à espérer, alors que Joe était probablement simplement confus à cause de tous ces événements, et qu'il ne ressentait rien pour elle. Elle en aurait une fois de plus le cœur brisé.

Mon Dieu, non !

Elle n'allait pas commettre deux fois la même erreur avec le même homme.

- 8 -

Le mariage de son frère approchant, Kathie se joignit à ses sœurs et Gwen pour l'essayage de leur robe de demoiselle d'honneur. Elles allaient également essayer de trouver une robe pour Shannon.

Tandis qu'elles attendaient que Shannon sorte de la cabine d'essayage, Kate s'approcha de Kathie. Toutes deux portaient leur robe de satin jaune pâle.

— Shannon a grandi tellement vite, fit remarquer Kate. On dirait presque une adulte, tu ne trouves pas ?

Kathie passa un bras autour la taille de sa sœur.

— Je trouve surtout qu'elle a l'air heureuse. C'est une autre personne. Vous avez fait du bon travail, Ben et toi.

— Figure-toi que nous recevons déjà de la publicité des universités.

Kate soupira avant de poursuivre.

— On n'a même pas encore officialisé son adoption. Comment pourrions-nous envisager de l'envoyer à l'université, loin de nous ?

— Allez, tu sais bien qu'elle fait pour toujours partie de notre famille. Et vous n'êtes pas du genre à la retenir de vivre sa vie, surtout quand il s'agit d'éducation.

— Bien sûr. Mais cela ne veut pas dire que je ne suis pas triste.

Shannon sortit de la cabine dans une robe bleu pâle, avec un air montrant clairement ce qu'elle en pensait.

— D'accord, dit Kate, tu avais raison. Ce n'est vraiment pas toi. Essaie la robe serrée, alors.

Shannon remonta sa jupe pour faire demi-tour, découvrant une paire de baskets noires montantes. Kate fit la grimace et lui lança :

— Je croyais avoir brûlé ces chaussures !

— Non, elles étaient au fond de ton armoire. J'ai pensé que tu me les avais empruntées, et que tu avais oublié de me les rendre, répondit Shannon en riant.

Kate leva les yeux au ciel, et ne put s'empêcher de rire à son tour.

— Que veux-tu que je te dise ? dit-elle à Kathie, ce n'est pas vraiment une relation mère-fille traditionnelle, mais cela fonctionne bien pour nous.

— Et moi qui croyais qu'après t'être tellement occupée de Kim et de moi, la dernière chose que tu souhaitais, était de prendre une adolescente en charge.

— Je l'aurais cru moi, en effet, répondit Kate, pensive, en haussant les épaules. Comme quoi, on ne sait jamais ce que la vie nous réserve.

La couturière, Miss Nancy, avait un fils qui était le meilleur ami de Jax depuis la maternelle. Elle appela Kathie auprès d'elle, devant un miroir à trois pans.

Kathie obéit, avançant vers elle dans un bruit de froufrous. La robe lui plaisait ; elle était plutôt simple, avec un col bateau qui s'étendait jusque sur ses épaules, des mancherons, une taille ajustée et une jupe ondoyante.

Kate la suivit, bien que sa robe ait déjà été retouchée.

— Vous avez perdu du poids, remarqua Miss Nancy en fronçant les sourcils tandis qu'elle plaçait ses épingles aux endroits où elle devrait reprendre le corsage.

— Peut-être un kilo ou deux, reconnut Kathie.

— Il était temps que vous reveniez. Votre mère n'aurait pas accepté que vous preniez ainsi la fuite.

— Oui madame, répondit Kathie docilement.

— J'ai besoin de plus d'épingles, ne bougez pas, ordonna Miss Nancy en s'éloignant.

Lorsqu'elles furent seules, les deux sœurs se mirent à rire.

— Elle me fait toujours peur !

— A moi aussi.

Mais soudain, les yeux de Kathie s'embuèrent.

— Ne pleure pas, ma sœur, la supplia Kate. Si tu te mets à pleurer, je vais t'imiter.

— J'essaie de me retenir. C'est juste que l'on a tellement perdu de monde dans notre famille. Je ne pensais pas qu'un jour, on y accueillerait de nouveaux membres. J'aime beaucoup Gwen ; elle semble adorer Jax et le rendre heureux.

— Oui, acquiesça Kate, ce serait beau si à partir d'aujourd'hui, la famille ne faisait que s'agrandir.

Miss Nancy, qui revenait avec ses épingles, entendit ces derniers mots. Elle regarda ostensiblement la taille de Kate.

— Si vous avez quelque chose à me dire, faites-le maintenant ma petite. Je sais que deux semaines, ça ne paraît pas beaucoup, mais dans certaines situations, cela peut signifier beaucoup de travail de dernière minute si vous cachez des secrets à des gens comme moi.

— Je n'ai pas de secrets, lui assura Kate. La seule personne que nous comptons accueillir au sein de la famille dans un proche futur, c'est Shannon, l'adolescente qui essaie une robe dans votre cabine.

— Vous en êtes sûre ?

— Absolument.

Miss Nancy la regarda d'un air dubitatif avant de se remettre au travail sur la robe de Kathie.

Kate fit une grimace effrayée dans son dos, et toutes deux pouffèrent de rire.

— Je n'avais pas encore l'intention de t'en parler…, commença Kate, hésitante, c'est encore si neuf, mais il n'est pas impossible qu'un nouveau venu vienne s'ajouter à la famille.

Kathie, perplexe, ne comprit pas tout de suite.

— Tu veux dire que Gwen est enceinte ?

— Ahhh ! s'écria Miss Nancy en piquant Kathie d'une épingle.

— Aïe !

— Eh, que se passe-t-il là-bas ? lança Kim depuis l'autre bout du magasin où elle était occupée à se choisir une nouvelle paire de chaussures.

— Rien ! cria Kate à son intention.

Plus doucement, elle rectifia :

— Non, ce n'est pas ce que j'ai voulu dire.

Miss Nancy les regarda sévèrement.

— Ne me faites pas peur comme ça, surtout quand j'ai des objets pointus dans les mains.

— Pardon, dit Kate.

Miss Nancy finit par se calmer et reprendre son travail.

— Je parlais de Ben et moi, murmura Kate, et de ce que nous pourrions faire une fois que Shannon sera partie. Nous en parlions l'autre soir, et il m'a dit que si elle nous manquait trop, nous pourrions adopter toute une maisonnée d'adolescents, si nous en avions envie.

— Kate !

— Je sais. D'abord j'ai pensé qu'il était devenu fou, mais qui sait ? Kim et toi étiez adolescentes quand maman est tombée malade, et j'ai l'impression de comprendre les adolescents. Je regarde Shannon, et je me dis : « Je sais comment m'en occuper. » Mais je ne connais rien aux bébés. Peut-être que les adolescents, c'est notre truc, à Ben et à moi.

Kathie la regarda sans rien dire. Sa sœur, avec une maison pleine d'adolescents ?

— Eh les filles, qu'en dites-vous ? lança Kim en brandissant une paire de sandales blanc cassé avec des talons de sept centimètres.

Pour toute réponse, Kate grimaça.

— Très bien, je vais continuer à chercher, consentit Kim, bonne joueuse.

— Tu crois que j'ai perdu la tête ? demanda Kate à Kathie.

— Non. C'est que je ne t'imaginais pas adopter tout un tas d'adolescents, répondit Kathie prudemment.

— Je sais. Et je ne dis pas qu'on va le faire dans les semaines qui suivent. Ben en a parlé l'autre soir, et… l'idée m'a plu. Il y a tellement de gosses de l'âge de Shannon qui n'ont pas de famille, et qui ont pratiquement abandonné tout espoir d'en avoir une un jour. Ecoute, c'est juste une idée à laquelle nous allons penser. C'est que maintenant, tout va si bien pour nous. Mis à part Jax, quand il devient fou et propulse Joe à travers les parois de verre, bien sûr.

— Ma petite je place une épingle dans un endroit délicat, ne bougez pas, prévint Miss Nancy.

— Bien madame, répondit sagement Kathie.

Kate se mit à rire.

— Je suis si heureuse. J'ai un merveilleux mari, une fille et un travail que j'adore. Jax et Gwen se marient. Tu es de retour. Kim est enfin rentrée de l'université. C'est comme si… je pouvais faire tout ce que je voulais. Comme si tout était possible.

— En effet, c'est fantastique, dit Kathie, sans réel enthousiasme toutefois.

— Vraiment, c'est la vérité. Et il est temps que tu m'écoutes quand je te le dis, Kathie. Ne reprends pas la fuite…, ajouta-t-elle en posant une main sur son bras.

— Elle ne peut pas s'enfuir maintenant, je n'ai pas fini, gronda Miss Nancy, la bouche pleine d'épingles.

Les deux sœurs retinrent un fou rire.

— Ecoute-moi, et crois-moi, reprit Kate. Ben est mon homme. L'homme de ma vie. Je le sais. Je ne veux personne d'autre que lui, et ne le voudrai jamais. Tu vois, je ne peux même pas parler de lui sans rougir. Je suis folle amoureuse de lui, et si heureuse, que j'ai peine à y croire.

— Mais… et si tu changes d'avis ? hasarda Kathie d'une petite voix.

— Je ne changerai jamais d'avis.

— Tu as bien changé d'avis au sujet de Joe.

— Non, j'ai commis une erreur avec Joe.

— A mon avis, chérie, intervint Miss Nancy, si vous pouvez attendre cinq ans avant de vous décider à épouser un homme, autant attendre toujours, parce que, à l'évidence, vous n'y tenez pas vraiment.

— Elle a raison, dit Kate.

Kathie ne répondit pas et resta là, immobile, coincée par sa robe et une femme autoritaire armée d'une tonne d'épingles. Elle voyait bien que sa sœur était épanouie. Depuis qu'elle était rentrée, elle avait eu le temps de constater que Kate n'avait pas seulement l'air heureuse, mais différente. Plus douce. Plus tendre. A l'aise. Bien sûr, elle était toujours capable de se fâcher, comme avec Jax, l'autre jour. Mais il y avait désormais quelque chose de fondamentalement différent chez elle.

— Regarde-moi, reprit Kate. Tu sais que c'est vrai, tu sais que je suis heureuse.

— Je voudrais y croire. Mais je me sens encore tellement coupable…

— Il ne le faut pas. Parce que je ne regrette rien. Rien du tout. Cela aurait été une erreur d'épouser Joe. Je le sais. Et ce qui s'est passé entre vous m'a aidée à m'en rendre compte. Sans cela, je n'aurais pas trouvé Ben. Je ne l'aurais pas épousé, et ne serais pas si ridiculement heureuse.

Kathie ravala ses larmes et tendit les bras vers sa sœur.

— Ah non ! Ne bougez pas ! lança Miss Nancy. Une dernière épingle. Voilà !

— Oh, c'est parfait ! s'écria Gwen derrière elles. Shannon, c'est absolument parfait !

Kathie se retourna et découvrit Shannon dans un fourreau brillant, bleu glace. La jeune fille avait l'air incroyablement jeune et adulte à la fois. Elle se tenait devant elles, mal à l'aise, fronçant les sourcils, semblant espérer qu'on lui dise que cette robe lui allait à ravir, tout en ayant peur que le miroir ne lui mente.

— Parfait, confirma Kate.

— Eh bien, puisqu'ils n'ont pas de cuir noir ici…, marmonna Shannon avec un haussement d'épaules qui ne trompa personne.

Elle avait beau vouloir paraître indifférente, sa voix tremblait d'excitation.

— D'accord, tu as raison, cette robe est loin d'être parfaite, concéda Kathie, moqueuse, mais… ça ira.

— N'importe quoi, dit Gwen, elle est splendide.

Kate se tourna vers Kathie.

— Tu vois, ma vie est parfaite. Penses-y. Un jour tu te rendras compte que c'est vrai.

— Tu crois ?

Kate hocha la tête.

— Et dis-toi bien que Joe est libre. Il est parfaitement libre de faire ce qu'il veut. Tout comme toi. Rien ne s'interpose entre vous s'il est l'homme que tu veux.

— Non. Joe ne sera jamais heureux sans toi.

— Oh, chérie, dit sa sœur. S'il veut être heureux un jour, il faudra que ce soit sans moi. Et je crois que tu devrais essayer de l'y aider. J'aimerais vous voir aussi heureux que Ben et moi, tous les deux.

Kathie sentit sa gorge se serrer. Elle avait craint que sa sœur et elle ne puissent jamais retrouver la complicité qui avait été la leur depuis toujours.

— Je t'aime si fort, dit-elle en essuyant une larme.

— Oh chérie…

— Eh ! Assez de larmes ! leur lança Shannon, c'est embarrassant !

Kate la fit taire, puis se tourna vers Miss Nancy.

— Croyez-vous que vous avez le temps de vérifier la robe de Shannon maintenant ?

— Juste quand ça devenait émouvant, grommela-t-elle.

Mais elle ramassa ses affaires et se dirigea vers Shannon.

Kathie attendit qu'elle soit partie, puis murmura tristement à sa sœur :

— Même si je voulais de lui, lui ne veut pas de moi.

— Tu n'en sais rien. Tu n'as pas permis à la situation de se développer dans ce sens. Quant à Joe… il faut avouer qu'il a besoin de temps pour comprendre ses propres émotions. Il n'a probablement pas encore fini d'analyser le gâchis de l'année passée. Le cycle de cause à effet est sacro-saint pour lui. Ses yeux et son cœur lui disent que quelque chose s'est passé, mais comme il avait prévu autre chose, il a besoin de comprendre où est l'erreur.

— D'accord, c'est vrai.

— Alors tu vas devoir être patiente avec lui. Crois-moi, la façon dont il agit maintenant n'a rien à voir avec toi ou avec les sentiments qu'il pourrait te porter. Il essaie simplement de comprendre.

— Alors… c'est comme si tu me le donnais ?

— Si c'était en mon pouvoir, je le ferais.

— Je ne sais pas quoi dire.

— Ne dis rien, lui conseilla Kate en souriant. Je voulais seulement que tu saches que quoi qu'il se passe entre vous, je n'aurai rien contre. Et tu n'as plus à t'inquiéter pour Jax. Il est terrifié à l'idée que tu repartes. Kim également. Quant au reste de la ville… oublie ! Kathie, si tu veux cet homme, vas-y.

Kathie la regarda, surprise.

— Je… je ne peux quand même pas lui courir après !

— Bien sûr que si.

— Il ne veut pas de moi. L'année dernière… Il faut que tu le saches… C'était moi. Tout a été ma faute.

Kate secoua la tête.

— Impossible. C'est Joe dont nous parlons. L'homme le

plus responsable, le plus prudent au monde. S'il n'avait pas perdu la tête pour toi, il ne t'aurait jamais embrassée.

— Mais je te dis que c'est *moi* qui l'ai embrassé.

— Kathie, répéta sa sœur sur un ton patient, s'il n'avait rien ressenti pour toi, et que tu te sois jetée à son cou, il aurait été surpris et embarrassé. Il t'aurait expliqué aussi gentiment que possible combien il était désolé de t'avoir donné une raison de croire qu'il pourrait y avoir quelque chose entre vous, mais qu'il était follement amoureux de moi et que rien ne pourrait changer cela. Et il n'a rien dit de semblable, il me semble.

— Non, mais… il a été surpris, et s'est senti coupable.

— Coupable parce qu'il a aimé t'embrasser. Quand nous avons fini par nous séparer et que je lui ai demandé s'il y avait quelqu'un d'autre, sais-tu ce qu'il m'a répondu ?

Kathie secoua la tête. Elle ne voulait pas le savoir. Surtout pas.

— Il m'a dit qu'il ne pouvait pas rester fiancé avec moi tant qu'il ressentirait ce qu'il ressentait pour une autre femme. Et cette autre femme, c'était toi. C'était à cause de toi qu'il était si troublé et confus.

Kathie réfléchit un moment.

— Quand je l'ai rencontré la semaine dernière, il m'a dit qu'il était incapable de penser clairement.

— Tu vois. Le pauvre. C'est probablement la première fois de sa vie que cela lui arrive. Pas étonnant qu'il ne sache plus où il en est.

— … Et il avait l'air vraiment troublé, le jour où j'ai été le chercher à la banque, avant sa bagarre avec Jax.

— Oui.

— Il m'a embrassée, et… tu connais la suite, tu as vu les photos.

Kate hocha la tête.

— Je n'arrive toujours pas à croire que ces photos circulent !

— Oublie ça, chérie. Il t'a embrassée, et ensuite ?

— C'est la façon dont il l'a fait. Je l'ai embrassé sur la joue quand je suis entrée dans la banque, parce que l'on devait prétendre sortir ensemble. Et il m'a rendu mon baiser, mais ce n'était pas sur la joue.

— Tu vois ! Comment ça s'est passé ?

— Lentement. Comme au ralenti. Comme s'il avait peur de s'approcher de moi. Mais quand il a été contre moi, il y est resté, son nez contre ma joue, comme s'il ne pouvait pas bouger.

— J'en étais sûre !

Kate avait l'air de vouloir danser sur place.

— Quoi ? Que se passe-t-il ? demanda Kim depuis l'autre côté du magasin, où elle était toujours plongée dans les chaussures.

— Rien ! répondirent-elles d'une même voix.

— Je ne vous crois pas, se plaignit Kim.

— Vite, raconte-moi le reste, la supplia Kate.

— Il n'y a pas grand-chose à raconter. Sauf que c'était… Je n'ai pas compris pourquoi il l'avait fait. Ni à ce moment, ni plus tard, dans l'allée…

— Oui, dans l'allée… ?

— Il m'a embrassée encore, comme s'il ne pouvait pas s'en empêcher.

— Ah tu vois !

Kate, souriante, la prit par les bras.

— Que se passe-t-il ? demanda Kim en s'approchant.

— Rien, répondit Kathie. Kate est heureuse.

— Je suis très heureuse ! confirma Kate.

— Pourquoi ?

— Parce que nous sommes tous réunis, que notre frère va se marier, que Ben et moi allons enfin officiellement avoir une fille, et que la vie est belle, très belle.

— Quoi d'autre ?

— Cela ne te suffit pas ? demanda Kathie.

— Non, il doit se passer autre chose. Autre chose que vous me cachez.

Elle regarda Kathie d'un air accusateur.

— Toi, tu as sûrement encore fait quelque chose. Tu as l'air coupable.

— Non. Je t'assure. Il ne s'est rien passé, se défendit Kathie.

— Attends ! Il y a des photos, cette fois ? Où est mon téléphone ? Peut-être que quelqu'un m'a envoyé des photos, puisque personne ne me dit ce qui se passe dans ma propre famille.

Elle se mit à fouiller dans son sac.

— Il n'y a pas d'autres photos, assura Kathie, pensive.

- 9 -

Miss Ponctualité était ennuyeuse comme la pluie.

Elle travaillait dans le lycée local, expliqua-t-elle, en tant qu'administratrice en chef des rapports. Joe finit par comprendre qu'elle effectuait le contrôle des présences.

Elle reconnut n'avoir jamais manqué un seul jour d'école, ni en tant qu'étudiante ni en tant qu'administratrice en chef.

Joe, à qui l'on avait appris qu'il était poli de se chercher un point commun avec la femme avec laquelle on sortait, fut forcé de reconnaître qu'il en allait de même pour lui.

Elle sembla aussitôt penser qu'ils étaient des âmes sœurs.

Joe fronça les sourcils et avala machinalement une bouchée de son steak. Sa mère avait tellement insisté, qu'il avait fini par céder et inviter Miss Ponctualité à dîner. Son visage était totalement guéri et il ne boitait plus. Depuis huit jours, il n'avait vu ni Kathie ni aucun autre membre du clan Cassidy.

Il aurait dû s'en réjouir, mais bizarrement, cela le perturbait.

Et il n'était pas heureux de dîner avec Miss Ponctualité.

Elle était… ordinaire, avec de longs cheveux bruns coupés juste au-dessus des épaules. Elle portait un pull clair sur un pantalon brun. Il n'y avait rien à redire à sa silhouette. Ses yeux étaient bruns et son nez n'était pas trop grand. Elle paraissait conserver toujours une expression très sérieuse.

Elle semblait également être d'avis que les élèves qui faisaient l'école buissonnière devaient être fouettés.

— De nos jours, les élèves vous racontent n'importe quoi. Ils n'hésiteraient pas à vous dire que la peste bubonique a frappé toute leur famille s'il y avait la moindre chance pour que vous les croyiez.

Elle décrivait gravement et dans le détail, quelle horde d'enfants irresponsables elle devait affronter chaque jour.

— Ces sales gamins mentent comme ils respirent. C'est à croire qu'ils suivent sur Internet des cours leur apprenant à tromper leur monde. Ils sont tous capables d'imiter la signature de leurs parents. J'en ai attrapé trois, cette seule semaine, qui m'ont téléphoné en essayant de se faire passer pour leurs parents afin d'excuser une absence. Je trouve ce genre de comportement choquant.

Joe hocha la tête, espérant être parvenu à paraître compatissant.

— Il reste une semaine avant les vacances ? demanda-t-il.

Elle acquiesça.

— C'est la pire période de l'année. De loin.

Joe ne trouvait pas. Le soleil avait brillé toute la semaine, et la température avait atteint les 40 °C.

L'idée de quitter la banque plus tôt l'avait même effleuré un instant.

En y repensant, il se rendit compte qu'il n'avait jamais manqué un seul jour de travail. Les congés maladie, c'était pour les mauviettes, non ? Des vacances ? Il en avait pris quelques-unes, méritées. Mais les congés maladie étaient pour les malades, et Joe n'était jamais malade.

Martha saurait-elle qu'il mentait s'il appelait demain pour dire qu'il était malade ?

Elle commencerait sans doute par s'évanouir. Ou, avec la folle imagination qu'elle semblait avoir développée suite au récent scandale, elle lui prêterait des intentions suicidaires ou meurtrières.

Miss Ponctualité consulta sa montre et fit remarquer que cela faisait cinq minutes et demie qu'ils n'avaient pas vu le serveur. Ce qui était inacceptable.

— Que vous faut-il ? demanda-t-il. Je vais trouver quelqu'un qui vous l'apportera.

— Je n'ai besoin de rien, c'est pour le principe. J'aurais pu avoir besoin de quelque chose, et alors où aurais-je trouvé un serveur ? Il était probablement de ces enfants adeptes de l'école buissonnière. Voilà ce qu'ils deviennent. Ils n'acquièrent jamais le sens des responsabilités.

Joe hocha la tête en souriant vaguement, et l'écouta lui expliquer le programme informatique qu'elle avait fait développer pour répertorier les excuses que fournissait chaque élève.

— Avant ce programme, quinze pour cent des élèves avaient déjà prétendu assister aux funérailles de plus de quatre grands-parents pendant leur séjour dans notre école, annonça-t-elle fièrement.

— Il faut dire que beaucoup d'enfants viennent de familles recomposées, avança Joe.

— Oui, mais les risques qu'un élève perde quatre grands-parents en l'espace de quatre ans sont infimes, je vous l'assure. J'ai étudié les statistiques.

— Oh.

En voilà une qui devrait aller à Las Vegas, étudier les statistiques pour la roulette ou le Black Jack. Non qu'il pût réellement l'imaginer à Las Vegas.

— Les nombres ont quelque chose de fascinant, ne trouvez-vous pas ?

— Eh bien…

Il avait toujours pris un certain plaisir à résoudre des problèmes de mathématique. Il aimait la logique rigoureuse des équations, des statistiques, des calculs de probabilité.

Mais soudain, tout cela lui paraissait ennuyeux à mourir.

Aujourd'hui, il regrettait même de ne jamais avoir fait l'école buissonnière.

Tout le monde s'en fichait qu'il n'ait jamais manqué un jour d'école ou de travail. Tout le monde sauf Miss Ponctualité.

— Je suis si contente que nous nous soyons rencontrés, dit-elle, l'arrachant à ses tristes considérations. Votre mère a vanté vos mérites à la mienne pendant des mois.

Joe sourit poliment. Il n'écouterait plus jamais sa mère.

Peut-être était-ce pour cela que Kate avait cessé de l'aimer. Parce qu'il était tellement ennuyeux, qu'il citait les statistiques comme d'autres la Bible. Non que Kate n'aimât pas les chiffres, mais tout de même.

Etait-il vraiment si ennuyeux ?

Il espérait que non.

— Voulez-vous bien m'excuser un instant ? demanda-t-il en se levant.

Il avait l'impression que s'il restait assis là une minute de plus, il allait étouffer.

— Je reviens tout de suite, ajouta-t-il.

Il avait eu l'intention d'aller aux toilettes, mais finit par se diriger vers le bar, où il put enfin respirer plus librement. Il se sentait cependant toujours mal à l'aise, perturbé… Mécontent, pour tout dire. Mais de quoi ?

Sur un coup de tête, il commanda un whisky. Parce que le client à côté de lui venait d'en commander un, et qu'il n'avait pas une tête à parler statistiques à une femme, ni à qui que ce soit d'autre d'ailleurs.

Joe saisit le minuscule verre posé devant lui, et le vida d'un trait. Il grimaça en sentant l'alcool lui brûler la gorge.

Il n'avait jamais vraiment aimé l'alcool.

Il perdait les pédales.

Plus rien n'avait de sens dans sa vie.

Il ne pouvait se raccrocher à rien. Rien de solide. Rien de rassurant.

Ses habitudes anciennes, qui d'ordinaire le réconfortaient, à présent l'ennuyaient. C'était comme si le monde s'était transformé autour de lui sans qu'il s'en aperçût. Et il s'y sentait perdu.

— Vous en voulez un autre, l'ami ? demanda le barman en désignant du menton le verre vide que Joe tenait toujours à la main.

Joe fronça les sourcils en réfléchissant à la question, quand…

Il aurait juré qu'il entendait une voix…

Sa voix.

— Joe ? Tu vas bien ?

Il se retourna, et la vit qui le fixait.

Une sorte de panique le submergea.

Il fut aussitôt assailli par des émotions contradictoires. De la peur, parce que les choses tournaient mal d'ordinaire quand elle s'approchait de lui. De la joie, parce qu'il s'ennuyait à mourir avec Miss Ponctualité ; il étouffait. Et un total désarroi, parce qu'il ne savait pas comment réagir en sa présence. Tout ce qu'il savait, c'était qu'elle lui avait manqué. Terriblement.

Seigneur !

— Joe ? Que se passe-t-il ? demanda Kathie d'une voix où perçait une note d'inquiétude.

— Je déjeune en atroce compagnie, murmura-t-il.

Il s'en voulut aussitôt de la douleur qu'il lut dans ses yeux.

Il ne voulait plus la blesser. Plus jamais.

Et, une fois de plus, c'est ce qu'il avait fait.

Néanmoins il poursuivit, sachant que la seule façon de s'en sortir, était de dire la vérité.

— J'ai pensé que je pourrais faire taire les ragots à notre sujet, du moins en partie, en cédant à ma mère et en invitant la fille de son amie à dîner.

— Oh, fit Kathie en relevant le menton, l'air impassible.

— Miss Ponctualité. En ce moment elle est probablement occupée à chronométrer mon absence, parce qu'elle doit avoir une idée très précise du temps que je dois passer loin de la table avant de paraître impoli. Et elle veut sans doute mesurer mes résultats sur l'échelle de l'impolitesse-lors-d'un-premier-rendez-vous. Elle mesure tout, inscrit tout.

— Vraiment ?

Joe hocha la tête.

— Elle est chargée du contrôle des présences au lycée. Je suis sûr qu'elle aimerait un détecteur de mensonges pour interroger les élèves chaque fois qu'ils prétendent avoir dû s'absenter tout un après-midi pour aller chez le dentiste.

Les lèvres de Kathie frémirent légèrement, et ses yeux pétillèrent d'amusement.

— Eh bien… Son travail ne doit pas être drôle.

— Le mien ne l'est pas non plus, mais j'espère que je ne réagis pas d'une façon aussi rigide qu'elle.

— Je croyais que tu aimais ton travail.

— C'est le cas, dit-il en la regardant sans la voir.

Certes son travail lui plaisait. Il avait été fier d'avoir été promu directeur de banque à un si jeune âge. Mais aimait-il vraiment son travail ?

Il le considérait surtout comme un défi à relever. Il savait qu'il y excellait, et qu'il était à la hauteur des responsabilités qu'on lui avait confiées.

En fait, il avait dû aimer son travail à la banque, puisqu'il y avait passé huit ans.

— Je crois que j'aime encore ce que je fais. Mais je n'en suis pas vraiment sûr, admit-il. Peut-être est-ce parce que je me trouve encore dans ce drôle d'endroit.

— Oh.

— Je n'aime pas cet endroit.

— Ce restaurant ? s'étonna Kathie. J'ai toujours trouvé que c'était un très bon restaurant.

— Non, ce drôle d'endroit dans ma tête. Je ne l'aime pas.

Kathie l'observa attentivement, perplexe. Elle avait l'air de ne pas savoir quoi lui dire. Elle ne paraissait même plus certaine de le reconnaître.

Mais il ne pouvait pas lui en vouloir ; lui-même se reconnaissait à peine ces jours-ci.

Il lui arrivait même de ressentir le besoin de se dévisager dans un miroir pour vérifier si son apparence, au moins, était restée la même, tant il était persuadé que la différence qu'il percevait dans sa personnalité devait obligatoirement se refléter dans son physique.

Et voilà qu'il avait de nouveau l'impression d'étouffer. Les pensées se bousculaient en désordre dans sa tête.

— Kathie, t'arrive-t-il de te regarder dans un miroir et de te demander qui tu es ?

— Joe, c'est ton combientième verre ? demanda-t-elle gentiment en lui prenant son verre vide des mains pour le reposer sur le comptoir.

— Un seul.

— D'accord. Je crois que nous avons passé suffisamment de temps dans ce bar, décréta-t-elle en le prenant par le bras pour l'entraîner loin du comptoir.

— Non, je t'assure, je n'ai bu qu'un verre. Je ne me soûle jamais. Tu le sais. C'est juste que plus rien de ce que je pense ou fais ne semble avoir de sens. C'est logique que je paraisse insensé. Pas étonnant que les gens me regardent bizarrement. Jusqu'à ma propre mère qui semble croire que je suis devenu fou.

— Vraiment ? s'étonna Kathie avec le sourire patient de quelqu'un s'adressant à un enfant sur le point de piquer une crise. Ta mère pense que tu es devenu fou ?

— Oui. Et elle est persuadée que c'est ta faute.

— Ah.

— Elle croit que tu es dangereuse.

Kathie éclata de rire.

— Dangereuse pour moi, précisa-t-il. Elle dit que je ne fais que des choses étranges quand tu es dans les parages.

Kathie s'arrêta net, se tourna vers lui et posa les paumes de ses mains contre sa poitrine pour le forcer à s'arrêter.

— C'est ce que tu crois, Joe ? Que j'ai une mauvaise influence sur toi ? Que je suis dangereuse ?

— Je ne vois pas comment tu pourrais l'être. Tu es Kathie

374

Cassidy, la petite sœur de Kate. Je vois encore l'adolescente que tu étais quand je t'ai rencontrée. Pour moi, c'est comme si une partie de toi n'était jamais devenue adulte. Mais il y a cette autre partie… qui n'est pas la petite sœur de Kate et qui… qui est cette femme que je ne connais pas.

Celle qui l'avait embrassé avec tellement de douleur et de passion, le jour de la mort de sa mère, celle qui avait détruit l'homme qu'il avait été avec ses certitudes, et tout ce qu'elle lui faisait ressentir, ce désir qu'elle faisait naître en lui. Tout ce qu'il ressentait chaque fois qu'il était trop près d'elle.

Comme à présent.

— Je n'arrive pas à concevoir cette fille que tu étais et la femme que tu es devenue comme étant une seule et même personne, reprit-il. Je ne comprends rien à toi. J'espère toujours que je renoncerai à comprendre, mais ces sentiments contradictoires continuent de m'assaillir, et je ne sais pas quoi faire.

Il avait posé sa main sur le bras de Kathie, le caressant de l'épaule au coude, résistant désespérément à la tentation de l'attirer contre lui. Ce n'était pas une chose à faire dans le bar du restaurant où il avait emmené Miss Ponctualité dîner.

Mais Kathie… C'était comme si elle s'était infiltrée dans son cerveau telle une fumée toxique, comme si elle avait contaminé ses pensées et ses sentiments, le laissant avec une seule certitude : il la voulait. Il ne voyait, ne voulait qu'elle. Il avait beau se débattre et faire appel à toute sa bonne éducation, cela ne cesserait jamais.

— Aide-moi Kathie, sors-moi de cet état-là, la supplia-t-il presque.

— Je le ferais si je le pouvais, Joe. Mais je suis désolée, je ne sais pas comment.

Puis elle posa ses lèvres sur les siennes.

Et il glissa de nouveau dans ce grand tourbillon qui l'aspirait dès qu'il était près d'elle.

La tête vide, il ne désirait plus rien que ce baiser.

Elle se pressa contre lui, et il l'entoura de ses bras, la serrant fort. Le vertige l'emporta de plus belle dès qu'il goûta à sa bouche désormais familière.

Sa perte.

Sa folie.

Il avait l'impression qu'il allait la dévorer là, dans ce bar.

Il y aurait probablement des photos.

Mais il continua à l'embrasser, avec le sentiment de plus en plus évident, à chacun des battements de son cœur, que c'était ce qu'il devait faire. Que c'était une bonne chose.

Ses idées devenaient claires. Il n'avait plus le vertige.

Il était content.

Heureux, même.

Tant pis s'il était fou.

C'était cela qu'il voulait, cela que…

— Ahhh !

Un cri de fureur l'arracha à son état d'euphorie, et il interrompit leur baiser, levant la tête.

Devant eux, dans le bar, se tenait…

Miss Ponctualité qui les regardait, furieuse.

Joe se rendit compte que ses torts étaient infinis.

Il avait été terriblement grossier, aussi bien avec la femme qu'il avait invitée à dîner qu'avec Kathie. Lui qui essayait toujours d'être poli. Il avait agi comme Jax aurait pu le faire avant de rencontrer Gwen.

Et pourtant c'était bien lui, Joe Reed, que l'on avait surpris à embrasser une femme au cours d'un rendez-vous qu'il avait avec une autre. Encore une première à ajouter aux expériences inédites qui ne cessaient de s'additionner à une vitesse alarmante dans sa vie.

— J'étais partie à votre recherche, craignant que vous ne vous soyez perdu, laissa froidement tomber Miss Ponctualité. Mais je constate que ce n'était pas le cas. Vous avez simplement été… *distrait*, pendant sept minutes et trente-quatre secondes. Tellement distrait, que vous en avez oublié que vous dîniez avec moi.

— Je suis terriblement confus, marmonna Joe. Et…

Elle leva la main pour interrompre ses excuses qu'elle n'était visiblement pas en état d'écouter.

— Salut Winnie, lança Kathie, s'efforçant de dédramatiser la scène.

— Kathie, daigna répondre cette dernière, les lèvres serrées.

— Vous vous connaissez ? s'étonna Joe.

Kathie hocha la tête.

— J'ai fait des remplacements de longue durée au lycée il y a deux ans.

— Et elle faisait preuve d'un manque de rigueur affligeant dans ses relevés des absences, se plaignit Winnie.

— Oh. Pardon pour ça aussi, s'excusa Kathie qui commençait à trouver la situation comique.

— Alors, reprit Miss Ponctualité en se retournant vers Joe. Tout ce que j'ai entendu à votre sujet et que j'avais rejeté comme étant de vulgaires ragots était donc vrai ? Vous êtes toujours dans les bras l'un de l'autre ?

— J'ai essayé de résister. Vraiment. J'ai essayé si fort, se défendit Joe qui se tourna aussitôt vers Kathie, craignant de l'avoir offensée.

Mais celle-ci avait porté une main à sa bouche, essayant de ne pas éclater de rire.

— Tu trouves ça drôle ? demanda Winnie, la fusillant du regard.

— Non. Je veux dire, je ne devrais pas, admit Kathie dont les épaules tressautaient. Vraiment. Je sais que je ne devrais pas…

— Eh bien j'imagine que je ne devrais pas me montrer surprise, rétorqua Winnie. Je veux dire, si tu as pu le voler à ta propre sœur, il n'y a pas de raison que tu ne le voles pas à une autre.

— Winnie, c'est la première fois que tu sors avec lui. Ce n'est pas comme si tu avais des droits sur lui. Je suis désolée. Vraiment. C'est vrai que nous avons été impolis, mais n'en fais quand même pas une tragédie.

Winnie lui lança un regard furieux avant de se tourner vers Joe.

— Votre mère va entendre parler de ce dîner par ma mère. Je peux vous l'assurer.

Joe resta planté là sans rien dire. Il n'aurait jamais imaginé voir deux femmes se disputer pour lui. C'était peut-être le fantasme de nombreux hommes, mais cela n'avait jamais été le sien. Une fois de plus, c'était plutôt le genre de Jax, et ce dernier se serait sorti de cette situation en restant en bons termes avec les deux femmes. C'était une chose qui avait toujours sidéré Joe d'ailleurs.

Il jeta un regard inexpressif à Winnie. Elle avait plutôt l'air de le détester, et ceci après un seul rendez-vous. D'accord, cela s'était mal passé, mais comme l'avait souligné Kathie, ce n'était qu'un premier rendez-vous.

— Winnie, je suis vraiment désolé, reprit-il.

— Oh ça suffit !

Et elle saisit un verre sur une table voisine et lui en jeta le contenu au visage.

Kathie essaya de se montrer philosophe.

Après tout, ce n'était qu'une scène de plus pour alimenter les commérages en ville.

Un de plus, un de moins…

Son frère ayant juré de se tenir à l'écart de sa vie amoureuse, ils n'avaient plus rien à craindre de lui. Joe ne passerait pas à travers un autre mur de verre.

Et Winnie était partie après avoir lancé son verre à la figure de Joe.

Bon. Tout cela n'était pas catastrophique.

La jeune femme prit une profonde inspiration pour recouvrer son calme.

Il n'y avait rien d'autre à faire qu'à poursuivre son plan, celui qui consistait à séduire Joe, ce pour quoi elle ne se sentait absolument pas à la hauteur.

Mais c'était maintenant ou jamais.

Elle n'allait pas passer cinq années supplémentaires à se morfondre pour lui sans rien faire.

Elle saisit donc une serviette sur une table, et commença à éponger le vin qui dégoulinait du menton et du nez de Joe, prostré, en résistant à l'envie de rire.

— C'est du rouge, n'est-ce pas ? demanda-t-il d'une voix atone.

Elle hocha la tête.

— Je déteste le vin rouge.

— Et c'est une de tes chemises favorites. Je t'ai vu la porter des dizaines de fois.

— Je n'ai pas de chemises favorites. Je les porte à tour de rôle, de façon à ce qu'elles s'usent avec régularité. Cela a l'air complètement ridicule, dit comme ça, mais c'est ce que je fais avec mes chemises.

— D'accord, fit Kathie, résistant de plus en plus difficilement à un fou rire. Tu as organisé la rotation de tes chemises.

— J'organise tout. Ou plutôt, *j'organisais* tout. C'est du passé.

— Eh bien, il arrive que l'on doive faire de nouveaux plans, avança Kathie.

Mais l'idée parut effrayer Joe plutôt que le séduire.

— Allez, Joe, que ferais-tu si tu devais concevoir un nouveau plan ?

— Je n'en sais rien. Sauf que ce n'est pas une bonne idée de faire des plans quand on n'a pas les idées claires.

— Pourquoi ne pas commencer avec un petit plan, un plan pour une journée. Demain, par exemple.

— J'ai été tenté de prendre un congé. De prétendre être malade et de faire l'école buissonnière. C'est elle qui m'en a donné envie. Ta copine Winnie.

Kathie fronça les sourcils.

— Elle ? Mais elle ne ferait jamais l'école buissonnière avec personne.

— Je sais. Je n'avais pas l'intention de la faire avec elle. Elle m'a juste donné envie de prendre l'air. Il a fait tellement beau, ces derniers jours. Je pensais passer la journée aux chutes d'eau.

— C'est affreusement près de la banque. Je ne suis pas certaine que ce soit une bonne idée. Il y aura sûrement quelqu'un pour envoyer des photos à Martha, te montrant au soleil alors que tu devrais être au lit.

— Cela m'est complètement égal. J'aime les chutes. Et toi ?

— Moi aussi.

Elle avait à peine fini sa phrase qu'il l'embrassait de nouveau, avec, sur les lèvres, le goût du vin, et dans la bouche celui du whisky. Elle sentait sa chemise mouillée contre elle. Sans doute son chemisier serait-il aussi taché. Cela lui était égal.

Elle s'abandonna corps et âme à son baiser. Elle l'avait tellement attendu.

- 10 -

Kathie rentra chez elle une heure et quart plus tard, en chantonnant, heureuse. Elle trouva ses sœurs et Gwen dans le séjour, assises autour de la table à café, inscrivant les adresses sur les enveloppes d'invitations, tâche à laquelle elle avait promis de participer.

— Tu t'es offert un verre de vin en chemin ? demanda Gwen.

Kathie baissa les yeux sur son chemisier blanc taché de rouge-rose.

— Oh. Juste un peu.

Elle brandit le sac de repas à emporter qu'elle tenait.

— Mission accomplie. J'ai apporté à manger. Désolée d'avoir mis autant de temps… Le service était lent ce soir.

— Pas de problème, dit Kate en lui jetant un coup d'œil furtif. As-tu rencontré quelqu'un que nous connaissons au restaurant ?

— Quelques personnes, admit-elle, en sortant du sac les emballages individuels.

— Savez-vous que j'ai entendu une rumeur étrange l'autre jour à l'école ? lança Kim, en s'approchant de la table pour se servir de la salade de poulet. Il paraît que Joe avait invité Winnie Fitzgerald à dîner ce soir.

— Winnie Fitzgerald ? demanda Kate d'un air innocent.

Kim acquiesça.

— Elle était au lycée quand j'y étais élève. J'étais terrifiée chaque fois que je devais manquer un cours.

— Elle me fait peur à moi aussi, renchérit Gwen qui se leva pour se servir à son tour. Elle vient tout le temps au magasin de fleurs. C'est elle qui s'occupe des commandes pour le lycée. Chaque fois, elle semble craindre que l'on veuille la tromper de quelques centimes. Elle se plaint toujours du prix. Et elle est d'une exigence !

— Pauvre Joe, fit Kate, aussi sérieusement que possible. Quelqu'un devrait le tirer d'entre ses griffes.

Le regard de Kathie passa d'un visage faussement innocent à un autre.

— Oh… Mais attendez… Laissez-moi deviner. Il y a des photos, et vous les avez déjà vues ?

Toutes les trois éclatèrent de rire.

Kathie savait qu'elle s'était donnée en spectacle ce soir, et ne parvenait toujours pas à croire qu'elle avait fait une chose pareille. Embrasser un homme qui dînait avec une autre !

Riant toujours, Gwen demanda :

— D'après ce que nous avons entendu, Winnie a lancé à Joe un verre de vin à la figure. Est-ce qu'elle t'en a lancé un autre ?

— Non.

— Tu as bu un verre et tu as renversé du vin sur ton chemisier ? essaya Kim à son tour.

— Non.

— Alors d'où vient cette *énorme* tache sur ton chemisier ?

— Ça ? C'est le même vin que celui qui est sur la chemise de Joe.

— Ah. Alors vous vous teniez très près l'un de l'autre quand c'est arrivé.

— Non, répondit Kathie.

Les trois jeunes femmes parurent un instant interloquées, puis Kate comprit, ainsi que Gwen qui hocha la tête d'un air entendu.

— Quoi ? lança Kim, vexée, qui ne comprenait toujours pas.

— Réfléchis…, chantonna Gwen, un grand sourire aux lèvres.

Puis se tournant vers Kathie, elle ajouta :

— Vous ne vous êtes embrassés *qu'après* que Winnie a lancé le vin ?

— Non. C'est-à-dire… oui. Enfin… Avant et après.

Kim secoua la tête, incrédule.

— Je n'y crois pas. Joe ne se rendrait pas au bar pour embrasser une femme alors qu'il dîne avec une autre.

— Ce n'était pas sa faute, l'excusa Kathie. C'était moi. Je l'ai attrapé et embrassé avant qu'il ait eu le temps de protester. Et puis, il n'a pas les idées claires en ce moment.

— Ah, laissa tomber Kate le plus sérieusement du monde.

Et toutes les trois se tournèrent vers Kathie comme si elle était aussi dingue que Joe en ce moment.

Kathie fut soudain prise d'un doute.

— Vous ne m'auriez pas par hasard envoyée chercher

à manger dans ce restaurant en sachant que Joe y dînerait avec Winnie ?

— Non ! se défendit Kim.

— Peut-être pas toi, avoua Gwen. Mais Kate et moi, si…

— Ahhhh ! grogna Kathie. Vous deux ! Espèces de…

— On ne va pas laisser Winnie Fitzgerald mettre le grappin sur lui. J'aime trop Joe pour laisser une telle chose se produire, se défendit Kate. Et puis j'ai pensé que cela pourrait… *t'inspirer*, te pousser à réagir, ce qui, à l'évidence, a été le cas. Et c'est bien. C'était bien, non ? Je veux dire, ton chemisier ne serait pas dans cet état si cela n'avait pas été bien.

— Euh… oui, reconnut Kathie en rougissant.

Toutes les trois se mirent à rire de nouveau.

— Et que vas-tu faire à présent ? voulut savoir Kate. Il te faut un plan d'action.

— Je n'ai pas de plan. Mais j'ai ce que l'on pourrait appeler un… une sorte de rendez-vous.

Rien qu'en y pensant, elle était terrifiée.

Joe et elle avaient un rendez-vous.

Un vrai.

— Les filles, il faut que vous fassiez en sorte que demain à midi, Jax n'aille pas aux chutes, juste pour le cas où la trêve ne tiendrait pas. Joe m'emmène pique-niquer.

Joe se tenait torse nu devant l'évier de la cuisine, tentant sans grande conviction d'ôter le vin de sa chemise en la faisant tremper, lorsqu'on sonna à sa porte.

Sa mère, sans aucun doute…

Il avait tout d'abord pensé garer sa voiture de l'autre côté de sa maison en rentrant du restaurant, afin de pouvoir prétendre être absent quand elle viendrait. Puis il s'était dit que c'était faire preuve d'une lâcheté honteuse ; à trente et un ans, il ne devait pas craindre d'entendre sa mère lui dire ce qu'elle pensait de lui.

Laissant sa chemise dans l'évier, il alla ouvrir la porte.

Sa mère ouvrit de grands yeux en le trouvant torse nu, et murmura :

— Est-ce que cette fille est là ?

— Non maman.

— Bien.

Elle prit une inspiration et ajouta :

— Je n'arrive pas à croire que tu aies pu me faire honte ainsi. Et avec cette merveilleuse jeune fille qu'est Winnie.

Joe haussa les épaules et retourna dans la cuisine, sachant que sa mère le suivrait.

— Winnie n'est pas une merveilleuse jeune fille, maman. C'est une femme malheureuse.

— Ce qui n'excuse pas ton comportement. Cette horrible fille t'a pratiquement agressé dans ce restaurant…

— Kathie ne m'a pas agressé, elle m'a embrassé. Je lui ai d'ailleurs rendu son baiser. Et j'ai été heureux de le faire.

— Tu prends sa défense contre la pauvre Winnie ?

— La *pauvre Winnie* m'a aspergé de vin avant que j'aie eu le temps de faire quoi que ce soit.

— Mis à part embrasser cette horrible fille dans le restaurant où tu avais emmené la pauvre Winnie !

Joe sortit sa chemise de l'eau, et l'essora.

— Oui, c'est ce que j'ai fait. Je suis désolé, maman, je n'aurais jamais dû te laisser me convaincre de sortir avec elle.

— Elle est exactement le genre de jeune fille que tu devrais fréquenter, Joe !

— Non maman. Ecoute. Je ne le répéterai pas. Winnie est une pauvre femme, malheureuse, aigrie, mesquine, et qui juge tout le monde. Je ne veux plus jamais avoir affaire avec elle.

Sa mère retint son souffle, puis parut indignée, et enfin simplement abattue.

— Qu'est-ce que je vais faire de toi, mon chéri ? Pendant toutes ces années, tu ne m'as causé aucun souci, tu as été le fils idéal. Et à présent… Joe ! Tu sais combien cela a été terrible après le départ de ton père avec… avec cette horrible femme.

— Je le sais, maman. Et je suis désolé, mais je ne suis pas mon père.

— Les gens parlent de toi et de cette fille comme ils parlaient de ton père et elle.

— Non maman. C'est peut-être l'impression que tu as, mais ce n'est pas vrai. Je ne suis pas marié et je n'ai pas d'enfants. Sans compter que je n'enlève pas la femme d'un autre. Il n'y a rien de commun entre ces deux situations. Si tu me suggères de vivre ma vie en essayant de plaire à tous les habitants de cette ville afin de te rendre la vie plus facile, eh bien… Désolé, maman, mais c'est non. Je ne le supporte plus.

— Qu'est-ce que tu ne supportes plus ? D'être respectable ?

— D'être mécontent. De m'ennuyer. De tellement m'efforcer de faire ce que l'on attend de moi, que je ne fais jamais rien pour le plaisir.

Sa mère eut l'air horrifiée.

— Cette fille va te détruire, murmura-t-elle d'une voix blanche.

— Tu crois ? J'ai plutôt l'impression qu'elle va me sauver.

En entrant avec mille précautions dans le parc pour y retrouver Joe, le lendemain, Kathie se sentit presque comme une criminelle. Elle était nerveuse, tremblante ; quiconque la verrait ainsi devinerait immédiatement qu'elle s'apprêtait à commettre un acte illicite.

Malgré l'approbation de Kate, elle ne pouvait s'empêcher de se sentir coupable. Pourtant, même Kim semblait prête à l'approuver.

— Je crois vraiment que Kate est heureuse, lui avait-elle dit ce matin-là, avant qu'elle ne parte. Alors si elle n'a rien contre, qui suis-je pour vous en vouloir ?

Jamais Kathie n'avait espéré obtenir l'approbation de ses deux sœurs. Il ne manquait plus que Jax. Parviendrait-il un jour à se montrer tout au moins cordial avec Joe ?

Pour l'instant, il fallait en tout cas espérer que Gwen jouerait son rôle, et le tiendrait éloigné des chutes.

C'était une merveilleuse journée de printemps. Le soleil brillait, et il n'y avait pas un nuage dans le ciel. Partout s'épanouissaient des fleurs de toutes sortes, l'herbe et le feuillage des arbres étaient d'un vert luxuriant. Les oiseaux chantaient.

Mais Kate était nerveuse, bien que très heureuse aussi.

Heureuse à en avoir le vertige.

Et terrifiée de l'intensité de ce bonheur.

Elle aperçut soudain Joe assis sur un banc près de la rivière, surplombant les chutes. Il portait un jean et un polo. C'était étrange de le voir sans costume et sans cravate.

Il la vit et se leva, souriant, tenant un panier de pique-nique.

Le cœur de Kathie commença à s'emballer.

Elle trébucha légèrement, et il se précipita pour la rattraper.

— Salut, murmura-t-elle dans ses bras, incapable de trouver quelque chose d'autre à dire ou à faire.

— Salut, répondit-il, l'air tout aussi mal à l'aise.

Passeraient-ils leurs vies à avoir peur l'un de l'autre ?

— Tu as l'air… différente, ajouta-t-il, en l'observant avec attention.

— En bien ou en mal ?

— En bien, absolument. C'est juste… Oh mon Dieu, je ne sais pas.

Il fronça les sourcils avant de poursuivre.

— Cela fait des années que… Enfin je ne suis sorti qu'avec ta sœur, et Winnie.

Il avait l'air si contrit, que Kathie ne put s'empêcher de rire.

Elle se haussa sur la pointe des pieds et l'embrassa sur la joue. Puis elle fit un pas en arrière, surprise mais heureuse d'avoir osé le faire.

— Je crois qu'il faut que je te prévienne, lui expliqua Joe. Si quelqu'un nous remarque et appelle ma mère, et qu'elle vient faire un scandale, mets-toi derrière moi et laisse-moi m'en occuper. Elle est mon problème, pas le tien.

— Tu as peur qu'elle me fasse du mal ?

— Non, j'ai peur de ce qu'elle pourrait dire. J'aurais dû emporter du papier collant pour la bâillonner. S'il le faut, je la saisirai à bras-le-corps, et je la porterai jusqu'à sa voiture.

— Je pense que si je peux affronter Winnie, je peux affronter ta mère.

— Je veux seulement éviter qu'elle ne se montre blessante envers toi, dit-il.

Elle lui sourit.

Elle aimait l'idée qu'il voulût prendre soin d'elle au point d'être prêt à bâillonner sa mère, la jeter sur son épaule et la ramener à sa voiture. Elle se retint de rire en imaginant Joe dans une telle situation.

Ils choisirent l'endroit où ils allaient pique-niquer, un escarpement surplombant la rivière. Joe étendit la couverture qu'il avait emportée et ils s'installèrent.

— Alors, ça te plaît, l'école buissonnière ? demanda Kathie.

— Je regrette d'avoir attendu mes trente et un ans pour le découvrir. Tu aurais dû entendre Martha quand je l'ai appelée pour la prévenir que j'étais malade. Elle voulait à tout prix envoyer une ambulance pour me faire conduire à l'hôpital. Elle était persuadée que je devais être à l'article de la mort, et quand j'ai tenté de la convaincre du contraire, elle a pensé que la scène d'hier avec Winnie avait dû être pire que ce qu'elle avait entendu dire, et que j'avais dû être blessé.

Kathie sourit.

Joe sortit une petite bouteille de vin rouge du panier, et la posa entre eux, sur la couverture.

— Je croyais que tu n'aimais pas le rouge ? fit remarquer Kathie.

— J'ai changé d'avis.

Cette allusion au vin la replongea aussitôt dans la scène de la veille au soir, dans le bar, dans ce baiser qu'ils avaient échangé… Le goût du vin sur leurs lèvres…

Joe l'embrasserait-il aussi dans le parc ?

A cette idée, elle sentit une vague de chaleur l'envahir.

Quand les autres filles avaient connu leurs premiers émois, leurs premières relations sérieuses, fait leurs premières expériences sexuelles, Kathie, elle, n'avait fait que rêver de Joe. Des rêves empreints de culpabilité.

Il n'y avait jamais eu personne d'autre dans sa vie.

Elle avait bien essayé, parfois, de l'oublier, voire de se contenter d'un autre, mais cela n'avait jamais marché.

Il était le seul qu'elle ait jamais voulu, et elle avait encore peine à croire qu'il en avait véritablement terminé avec Kate, et que sa sœur le lui avait pratiquement offert sur un plateau d'argent.

Et les possibilités qui s'offraient désormais à elle lui donnaient le vertige.

Joe ouvrit la bouteille, remplit son verre, s'en versa un autre pour lui, puis le goûta et fronça les sourcils.

— Qu'est-ce qui ne va pas ? demanda Kathie.

— Ce n'est pas vraiment comme dans mon souvenir, dit-il avec un léger sourire, le regard pétillant de sous-entendus.

Elle eut de nouveau chaud.

Joe Reed flirtait avec elle.

Jamais il ne l'avait fait. Jamais.

Elle le regarda, les yeux écarquillés.

A sa connaissance, jamais il n'avait flirté avec Kate non plus. C'était quelque chose qu'il ne faisait tout simplement pas.

Comme elle continuait à le fixer, il commença à prendre l'air incertain, puis soucieux, puis…

— Non. Attends ! dit-elle.

Elle aimait qu'il flirtât avec elle. Même si elle s'était sentie désarçonnée l'espace d'un instant. Elle le voulait heureux, avec le goût du vin sur ses lèvres, et ses lèvres sur les siennes.

Elle but une gorgée de vin, reposa son verre, le regarda de nouveau et se jeta pratiquement dans ses bras.

Il sourit et la serra contre lui.

— Je ne sais pas ce que nous faisons là, avoua-t-il.

— Moi non plus. Mais tu pourrais m'embrasser, et nous verrons bi…

Sans la laisser finir sa phrase, il s'étendit sur la couverture, la tenant toujours contre lui, et ils restèrent un instant allongés, dans les bras l'un de l'autre, les yeux dans les yeux.

Puis il finit par poser ses lèvres sur les siennes, et elle sentit le goût du vin. Plus jamais elle ne boirait de vin sans penser à ce jour. Le baiser de Joe se fit plus insistant. Elle entrouvrit ses lèvres, et tout son corps se mit à picoter délicieusement. Elle se sentait légère et affamée à la fois.

Le soleil chauffait son dos, elle sentait la chaleur de Joe se propager dans tout son corps. Les oiseaux chantaient, la cascade grondait et au loin, elle entendait des cris et des rires dans le parc.

« Aime-moi juste un peu », pensa-t-elle.

Ce qu'elle ressentait pour lui suffirait amplement à combler le reste.

Elle était allongée à moitié sur lui, ses cheveux lui caressant le visage. Il les repoussa pour pouvoir l'embrasser de nouveau, puis lui prit le visage dans les mains.

— Je crains que nous ayons renversé la bouteille de vin, dit-il en souriant.

Kathie regarda son épaule et éclata de rire. Ils étaient tous les deux tachés comme la veille.

Se sentant particulièrement audacieuse, elle tendit la main

vers la boîte à dessert, l'ouvrit et découvrit un gâteau avec de la crème fouettée.

— Tu aimes la crème fouettée ? demanda-t-elle.

— Oui. Et toi ?

— Moi aussi.

Elle plongea son index dans la crème et le posa sur la bouche de Joe. Elle avait l'intention de lui en barbouiller les lèvres pour l'embrasser ensuite, mais à légers coups de langue, il se mit à lécher la crème sur son doigt sans la quitter des yeux.

Elle était paralysée.

Ce moment avec lui dépassait tout ce qu'elle avait pu imaginer.

Elle se mit aussitôt à trembler, submergée de sensations délicieuses et nouvelles.

Il attira sa tête à lui et se remit à l'embrasser.

Elle commençait à avoir peur.

Bien qu'elle eût terriblement envie de lui, elle sentait que s'il voulait la déshabiller et la prendre ici, au bord de la rivière, au-dessus des chutes, elle ne l'en empêcherait pas. Et l'idée la… terrifiait.

Mais sans doute Joe ne ferait-il pas une chose pareille.

Mais depuis quelque temps, Joe faisait un tas de choses qu'il ne faisait pas d'ordinaire.

Elle se sentait sans défense.

Sa joie et sa faim de lui se mêlaient à une nouvelle et terrible sensation de peur.

Tout le monde connaissait des moments où sa vie semblait sur le point de changer irrémédiablement, et il lui semblait que c'était ce qui lui arrivait avec Joe.

Elle saurait dans quelques semaines, dans quelques mois, s'ils étaient faits l'un pour l'autre.

Elle connaîtrait le bonheur ou le désespoir.

Et c'en était presque insupportable.

- 11 -

Ils s'embrassèrent longtemps à se faire peur — c'était si bon —, mangèrent, s'embrassèrent encore. Ils se pelotèrent au grand jour, dans un parc au milieu de la ville.

Ce n'était pas le genre de comportement que l'on attendait d'elle, et encore moins de Joe. Elle n'avait aucune idée de qui avait bien pu les voir. Tout à son émoi, elle ne s'en était guère souciée. Mais elle était sûre que quelqu'un les avait vus.

A la fin, son chemisier blanc était taché d'herbe dans le dos et de vin sur le devant, ses cheveux décoiffés, et ses lèvres ne portaient plus trace du brillant qu'elle y avait appliqué le matin. Il ne lui restait plus qu'à souhaiter pouvoir rentrer discrètement se changer avant de rencontrer une connaissance.

Mais lorsqu'elle arriva devant chez elle, sa logeuse de plus de quatre-vingts ans était justement occupée à arroser les fleurs dans les bacs devant la maison.

— Bonjour madame O'Connor, lança Kathie en essayant vaillamment de sourire.

— Oh mon Dieu ! Avez-vous eu un accident ?

Embarrassée, Kathie ne trouva rien de mieux à répondre que :

— J'ai seulement déjeuné avec un ami. Bonne journée, madame O'Connor.

Elle se hâta de monter les escaliers, croisant sa voisine en chemin.

Lizzie Watson lui lança un drôle de regard avant de demander en souriant :

— Et lui, de quoi a-t-il l'air ?

— Heureux, répondit Kathie.

Et c'était vrai. Joe avait paru heureux la plupart du temps ; mais également confus et presque effrayé, tout comme elle. Probablement pour les mêmes raisons, mais elle ne pouvait en être certaine. Joe était souvent difficile à comprendre.

Elle se trouva enfin devant sa porte et inséra la clé dans la serrure. Ce qui s'avéra inutile, parce que la poignée tourna d'elle-même et que le battant s'ouvrit... sur sa famille au grand complet réunie dans son minuscule séjour.

Gwen était assise dans le fauteuil le plus proche, Jax à ses côtés. Kate, Ben et Kim se partageaient le canapé.

Elle eut envie de tourner les talons et de fuir, mais elle savait que cela ne résoudrait rien. Ils avaient sans doute déjà tiré leurs propres conclusions de son apparence. Y avait-il eu des photos, et les avaient-ils déjà vues ?

— Salut, dit-elle en entrant lentement.

Elle se passa machinalement la main dans les cheveux, et ses doigts accrochèrent une brindille, qu'elle ôta en fronçant les sourcils puis posa sur le guéridon à côté d'elle.

Kim se leva, tendit la main et en retira une autre.

— Tu avais oublié celle-ci.

Kathie la déposa avec la première, les joues brûlantes.

A sa gauche, Jax perché sur le bras du fauteuil de Gwen renifla.

— Encore du vin ?

Kathie hocha la tête.

— Joe avait un autre rendez-vous avec Winnie ?

— Non. Avec moi.

Elle garda la tête haute pour ajouter :

— Et tu as promis de ne rien dire, tu t'en souviens ?

— Oh, mais je ne faisais que m'assurer qu'il s'agissait bien d'un rendez-vous, parce que si cela avait été une agression, j'aurais eu quelque chose à dire.

— Je n'ai pas été agressée, certifia Kate.

— D'aaaaccord..., marmonna-t-il à contrecœur.

— Jax ! s'exclamèrent ensemble Kate et Gwen.

— Très bien. Je ne dis plus un mot. Bien sûr, si l'une d'entre vous avait une remarque à faire...

— Je n'ai jamais vu Joe décoiffé ou avec la moindre petite tache sur son veston, dit Kate en souriant. Mais Kathie n'est pas forcée de tout nous raconter si elle n'en a pas envie.

— Merci ma sœur. Je n'ai rien à ajouter.

Puis, comme son regard faisait de nouveau le tour du petit rassemblement, elle se ravisa.

— Je vous en prie, dites-moi que vous n'êtes pas là à cause de Joe et de moi.

— Est-ce que l'on pourrait le faire ? demanda Jax à la cantonade, en évitant de croiser le regard de Kathie. Avoir une réunion de famille à leur sujet ? Je resterais silencieux et vous laisserais parler. Promis.

— Non, répondirent Gwen et Kate en chœur.

— Et toi, Ben, tu n'as rien à ajouter ? ajouta Jax. Je veux dire... tu pourrais ne pas vouloir de ce type dans les parages, pas après ce qu'il a fait à Kate l'année dernière.

— Il ne m'a rien fait, rétorqua Kate. C'est moi qui ai rompu avec lui.

— Ce n'est pas vrai ! s'exclama Kim.

— J'étais là, si tu permets, répliqua Kate, et je te dis que c'est moi qui ai rompu.

— Elle a posé les yeux sur moi, et les jeux étaient faits, intervint Ben en souriant.

Kate, théâtrale, leva les yeux au ciel, puis gâcha son effet en souriant à son tour.

— D'accord, en gros c'est comme cela que ça s'est passé, admit-elle en l'embrassant.

Puis elle se tourna vers son frère.

— Et toi ? Tu n'as même pas été surpris quand je t'ai appris que nous nous étions séparés, Joe et moi. Tu as réagi comme si tu t'y attendais depuis longtemps. Alors je t'en prie, ne viens pas à présent jouer les indignés.

— Attends un peu, intervint Kathie en se tournant vers son frère. Comment ça, tu t'y attendais ?

— Je le soupçonnais, admit-il de mauvaise grâce.

— Ah bon ? fit Kim perplexe.

— Oui, et alors ? répliqua-t-il, comme pris en faute.

— Tu savais déjà pour Joe et moi ? voulut savoir Kathie.

— Bien sûr que non, répondit-il. Sinon je lui aurais botté les fesses, ça, tu peux me croire.

— Ou tu l'aurais lancé à travers une paroi de verre ? ajouta Gwen en riant.

Kate l'imita, puis Kim. Kathie sourit, bientôt imitée par Ben.

Jax les regarda tour à tour, semblant trouver tout le monde fou.

— D'accord, d'accord, ce n'était pas la meilleure chose

que j'aie jamais faite, marmonna-t-il. Mais personne ne fait le malin avec mes sœurs. Ni avec ma future femme.

— Tu as promis que tu n'ennuierais plus Joe, lui rappela Kathie.

— Et il tiendra parole, affirma Gwen. D'ailleurs, en signe de bonne volonté, et pour prouver que nous pouvons bien nous entendre avec lui, j'ai invité Joe au mariage.

Jax tourna brutalement la tête.

— Tu as fait *quoi* ? s'étrangla-t-il.

— J'ai invité Joe à *mon* mariage, répéta-t-elle d'une voix calme. Si tu veux venir aussi et m'épouser, tu es le bienvenu. Autrement…

— Notre mariage ? gémit Jax. Joe à notre mariage ?

— Ne t'inquiète pas, intervint Ben. Tu seras tellement nerveux que tu ne remarqueras même pas sa présence.

— Je ne suis pas nerveux.

— Tu le seras. Mais nous serons là pour t'aider.

— Tu étais nerveux, toi ? demanda Gwen à Ben.

— Pas au sujet de Kate et moi. Je savais que nous avions raison de nous marier.

Il embrassa tendrement la jeune femme avant de poursuivre.

— J'avais peur qu'elle se dise qu'il fallait être folle pour m'épouser après ne m'avoir fréquenté que trois mois.

— Je l'ai pensé, avoua Kim.

— Moi aussi, renchérit Jax.

— Mais je voulais surtout que ce soit fait, poursuivit Ben en souriant à Kate. Ce mariage était ce à quoi je tenais le plus au monde. Le bonheur s'offrait à moi. Je ne pouvais pas attendre pour le concrétiser.

Kate, rayonnante, l'enlaça et l'embrassa.

— A propos, ajouta Ben, cela fait six mois aujourd'hui que nous sommes mari et femme.

— Tout le monde disait que cela ne durerait pas, dit Kate en riant.

— Attendez un peu, intervint alors Kathie qui sentait qu'il se tramait quelque chose. Kate tu n'es pas… Tu as dit au magasin que tu n'étais pas enceinte.

Kate éclata de rire.

— Non, je ne suis pas enceinte. En fait, nous sommes là pour vous annoncer que nous avons enfin obtenu un rendez-vous au tribunal pour finaliser l'adoption de Shannon. La semaine prochaine. Vendredi après-midi dans la salle d'audience du juge Wilson.

— Vendredi prochain ? demanda Jax, fronçant soudain les sourcils.

Ben hocha la tête.

— Oui. On a attendu des mois. C'était la seule disponibilité qu'ils avaient pour le moment, et nous ne savions pas combien de temps nous devrions encore attendre si nous ne l'acceptions pas, mais…

— Il y a la répétition de notre mariage et du dîner de mariage, fit remarquer Gwen.

Kate hocha la tête.

— Je sais. Je suis désolée. C'est votre jour, et vous l'avez attendu si longtemps tous les deux…

— Et on n'attendra pas plus longtemps, lui certifia Jax.

— Cela ne pose pas vraiment de problème en fait, reconnut Gwen. Il ne devait de toute façon n'y avoir que la famille et quelques amis à ce dîner de répétition. Il est fixé et on ne peut en modifier la date, mais pour ce qui est de la répétition de la cérémonie, ce ne sera pas difficile de la déplacer jeudi ou vendredi à midi, n'est-ce pas, Ben ? Vendredi après-midi, on assistera tous à l'adoption de Shannon, et ensuite, on fêtera ça au dîner de répétition. On peut célébrer les deux.

— Cela ne te gênera pas ? demanda Kate.

— Non. Pas du tout. Dans les années à venir, nous allons célébrer tout un tas d'événements ensemble. Pourquoi ne pas commencer dès à présent ?

— C'est ce que l'on va faire, renchérit Jax en l'embrassant.

— Sauf si vous pensez que Shannon aurait préféré que l'on organise une fête seulement pour elle, avança Gwen.

— Non, dit Kate. Comme cela, on pourra lui faire la surprise ! Elle a tellement peur de cette cérémonie d'adoption. Elle est sûre que quelque chose va mal se passer, et que cela ne marchera pas. Je n'ai pas envie qu'elle s'inquiète inutilement. On devait de toute façon s'habiller pour la répétition. Si elle a lieu vendredi à midi, on emmènera directement Shannon devant le juge en ne lui apprenant qu'au dernier moment ce dont il s'agit.

— Bon plan, reconnut Ben.

— C'est un plan génial, confirma Jax.

— Parfait ! s'exclama Kate. Alors c'est décidé.

Joe accepta de déjeuner avec sa mère, juste pour avoir la paix. C'était deux jours après le pique-nique-au-vin, comme il l'appelait.

S'il avait vraiment besoin d'une excuse, il invoquerait le fait qu'il n'avait pas l'habitude de boire à midi. Mais il avait surtout l'intention d'exiger de sa mère qu'elle le laisse vivre sa vie, y compris en ce qui concernait Kathie, et surtout qu'elle n'intervienne plus dans leur… euh… Il fronça les sourcils. Comment qualifier ce qui se passait entre Kathie et lui ? S'agissait-il d'une relation ? D'une aventure ? Il n'en savait rien.

Mais à cette pensée, il se mit à sourire.

Et il souriait toujours en entrant au Corner Café. Comme chaque fois qu'il se montrait quelque part, de nombreuses têtes se tournèrent vers lui. Mais il s'y était habitué et ignora les regards qui le fixaient, les murmures. Qu'on lui donne un déjeuner arrosé de vin, une couverture étendue sur l'herbe, et il n'y avait pratiquement rien qu'il ne pût surmonter.

Si c'était un cas de folie temporaire, alors… Il était prêt à essayer d'en profiter sans trop s'en effrayer.

Il remarqua sa mère à une table dans un coin avec…

De dos, il ne pouvait en être sûr.

Les murmures s'amplifièrent autour de lui, et il eut un mauvais pressentiment. Très mauvais.

— Ah Joe, te voilà ! s'exclama sa mère. Pile à l'heure.

Voilà l'indice qui lui manquait.

L'heure. La ponctualité.

Bon sang ! Winnie !

Sa mère était assise à la même table que Winnie Fitzgerald. Une Winnie qui arborait un air on ne peut plus réprobateur.

— Bonjour maman. Winnie.

— Joe ! s'écria sa mère sur le ton qu'elle aurait employé pour lui lancer : malfaiteur ! absentéiste ! menteur ! Ecoute, je sais que votre relation à tous les deux a commencé sous de mauvais auspices, mais je ne peux pas laisser les choses se terminer ainsi. Joe, assieds-toi, et discutons-en.

Furieux, Joe n'obtempéra que parce qu'il savait qu'il attirerait d'avantage l'attention en restant debout. Mais il n'avait pas l'intention de s'attarder.

— Je veux que tu saches que ce n'est pas moi qui ai incité ta mère à suggérer cette rencontre, commença Winnie. L'idée vient d'elle.

A voir l'air légèrement désarçonné de sa mère, Joe en déduisit que la jeune femme devait prendre des libertés avec la vérité, mais il ne répondit rien. C'était le cadet de ses soucis.

— Et je ne suis même pas certaine d'accepter de ressortir avec toi, poursuivit Winnie, quoi que tu me dises aujourd'hui.

Parfait !

C'était un préambule qui lui convenait tout à fait. Il lui donnait l'occasion de clarifier la situation, puis de s'en aller sans plus tarder.

— Winnie, enchaîna-t-il, j'aurais dû te dire avant de t'inviter à dîner que je sortais déjà avec quelqu'un.

— Sornettes ! intervint sa mère.

Joe prit une profonde inspiration.

— D'accord, je ne sortais peut-être pas encore avec elle à ce moment-là. Je la voyais seulement de loin en loin. Mais à présent, je sors avec elle.

— Eh bien ! s'exclama Winnie, d'un air peiné.

— Eh bien ! répéta sa mère, indignée.

— Allons ! Ne faites pas semblant d'être surprises, toutes les deux. Je suis sûr qu'au moins un de nos zélés concitoyens a pris des photos et que vous les avez vues.

Winnie grogna et regarda Mme Reed, paraissant lui demander ce qu'elle avait l'intention de faire à ce sujet.

— Bien. Je m'en vais, annonça Joe en se levant.

— Je t'interdis de partir sans mon autorisation, l'arrêta sa mère. Sincèrement, je ne comprends pas d'où lui vient cette affreuse impertinence, ajouta-t-elle à l'intention de Winnie. Il a toujours été un merveilleux garçon. Toujours poli et respectueux.

— Et tu as toujours été une mère merveilleuse, mais je dois te dire que tu n'as jamais été aussi envahissante de toute ma vie qu'en ce moment, murmura-t-il en se penchant vers elle pour plus de discrétion.

— Oh ! s'exclama Winnie. Tu es sûr de vouloir être aussi mufle envers moi ? Tu sais, il y a encore des gens qui se préoccupent des bonnes manières et de l'honnêteté.

Joe la regarda en fronçant les sourcils.

— Je suis parfaitement honnête avec toi, Winnie. Je ne sors qu'avec une femme à la fois.

— Dommage que tu n'y aies pas pensé l'année dernière ! laissa échapper sa mère en poussant un long soupir.

Joe lui lança un regard furieux.

— Très bien. Je ne suis qu'un vaurien. Parfait ! Je ne vous imposerai donc pas ma présence plus longtemps.

Puis il se leva et se dirigea vers la sortie.

— Ohhh ! s'exclama Winnie.

Puis elle lui lança :

— Tu le regretteras !

Mais il ne s'arrêta pas.

Tout le monde le fixait, et une envie de disparaître à l'instant le saisit. Il s'était trompé, il n'était pas encore totalement immunisé contre ces regards.

Il retourna à la banque où d'autres regards le suivirent jusqu'au bureau de Martha. Là, il s'arrêta net en réalisant que quelqu'un l'attendait dans son propre bureau.

Un homme, le dos tourné.

Martha, troublée, se précipita vers lui.

— Je vous en prie, dites-moi qu'il ne s'agit pas de Jax, murmura-t-il.

— Non, répondit Martha qui n'en conservait pas moins un air terrifié. C'est le mari de Kate. Le pasteur. Et la paroi de verre de votre bureau qui vient d'être remplacée !

Joe la fixa.

— Ben Taylor ne va pas me jeter à travers une vitre, Martha.

Du moins il ne le pensait pas.

Bien qu'il n'eût pas non plus la moindre idée de ce qui pouvait amener Ben à la banque.

— J'ai essayé de me débarrasser de lui, lui expliqua Martha, mais il porte son col, et cela ne se fait pas de jeter un pasteur dehors.

— Pour la dernière fois, Martha, je ne veux pas que vous jetiez qui que ce soit hors de cette banque.

— D'accord, monsieur Reed.

Elle hocha la tête, puis brandit le téléphone sans fil d'une main.

— Mais je suis prête à appeler la police.

— Merveilleux, marmonna Joe.

Vraiment merveilleux.

Prenant une profonde inspiration, il pénétra dans son bureau, où Ben se leva et lui tendit la main.

— Joe, comment vas-tu ? Pardon de me présenter à ton bureau à l'improviste. As-tu un moment à m'accorder ?

— Bien sûr, fit Joe en lui serrant la main et en l'invitant d'un geste à se rasseoir. Que puis-je faire pour toi ?

— Kate et moi avons besoin que tu nous rendes un petit service, commença-t-il sans sembler trouver étrange de demander de l'aide à l'ex-fiancé de sa femme.

Très bien. Joe pouvait aussi jouer à ce jeu-là.

Du coin de l'œil, il vit Martha les observer en serrant son téléphone.

— De quoi s'agit-il ?

— Viendras-tu au mariage ce week-end ?

Joe se retint de grimacer. Le dernier mariage auquel il avait assisté était celui de Ben et Kate. Kate lui avait demandé d'être présent pour tenter de faire taire les ragots en montrant qu'ils s'entendaient tous bien. Cela aurait pu fonctionner si Kathie n'avait pas quitté la ville le soir même. Joe n'avait donc pas très envie d'assister à un autre mariage.

Surtout s'il s'agissait d'un mariage Cassidy, où le futur marié le haïssait.

— Kathie m'a demandé de l'y accompagner, dit-il prudemment, et il semble que Gwen souhaite aussi ma présence. Jax, d'un autre côté…

— Il a fait vœu de silence à ton endroit. Cela marche assez bien, non ?

— Jusqu'à présent, oui, reconnut Joe. Mais ce sera son grand jour. Leur grand jour, à Gwen et lui…

— C'est Gwen qui a eu l'idée de t'inviter. La famille Cassidy est unie, tu le sais, et nous aimerions arranger les choses.

Joe hocha la tête.

— Kate veut que sa famille soit unie et heureuse. Nous aimerions beaucoup que tu sois des nôtres vendredi et samedi. La cérémonie d'adoption de Shannon se déroulera vendredi à 15 heures. Puis nous nous rendrons à l'église pour la répétition du mariage et le baptême de Shannon.

— Félicitations.

— Merci. Viendras-tu ?

— Eh bien… Tu es sûr que cela ne te dérange pas ?

Ben hocha la tête.

— Je suis un homme heureux et je veux voir les miens heureux. En particulier ma femme.

— Très bien, accepta Joe, qui se sentait confusément pris au piège. Je serai là.

— Fantastique ! s'exclama Ben qui se leva et lui serra la main.

Puis il se pencha vers lui et murmura :

— Ta secrétaire… Je ne veux pas paraître indiscret, mais si elle a besoin d'une aide quelconque, s'il y a quoi que ce soit que je puisse faire…

— Oh, non. Elle a un bon fond. Elle est un peu… *différente* en ce moment. Mais cela n'a rien à voir avec toi. Enfin, pas vraiment.

— Bien. Rendez-vous au tribunal à 15 heures alors.

Dès qu'il fut parti, Matha se précipita dans le bureau de Joe.

— Au tribunal ? Vous devez aller au tribunal ? Ils vous intentent un procès ?

— Non, Martha.

— Parce que je pourrais être témoin de la défense. Je serai très bien. Je me souviens de tout et je prends souvent des notes.

— Ils ne m'intentent pas de procès ! hurla Joe.

A travers la paroi de verre de son bureau fraîchement réinstallée, il vit les têtes se tourner et crut entendre sa propre voix résonner jusque dans le hall.

D'ici à ce soir, toute la ville allait croire que le clan Cassidy lui intentait un procès.

- 12 -

L'après-midi du vendredi fut plutôt chaotique. Les robes de demoiselles d'honneur de Kathie et Kate avaient été inversées au magasin. Ainsi, Kathie était rentrée chez elle avec la robe de Kate, et Kate avec celle de Kathie. Et tout le monde essayait de garder envers Shannon le secret de son adoption au tribunal. Organiser, dans les moindres détails, ce que Shannon devait croire n'être qu'une répétition du dîner de mariage s'avéra donc extrêmement difficile.

Kathie rassembla tout ce dont elle aurait besoin pour être prête, sans oublier la robe de Kate, et fila chez sa sœur pour effectuer l'échange des robes, afin qu'elles n'aient pas à s'en préoccuper le lendemain. En route, elle appela Joe pour lui demander de venir la chercher chez Kate. Sa sœur aurait pu la conduire, mais se rendre à la réunion de famille au bras de Joe lui permettrait d'officialiser leur relation. Et puis, elle ne voulait pas que Joe ait à y aller seul.

— Tu es sûr que tout ira bien pour toi ? lui demanda-t-elle en l'appelant depuis son portable alors qu'elle arrivait chez Kate.

— Oui, affirma-t-il. Je peux le faire.

— Je suis désolée. Je sais qu'il leur arrive d'être pénibles, mais d'ordinaire, ils sont vraiment gentils et chaleureux.

— Je sais.

Pendant cinq ans, il avait fait partie de la famille. Il avait donc une certaine connaissance des Cassidy, même si certains aspects lui échappaient encore.

— Je suis tellement heureuse, ajouta Kathie en se garant devant la maison de Kate. Ce sera une bonne journée. Dis-moi que nous allons bien nous amuser, Joe.

— Eh bien, je sais que c'est le but…

— Nous allons bien nous amuser. Et je dois te laisser maintenant, parce que je suis chez Kate. Alors à dans une heure. Essaie de ne pas t'inquiéter.

Dans la maison de Kate, l'agitation battait son plein. Ben était prêt et calme, occupé à régler des détails de dernière minute avec le restaurant, pendant que Shannon et Kate couraient dans tous les sens, se prêtant des boucles d'oreilles, et cherchant les bonnes chaussures. Kathie avait peine à imaginer sa sœur ultraconservatrice échanger sa garde-robe avec une ex-gothic-girl, mais apparemment cela arrivait avec une déconcertante régularité.

— Celles-ci ? lança Kate en agitant une paire de boucles d'oreilles. Ce sont celles que tu veux ?

— Non, les bleues, tu sais, les longues, celles qui pendillent, répondit Shannon, son impeccable coupe au carré lui donnant l'air plus jeune que jamais.

— Je suis là ! annonça Kathie.

— Dieu merci ! s'écria cette dernière. Dépêche-toi ! On va être en retard !

Elles se rendirent toutes dans la chambre de Kate et Ben, Shannon pour y chercher les boucles d'oreilles, Kate pour s'y coiffer, et Kathie pour enfiler sa robe qu'elle avait préféré mettre au dernier moment pour ne pas la froisser inutilement.

— Qui m'aide, pour la fermeture Eclair ? demanda-t-elle.

Shannon s'en chargea et siffla d'admiration.

— Wow ! tu vas l'impressionner, ton mec. Il vient, non ?

— Oui !

— Et tu veux l'impressionner, non ? insista Shannon.

— Oui.

— J'ai encore mon collier de chien. Je te le prête, si tu veux.

— Un collier de chien ? demanda Kathie en roulant des yeux horrifiés.

— Il y a un tas de mecs qui craquent pour ça, affirma Shannon le plus sérieusement du monde.

— Peut-être mais Joe n'en fait pas partie, affirma Kate en riant.

Shannon gloussa.

— On ne sait jamais.

— Je le saurais, dit Kate.

— Oui, probablement. Bon. J'ai trouvé les boucles d'oreilles. Alors…

— Pas celles qui vont avec le collier de chien, j'espère ? s'inquiéta soudain Kate.

— Nan ! Ça va pas avec ma robe.

Kate soupira et leva les yeux au ciel.

— Tu es vraiment sûre de vouloir l'adopter ? demanda Kathie en souriant, lorsque Shannon fut sortie. Parce que après aujourd'hui, tu ne pourras plus changer d'avis.

— J'en suis sûre. Je vais juste découper ce fichu collier de chien en mille morceaux aussitôt que nous serons rentrés !

Kate lissa une dernière fois ses cheveux devant le miroir avant de se tourner vers sa sœur.

— Comment te sens-tu ?

— Nerveuse. Tu crois vraiment que c'était une bonne idée pour Joe ?

Kate haussa les épaules.

— Nous nous trouverons dans une église. Nous serons certainement tous capables de nous comporter correctement dans un tel lieu. C'est le meilleur endroit dont nous aurions pu rêver pour la première réunion de famille qui vous inclut ensemble, Joe et toi.

— Tu n'es pas nerveuse toi ? demanda Kathie.

— Un peu, reconnut sa sœur. Mais surtout heureuse et impatiente.

— Moi aussi, fit Kathie avec un grand sourire. Je n'arrive pas à croire à ma chance. Je sors avec Joe Reed, et ma famille l'accepte ! J'aurais pensé qu'il n'y avait pas une chance sur un million pour que cela se produise un jour !

— Eh bien tu vois, tout arrive dans la vie, dit Kate en rectifiant une mèche de la coiffure de sa sœur. Et tu es superbe.

— Ça va vraiment marcher, n'est-ce pas ? Joe et moi, je veux dire. Les gens vont finir par cesser de jaser, quand ils verront que la famille l'accepte. Nous pourrons enfin vivre normalement.

— Je le souhaite de tout mon cœur, murmura Kate en la prenant dans ses bras. Je suis tellement contente pour vous.

Au tribunal tout se passa bien. Il n'y avait que la famille, et tous entrèrent ensemble. Joe et Jax choisirent chacun un coin différent, se contentant de se saluer d'un hochement de tête. Puis le juge ouvrit la séance. Tout le monde s'assit, en silence.

Shannon fut émue aux larmes lorsque Ben, puis Kate, furent appelés à témoigner de leur attachement et de leur dévotion pour elle. Ils expliquèrent ce qui les avait amenés à souhaiter qu'elle fasse définitivement partie de leur vie. Kate pleura d'émotion. Shannon aussi, et finalement, Kathie ne put retenir quelques larmes qu'elle essuya avec le mouchoir en coton de Joe.

Elle sortait avec un homme qui possédait encore des mouchoirs en tissu, pensa-t-elle en souriant à travers ses larmes.

Joe passa un bras autour de ses épaules, rassurant, et elle s'appuya contre lui, pour écouter Kate et Ben affirmer sous serment leur amour mutuel, et faire le vœu de s'occuper de Shannon du mieux qu'ils le pourraient.

Le juge leur rappela qu'ils s'engageaient pour la vie.

Ils jurèrent de rester fidèles à ce vœu pour la vie.

Le juge déclara alors que désormais, Shannon se nommait Shannon Cassidy Taylor, avant de clore la séance. La famille applaudit, et il y eut des embrassades, des rires et des larmes.

A l'église, où Ben leur fit rapidement répéter la cérémonie de mariage, l'ambiance fut tout aussi joyeuse et pleine d'émotions. Ensuite, le pasteur qui avait marié Ben et Kate baptisa Shannon, avec Jax et Kathie pour lui servir de parrain et de marraine. Puis on alla dîner. Il y avait la famille, la mère de Gwen boitillant sur ses béquilles mais évitant de se plaindre pour ne pas gâcher l'ambiance, et quelques amis policiers de Jax.

— La journée est presque terminée, murmura Kathie à l'oreille de Joe tandis qu'ils prenaient place autour de la table.

Joe lui répondit par une grimace faussement paniquée et saisit le verre de champagne que l'on venait de poser devant lui.

— Que la soirée s'achève sans bris de verre et sans effusion de sang, dit-il en levant son verre, contre lequel Kathie fit tinter le sien.

Ils vidèrent leurs flûtes sans se quitter des yeux.

Un serveur attentif remplit aussitôt leurs verres.

Kathie ne buvait d'ordinaire que très peu, mais l'assemblée porta de nombreux toasts, pour le mariage, l'adoption, la famille enfin réunie, le début d'une nouvelle vie ensemble.

Sans s'en rendre compte, elle devint vite un peu gaie.

Elle était trop excitée pour avoir beaucoup d'appétit, et le serveur remplissait plus efficacement les verres de champagne que les verres d'eau. Et, comme elle avait soif...

Lorsque l'orchestre se mit à jouer et que les premiers couples se dirigèrent vers la piste de danse, elle se leva, la démarche un peu incertaine, pour danser avec Joe.

— Oups, je risque d'avoir un problème, le prévint-elle.

Il rit doucement et lui tendit la main.

— Accroche-toi à moi.

Elle fut bientôt dans ses bras et se laissa bercer par la musique douce et l'éclairage tamisé.

C'était un moment unique.

Un moment dont elle avait rêvé toute sa vie.

Joe était un merveilleux danseur, et elle pouvait se laisser guider sans crainte. Ils commencèrent par maintenir une respectable distance entre eux. Mais la musique se transforma en un jazz sensuel, fait pour les bars sombres et enfumés, où les amoureux s'embrassaient dans les coins. Et ce fut comme si le corps de Joe appelait Kathie à chaque pas de danse.

Plus près… Plus près… Encore plus près…

Elle se rapprocha. De temps en temps leurs cuisses se frôlaient et elle sentait les muscles de son torse jouer sous ses mains. Elle frotta le bout de son nez contre le cou de Joe, contre sa joue.

Le souffle tiède de Joe frôla son oreille quand il lui murmura :

— Je crois que tu as bu trop de champagne.

— Et moi je crois que je n'ai eu ni assez de champagne ni assez de toi.

Plus près encore…

La température montait entre eux. Kathie se sentait une âme de pyromane.

Joe grogna et l'attira contre lui. Dans l'ombre d'un coin de la piste de danse, leurs lèvres se joignirent. Bientôt, un vertige d'une autre nature que l'ivresse s'empara de Kathie.

C'était la meilleure soirée de sa vie. C'était le paradis. Il n'y avait aucun doute. Le paradis.

Joe ne se souvenait que très vaguement de ce qui s'était passé ensuite. Les gens avaient commencé à prendre congé. Il se rappelait juste que quand ils étaient sortis du restaurant, un des amis policiers de Jax leur avait tenu la portière d'un taxi ouverte en disant :

— Je crois que ça vaut mieux ce soir.

Effectivement. La soirée avait été bien arrosée. D'ailleurs c'était agréable de se laisser conduire tout en continuant à s'embrasser dans l'ombre de la banquette arrière.

Il se souvenait avoir vaguement donné une adresse au chauffeur, incapable de penser une seconde à autre chose qu'aux lèvres de Kathie. Il avait été néanmoins un peu surpris que le taxi s'arrête devant chez lui plutôt que chez elle, mais cela ne l'avait pas dérangé. Kathie non plus.

A peine la porte franchie, ils s'embrassaient de nouveau. Il avait tant attendu de pouvoir prendre Kathie dans ses bras sans témoins, sans risques d'être pris en photo. L'embrasser. Peut-être même l'étendre sur son canapé et la caresser...

Elle paraissait tellement joyeuse ce soir. Tellement jolie. Belle.

Il ne se souvenait pas l'avoir vue si heureuse, si souriante, si libre. La Kathie qu'il avait connue était réservée. Elle était timide et pleine de douceur. Si c'était encore le cas, il s'y mêlait ce soir une sensualité qui le rendait fou.

La petite robe bleue qu'elle portait était décidément trop courte, qui révélait le galbe parfait de ses jambes, la courbe de ses hanches, le renflement de ses seins. Le tissu soyeux, brillant, ondulait à chacun de ses mouvements. Depuis le début de la soirée, il mourait d'envie d'y poser les mains. Ce qu'il fit dès qu'ils furent entrés chez lui. La jeune femme s'adossa à la porte d'entrée, et il se tint tout contre elle, ses mains remontant le bas de sa robe le long de ses cuisses, puis de ses hanches jusqu'à sa taille, avant de passer sous une petite culotte des plus soyeuses pour lui saisir les fesses et l'attirer plus près encore. Elle leva une jambe et l'enroula autour de sa taille.

Pris d'un désir impétueux, il la souleva de terre et l'emporta jusqu'au canapé, où il retira la veste de son costume et sa cravate, tandis que Kathie défaisait les boutons de sa chemise, sa robe remontée autour de sa taille offrant à la vue de Joe une petite culotte affriolante, en dentelle bleu ciel, et de longues cuisses fuselées.

Il tenta de se raisonner, de se souvenir qu'il existait des règles de conduite auxquelles un gentleman devait se conformer, et que la prendre sur son canapé, alors qu'ils étaient tous les deux à moitié ivres, lors de ce que l'on pouvait, à la rigueur, appeler leur troisième rendez-vous, ne correspondait pas tout à fait à ces règles.

Elle se redressa, le regarda en clignant des yeux avec curiosité, soit parce qu'elle le voyait en double, soit parce qu'elle cherchait simplement à comprendre sa soudaine hésitation.

Il tomba à genoux à côté d'elle, se rapprochant ainsi dangereusement de ses cuisses tentatrices.

— Kathie, ma chérie, nous devrions réfléchir.

— Cela fait longtemps que j'y pense, trop longtemps, des années.

Raison de plus pour ne rien précipiter, pensa-t-il brièvement.

Il posa les mains sur ses cuisses, et commença à les caresser, des genoux aux hanches.

Elle le regarda, le désir brûlant au fond de ses yeux, et prit ses lèvres.

— Je ne peux plus réfléchir, quand tu fais ça, gémit-il dans un soupir.

— Ce n'est pas le moment de réfléchir, Joe…

Il se dit qu'il devrait la traiter comme un fragile objet de cristal précieux. Sauf qu'entre ses bras, elle était plutôt comme de la lave en fusion, brûlante, ondoyante, épousant chaque aspérité de son corps, s'y fondant.

Il l'embrassa dans son cou délicieux, fin et rond, et apparemment très sensible à en croire la façon dont elle se tortilla sous ses baisers, semblant à la fois fuir et rechercher ses caresses. Il saisit ses seins à travers le tissu et sa langue traça des cercles mouillés. Il aurait dû lui ôter sa robe, mais c'était plus facile de la lui remonter jusqu'au cou. Le soutien-gorge glissa en même temps.

Enfin.

Il effleura sa poitrine offerte du bout des doigts, puis y posa la bouche. Elle se tortilla sous lui et poussa un petit cri.

Le temps sembla s'arrêter.

Elle gémissait délicieusement, tandis qu'il agaçait la pointe de ses seins et caressait ses courbes douces.

— Parfaite, murmura-t-il. Tu es parfaite.

Il traça un chemin de baisers qui descendait le long de ses côtes jusqu'à sa taille. Chatouilleuse, elle fit un mouvement brusque qui amena la bouche de Joe juste sur l'os saillant de sa hanche.

De quoi lui donner de nouvelles idées.

Il glissa les mains le long de ses hanches sous la petite culotte bleue et tira. Quelque chose craqua, et il se trouva avec le morceau de dentelle bleue dans les mains. Il embrassa son ventre doux et descendit imperceptiblement plus bas, toujours plus bas, jusqu'à ce qu'elle se fige en retenant son souffle. Elle ne protesta pas, mais se mit à trembler, ce qui accrut encore le désir de Joe.

— Laisse-moi faire, murmura-t-il.

— Joe…

— Fais-moi confiance.

Elle n'ouvrit plus la bouche que pour gémir de plaisir.

Il la reprit sous les fesses, plongea la tête entre ses jambes et la caressa de sa langue, doucement d'abord, puis intensément.

Elle jouit en quelques minutes. Il s'interrompit un instant pour regarder son visage bouleversé puis reprit ses caresses, doucement, rallumant aussitôt le feu. Elle le supplia bientôt d'arrêter et attira son visage à sa hauteur pour l'embrasser, tendrement d'abord, puis avec plus de fougue.

C'en était trop. Joe arracha ses vêtements d'un geste vif et se laissa tomber sur le canapé à côté d'elle. Saisissant son corps alangui dans ses bras, il l'assit sur ses genoux, ses seins effleurant son torse, sa robe toujours entortillée autour de son cou. Elle passa les bras autour de son cou et cacha son visage contre son épaule. Il fit courir ses mains le long de son dos jusqu'au bas de ses fesses et remonta jusqu'à sa nuque. Elle se cambra contre lui. Il la souleva doucement et l'agenouilla sur lui, ses jambes autour des siennes. Tout en l'embrassant, il la laissa descendre lentement, très lentement.

— Comme ça, murmura-t-il à son oreille, exactement comme ça.

Il l'embrassa de nouveau.

Soudain elle se figea contre lui. Il la soutint un moment, murmurant des paroles rassurantes.

— Joe… Je ne sais pas si ça va aller…

— Ça va, ça va très bien.

Alors, lentement elle descendit et gémit doucement, accrochée à lui, le rendant fou.

Il résista à l'envie de s'enfoncer en elle d'un coup.

— Kathie, laisse-moi entrer, tu me tues.

Puis le corps de Kathie céda, et il fut en elle, où il avait tant rêvé d'être depuis si longtemps.

Elle se laissa aller contre lui.

— C'est bon, je te tiens, assura-t-il en bougeant lentement ses reins.

S'ils continuaient à ce rythme, il pourrait tenir toute la nuit.

Elle gémit de plus belle et tressaillit contre lui. Il continua ses mouvements lascifs et lents, jusqu'à ce qu'elle plante les dents dans son épaule.

Il ne comprit pas comment il fit pour résister à cela, mais il résista, puis eut le plaisir exquis d'allonger Kathie sur le canapé et de l'y suivre.

- 13 -

Le lendemain matin, Kate finissait de se préparer pour le mariage, quand Kim sonna à sa porte, cherchant Kathie.

— Elle n'est pas là, dit Kate.

— Comment, elle n'est pas là ? Sa voiture est devant la porte.

— C'est parce qu'elle l'y a laissée hier. C'est Joe qui est venu la chercher ensuite.

— Oh, fit Kim soucieuse.

— Elle n'est pas rentrée hier soir ?

— Je ne crois pas, mais je n'en suis pas sûre. Disons qu'elle n'était pas là ce matin quand je me suis levée.

— Ni quand tu t'es couchée ?

— Non. Mais cela ne m'a pas inquiétée, puisqu'elle est partie avec Joe.

— Qu'est-ce qui ne va pas ? demanda Ben en entrant dans le salon.

— Kathie n'est pas rentrée cette nuit.

— Oh.

— L'un de nous doit la trouver, dit Kim.

— Vraiment ? risqua Ben en espérant visiblement s'entendre répondre non.

— Tu as essayé de la joindre sur son portable ? demanda Kate à sa sœur.

— Bien sûr, mais elle ne répond pas.

Kate essaya à son tour, et la sonnerie distinctive du portable de Kathie résonna dans la pièce voisine.

Ben s'y rendit, puis revint avec le sac que Kathie avait laissé chez eux.

— Bon. Elle n'a pas son téléphone, mais elle est partie avec Joe. Vous en êtes sûrs ? voulut savoir Kate. Quelqu'un les a vus ?

— Je les ai vus se diriger vers la porte, lui assura Ben. Kate, nous avons tous beaucoup bu hier soir. Tu ne crois pas qu'il a pu arriver quelque chose ?

— Joe est l'homme le plus responsable que je connaisse. Il ne conduirait jamais après avoir trop bu. D'ailleurs il ne boit jamais trop.

— Il n'a pas pris le volant, annonça Shannon qui passait encore tout ensommeillée pour se rendre dans la cuisine.

— Tu en es certaine ? demanda Ben en la suivant.

Shannon ouvrit la porte du réfrigérateur avant de répondre.

— Oui, je les ai vus monter ensemble dans un taxi devant le restaurant. Pourquoi ? Ils sont perdus ?

— Quelque chose dans ce goût-là, grimaça Kate.

Shannon éclata de rire en ressortant la tête du réfrigérateur.

— Tu veux dire que quelqu'un n'est pas rentré hier soir ? Oh !

— Quelque chose dans le genre, répondit Kim, évasive.

— Vous n'allez quand même pas me demander d'aller dans la pièce d'à côté, non ? ironisa Shannon. Je viens de donner mon bébé à adopter. Vous ne risquez pas de me choquer, vous savez.

— Kathie n'est pas rentrée, lui expliqua Kim. J'imagine que s'ils ont pris un taxi ensemble, Joe et elle, ils vont bien.

— Mais le mariage est dans moins de deux heures. Nous devons être à l'église dans moins de quarante minutes, s'affola soudain Kate. As-tu essayé de joindre Joe ?

Kim hocha la tête.

— Cela sonne toujours occupé. Soit il est en dérangement, soit Joe l'a décroché.

— Et son portable ?

— Non.

— Très bien, décida Kate, je vais l'appeler. Flûte ! C'est sa boîte vocale.

— J'ai demandé à tout le monde d'éteindre les portables à l'église hier, dit Ben. Joe ne l'a probablement pas rallumé.

Kim ferma les yeux et gémit.

— Quelqu'un doit aller la chercher.

Ils se regardèrent tous, Kim avec ses longs cheveux emmêlés, Ben pas encore rasé, en jean et T-shirt, Shannon en pyjama. Kate, pour sa part, était presque prête, s'étant déjà douchée et coiffée.

— Moi, je n'y vais pas, décréta Kim sur un ton catégorique.

— Moi non plus, enchaîna vivement Ben.

— Mais je n'ai pas envie d'y aller ! se défendit Kate. Et si je les surprends au lit ?

— Ouh, ça devient scabreux, lança Shannon. Moi, je file dans la douche. De toute façon, je n'ai pas mon permis de conduire.

— Bon, faisons le point, reprit calmement Kate. Si nous ne

la trouvons pas et qu'elle n'est pas là pour le début du mariage, Jax interrompra la cérémonie pour organiser une patrouille de recherche. Et il vaudrait mieux éviter que ce soit lui qui les surprenne.

— Juste, acquiesça Kim. Tu es l'aînée, c'est à toi de la chercher.

— Mais elle va être tellement embarrassée, et moi aussi…

— Peut-être, rétorqua Ben, mais toi au moins, tu n'enverras pas Joe à travers un mur. Si tu le veux vraiment, j'irai. Mais j'ai sincèrement l'impression que dans une situation *potentiellement embarrassante*, Kathie préférerait avoir affaire à toi plutôt qu'à moi.

— Tu as raison, admit Kate. Toi, il vaut mieux que tu gardes un œil sur Jax. Il faut absolument qu'il ignore ce qui se passe. Pas question de gâcher son mariage.

— Très bien, accepta Ben. Je m'occupe de Jax, et tu vas chercher ta sœur. C'est un bon plan.

Kate fronça les sourcils. Ce *bon plan* ne lui disait rien qui vaille.

Kathie était pelotonnée dans les couvertures les plus douces du monde, encore à demi endormie, et n'ayant aucune envie de se réveiller, quand la couverture bougea sous elle. « Etrange », se dit-elle distraitement en se recroquevillant pour essayer de se rendormir. La couverture laissa échapper un grognement.

Etrange… Elle aurait pu jurer que la couverture appelait Kate avec la voix de Joe…

Elle se redressa brusquement, les idées encore confuses,

revenant à la réalité dans le salon de Joe, sur le canapé de Joe, avec ce qui semblait être le corps nu de Joe étendu sous elle.

— Ahhhh ! s'écria-t-elle en se levant d'un bond en empoignant le drap.

— Ahhhh ! s'exclama-t-il en levant les yeux sur elle, tout aussi abasourdi.

Elle se trouvait chez Joe, nue. Il était nu lui aussi. Ils avaient… ils avaient…

— Oh mon Dieu !

— Oh mon Dieu ! grogna-t-il.

Kathie se souvint alors qu'elle l'avait entendu prononcer le nom de sa sœur.

— Tu m'as appelée Kate ! s'écria-t-elle, blessée autant que furieuse.

Elle allait le tuer !

— Je ne t'ai pas appelée Kate. J'ai *répondu* à Kate.

Il enfila son pantalon et ajouta :

— J'aurais pu jurer avoir entendu la voix de ta sœur.

— Ah oui, parce que j'ai la même voix qu'elle ?

— Non, tu n'as pas la même voix qu'elle.

— Dis-moi que je ne suis pas un substitut de ma sœur pour toi, Joe, dis-le-moi.

— Kathie, non. Ecoute-moi. Je te dis que j'ai réellement entendu sa voix. Comme si elle avait été là. A l'instant.

Et ils l'entendirent tous les deux. La voix de Kate appelait Joe et quelqu'un frappait à la porte.

— Je ne suis pas sûr d'avoir fermé à clé, marmonna Joe.

Et, sous leurs yeux horrifiés, la porte d'entrée s'ouvrit lentement.

Kathie s'enfuit dans la salle de bains, priant pour se réveiller de ce cauchemar. Elle s'enferma, s'enroula dans le drap qu'elle avait emporté et s'aspergea le visage d'eau froide. Deux fois, trois fois. Puis elle s'essuya et se regarda dans le miroir.

Elle était chez Joe. C'était le matin. Elle avait la tête un peu lourde, sans doute à cause du champagne. Et elle avait passé la nuit avec Joe.

Sans oublier que sa sœur était arrivée. Mais cela ne pouvait pas être vrai. Sentant ses jambes fléchir sous elle, elle s'assit sur le rebord de la baignoire et tenta de faire le point.

Que savait-elle exactement ? Tout d'abord, que c'était le matin ; elle avait vu la lumière du jour filtrer à travers les rideaux.

Les rideaux de Joe. Dans la maison de Joe. Le canapé de Joe. Le corps nu de Joe enlaçant le sien sur le canapé.

Oh Seigneur !

Elle ferma les yeux et enfouit son visage dans ses mains tremblantes.

Joe et elle. C'était fou. Tout lui revenait. Toute cette délicieuse frénésie, tout ce désir, cette passion. Jamais elle n'aurait imaginé que ce serait ainsi la première fois. Mais, malgré la situation impossible dans laquelle elle se trouvait elle eut un sourire satisfait.

Cela avait été tellement mieux que ce qu'elle avait imaginé. Tellement délicieusement mieux…

— Kathie ? appela la voix hésitante de Joe de l'autre côté de la porte. Kate est là.

Mais elle n'avait aucune envie d'ouvrir.

— Pourquoi ? demanda-t-elle.

— Eh bien… il est 9 h 40, et tu étais supposée être à l'église vingt minutes avant le mariage. Comme personne ne parvenait à te trouver, Kate a fini par venir ici.

— Oh, fit Kathie. Très bien.

Cela aurait pu être pire. Cela aurait pu être Jax devant la porte.

Joe poursuivit.

— Elle va t'attendre dehors dans la voiture, si tu veux qu'elle te conduise à l'église ou ailleurs.

— Oh. Très bien.

— J'ai tes affaires si tu les veux.

Kathie entrouvrit la porte, juste assez pour passer la main, prit ses vêtements et referma.

Bien.

Elle ne supportait pas l'idée de remettre ses vêtements de la veille et de sortir ainsi. Sans compter le mariage de Jax, pour lequel elle devait se préparer.

Une douche ? Elle pouvait la prendre en trois minutes. Oui. Elle avait besoin d'une douche.

— Dis à Kate que j'arrive dans cinq minutes ! lança-t-elle.

« Ne pense pas, douche-toi, s'exhorta-t-elle mentalement. Fais comme si rien ne s'était passé. Tu y penseras plus tard. »

Sauf que le savon, le shampoing de Joe, tout lui rappelait son odeur. Et le souvenir de cette nuit…

Qu'en pensait-elle réellement ? Et qu'allait-il se passer entre eux à présent ? Joe n'avait-il agi ainsi que sous l'effet de l'alcool ?

Mais ce n'était pas le moment d'y penser. Et le mariage de son frère n'était pas l'endroit où chercher la réponse à cette question.

Pourtant, et bien qu'elle manquât d'éléments de comparaison, il lui semblait que Joe avait eu réellement envie d'elle la veille, qu'il avait été prêt à la dévorer, même. Il lui semblait aussi qu'il avait besoin d'elle.

Le simple fait de passer ses mains savonneuses sur les endroits qu'il avait caressés éveilla en elle d'innombrables souvenirs, plus troublants les uns que les autres. Ses mains, sa bouche, le son de sa voix, la façon dont il bougeait en elle.

Elle gémit, se frotta avec énergie, se rinça, sortit de la douche et contempla sa robe de la veille avec dégoût.

— Joe ? lança-t-elle d'une voix hésitante, ma robe pour le mariage est dans ta voiture, peux-tu aller me la chercher ?

— Je crains que ma voiture ne soit restée au restaurant. Tu t'en souviens ?

— Ah oui.

— Tu veux un pantalon de survêtement et un T-shirt ? Je les ai préparés pour toi. Et aussi un sac pour tes affaires.

Décidément, quel homme organisé et plein de ressources.

A moins que ce ne soit une question d'habitude ? Avec les femmes qui passaient une nuit chez lui ? Mais elle refusa d'y penser.

Une autre fois.

Elle ouvrit la porte, accepta les habits qu'il lui tendait, s'habilla, enroula ses cheveux dans une serviette qu'elle noua en turban, fourra ses vêtements de la veille dans le sac de sport de Joe, et fut prête. Il ne lui restait plus qu'à les affronter, sa sœur et lui.

Devant la porte, elle appuya un instant la tête contre le battant.

— Kathie, ça va ? s'inquiéta Joe.

Elle ouvrit la porte d'un coup et se tint devant lui, essayant de ne pas analyser les multiples nuances de l'émotion qu'elle lut dans ses yeux.

— Nous n'avons pas le temps d'en parler maintenant, dit-elle très vite. D'ailleurs, je ne sais pas encore vraiment ce que je ressens. Et toi ?

— Moi non plus.

— Bon. Alors on attend jusqu'après le mariage ?

— D'accord.

Il semblait essayer désespérément de trouver les mots qu'elle voulait entendre.

C'était adorable et un peu idiot. C'était tellement Joe, que Kathie se hissa sur la pointe des pieds et lui donna un léger baiser.

— Mais une chose est sûre, ajouta-t-elle avec un sourire radieux, c'était… bon. Délicieusement bon. Pas du tout comme je l'avais imaginé.

— C'était *bon* ?

Il hocha la tête, et ajouta comme pour lui-même :

— Parfait.

Elle effleura la marque que ses dents avaient laissée sur l'épaule de Joe et rougit violemment.

— Je crois que je t'ai mordu. Pardon. J'essayais de ne pas crier.

Puis, rougissant de plus belle, elle saisit ses chaussures et s'enfuit, espérant qu'aucun des voisins ne la verrait. Kate l'attendait comme promis dans la voiture, faisant des efforts comiques pour agir comme si rien de spécial ne s'était passé.

Kathie jeta son sac à l'arrière et monta devant, où elle trouva le sac qu'elle avait laissé la veille chez Kate avec tout ce dont elle aurait besoin pour se préparer pour le mariage.

— Oh merci, dit-elle. Merci, merci, merci.

— Pas de quoi, répondit Kate.

— On doit passer chercher ma robe. Elle est dans la voiture de Joe, qui est restée devant le restaurant.

— Bien.

Kate avait mis le contact, quand Joe arriva en courant.

— Les clés, dit-il en les tendant à Kathie par la fenêtre. Tu auras besoin des clés pour ouvrir la voiture.

— Oh. Merci.

— Veux-tu venir avec nous Joe ? proposa poliment Kate en regardant droit devant elle.

— Non merci, répondit-il, tout aussi poliment, en se hâtant de tourner les talons.

— A tout à l'heure à l'église ! lança Kate en démarrant.

— A tout à l'heure.

Après une minute de silence, Kathie osa enfin parler.

— Je suis vraiment désolée. C'était... Je veux dire, c'était déjà assez pénible avant...

Avant que Joe et elle aient fait quoi que ce soit ensemble, mais à présent...

— Je n'avais pas envisagé cette situation, acheva-t-elle piteusement.

— N'y pensons pas, la rassura Kate.

— Tu as raison, n'y pensons pas.

Sauf que c'était impossible.

— Mais tu vas bien ? reprit néanmoins Kate.

— Bien sûr. Je l'aime, dit Kathie tout en observant la réaction de sa sœur du coin de l'œil.

Elle l'aimait et elle avait passé la nuit avec lui.

— Alors c'est très bien, répondit Kate. Que tu l'aimes, et que tu sois heureuse. C'est l'essentiel. Je suis heureuse pour vous.

— Merci.

Mais Kathie savait que tout le monde ne serait pas ravi.

— Dois-je craindre le pire ? reprit-elle au bout d'un moment. Tout le monde est au courant, non, si tu es venue me chercher ?

— Eh bien Kim sait que tu n'es pas rentrée hier soir, et quand elle n'a pas réussi à te joindre sur ton portable, elle est passée voir si tu étais à la maison. Elle a parlé avec Ben, Shannon et moi. Désolée au sujet de Shannon, elle est arrivée en pleine discussion. Mais elle a pu nous apprendre que Joe et toi étiez partis en taxi, ce qui nous a permis de ne pas trop nous inquiéter.

— Bon. Parfait.

Elle l'avait échappée belle. Ils auraient pu appeler les hôpitaux ou la police.

— Kim a trouvé un prétexte pour se rendre chez Gwen et vérifier que tu n'y étais pas non plus. Ben est allé chez Jax pour éviter qu'il apprenne quoi que ce soit.

— Bien. Oh, c'est très bien ça.

Si la cérémonie et la réception pouvaient se dérouler sans que Jax apprenne qu'elle avait passé la nuit chez Joe, tout irait bien.

— Merci, répéta Kathie.

— Alors, nous allons chercher ta robe dans la voiture de Joe et on file ensuite à l'église ? D'accord ? Si on y va directement, on pourrait y arriver les premières, et personne ne se demandera pourquoi tu portes les habits de Joe.

— Très bien, dit Kathie qui était prête à tout accepter, ce matin.

— Est-ce qu'il y a quelque chose… dont tu veuilles parler ? As-tu besoin de quelque chose ?

— Oh ! de sous-vêtements, répondit Kathie, gênée. J'ai besoin de sous-vêtements. Je ne veux pas assister au mariage de mon frère dans ceux que j'avais hier. Le problème est que je ne veux pas demander à Kim de m'en apporter, et que je ne peux pas entrer dans un magasin pour acheter de la lingerie en portant les vêtements de Joe.

— On pourrait laver les tiens dans le lavabo des toilettes de l'église et je les sècherai à l'aide du sèche-cheveux, pendant que tu te maquilles, proposa Kate.

— Je… Non, cela n'ira pas.

« Kate, ne me demande pas pourquoi, pensa-t-elle. Ne me le demande pas… »

— Pourquoi ?

Kathie gémit et se cacha le visage dans les mains.

— Tu ne les as pas retrouvés ? demanda Kate en riant.

— Si, je les ai retrouvés.

— Alors je ne vois pas où… Oh. Tu veux dire… que tu ne *peux plus* les mettre ?

— Ne me force pas à te le dire.

— Tu veux dire que Joe Reed…

Kate éclata de rire et poursuivit.

— L'un des hommes les plus polis, les plus civilisés au monde t'aurait arraché tes sous-vêtements hier soir ?

— Oui. D'accord ? Oui. C'est ce qui s'est passé.

Quand elle osa regarder sa sœur, elle vit que celle-ci avait un sourire coquin aux lèvres.

— Tant mieux pour toi, Kathie chérie. Et pour lui.

Kathie s'était juré de ne pas poursuivre la discussion, mais elle mourait d'envie de savoir.

— Dis-moi, est-ce qu'il était vraiment… *poli* avec toi ?

Kate hocha la tête.

— Oui. Et moi aussi. Mais j'ai *évolué* depuis, et… je crois que nous devrions vraiment changer de sujet.

— Tu as raison. Je vais appeler Kim et lui demander de m'apporter des sous-vêtements.

Si elle avait survécu à cette discussion avec Kate, elle pouvait demander n'importe quoi à Kim.

- 14 -

Joe se contorsionna devant son miroir pour mieux voir. Il portait bien une marque de dents à l'épaule. Il se sentit envahi par un mélange de gêne et de fierté ; c'était la première fois qu'une femme laissait la moindre marque sur lui.

Une autre première dans sa vie.

A présent, il comprenait mieux le regard étrange que Kate avait posé sur lui, sans le regarder dans les yeux. Sans doute fixait-elle son épaule ?

Il se pencha au-dessus du lavabo, s'aspergeant plusieurs fois le visage d'eau froide, et finit par passer la tête directement sous le robinet pour tenter de se clarifier les idées.

Ce qu'il venait de faire ne lui ressemblait absolument pas.

Il avait trop bu et couché avec Kathie sur le canapé du séjour. A son réveil, il avait trouvé son ex-fiancée devant la porte, cherchant sa petite sœur qui était en retard pour le mariage de leur frère qui le détestait.

D'accord, la situation aurait pu être pire. Ils auraient pu dormir plus longtemps et rater le début de la cérémonie, ou se faire réveiller par Jax et ses amis.

Mais voir Kathie *et* Kate ce matin…

C'était trop.

Il n'irait pas au mariage. Pas question. Il avait assez vu la famille Cassidy pour le week-end.

Il entra dans la douche et laissa ruisseler l'eau brûlante sur sa peau. La pensée que Kathie s'y trouvait, nue, dix minutes plus tôt ne fit rien pour l'aider à clarifier ses idées.

Elle, nue sous ses mains à lui, elle qui l'entourait de ses bras et de ses jambes, le laissant agir à sa guise avec elle, comme si elle lui accordait une totale confiance.

Elle avait été tellement adorable, un peu timide mais pourtant impatiente de le caresser, de découvrir son corps, de se coller tout contre lui, au point qu'il ne savait plus qui prenait l'initiative.

Il ne lui avait même pas ôté sa robe la première fois. Ce n'est qu'ensuite, quand elle s'était retrouvée allongée nue sous lui qu'il avait pris le temps de lui retirer tous ses vêtements pour retrouver ses bras accueillants et plonger de nouveau dans sa chaude et douce intimité.

Quelle sensation d'être de nouveau en elle, avec…

Avec… absolument rien entre eux !

Rien comme dans… « pas de préservatif » ?

Son cœur se mit à battre plus fort et une angoisse sourde l'envahit.

Il n'y avait pas de préservatifs dans son salon, parce que d'ordinaire, il ne faisait pas l'amour sur son canapé. Il préférait un grand lit confortable. S'il lui restait des préservatifs de l'époque d'avant Kate, ils étaient dans sa table de nuit, à côté du lit. Et comme Kathie et lui n'avaient jamais atteint la chambre à coucher… cela voulait dire qu'ils n'avaient pas utilisé de préservatifs.

Joe se tourna contre le mur de sa douche et se frappa la tête contre le carrelage. Fort. Encore. Et encore.

Cela faisait des années qu'il n'avait pas utilisé de préservatifs. Kate et lui se faisaient confiance et elle prenait la pilule. Pendant les six mois qui s'étaient écoulés entre leur rupture et le retour de Kathie, il n'avait fréquenté aucune femme. Il ne savait même pas s'il avait encore des préservatifs au fond du tiroir de sa table de nuit. Mais cela n'avait plus la moindre importance à présent.

Le sujet était grave.

C'était une discussion qu'il n'avait vraiment pas envie d'avoir avec Kathie Cassidy, mais il n'avait pas le choix.

Et il refusait de la remettre au lendemain.

Il devrait donc assister à ce fichu mariage.

Il s'habilla en vitesse, se coupa au menton en se rasant. En se tapant la tête contre le mur, il s'était fait une ecchymose rougeâtre. Au moins la morsure ne se verrait-elle pas sous sa chemise, pensa-t-il avec ironie.

Tout ce qu'il aurait à faire était d'entrer dans l'église, de trouver Kathie, de lui parler, et de repartir.

C'était tout.

C'était simple.

Il prit son portefeuille et son téléphone portable qu'il ralluma en allant vers sa voiture.

Qui n'était pas là. Il l'avait laissée au restaurant.

Par bonheur pour lui, une de ses voisines, Andrea Ross, qui travaillait dans la même boutique de fleurs que Gwen et se rendait au mariage, passa à ce moment. Elle lui offrit de l'emmener, considéra d'un air étonné son apparence échevelée, mais par bonheur, s'abstint de tout commentaire.

— J'ai oublié de rallumer mon téléphone hier soir, dit-il

dans la voiture. Je dois juste écouter mes messages. Vous permettez ?

— Bien sûr Joe.

Le premier émanait de son patron. « Je dois vous parler immédiatement. Rappelez-moi sur mon portable. »

Joe fronça les sourcils. Il avait un mauvais pressentiment.

Bob Welsh décrocha à la première sonnerie, annonçant sèchement :

— Welsh à l'appareil.

— Bob, c'est Joe Reed. Désolé de ne pas vous avoir rappelé hier soir. Mon portable était éteint.

— Joe…

Gros soupir. Mauvais signe.

— Joe, que vous est-il arrivé ?

— Je ne suis pas certain de comprendre, monsieur.

— Moi non plus, Joe, moi non plus. J'avais cru que quand nous avons parlé de l'incident à la banque, vous aviez compris. Vous avez été à deux doigts d'être renvoyé.

— Oui monsieur.

— J'apprends ensuite que vous avez fait une scène dans un restaurant de la ville, et que vous avez quitté les lieux dégoulinant de vin.

Winnie ? Il était au courant au sujet de Winnie ?

Joe ne sut que répondre.

Son patron reprit.

— Et puis vous prenez un congé maladie pour vous soûler lors d'un pique-nique dans le parc de la ville ?

— Je n'étais pas soûl, monsieur, et je n'ai pas pris de congé maladie depuis que je travaille à la banque.

Andrea lui jeta un nouveau regard furtif. N'était-ce qu'une

impression, ou roulait-elle plus vite à présent ? Avait-elle peur de lui ?

— Je sais que vous n'avez jamais pris de congé maladie, Joe, et cela ne me dérange vraiment pas que l'on en prenne un de temps à autre. Mais pas pour se soûler dans un endroit public, où l'on peut être vu par n'importe qui. A quoi pensiez-vous ?

— Je crois que je ne pensais pas.

— Il le faut pourtant. Vous devez penser à l'exemple que vous donnez aux employés qui travaillent sous vos ordres. Avez-vous un problème de boisson ?

— Monsieur, je…

— Parce que à votre voix, on dirait que vous avez passé une nuit *mouvementée*.

Joe se mit à rire. Impossible de se retenir. « Mouvementée » était un mot faible. Cette nuit avait été un désastre. Il ne savait d'ailleurs pas encore jusqu'à quel point.

— Je vais vous dire ce que vous allez faire, reprit son patron d'une voix soudain plus douce, comme s'il s'adressait à un enfant ou à un grand malade mental. Je vais vous suspendre pour soixante jours et nous allons vous trouver une bonne clinique où vous pourrez vous faire désintoxiquer.

— Je ne suis pas alcoolique, monsieur.

— J'ai vu les photos, Joe.

— Il y a des photos ?

— Tout un tas, lui murmura Andrea.

— Oui. De vous dans le parc, éclaboussé de vin et vautré dans les bras d'une femme. Je suis désolé Joe, mais soit vous vous faites désintoxiquer, soit vous êtes renvoyé.

— Vous plaisantez ?

— Non. Que choisissez-vous ? La clinique ou la porte ?

Joe retint six jurons différents — tout son répertoire en la matière. Il avait l'impression que sa tête allait exploser.

« Attention, se dit-il. Il s'agit de ta carrière, de la façon dont tu gagnes ta vie. Paies tes factures. »

Mais il était à bout de patience, incapable de se montrer raisonnable. La nuit dernière l'avait amplement prouvé.

— Très bien, laissa-t-il tomber d'une voix atone. Je choisis la porte.

Son patron parlait encore quand il raccrocha.

— Mauvaise journée ? avança prudemment Andrea.

— Oui, très mauvaise journée.

— Eh bien… ça va sûrement aller mieux. Nous sommes arrivés.

Il regarda par la fenêtre, et vit dans le parking une multitude de voitures de police. Les amis de Jax venus assister à son mariage.

Génial.

Joe remercia Andrea de l'avoir emmené, se demandant combien de temps mettrait la nouvelle de son renvoi pour faire le tour de l'église. Et de la ville, bien sûr.

Presque tout le monde était déjà arrivé. Il demanda où se trouvait la mariée, s'attendant à trouver ses demoiselles d'honneur avec elle, mais apparemment, on ne pouvait pas les voir. Il se rendit compte qu'il devait faire une drôle de tête, parce que les gens semblaient mal à l'aise en sa présence.

L'église était bel et bien remplie de policiers, dont la plupart auraient sûrement adoré l'assommer.

L'un d'eux, une véritable armoire à glace, s'avança vers lui.

— On ne veut pas de scène aujourd'hui, compris ?

— Non, répondit Joe, conciliant. Pas de scène. Pas aujour-d'hui.

Surtout pas aujourd'hui.

Il s'installa au fond de l'église et tambourina des doigts sur le dossier du banc devant lui. Il cherchait Kathie des yeux, mais ne rencontrait partout que les regards meurtriers des flics. Ma parole, ils étaient partout !

Kathie. Il ne pensait pas qu'elle avait pour habitude de suivre les hommes chez eux pour coucher avec eux. Comme il la connaissait, cela ne devait lui arriver que très rarement. Elle n'utilisait donc probablement pas de contraceptif.

Il se mit soudain à transpirer.

Fallait-il vraiment qu'il ait perdu la tête au point d'oublier tout sens des responsabilités ?

Il remarqua deux femmes qu'il connaissait vaguement et qui lui lançaient des regards préoccupés.

— Quoi ? demanda-t-il, peu aimable.

— Vous paraissez un peu nerveux, fit remarquer l'une d'elles.

Il hocha la tête. Inutile de nier. De toute façon, il n'avait pas envie de discuter.

— Mais je croyais que c'étaient les sœurs de Jax qui vous intéressaient, pas sa fiancée, ajouta l'autre femme.

— Quoi ? répéta Joe qui crut, un instant, avoir mal entendu.

— Ce ne sont que ses sœurs qui vous intéressent ? Pas vrai ?

— Deux sur trois seulement, ironisa-t-il.

— Bien. Je voulais juste m'assurer que vous n'étiez pas aussi intéressé par Gwen. Que vous n'alliez pas faire un scandale un jour comme celui-ci.

Bon sang ! Voilà qu'à présent les gens craignaient sa simple présence à un mariage, de peur qu'il ne veuille séduire la mariée !

Comment allait-il se défaire de cette sinistre réputation qui lui collait à la peau ?

— Je ne m'intéresse pas à Gwen, pas dans le sens où vous l'entendez, du moins, assura-t-il avec un grand sourire.

— Bien.

— Laissez-moi deviner, reprit-il. Vous êtes mariées à des amis de Jax, des amis policiers, n'est-ce pas ?

Elles hochèrent la tête.

Merveilleux.

Le moindre de ses mouvements allait être scrupuleusement surveillé. Dans ces conditions, comment allait-il s'arranger pour parler à Kathie *discrètement* ?

Il attendait que le photographe ait terminé les photos de groupe, et que tout le monde se dirige vers la salle de réception. Des amis de Jax passaient sans cesse devant lui, menaçants. Tâchant de prendre un air aussi innocent que possible, il desserra sa cravate et but une gorgée. De champagne. Cette fois, il devait faire attention avec le champagne…

Ses pensées revinrent à Kathie. Etait-elle soûle, la veille au soir ? Avait-il profité d'elle ? Lui en tout cas était gai. Un peu plus que gai, même. Mais pas ivre au point de ne plus être responsable de ses actes.

— Vous avez la tête d'un condamné sur le point d'être emmené devant le peloton d'exécution, dit Shannon en surgissant à ses côtés.

Elle avait tellement changé depuis que Kate l'avait accueillie chez elle. A présent, elle avait l'air d'une adolescente équilibrée et heureuse.

— Se passe-t-il quelque chose que tu saches et que j'ignore ? demanda-t-il, soudain inquiet.

— Non. Mais si Jax découvre que Kathie a passé la nuit chez vous…

— Il faut éviter à tout prix qu'il le découvre aujourd'hui.

— J'imagine qu'il y a eu suffisamment de sang versé entre vous. Et puis, c'est un mariage, dit Shannon en souriant comme si elle n'avait rien de mieux à faire que de le tourmenter.

— Merci, c'est très généreux de ta part.

— Oh, attendez ! Kim vous a-t-elle dit, au sujet de Mlle Fitzgerald ?

— Winnie ?

— Oui, Kim a entendu dire que Mlle Fitzgerald raconte partout que les gens vont apprendre à ne pas chercher d'histoires avec elle.

— Je ne cherche pas d'histoires avec elle, crois-moi.

— Elle prétend que son parrain est président d'une banque à Atlanta, et qu'il est votre patron.

— Bob Welsh est le parrain de Winnie ?

— Je ne connais pas son nom, mais j'imagine que ça ne serait pas bon pour vous.

— Non, en effet.

— Vous n'avez mal agi avec Mlle Fitzgerald que parce qu'elle a mal agi avec vous, n'est-ce pas ? Vous allez être gentil avec Kathie ? D'ailleurs, vous avez intérêt à l'être, sinon…

Joe la regarda un instant, surpris.

Légalement adoptée depuis hier, Shannon montrait déjà une remarquable ressemblance de caractère avec les Cassidy.

— Crois-moi, j'ai été largement prévenu, marmonna-t-il.

445

Il y a à peine un peu plus d'un an, personne n'aurait cru devoir le prévenir de ce genre de choses. Tout le monde aurait été certain qu'il ne pouvait se montrer qu'attentif et responsable envers une femme. Et le voilà, aujourd'hui, cherchant désespérément à savoir s'il avait mise enceinte la sœur de son ex-fiancée.

Kathie finit par entrer dans la pièce. Joe se dirigea droit vers elle, mais il n'était pas le seul. Tout le monde voulait la questionner au sujet de leur relation. Ils formaient un couple presque aussi populaire que les mariés.

Joe serra une multitude de mains, embrassa des joues fardées et se tint aux côtés de Kathie comme il se devait. Kathie rayonnait littéralement à son bras, sa main délicate aux ongles roses reposant sur son avant-bras.

Il essaya de ne pas penser à cette main sur son corps… Ni au corps de Kathie. Kathie nue…

Le déjeuner lui offrit un peu de répit. Après le repas et les toasts qu'il trouva interminables, il finit par pouvoir entraîner Kathie dans un coin relativement discret.

— Salut, comment vas-tu ? demanda-t-elle en le regardant avec un sourire radieux.

Elle avait l'air un peu timide, pas très sûre d'elle, mais très heureuse.

— Bien, mentit-il.

— Tu t'es coupé en te rasant, remarqua-t-elle en lui effleurant le menton. Et tu t'es cogné la tête ?

— Je me suis frappé la tête contre un mur ce matin, répondit-il en regrettant aussitôt sa franchise.

Elle se mit à rire.

— Pourquoi ? Enfin, je veux dire… Ce n'était sûrement

pas un réveil idéal, et je n'ai pas beaucoup d'expérience en la matière, mais la nuit passée, Joe… c'était merveilleux.

Il hocha la tête sans répondre.

— Tu veux dire que ça ne l'était pas ? ajouta-t-elle, inquiète soudain.

— Non, ce n'est pas ce que je voulais dire… Mais…

— Tu as été déçu.

— Au contraire, lui assura-t-il.

— Alors j'ai fait quelque chose que je n'aurais pas dû ?

— Non…

— Parce que je n'ai jamais vraiment… tu sais. Enfin, je…

Il la regarda interloqué.

— Jamais vraiment… ?

— Tu sais…, dit-elle.

— Non je ne suis pas certain de savoir. Tu n'as jamais… Oh ! Eté avec un homme avant ? parvint-il enfin à bafouiller.

Elle secoua la tête, l'air à la fois embarrassée et contente d'elle.

— Non. J'avais toujours voulu que ce soit toi.

A cet instant, Joe aurait voulu pouvoir disparaître sous terre.

— Je t'ai fait mal ? demanda-t-il d'une voix pressante.

— Non. Cela a été un peu… inconfortable pendant un moment, mais après, c'était merveilleux. Vraiment. Et je pensais que toi aussi, tu avais aimé.

— Oui. Beaucoup. Beaucoup trop.

Elle rit, jouant avec le revers de sa veste.

— Comment peut-on aimer *trop* ?

Il grogna, la prit par le bras et l'emmena plus loin dans le coin.

— Kathie, j'étais un peu… Nous étions tous les deux un peu ivres hier soir.

— Oui.

— Et je ne prétends pas que je ne voulais pas ce qui est arrivé, parce que ce serait mentir. Mais j'aurais horreur de savoir que j'ai profité de la situation.

— Ne sois pas bête. Moi aussi j'avais envie de toi. J'ai encore envie de toi, d'ailleurs. Aussitôt que Jax et Gwen seront partis…

— Non. Attends. Attends…

Comment aborder le sujet ?

— Ecoute, je n'ai pas fréquenté d'autre femme depuis long-temps, commença-t-il. Ce qui fait que… cela fait longtemps que je n'ai pas eu à… à *prendre de précautions*. Je sais, c'est une mauvaise excuse. En fait, ce n'est pas une excuse. Mais… je n'ai pas utilisé de préservatif hier. Je suis désolé. Et à moins que tu ne prennes la pilule…

Il vit les yeux de Kathie s'ouvrir démesurément, et son air effrayé lui apprit tout ce qu'il devait savoir.

Il jura à voix basse en détournant la tête, puis la regarda de nouveau.

— Je suis désolé. Je n'ai pas d'excuse. Je ne sais pas à quoi je pensais. Je ne pensais pas du tout. Je ne peux pas penser quand je suis avec toi.

Elle ouvrit la bouche mais mit du temps à prononcer :

— Je n'ai pas réfléchi non plus, Joe. Je ne m'attendais pas à ce que tout aille si vite entre nous.

— Moi non plus.

— Et quand c'est arrivé, je n'ai pensé qu'à ça. J'étais si heureuse, j'avais tellement envie que tout se passe bien et… j'imagine que je pensais que tu t'occuperais de tout.

Il hocha la tête. Il aurait dû le faire.

— Et ce n'est pas juste, je sais, poursuivit-elle. C'est seulement que je n'ai jamais eu à m'inquiéter de ce genre de choses. Oh Joe, je me sens si stupide.

— Moi aussi.

— Et j'étais si heureuse.

Une larme roula le long de sa joue.

Joe se détesta.

— Kathie, je t'en prie, ne pleure pas.

Il voulut la prendre dans ses bras, mais quelqu'un s'interposa entre eux. Un ami de Jax sans doute.

— Kathie, il t'embête ?

— Non, murmura-t-elle à travers ses larmes.

— Parce que je sais qui il est et je serais heureux de t'en débarrasser.

— Non, tout va bien.

L'homme lança à Joe un regard meurtrier, et finit par s'éloigner, mais sans les quitter des yeux. Quel cauchemar.

— C'est de la folie cette histoire, souffla Joe dans un murmure.

— Je suis désolée.

— Je ne veux pas que tu sois désolée. Je ne veux pas…

— Tu ne veux pas de moi ? s'écria-t-elle.

— Ce n'est pas ce que j'ai dit…

— Parce que hier soir tu avais l'air de vouloir de moi.

— Mais c'était le cas, bon sang ! La seule chose, c'est que chaque fois que je t'approche, c'est le désastre. Tu t'en rends compte, non ?

— Non.

— Si. Ma vie tombe en miettes autour de moi. D'abord ton frère m'a jeté à travers une paroi de verre.

— Je suis désolée.

— Mon patron était prêt à me renvoyer pour ça, mais crois-tu que cela m'aurait servi de leçon, de promener partout mon œil au beurre noir et mes points de suture ? Non ! Pendant des mois, toute la ville a su que j'étais attiré par toi tout en sortant avec ta sœur, et c'était déjà assez terrible, mais là encore, je n'ai pas su me tenir loin de toi.

— Moi non plus, je n'y arrivais pas…

— On me lance des verres de vin au visage en public. Winnie était si furieuse qu'elle a mis la main sur une photo et l'a envoyée à mon patron, qui se trouve être son parrain. Il croit que je suis alcoolique et a voulu me faire désintoxiquer pendant deux mois…

— Joe, tu es en train de crier, l'arrêta-t-elle, en regardant autour d'elle d'un air inquiet.

— Et quand j'ai refusé, il m'a viré ! poursuivit-il sans tenir compte de ce qu'elle venait de dire. Je n'ai plus de travail. Ma propre mère pense que je suis devenu fou et que je marche sur les traces de mon vaurien de père. Je ne peux pas penser correctement quand je suis près de toi. Je ne peux pas penser du tout. On dirait que tu court-circuites mon cerveau. Je te mets dans mon lit… ou l'aurais fait si on était parvenus jusqu'à la chambre. Je ne m'inquiète pas de savoir si tu es vierge, et pire, je t'ai peut-être mise enceinte !

Joe finit par se taire, à bout de souffle, et réalisa qu'il régnait autour d'eux un silence de mort.

Il baissa les yeux sur Kathie, qui se tenait devant lui, les joues ruisselantes de larmes, mais le visage tourné vers lui, comme si elle était sûre de mériter ses reproches. Et le regard de la jeune femme lui vrilla le cœur.

Quand il releva la tête, il vit un demi-cercle de policiers

massés autour d'eux, et du monde qui approchait. Derrière les policiers, il aperçut les visages blafards et horrifiés de Kate et de Kim.

— Je suis désolé, Kathie, reprit-il d'une voix sourde. Ce n'est pas toi, c'est moi. Je cesse de fonctionner quand je suis avec toi. Je te demande pardon. Sincèrement.

Les flics, menaçants, l'encerclèrent.

— Qu'est-ce qu'on fait de lui ? demandèrent-ils à Kate.

— Gardez-le à l'œil jusqu'à ce que Jax soit parti, et on avisera, répondit-elle d'un trait.

Sans un mot Kathie les regarda l'emmener.

Elle sentait ses sœurs à ses côtés et leur était reconnaissante pour leur soutien. Mais le sentiment de vide et de désarroi qu'elle ressentait semblait n'avoir aucune limite. Rien ne pourrait l'apaiser.

— Ecoute-moi, dit Kate. Gwen et Jax vont bientôt partir. Tu vas te mettre derrière Kim et moi, afin que Jax ne te voie pas trop bien. On essaiera toutes de sourire et de leur faire de grands gestes d'adieu, d'accord ? Et ensuite, on verra ce qu'il faut faire, toutes les trois. D'accord ?

— D'accord, soupira Kathie qui, pour rien au monde n'aurait voulu ruiner le mariage de son frère ni sa lune de miel.

Dans un état second, elle suivit ses sœurs devant l'église, se dissimula en partie derrière elles, et agita les bras en même temps qu'elles.

Gwen se retourna à la dernière minute et lança son bouquet en direction de Kathie qui ne l'attrapa que pour éviter qu'il ne l'atteignît en plein visage.

Dès que la voiture des mariés eut disparu au premier tournant, elle rentra dans l'église à grands pas, se dirigea droit sur Joe, et lui jeta le bouquet à la figure.

Puis elle ressortit en courant pour aller se cacher derrière un arbre où ses sœurs ne tardèrent pas à la rejoindre et à la prendre dans leurs bras.

— J'étais tellement heureuse, murmura-t-elle à travers ses larmes. Je l'avais attendu pendant des années. Depuis la première fois que je l'ai vu, j'ai comparé les autres hommes avec lui. Et pas un ne lui arrivait à la cheville.

— Je sais, chérie, dit Kate. Je sais.

— Je croyais qu'on allait enfin pouvoir être ensemble, qu'il m'aimait autant que je l'aimais. Et j'étais tellement heureuse. Mais il…

Et Kathie, à bout de nerfs, se mit à sangloter sans pouvoir se contrôler.

- 15 -

Il fallut trois semaines à Joe pour décider de ce qu'il devait faire. Et une de plus pour trouver le courage de le faire.

Il sortit de l'autoroute environ vingt kilomètres avant Magnolia Falls, et se rendit dans un petit centre commercial où il y avait une pharmacie. Il se dirigea droit vers le rayon des tests de grossesse.

Elle devait savoir à présent, non ?

Mais si ce n'était pas le cas, acheter un test de grossesse serait la dernière chose qu'elle voudrait faire à Magnolia Falls. La nouvelle se répandrait comme une traînée de poudre.

Si ce n'était pas déjà fait. Tout le monde devait faire des gorges chaudes du petit discours qu'il avait tenu au mariage de Jax et Gwen avant de quitter la ville.

Il devait quand même acheter le test, pour le cas où.

Il allait essayer de se comporter en gentleman pour une fois, pas comme l'imbécile qui s'était mis à hurler au beau milieu d'un mariage, avait fait pleurer la femme qu'il aimait, puis avait quitté la ville pendant un mois.

Il fronça les sourcils devant l'immense choix de tests qui s'offrait à lui. Devait-il prendre un paquet simple ou double ?

Comme il n'avait pas l'intention de se retrouver deux fois dans la même situation, il en choisit un simple.

Un test en forme de bandelette ?

De récipient ?

Sur lequel le résultat s'affichait en couleurs ?

En mots ?

Que choisir ?

Il en prit trois au hasard, en se disant que l'un d'eux ferait bien l'affaire, puis se dirigea vers la caisse.

Lorsqu'il les posa sur le comptoir, la vendeuse le regarda bizarrement.

— En général ce sont les femmes qui achètent cet article..., fit-elle remarquer.

— En général, oui.

Il regarda par-dessus la tête de la vendeuse, pour éviter d'avoir à la regarder dans les yeux, et vit des rayons entiers de préservatifs.

Ce qui lui fit penser que... si le test donnait le bon résultat, et si Kathie écoutait ce qu'il avait à lui dire... et s'il avait beaucoup, mais alors vraiment *beaucoup* de chance, il pourrait bien avoir besoin de préservatifs un jour prochain.

— Je vais vous prendre un paquet de ça aussi, dit-il à la vendeuse en indiquant vaguement un point derrière elle.

Elle se retourna et saisit ce qui se révéla être une énorme boîte.

— Ceux-ci ?

Il hocha la tête, ne voulant pas avoir à discuter plus longtemps.

— Et vous gardez les trois tests de grossesse ?

Il hocha de nouveau la tête.

— D'ordinaire les gens n'achètent pas ces articles en même temps, n'est-ce pas ? la devança-t-il.

— D'ordinaire, non.

Il paya et sortit avec son sac. Il y avait un bar à quelques pas de là.

« Un verre, se dit-il. Un seul. »

Acheter ces tests de grossesse l'avait achevé. Il avait besoin d'un remontant. Il entra dans le bar, qu'il trouva sombre et presque désert. Exactement ce qu'il souhaitait. Il s'assit au comptoir, déposant ses achats sur le siège d'à côté, et commanda un verre qu'il but lentement. Un petit répit avant d'avoir à affronter Kathie, lui dire ce qu'il avait à dire et attendre sa réponse.

— Eh, je te connais, toi !

Joe lança un regard dans la direction de l'homme, assis trois tabourets de bar plus loin. Il portait un jean élimé et une casquette de base-ball vissée sur le crâne. C'était possible. Mais il ne voulait pas entrer dans une de ces discussions sans fin et sans intérêt.

— Je ne crois pas, répondit-il.

— Si. T'es de Magnolia Falls ?

— Peut-être.

Si Kathie n'acceptait pas ses excuses et ne voulait plus le voir, il quitterait la ville et ne serait plus de nulle part.

— Ouais. Je sais qui t'es. Ma nièce bosse au lycée. Une administratrice. Elle est sortie avec un banquier, jusqu'à ce qu'il la laisse tomber.

— Vraiment ?

— Ouais. Winnie Fitzgerald. Une chouette fille.

L'homme descendit de son tabouret et fit un pas en direction de Joe, l'air menaçant.

— Je crois que tu la connais bien, même, ajouta-t-il.

— Ecoutez, Winnie et moi…

— Mon petit bonhomme, je dois te dire que j'ai eu de la peine à croire qu'un type comme toi se tapait deux sœurs en même temps, le coupa l'inconnu en riant, comme s'il s'agissait d'une bonne blague.

Là, c'en était trop.

Joe se leva et l'envoya au tapis d'un direct du droit.

Jax reçut l'appel radio au moment où il s'apprêtait à quitter son service et il essaya de se défiler, mais c'était un de ses copains qui était au central.

— Crois-moi, Jax, tu vas vouloir t'en occuper en personne. Une bagarre dans un bar, Chez Kelly, du côté de l'autoroute. Le barman m'a dit ce qui l'a déclenchée, mais je ne vais pas te le répéter à la radio. Ça te rendrait encore plus furax.

Jax appela Gwen pour la prévenir qu'il serait en retard. On était le 4 Juillet, jour de la fête nationale, et sa famille avait prévu de faire un barbecue dans le parc avant d'assister au feu d'artifice.

Son sang ne fit qu'un tour quand il reconnut la limousine gris foncé garée devant le bar. Il vérifia le numéro de plaque.

Oh, il connaissait cette voiture.

Et son propriétaire.

Ainsi ce salopard était de retour en ville, occupé à boire et à se battre.

Jax était impatient de lui mettre la main dessus.

Il entra dans le bar où il ne trouva pas trace de bagarre, mais un homme assis dans un coin avec la lèvre fendue. Dans un autre coin se tenait Joe Reed avec une pommette enflée et une coupure à la lèvre. Le barman, que Jax connaissait pour avoir joué au football américain avec lui au lycée, se tenait entre eux pour éviter une reprise des hostilités.

— Enfin, s'écria l'homme en voyant entrer Jax. C'était le moment. Je veux porter plainte. Cet imbécile est entré et m'a assommé.

Il pointa un doigt en direction de Joe qui murmura en regardant Jax :

— Sans blague. Il fallait que ce soit toi qui sois de service ?

Jax fit un signe au barman, pour lui signifier qu'il prenait les choses en main.

Il ferma le poing droit et effectua quelques rotations de poignet, fixant Joe d'un air menaçant.

Cela lui était égal de se faire suspendre. Ou de se faire renvoyer. Il s'agissait de sa petite sœur, et personne ne traitait sa petite sœur comme Joe Reed l'avait fait sans le payer cher.

— J'aurais dû te botter le cul l'année dernière quand j'en ai eu l'occasion, Joe. Et une douzaine de fois depuis.

— Je t'en prie, ne te gêne pas, répliqua Joe.

— Eh, minute, vous allez pas l'arrêter ? intervint l'homme, toujours affalé dans son coin.

— Je pensais le démolir d'abord, et l'arrêter ensuite, lui expliqua Jax. On dira que c'est toi qui l'as abîmé, mais que c'est lui qui a commencé. Qu'est-ce que tu en penses ?

— C'est lui qui a commencé, assura l'homme.

— Très bien. Je savais que tu me couvrirais.

— Attends Jax, l'arrêta le barman en s'interposant entre Jax et Joe. Je ne crois pas que tu veuilles vraiment lui casser la figure. Tu n'as pas entendu toute l'histoire.

— Crois-moi, je le veux, affirma Jax.

— Je ne crois pas. Ton Joe a été provoqué.

— M'en fous ! répliqua Jax en riant.

— Pas quand tu sauras. Tu n'arrêterais pas un type qui…

— Comment ça il arrêtera personne ? s'écria l'autre homme en se relevant péniblement. Ce mec, il est devenu dingue, et il s'est mis à me taper dessus. C'est une agression. Je lui avais rien fait. Juste dit qu'il avait pas l'air d'un type qui se tapait deux sœurs en même temps.

Jax se figea. Pivotant vivement sur ses talons, il fit face à l'homme qui eut un mouvement de recul.

— T'as dit quoi, là ?

— Ben quoi, c'est vrai non ? Il s'est bien ta…

Sans lui laisser le temps de finir sa phrase, Jax le saisit par le col et le souleva presque de terre.

— D'abord, c'est pas ton putain de business, siffla-t-il entre les dents.

— Eh, ôte tes pattes de là…

L'homme se tortilla, mais en vain. Jax mesurait une bonne tête de plus que lui.

— Ensuite, c'est pas des façons de parler d'une demoiselle. De deux demoiselles.

— Je voulais juste…

— Et pour finir, ces demoiselles, ce sont mes sœurs ! rugit Jax, au bout de son quota de patience.

— Oh non, gémit le type en essayant de couvrir son visage de ses mains.

Jax le projeta au sol et fit appel à toute sa volonté pour ne pas lui donner la correction de sa vie.

— C'était ça ton histoire ? demanda-t-il au barman, à présent plus calme.

— C'était ça.

— Ils ont fait des dégâts dans ton bar ? Tu veux porter plainte ?

— Non, ça va. Sors-les de là, c'est tout.

Jax se tint au-dessus de l'homme qui était prudemment resté à terre.

— Joe, tu veux que j'arrête cet imbécile pour t'avoir agressé ?

— Non, ça ira, dit Joe. Merci.

— Quoi ? M'arrêter moi ? s'étrangla l'inconnu.

— Ouais, c'est ce que j'aurais fait, rétorqua Jax. Et je dois te dire que tu n'aimerais pas te retrouver sur la banquette arrière d'une voiture de police en ma compagnie aujourd'hui. Je ne crois pas que ce serait prudent d'ailleurs. Pas moyen de savoir ce que j'aurais fait entre ici et la prison. Surtout avec cette grande gueule que tu as.

L'homme grommela qu'il n'était pas nécessaire de l'emmener où que ce soit, que sa grande gueule avait tendance à le mettre dans le pétrin et qu'il devrait peut-être apprendre à la fermer.

— Bonne résolution, approuva Jax.

Il prit Joe par le bras.

— Viens, on se tire d'ici, et tu viens avec moi.

— Eh, attendez. Joe, je crois que c'est à vous, dit le barman.

Jax se retourna et vit son copain fourrer trois tests de grossesse et une énorme boîte de préservatifs dans un sac avant de le tendre à Joe.

Joe le prit, l'air de se demander ce qu'il devrait commander pour son dernier repas.

Jax lui jeta un regard meurtrier.

— C'est un fichu miracle que je ne te fasse pas la peau tout de suite, tu sais ça ?

Joe hocha la tête et ne répondit pas.

— D'abord, tu dois voir ma sœur…

— C'était là que j'allais, affirma Joe, tandis que Jax le poussait sans ménagement dehors.

— Sûr que tu y allais. Mais pour en être tout à fait certain, je vais t'y emmener moi-même.

Et juste parce qu'il pouvait se le permettre, il referma une paire de menottes autour des poignets de Joe avant de le faire monter à l'arrière de la voiture de police.

Un mois après que Joe Reed eut craqué au mariage de son frère et se fut enfui, c'était toujours le sujet de commérage le plus populaire en ville.

Kathie avait prié pour qu'un autre scandale vînt détourner l'attention de la population, avec presque autant de ferveur qu'elle avait prié pour ne pas être enceinte.

En vain.

Ce qui signifiait que tandis qu'elle traversait le parc surpeuplé en ce 4 Juillet, tout le monde la suivait des yeux.

Elle passa à côté d'un groupe de femmes d'un certain âge, la tête haute, jusqu'à ce qu'elle crût reconnaître la mère de Joe.

Oh non ! Pas ça ! Mais la seule chose qui pourrait être pire, ce serait de rencontrer Winnie Fitzgerald, qui était toujours furieuse, même après avoir obtenu que son parrain renvoie Joe.

Kathie poursuivit son chemin en détournant la tête. Elle finit par arriver à un endroit ombragé au bord de la rivière, près des chutes, où sa famille — sans Jax, mais avec les chiens — s'était rassemblée. Ben faisait griller des hamburgers. Shannon dansait sur ce qui devait être une musique exécrable, mais qui se déversait par bonheur directement dans ses oreilles. Ses sœurs et Gwen, qui se serraient les unes contre les autres, paraissaient soucieuses.

Kathie plaqua un sourire de circonstance sur son visage. Elle n'était pas la première femme à connaître un chagrin d'amour, et ne serait pas la dernière. Elle n'était pas la première à avoir le cœur brisé. Mais cela n'atténuait pas sa douleur pour autant.

Parce qu'elle avait aimé Joe. Aimé passionnément et sans espoir pendant des années. Pourquoi avait-il fallu qu'elle connaisse ce moment de fol espoir avant le désastre final ?

Elle ne le comprenait pas.

N'aurait-elle jamais une vraie chance avec Joe ? Etait-ce trop demander ? Le destin lui envoyait-il des signes qu'elle ferait mieux d'écouter ?

En approchant, elle vit que Gwen était au téléphone, et que ses sœurs ne perdaient pas une miette de la conversation. Kathie alla dire bonjour aux chiens qui prenaient le soleil, vautrés sur l'herbe.

Quand elle vit Gwen raccrocher, elle lança :

— Que se passe-t-il ?

— Oh ma chérie, dit Kate en s'approchant, sois forte, veux-tu ?

Que se passait-il encore ?

— Quoi ?

— Jax a trouvé Joe, annonça Gwen.

Kathie recula instinctivement et se retrouva le dos contre un arbre.

— Trouvé ? Comment ça, *trouvé* ?

— Je ne sais pas exactement, répondit Gwen qui paraissait légèrement mal à l'aise, mais c'est une bonne chose, non ?

— Je ne sais pas, soupira Kathie.

Après avoir pensé pendant tout un mois qu'il allait réapparaître, qu'il allait venir la voir ou au moins l'appeler pour s'excuser et lui annoncer ce qu'il avait l'intention de faire, elle n'était pas certaine d'être prête à l'entendre. Pour tout dire, elle était terrifiée à l'idée de l'entendre.

Elle se laissa glisser le long de l'arbre. Ses sœurs se précipitèrent à ses côtés pour la soutenir, comme si elle risquait de s'évanouir. Gwen l'éventa avec le couvercle d'un plat qu'elle avait pris sur la table de pique-nique.

Elle sentait de nouveau tous les regards sur elle. Elle allait peut-être se mettre à pleurer, mais n'allait pas s'évanouir.

Elle leva les yeux et vit son frère s'approcher, tirant Joe derrière lui.

Un Joe pas rasé, avec une ecchymose sur la pommette gauche, une lèvre fendue, un vieux T-shirt à demi sorti d'un jean qui moulait ses cuisses et ses hanches, et…

— Alors… qu'est-ce que tu en penses ? entendit-elle une de ses sœurs demander à Gwen.

— Je pense… que je ne n'aurais jamais cru voir Joe ainsi. Et toi ?

— Que je suis surprise que Jax ne l'ait pas tué, répondit Kim.

Kathie éclata de rire. Un rire à faire peur.

— Je ne peux pas me sortir cette chanson de la tête, où la princesse attend son prince. Je ne l'avais pas imaginé ainsi, le retour du prince. Enfin, s'il vient pour moi, ce qui est loin d'être sûr.

— Attends. Mais… qu'est-ce qu'il a aux poignets ? demanda Kate.

— Je ne sais pas, répondit Gwen.

Le sang de Kathie se figea dans ses veines.

— Il est menotté !

Dans quel pétrin avait-il encore été se fourrer ?

Roméo lança un bref aboiement et s'élança vers les deux hommes.

— Oui, je crains que tu n'aies raison, renchérit Gwen. Il porte bel et bien des menottes.

Kathie enfouit son visage dans ses mains. Elle ne voulait pas voir ça.

Et elle qui avait pensé que la situation ne pouvait pas empirer…

— Salut les filles ! lança Jax d'une voix joyeuse. Regardez qui j'ai ramassé en plein milieu d'une bagarre dans un bar aux abords de la ville.

— Une bagarre dans un bar ? articula Kate en ouvrant de grands yeux.

— Parfaitement, confirma Jax. Faites-nous de la place.

Kathie leva les yeux tandis que ses sœurs reculaient, et son frère poussa Joe sans douceur dans sa direction. Toujours menotté, il atterrit, assis, sous l'arbre en face de Kathie.

Roméo le regarda d'un air menaçant, et commença à le renifler.

— Arrière, Roméo ! ordonna Jax.

Le chien obéit, mais sans s'éloigner.

— Jax, tu n'arranges pas la situation en l'arrêtant, constata Kate.

— Je ne l'ai pas arrêté. J'en aurais eu l'occasion, mais je ne l'ai pas fait. Je ne vous dirai pas pourquoi maintenant, cela vous ferait de la peine. Mais tout ce que j'ai fait, c'est le ramener. Je veux m'assurer qu'il va s'excuser auprès de ma petite sœur.

— Allez-vous-en ! cria soudain Kathie.

— Tu veux que je te débarrasse de lui ? demanda Jax. Parce que si c'est ce que tu veux, je me ferais un plaisir de te satisfaire. Tu n'auras plus jamais à poser les yeux sur lui.

— Non. Je veux que toi et les autres partiez. Que vous nous laissiez seuls. C'est déjà assez gênant que les invités à ton mariage aient entendu notre dernière conversation. J'aimerais conduire celle-ci en privé.

— Très bien, si c'est ce que tu veux. Tout le monde s'en va ! accepta Jax à contrecœur.

Il emmena tout le monde à bonne distance, d'où ils pouvaient néanmoins garder un œil sur Joe et Kathie, sans pour autant les entendre. Juste avant de partir, il lança le sac de Joe en direction de Kathie.

— Je crois qu'il avait acheté ça pour toi, petite sœur.

Kathie ouvrit le sac et découvrit les tests de grossesse et la plus grosse boîte de préservatifs qu'elle avait jamais vue.

— Ahhh ! hurla-t-elle. Tu veux savoir si je suis enceinte, et ensuite faire en sorte que cela ne t'arrive pas avec une autre ?

— Non ! se défendit Joe. Je voulais simplement t'éviter de les acheter en ville, dit Joe. Les tests, je veux dire. A moins que tu ne l'aies déjà fait.

— Si tu veux me poser la question, Joe, tu pourrais au moins avoir le courage de le faire sans utiliser de manière détournée.

— Je ne te pose pas la question. Je ne veux pas le savoir.

— Quoi ? Tu ne veux même pas le savoir ?

— Non ! Ce n'est pas ce que j'ai voulu dire. Je veux le savoir, bien sûr, mais pas tout de suite. Ne me le dis surtout pas. Laisse-moi parler d'abord, d'accord ? Et je ne veux pas que tu croies que j'aurais dit ce que je vais te dire parce que tu pourrais être enceinte. Il faut que tu me croies, d'accord ?

Le croire ? Elle en avait envie. Elle en mourait d'envie.

Elle lui jeta un coup d'œil en coin. Il avait changé. Elle ne l'avait jamais vu avec les cheveux aussi longs ; ils lui arrivaient presque jusqu'aux yeux, et étaient plus sombres et plus fournis qu'elle ne l'avait remarqué jusqu'à présent. L'ecchymose sur sa pommette et sa lèvre coupée ne faisaient qu'ajouter à son charme voyou.

C'était… sexy. Voyou, mais sexy…

— Oh mon Dieu, gémit-elle en se cachant une fois de plus le visage dans les mains.

— Quoi ? Je n'ai encore rien dit.

— Vas-y, je t'écoute.

Mais il fallait qu'elle évite de le regarder.

— Je suis désolé, commença-t-il.

— Moi aussi. Rien de nouveau sous le soleil. On est tous les deux désolés. Autre chose ?

— Tu m'as manqué.

— Oh, vraiment ? s'écria-t-elle en lui lançant un regard furieux.

— Oui. C'était incroyablement… calme sans toi.

— *Ennuyeux*, tu veux dire. C'est pourtant bien ça que tu veux, non ? Une petite vie bien tranquille et sans surprises ?

— Non. Je veux une vie avec toi.

Elle gémit de nouveau.

— D'accord, ce n'est pas par là que j'aurais dû commencer, s'excusa-t-il. Je n'aurais jamais dû te dire ce que je t'ai dit au mariage. C'était affreux. J'ai été insultant et blessant, et ce n'était absolument pas mon intention. Tu es… tu es merveilleuse et douce et tellement…

Il reprit son souffle avant de poursuivre.

— Je ne sais pas, Kathie. Tu es tout pour moi. Ma vie est totalement différente quand je suis avec toi, et cela m'a d'abord effrayé. Non. Pire. Cela m'a terrifié. Pardon. Mais après un moment… j'ai commencé à apprécier… Non, j'ai adoré Kathie. J'ai *adoré*. Je ne m'en suis pas rendu compte avant d'être parti. J'ai passé des semaines à chercher comment retrouver la vie qui était la mienne avant que je te connaisse. Et je me suis rendu compte que je n'en voulais plus. Je ne voulais plus rien de ce qui avait été mon but pendant toute ma vie. Je ne veux plus que toi.

— Tu ne peux pas penser ce que tu dis.

— Pourtant je le pense. Je te le jure.

— Tu crois que je suis enceinte, c'est tout. Et tu essaies de faire ce que l'on attend de toi, comme toujours.

— Cela a été vrai au début. Mais ensuite, c'est drôle… mais plus je pensais à revenir ici et à t'épouser, et plus j'étais heureux. Cela m'a pris du temps, peut-être, mais j'ai fini par me rendre compte que ce que je devais faire coïncidait parfaitement avec ce que je *voulais* faire.

— Je ne te crois pas une seule minute.

— Tu as tort. Ecoute, si tu étais enceinte, je n'aurais plus le choix. Je devrais t'épouser et renoncer à jamais à ma vie d'avant, organisée, rassurante et ennuyeuse à mourir. Je pourrais enfin être avec toi. C'est comme si je m'apprêtais à sauter d'une falaise…

— Tu trouves que m'épouser est aussi terrifiant que sauter d'une falaise ?

— Aussi *enivrant* que sauter d'une falaise. Aussi surprenant. Aussi libérateur. Je ne veux plus être le Joe que j'ai toujours été. Ce type prudent, qui planifie la façon dont il va porter ses chemises. Ce type barbant qui travaille dans une banque.

— Tu n'es pas barbant, pas du tout…

— Je veux retrouver ce grain de folie que tu mets dans ma vie. Je veux retrouver les sensations que j'ai quand je suis avec toi. Je ne veux plus m'en faire au sujet de ce que les gens peuvent bien penser de moi, je veux faire de temps à autre l'école buissonnière et boire du vin avec toi en pique-niquant dans le parc en pleine journée. Je veux rire et être heureux, et te déshabiller sur mon canapé. Et tout le reste. Je veux cette vie. Je t'en prie, dis-moi que c'est aussi ce que tu veux.

Kathie s'était mise à pleurer.

— Joe… Je ne suis pas enceinte, d'accord ?

— Bon. Et tu voudrais l'être ?

— Tu n'es pas sérieux.

— Eh bien…

Il haussa les épaules et reprit :

— Peut-être pas tout de suite. Ce pourrait être agréable d'avoir quelques mois rien que pour nous deux, mais ensuite, tu ne veux pas avoir des enfants ? Parce que moi, oui.

— Joe, arrête, tu n'as pas besoin de me dire tout ça !

— Mais je le veux ! J'ai été malheureux comme les pierres sans toi. Tu m'as tellement manqué.

— Je ne sais même pas si tu m'aimes bien.

— Kathie, chérie, c'est bien plus que cela. Un sentiment aussi fort, aussi incontrôlable, aussi fou, je crois que cela ne peut être que de l'amour. De l'amour tout court.

Elle resta silencieuse un moment.

— Joe, je ne pensais pas que tu pourrais un jour m'aimer.

— Que veux-tu que je te dise ? Je mets du temps à comprendre, plus longtemps que la moyenne. Surtout avec toi. Et je le regrette. Mais une chose que l'on peut dire à mon sujet, c'est qu'au bout du compte, je ne me trompe pratiquement jamais. Je t'aime, Kathie.

Elle posa son regard sur lui, clignant des yeux. Incapable de bouger, elle le fixait, muette.

— Mais peut-être que tu ne veux pas de ce nouveau Joe, reprit-il, l'air sincèrement inquiet. Peut-être que tu préfères l'ancien, ennuyeux et prévisible, mais rassurant. Bon sang ! Je n'avais pas pensé à ça.

— J'avais cru que c'était ce que je voulais, admit-elle. Je pensais que je me sentirais en sécurité avec l'ancien Joe, parce qu'il paraissait fort et capable d'affronter n'importe quelle situation.

— Je comprends. Et tu ne t'attendais pas à le voir devant toi, menotté, au chômage, pouvant s'estimer heureux de ne pas avoir été arrêté, et te rapportant un test de grossesse, n'est-ce pas ?

— En effet.

— Tu regrettes l'ancien Joe, alors ?

— Oh Joe. Tu pensais vraiment ce que tu disais quand tu as dit que je t'ai manqué ? Que tu étais content à l'idée de devoir rentrer pour m'épouser ?

— « Content » n'est pas le mot. « Grisé » conviendrait mieux. J'ai dépassé toutes les limitations de vitesse pour rentrer, avec les vitres baissées et le vent dans mes cheveux, chantant à tue-tête avec la radio. « Fou de joie » est le mot, Kathie. Je

sais que je n'ai pas l'air bien reluisant en ce moment, mais…
Ecoute, si tu ne veux plus de moi, dis-le-moi.

— Non. Je… C'est complètement fou, dit-elle en secouant la tête. Ce nouveau toi, impulsif, tête brûlée, bagarreur. Mais…

Elle sourit à travers ses larmes.

— … Mais je l'aime encore plus que l'ancien.

— Vraiment ?

— Eh bien, disons que je pourrais me passer des bagarres dans les bars…

— Je ne peux dire qu'une chose pour ma défense : Winnie. Elle est partout…

— Ne me dis pas que tu t'es battu avec Winnie !

— Non. Son oncle. La première personne que j'ai rencontrée en rentrant en ville. La deuxième était ton frère.

— Désolée. Au moins, tu n'as pas fini aux urgences, cette fois.

— J'ai l'impression que je ne risque pas d'y retourner de sitôt. Et je vais trouver un nouvel emploi. J'ai pas mal d'économies, ce n'est pas comme si nous étions pauvres.

— Je regrette que ta mère pense que je suis aussi dangereuse que la peste…

— Et moi que ton frère veuille me faire la peau. Mais on trouvera bien une solution, ne t'inquiète pas.

Il osa enfin faire un geste en sa direction, se penchant lentement pour embrasser ses lèvres, doucement, longuement…

Elle repensa à la nuit passionnée qu'ils avaient passée ensemble, et dont elle avait fini par craindre qu'elle ne doive se solder par un désastre irrémédiable.

— Joe, je dois d'abord te dire quelque chose. Je ne sais pas si je suis enceinte, je n'ai pas fait le test. Je ne voulais pas le savoir. J'avais peur que tu reviennes me poser la question, et je voulais être incapable de te répondre. Pour que tu prennes ta décision en fonction de moi. De moi seulement.

— Ah. Alors… tu penses que tu l'es ?

— Je ne sais pas. Avec toutes ces émotions, il est possible que mon corps réagisse étrangement. Si j'avais mal au ventre, c'était peut-être seulement parce que j'avais peur que tu ne reviennes pas…

— Kathie, chérie, tu devais savoir que je reviendrais.

Il se pencha de nouveau pour l'embrasser.

— C'est ce que j'ai cru tout d'abord, dit-elle. Mais un mois, c'est long, et j'avais réduit ta vie en miettes. Je suis vraiment désolée pour ton poste à la banque…

— Pas moi. Je ne peux plus la voir, cette banque. Kathie, ajouta-t-il d'un air sérieux, j'imagine que c'est une bonne chose que j'aie acheté ces tests de grossesse, mais je ne te les donnerai pas avant que tu aies accepté de m'épouser.

— Joe, tu es sûr ?

— Je suis sûr. Et je voulais faire ma demande dans les formes. Mais…

En se dandinant, il parvint à mettre un genou à terre devant elle.

— Kathie Cassidy, veux-tu m'épouser ?

Kathie s'agenouilla tout contre lui.

— Ecoute, je dois te le dire, on n'aura probablement pas besoin des tests. Je suis presque certaine de l'être. Enceinte, je veux dire.

Elle le vit prendre la nouvelle sans sourciller, un léger sourire au coin des lèvres. Il ne paraissait pas troublé. Il avait l'air de pouvoir affronter n'importe quelle situation, ce qui était la première chose qu'elle avait appréciée chez lui.

— Très bien, dit-il. Et maintenant, réponds à ma question. Acceptes-tu de m'épouser ? Et pas parce que tu attends sans doute notre enfant ?

Il eut alors un sourire gourmand, comme s'il savourait ces mots.

— J'accepte, et ce n'est pas pour ça, lui assura-t-elle en se penchant enfin pour savourer son baiser.

Mais, déséquilibrés, ils basculèrent sur l'herbe, en riant et en s'embrassant, Kathie s'accrochant à lui du mieux qu'elle le pouvait.

— J'ai aussi acheté une bague, annonça-t-il à bout de souffle. Elle est dans ma poche, mais je ne peux pas l'attraper maintenant. Mais j'ai une bague à t'offrir. Je veux mettre le monde à tes pieds.

— Moi aussi je veux t'offrir tout ce que je peux. Et je veux voir ma bague. Jax ! hurla-t-elle, enlève les menottes à cet homme ! Je vais l'épouser !

— Le 1er septembre —

Sur le point de désigner son successeur, le magnat de la presse Patrick Elliott lance un défi à ses héritiers. Entre amour et ambition, chacun d'eux va devoir faire un choix...

L'héritière cachée - Roxanne St. Claire

Afin de découvrir pourquoi Jessie Clayton, sa nouvelle stagiaire, s'évertue à éviter tout contact avec Finola Elliott, la directrice du magazine pour lequel il travaille, Cade McMann invite la jeune femme à dîner en tête-à-tête. Sans savoir quel scandale il s'apprête à déclencher chez les Elliott...

Scandaleuse alliance - Emilie Rose

En découvrant que la jeune femme qu'il a séduite n'est autre que Audrey Holt, Liam Elliott sent son sang se glacer. Car Audrey est la petite-fille de Matthew Holt, l'ennemi juré de son propre grand-père, Patrick Elliott, qui mourrait plutôt que d'accepter une telle alliance...

Le seigneur du désert - Susan Mallery

Amoureux de Liana, une jeune Américaine, le prince Malik l'enlève, persuadé qu'elle ne résistera pas longtemps à la force de son désir... Peu à peu, en effet, Liana se laisse séduire et finit par accepter de suivre Malik dans le désert où une fête a été organisée à son intention. Sans se douter qu'elle va, à son insu, participer à son propre mariage...

L'amant d'une nuit - Victoria Pade

Au cours d'un bal d'anciens élèves, Claire a partagé un moment de folle passion avec Ben, l'ex. mauvais garçon de Northbridge, sa ville natale. De retour à Denver où elle travaille, elle tente en vain d'oublier son amant d'une nuit. Jusqu'au jour où elle découvre qu'elle attend un enfant de lui...

Le secret de Victoria - Nalini Singh

Persuadée que Caleb, qu'elle aime plus que tout au monde, entretient une liaison avec sa secrétaire, Victoria s'est résignée à le quitter. Mais quand elle apprend, bouleversée, qu'elle attend un enfant de lui, elle comprend qu'elle va devoir trouver la force de laisser Caleb revenir auprès d'elle...

Un troublant ennemi - Caroline Cross

Si Mallory Morgan a tout perdu, sa fortune, son brillant avenir et son honneur, c'est par la faute des Steele. Aussi se sent-elle scandalisée quand Gabriel Steele ose lui proposer son aide : plutôt mourir que d'accepter sa main tendue. Sauf que de la haine à la passion, la frontière est parfois ténue...

HARLEQUIN

— Le 1er septembre —

Un été à Willow Lake - Susan Wiggs • N°298

Pour oublier une douloureuse déception sentimentale, Olivia accepte la pro-position de sa grand-mère : passer l'été à Willow Lake pour remettre en état le camp de vacances appartenant à ses grands-parents, où, enfant, elle a passé tous ses étés. Or le jour où se présente l'entrepreneur devant l'aider dans cette tâche, elle reconnaît avec stupéfaction Connor Davis, le garçon qu'elle a secrètement aimé durant son adolescence...

Poison - Alex Kava • N°299

C'est impossible. Et pourtant, tout le confirme. Sabrina Galloway, brillan-te scientifique qui travaille dans une usine experte en énergies renouve-lables, vient de découvrir que celle-ci rejette des déchets toxiques dans la rivière toute proche. Consciente des conséquences mortelles de ce qui semble être un sabotage, elle décide d'en parler à ses supérieurs. Mais l'un vient de disparaître dans d'étranges circonstances, tandis que l'autre reste sourd à ses alertes...

Noirs soupçons - Brenda Novak • N°300

Lorsqu'Allie McCormick revient à Stillwater, la petite ville de son enfance, elle est fermement décidée, en tant qu'officier de police, à faire toute la lumière sur la mystérieuse disparition du Reverend Barker. Car depuis vingt ans toute la ville, en proie aux rumeurs les plus sombres, accuse de meurtre Clay Montgomery, son fils adoptif. Celui-ci, taciturne et soli-taire, semble porter un lourd secret... Intriguée, mais aussi séduite par cet homme au charme mystérieux, Allie va devoir garder tout son sang-froid pour découvrir s'il est ou non l'assassin qu'elle est venue démasquer.

La poupée brisée - Amanda Stevens • N°301

Depuis la mystérieuse disparition de sa fille Ruby, il y a sept ans, Claire est inconsolable. Mais un jour, c'est le choc : dans une vitrine de la Nou-velle-Orléans, elle découvre une poupée de collection qui reproduit à la perfection les traits de sa fille... Mais la poupée est enlevée à son tour, comme Ruby, sept ans plus tôt. Volée par un homme de l'ombre, que la beauté de la petite fille avait autrefois fasciné – et dont l'obsession n'a jamais pris fin...

Retour à Belle Pointe - Karen Young • N°302

Épouse du célèbre champion Buck Whitaker, Anne a apparemment tout pour être heureuse. Mais sa vie ne la satisfait pas : elle veut un enfant, lui non. Et, quand elle fait une fausse couche, le couple entre en crise. Anne part pour Tallulah, Mississippi, où l'accueillent son père et sa belle-mère. Elle décide alors d'étudier le passé de la petite ville, où la famille de Buck possède depuis des générations la grande plantation de Belle Pointe, célèbre dans toute la région. Elle ne se doute pas, ce faisant, qu'elle va découvrir des secrets enfouis depuis bien longtemps...

L'héritière de Rosewood - Brenda Joyce • N°303

Amérique, Irlande et Angleterre, 1812 – À la mort de ses parents, Virginia Hugues apprend que son oncle, établi à Londres, compte vendre Rosewood, la plantation de tabac familiale située en Virginie. Bouleversée, la jeune fille se révolte. Certes, la propriété, incendiée pendant la guerre de Sécession, n'est plus qu'une ruine, mais elle reste la maison de son enfance, le berceau de ses souvenirs... Aussitôt, elle embarque pour l'Angleterre avec l'espoir de convaincre son oncle de renoncer à son projet. Mais elle est enlevée par un pirate irlandais...

Mortelle impasse - Helen R. Myers • N°177 *(réédition)*

Lorsqu'elle découvre une empreinte de main rouge sang tracée sur un panneau « Impasse », non loin de chez elle, Brette Barry veut d'abord croire à une farce macabre liée à Halloween. Mais l'inquiétude s'empare d'elle lorsque son fils lui révèle que Hank, son meilleur ami, a disparu la veille. L'adolescent au caractère révolté a-t-il une fois de plus décidé de fuguer... ou l'empreinte sanglante était-elle la sienne ?

Titres non disponibles au Québec.

Composé et édité par les
éditions Harlequin
Achevé d'imprimer en juillet 2007

par

LIBERDÚPLEX

Dépôt légal : août 2007
N° d'éditeur : 12969

Imprimé en Espagne